KB057226

빵은 인생과 같다고들 하지

일러두기
본문의 주석은 내용의 이해를 돕기 위해 모두 옮긴이가 작성했습니다.
저자가 작성한 주석에는 '—저자'와 같이 꼬리표를 달았습니다.

빵은 인생과
They say 같다고들 하지
say
Bread is
life

윌리엄 알렉산더 지음
김지혜 옮김

바다출판사

내일은 빵 만드는 법을 배울 것이다.
나는 아마 소매를 걷어붙이고
밀가루, 우유, 베이킹소다를 우아하게 섞고 있겠지.
당신이 아직 이 생명의 양식을 만들 줄 모른다면
당장 배워야 한다.
에밀리 디킨슨

빵은 인생과 같다고들 하지.
나는 빵, 빵, 지겹게 빵을 구워.
늘 땀을 뻘뻘 흘리며
이 냄새 나는 반죽을 화덕에 밀어 넣는 나야말로
그럼 정말 행복해야 하는 거 아니야, 자기?
영화 〈문스트럭〉에서 니컬러스 케이지의 대사

차
례

프롤로그

"다음 분 오세요!"

공항 보안검색대에서 심장이 어찌나 심하게 쿵쾅대는지, 보안요원이 내 재킷 너머로 그걸 눈치챌 수 있을 것만 같았다.

"노트북 컴퓨터예요." 플라스틱 바구니에 컴퓨터를 올려놓으며 나도 모르게 말이 튀어나왔다. 처음 데이트에 나선 십대 소년처럼 긴장해 목소리가 갈라졌다.

"액체류고요." 보안요원은 100밀리리터 용기들이 담긴 기내 반입 허용 규격 지퍼백을 들어 올리며 만족스러운 듯 고개를 끄덕였다.

나는 이어서 거품이 부글거리고 고약한 냄새가 나는 의문의 물건으로 꽉 찬 2리터짜리 플라스틱 용기를 아무렇지 않은 듯 배낭에서 꺼냈다. "사워도sourdough¹예요." 어쩌면 총이라고 말했는지도 모르겠다

"잠시만요, 그건 비행기에 가지고 탈 수 없어요!" 옆 검색대에 있던 보안요원이 소리쳤다. 누가 그쪽한테 물어봤냐고 대꾸하고 싶었지만, 초조하게 주위를 둘러보니 입 다물고 있는 편이 나

---

1 '시큼한 반죽'이라는 뜻으로 이스트 대신 천연 효모로 발효한 반죽과 빵을 말한다.

을 것 같았다. 그 요원이 온 동네에 광고해준 덕에 검색대에 있
던 승객과 검색요원들이 전부 내 쪽을 바라보았다.

"반죽도 기내 반입이 돼?" 다른 검색요원이 소리쳤다.

내 뒤에 서 있던 승객들 사이에서 '반죽'이라는 단어가 들려
오더니 여기저기서 웅성거리기 시작했다. 다들 나와 같은 비행
기에 타지 않기를 바라는 게 분명해 보였다.

팽팽한 긴장과 혼란 속에 10분이 흐른 뒤, 무표정한 담당자
한 명이 내 앞에 섰다.

"사워도라고요?" 그의 깊은 한숨에는 이 일은 물론이고 어떤
까다로운 상황도 마주하고 싶지 않다는 기색이 역력했다.

"12년 된 반죽이죠!" 나는 환하게 웃어 보였다. 액체가 아니
니 100밀리리터 제한에 해당하지 않는다고 주장하기 위해 집
에서 나오기 전 촉촉한 사워도에 밀가루 230그램을 더해놓았
던 터라 반죽은 딱딱하게 굳어 유감스럽게도 플라스틱 폭발물
과 매우 흡사한 모양이 되어 있었다. 담당자가 보안 검색봉으로
반죽을 훑는 동안 내 입에서 '삑' 소리가 튀어나올 것 같아 숨을
참고 있었다.

나는 "프랑스에 있는 1,300년 된 수도원에 가져다줄 반죽"이
라고 설명했다.

담당자의 엄숙하고 딱딱한 표정에는 전혀 변화가 없었고, 나
는 그가 묻기라도 한 듯 이유를 덧붙였다.

"중세 암흑기 내내 과학, 종교, 예술을 지켜왔고, 이방인들이
눈앞에서 모든 것을 불태울 때도 그들의 책만은 끝까지 지켜냈
던 수도원이죠. 하지만 그 후로 13세기가 지나면서 빵 만드는

법은 잊어버렸다더군요."

여전히 아무 반응도 없었다. 분위기를 조금 풀어볼 요량으로 나는 서구 문명의 미래가 선생님께 달려 있다고 덧붙였다.

내 너스레가 그에게 어느 정도 먹힌 모양이었다. "전문 제빵 사이신가 보죠?"

아내가 갑자기 컥컥거렸다.

"그건 아니에요."

담당자는 눈썹을 씰룩했지만 나는 상관하지 않았다. 몇 분 뒤 무슨 일이 일어나든 나는 이 반죽과 함께 비행기에 오를 것이다. 그래야만 했다. 매주 빵 굽기를 일 년째 해오면서 나는 아내를 실망시켰고, 내 불쌍한 아이들은 조금씩 차이가 있다 해도 돌처럼 딱딱하기는 마찬가지인 빵에 끝없이 시달려야 했다. 무엇보다도 매주 빵을 구울 때마다 나는 끊임없이 좌절을 맛보았다. 그러나 생 방드리유 드 퐁트넬 수도원의 수도사들 기대까지 저버릴 수는 없었다.

그렇다. 나는 누구나 예상할 수 있듯 수도원을 구원할 만한 인물이 못 된다. 믿음을 잃은 데다 지난 몇 년간 교회에는 발도 들이지 않았고, 제빵을 막 시작한 초보 주제에 공공연한 무신론자에게 얼떨결에 넘겨받은 야생효모와 박테리아를 불법으로 몰래 비행기에 실으려 하고 있었다. 그래도 나는 이 중대한 임무를 꼭 성공시켜야 한다는 굳은 의지를 굽힐 수 없었다.

이건 말 그대로 신에게 부여받은 임무였다.

심야 기도

Vigils

'Vigils'는 '밤새워 지켜본다'는 뜻으로 한밤중에 바치는 기도를 말한다.
수도원에서는 어둠과 고요함에 둘러싸인 이 성무成務가 밤의 시작이다.

몸이 근질거리다

빵에서 종이 씹는 맛이 나는 나라를
위대하다고 할 수 있을까?
줄리아 차일드

해가 뜨기도 전에 눈이 떠진 탓에 밖을 보며 날이 밝기를 기다렸다. 곧 동이 트는 아름다운 광경과 함께 눈부시게 밝은 10월의 햇살이 쏟아졌다. 플랑드르 화가의 풍경화가 살아 움직이는 것 같았다. 뉴욕 허드슨 하일랜드의 작은 산들을 배경으로 한 채 농부는 어깨에 밀 포대를 메고 가볍게 팔을 앞뒤로 흔들며 지평선을 따라 적색토가 끝없이 펼쳐진 밭이랑을 가로지르며 씨를 뿌렸다. 비처럼 쏟아지는 씨앗에 놀란 새들이 날개를 세차게 퍼드득거리며 날아올랐다. 10월 말의 고요함을 뚫고 금빛으로 마른 옥수숫대 사이에서 맨발로 숨바꼭질하는 아이들의 웃음소리, 15분마다 어디선가 교회 종소리가 들려왔다. 이런 풍경 속에 생명을 심을 수 있다니 행복하군!

"와서 잡초 뽑을 거야, 아니면 계속 그렇게 멍하니 서 있을 거야?" 나는 아내 앤의 목소리에 몽상에서 깨어났다.

앤은 무릎을 꿇고 잡초를 뽑고 있었다. 얼굴은 땀과 흙으로 범벅이 되었고, 콧물까지 흘리고 있었다.

나는 대답 대신 툴툴거리며 마지못해 앤 옆으로 갔다. "어쩌다가 밭이 이 지경이 된 거지?" 30센티미터 넘게 자란 엉겅퀴 한 무더기를 땅에서 뽑아 손수레에 던지며 나는 큰 소리로 혼잣말했다. 우리는 괭이로도 파낼 수 없을 만큼 엄청나게 자란 잡초를 힘껏 잡아당기고 뽑아 던지며 한참을 씨름했다.

두 시간 동안 깨끗하게 정리하고 갈퀴질한 끝에, 곡식보다는 콩과 토마토 등을 주로 키우다 방치되었던 밭은 마침내 겨울밀[1]을 심을 준비가 되었다. 나는 삼각괭이로 밭 전체에 얕은 고랑을 만들었고, 앤은 콧물이 방울방울 흐르는 코를 땅에 박을 듯 엎드려 꼭 콩을 심듯 10센티미터 간격으로 흙에 씨앗을 밀어 넣었다. 그 모습은 '플랑드르flemish' 풍경 같다기보다는 '가래가 끓는phlegmish' 듯했다.[2] 내 마당을 밀밭으로 만들고 직접 씨를 뿌렸다는 사실이 낭만적이라 꽤 뿌듯하기는 했지만, 비옥한 흙과 좋은 울타리 등 채소를 심기에 완벽했던 정원을 완전히 갈아엎고 사슴 침입 방지용 울타리까지 칠 생각은 원래 아니었다. 게다가 지금처럼 씨를 넓게 뿌리는 것보다는 깔끔하게 줄을 맞춰 심어야 나중에 괭이로 잡초를 거를 때도 훨씬 수월할 텐데 하는 걱정이 들었다.

"제스로 툴Jethro Tull의 파종기가 필요해." 나는 계속 땅에 씨앗을 밀어 넣고 있는 앤에게 한마디 던졌다.

앤은 내 말에 낚이지 않았다.

---

1 가을에 파종하여 이듬해 늦봄에 수확하는 밀.
2 두 단어의 발음이 '플레미시'로 정확하게 같다는 것을 이용한 말장난.

"공원 벤치에 앉아, 딴따단, 나쁜 소녀들을 곁눈질하네."[3] 앤의 관심을 끌기 위해 노래를 불렀다. 이 노래에 짜증을 낼 거라는 걸 알았다. 앤은 예전에 시속 100킬로미터로 달리는 차 안에서 이 노래 CD를 끄지 않으면 뛰어내리겠다고 안전띠까지 풀고 나를 겁준 적이 있을 정도 이 노래를 싫어한다.

"제스로 툴이 파종기를 발명했잖아."

"일단, 제스로 툴은 그룹이지 사람 이름이 아니야. 리드 보컬 이름은 이언인가 그래."

물론 나도 알고 있었다. 대학교 1학년 때 기숙사 룸메이트에게 잘난 척할 생각으로 "이야, 저 보컬 '툴' 목소리 정말 끝내주지 않아?" 했다가 말도 못하게 창피를 당했던 경험이 있기 때문이다. 삼십 몇 년이 지난 지금까지도 나는 그 부끄러운 경험에서 벗어나지 못하고 있다.

"아니, 내 말은 진짜 '제스로 툴' 말이야. 그가 발명한 파종기는 땅에 구멍을 파고 씨를 넣은 후 다시 흙을 덮는 일을 한 번에 해낸다고. 그게 1700년대였으니 정말 굉장한 발명 아니야?"

"씨앗 다 떨어졌어."

나는 두 번째 봉지를 가져왔다. 밀 씨앗은 분명 밀을 구하는 최고의 방법은 아니었지만, 두 봉지에 5달러라는 게 얼마나 저렴한 것인지 그때는 몰랐다. 씨앗에 물을 주고 나서 얼마 지나지 않아 밀 가격은 오르기 시작했다.

지나가던 이웃 주민이 "뭐 하는 중이세요?" 하고 물었다. 이

017

---

3 맷 할레스의 〈아쿠아렁Aqualung〉이라는 노래.

늦가을에 무언가를 새로 심고 있는 모습에 놀란 모양이었다.

"빵 한 덩이를 굽고 있어요." 나는 뿌듯하게 대답했다.

답이 충분한 것 같지 않아 "맨손으로, 처음부터 말이에요!" 하고 덧붙였다.

여전히 어리둥절한 듯했지만 더는 묻지 않기로 했는지 그는 발걸음을 옮겼다. 다행이었다. 내가 무엇을 할 생각인지 제대로 설명하려면 꽤 복잡한 데다 사실은 나 자신도 이 계획을 제대로 이해하고 있는지 확신할 수 없었다. 나는 일 년 동안 빵 만들기에 전념하며 52개의 빵, 52번의 기회를 이용해 수년 전 딱 한 번 맛보았던 완벽한 빵 하나를 내 주방에서 재현해볼 생각이었다. 그러나 부끄러운 이야기지만 의외로 나는 밀가루가 뭔지도 제대로 모르고 있었다. 그런 이유로 밀을 심기로 한 것이다. 나는 포대에 담긴 희고 보드라운 가루와 네브래스카의 밀밭 사진을 보면서도 둘을 관련짓지 못했다. 밀가루와 밀은 심지어 색도 완전히 다르지 않은가!

완벽한 빵을 굽기 위해서는 밀부터 잘 알아야 하며, 그러기에는 직접 심는 것보다 더 좋은 방법이 있을까 싶었다. 씨앗에서 싹이 트는 모습을 보고, 자라난 밀이 긴 겨울잠을 자고 봄에 다시 눈을 뜰 때까지 조심히 지켜보는 일, 사춘기 아이들처럼 갑자기 키가 커져 밀알이 열리고 금빛으로 익으면 추수해서 밀가루로 제분하는 전 과정을 경험하는 일 말이다.

게다가 빵을 '맨손으로' 시작해 굽겠다고 말할 수 있다는 건 꽤 신나는 일이다.

"진짜 맨손이기는 하지." 앤은 밀알 하나를 땅속으로 밀어 넣으며 중얼거렸다. "빵은 언제쯤 만들 수 있는 거야?"

"다 잘되면, 돌아오는 여름쯤이 되겠지."

다 잘되면 말이다. 허드슨 리버 밸리Hudson River Valley[4]는 원래 사과를 재배하던 곳이지, 밀을 재배하던 곳은 아니다. 나는 그럴 만한 이유가 있었던 게 아닐까 불안했다. 내 작은 계획은 어쩌면 반경 80킬로미터 안에서 밀을 재배하는 유일한 사람이 되는 것으로 끝날지도 모른다. 이 품종의 밀이 내가 구우려는 '아르티장 브레드artisan bread[5]에 적합한지, 이 지역에서 재배 가능한지, 너무 이르거나 너무 늦게 심은 건 아닌지조차도 알 수 없다는 사실은 말할 것도 없다. 밀이 언제쯤 익을지, 익게 된다면 그다음에는 무엇을 해야 하는지도 전혀 몰랐다.

지금부터 대비해야 나중에 실망을 덜 시킬 것 같아서 앤에게 사실을 털어놓았다.

"사실은 말이야, 나 밀을 어떻게 재배하는지 잘 몰라."

아마도 내 고백이 앤에게는 360킬로의 고릴라같이 묵직한, 매우 반갑지 않은 진실을 마당에 들여놓을 용기를 준 모양이었다.

"괜찮아. 당신 어차피 빵 굽는 방법도 모르잖아."

앤은 나를 위로할 생각이었겠지만, 뼈아프게 정곡을 찔린 기분이 들었다. 물론 맞는 말이다. 사실 빵을 어떻게 굽는지도 모르는 데다, 당연히 '아르티장 브레드'라는 빵을 만드는 법도 알 리 없었다.

---

4 허드슨 강에서 형성되는 계곡 지역.
5 '장인의 빵'이라는 뜻으로 통곡물을 사용해 천연 발효를 거쳐 구워낸 빵을 말한다.

앤은 내가 자동차를 비롯한 모든 기계에 반감을 갖는 것을 보며(우리가 소형 경운기 대신 손으로 직접 땅을 일구게 된 이유이기도 하다) 종종 내가 시대를 잘못 타고났다면서 100년쯤 전에 태어났더라면 훨씬 행복했을 거라고 놀리곤 한다. 내가 말 타는 모습을 보면 아마 그런 이야기도 쏙 들어가겠지만. 앤이 말하는 그 시절에는 모든 빵이 결국 '아르티장 브레드'였을 것이다. 아무도 그렇게 부르지 않았을 뿐이다. 맷돌에 간 밀가루에 야생효모를 더해 긴 시간 동안 천천히 발효시킨 후 장작불로 덥힌 벽돌이나 진흙으로 만든 오븐 속 돌판 위에서 구운 빵. 사실상 그 자체가 아르티장 브레드인 것이다.

그러나 그 빵들의 질이 다 좋았던 것은 아니다. 오히려 그 반대였다. 한두 세기 전까지만 해도 밀은 귀한 곡식이라 서민들이 먹던 빵은 주로 호밀, 보리 혹은 비슷한 다른 거친 곡물로 만들어졌고, 심지어 곡물 아닌 것들도 종종 섞어 만들었다. 현재까지 발견된 우리 조상들의 치아를 살펴보면, 빵에 흔히 섞이곤 했던 모래 등으로 인해 표면이 마모된 것을 볼 수 있다. 비양심적인 방앗간 주인들은 강 하류에 있는 목재소에서 쓸어 담은 부스러기들을 곡물에 섞었다는 의혹을 사기도 했다.(그렇게 빵을 만들던 관습은 목재 펄프 성분을 더해서 섬유소 함량을 엄청나게 높였던 1970년대 '프레시 호라이즌Fresh Horizons' 브랜드까지 이어졌다.)

좋든 나쁘든, 불에 잘 타든 아니든, 독립 제빵사나 여성들이 공동 화덕에서 굽던 것은 우리가 오늘날 일반적으로 아르티장 브레드라고 말하는 빵이었다. 그러다 산업 시대가 시작되고 어느새 우리는 모두 원더 브레드Wonder bread[6]를 먹게 되었다. 나 역시 1950년대 원더 브레드나 실버컵Silvercup[7]처럼 비닐로 포장된 사각 식빵을 먹고 자랐다. 물론 호파롱 캐시디[8]와 진 오트리[9]가 광고하던 선빔Sunbeam[10] 식빵을 먹으면 나도 힘이 넘쳐 몸이 근질거리게 될 것처럼 세뇌된 후부터는 어머니께 우리도 빵을 선빔으로 바꾸자고 끈질기게 졸랐다. 결국 몸이 근질거리기는 했다. 막 만든 따뜻한 점심이 그리워졌기 때문이었다. 별맛도 없고 끈적끈적하게 치아나 입천장에 들러붙던 식빵 덕분에 나는 어린 시절 차가운 샌드위치에 질려버렸다.

호파롱과 진은 시간이 지나며 기억에서 잊혔지만, 여전히 내게 빵이란 무슨 일이 있어도 피해야 할 음식이었고, 어른이 되고 부모가 된 후에도 그 생각은 바뀌지 않았다. 그러나 뉴욕의 한 호화로운 레스토랑에서 아침 식사를 했던 어느 날 모든 것이 바뀌었다. 저녁 식사는 너무 비싸서 엄두도 내기 힘들고, 아침에도 지나치게 많은 포크와 유리잔 때문에 불편해지는 그런 곳이었다. 나는 은 식기와 크리스털 잔들이 늘어선 눈앞의 광경을 바라보며 태연한 척 애쓰고 있었다.

021

"더 올 사람이라도 있는 거야?" 나는 물잔을 들어 올리며 아내에게 물었다. "이건 내 물이야, 당신 물이야?"

"당신이 입 안 댄 게 내 물이겠지."

"우리 일어나자. 내 옷이 너무 후줄근해 보여." 나는 입고 있

---

6 1921년 미국에서 만들어진 식빵 브랜드로, 북미 전역에서 판매되고 있다.
7 1920년대에 시작되어 1974년 생산을 중단한 식빵 브랜드.
8 1930년대 인기를 끌었던 서부영화 시리즈의 주인공.
9 미국의 컨트리 가수이자 배우. 1930년대부터 20여 년 동안 다양한 서부영화에 출연했다.
10 1942년 시작된 식빵 브랜드.

던 골이 굵은 코듀로이 재킷의 옷깃을 매만지며 말했다. 내 모래빛 갈색 재킷은 남색 양복 바다에 외롭게 떠 있는 섬처럼 보였다. "양복 입고 일요일 아침 먹으러 오는 이 사람들은 도대체 뭐야?"

"교회 다니는 사람들이야."

"맨해튼에도 교회 다니는 사람들이 있어? 여기는 지구상에서 가장 신과 거리가 먼 도시잖아."

내 말이 끝남과 동시에 종업원이 발소리도 없이 빵 바구니를 들고 테이블로 왔다.

"빵도 왔으니 이제 못 일어나겠네." 앤이 말했다.

으악, 안 봐도 뻔한 빵 바구니. 스티키 번sticky bun[11] 생각이 간절했지만, 덜덜 떨리는 손을 진정시키려면 뭐든 먹어야겠다는 생각에 얼른 그 딱딱하고 묵직한 누런 빵을 조금 떼어 입에 넣었다. 갈색으로 노릇노릇 익은 껍질은 한입 베어 물자 만족스럽게 부서졌다. 정말 부서지는 소리가 났다. 게다가 물리학을 부정하기라도 하듯 바삭바삭한 동시에 쫄깃했다. 처음에는 치아, 그다음 혀의 순서로 천천히 음미해야 할 빵 껍질이었고, 지금까지 맛보았던 것과는 전혀 다른 천연의 단맛과 이스트 향이 났다.

빵 속도 껍질 못지않게 맛있었다. 정제된 흰 밀가루와 통밀의 중간쯤 되는 것 같았고 투박한 느낌이 났다. 거친 질감이었지만 공기구멍이 많아 폭신한 느낌 덕분에 부담스럽지 않았고, 풍부

022

11 얇은 밀가루 반죽에 설탕이나 계핏가루 등을 채워 돌돌 말아 구운 빵. 아침 식사 혹은 디저트로 먹는다.

한 감칠맛이 있으면서 씹을 때 적당한 묵직함이 느껴졌다. 흰 밀가루 빵처럼 입안에 들러붙지도 않았고, 껍질에서 느껴졌던 약간의 단맛과 이스트 향도 났다. 빵이 내쉬는(정말로 빵이 숨을 쉬었다) 그윽한 향이 식탁에 퍼졌다. 나는 그 향기에 둘러싸여 마치 만화에서처럼 공중으로 붕 뜨는 듯한 기분이 들었다. 몸과 마음이 매혹되었고 모든 감각이 예민해졌다. 미뢰만 자극한 것이 아니라 눈, 코, 혀 모두를 즐겁게 해주는 빵이었다. 그러나 몇 년이 지난 지금까지도 가장 선명하게 기억하는 것은 빵이 이렇게까지 맛있을 수도 있다는 마법 같은 깨달음과 엄청난 충격이었다. 주로 비닐 포장된 흰 빵을 먹고 자라기는 했어도, 종종 괜찮은 식당에서 빵을 먹거나 바게트를 사 먹는 등의 경험이 없었던 것은 아니다. 그러나 한 번도 그런 맛을 느껴본 적은 없었다.

"당신 듣고 있어?" 그제야 앤의 말소리가 들렸다.

"빵 맛이 어떠냐고 물었잖아."

"일단 먹어봐."

주문한 에그 베네딕트(달걀 하나가 아니라 치킨 한 마리가 얹혀 있어야 할 것 같은 가격이었다)를 종업원이 가져왔을 때 나는 그에게 빵의 이름이 무엇인지 물었다.

"페전트 브레드peasant bread라고 합니다."

페전트[12] 브레드라니! 이건 왕이 먹을 법한 빵이었다. "이 빵 만드는 법을 꼭 배워야겠어." 식사를 마치고 레스토랑을 나서며 앤에게 말했다.

---

12 '페전트'는 농부, 소작농을 뜻한다.

그게 5, 6년 혹은 더 전의 일이다. 시도해보기는 했어도 정식으로 배운 적은 없었을뿐더러 그 이후로 그 정도로 맛있기는커녕 비슷한 수준의 빵을 먹어보지도 못했다. 내가 원하는 빵을 먹으려면 직접 만드는 수밖에는 없을 것 같았고, 그러려면 당장 시작해야 했다. 더 오래 기다렸다가는 완벽한 빵이 어떤 맛인지도 잊을까 두려웠다. 게다가 복합적인 맛, 질감, 향을 재현하는 것만으로도 어려울 테니 지금 아니면 안 되겠다는 생각이 들었다.

사는 것보다 훨씬 맛있는 토마토를 먹기 위해 직접 기르는 것처럼 이것 역시 실용적인 프로젝트 같아 보였다. 하지만 그 자체가 음식 피라미드에서 독립적인 음식군으로 분류되기도 할 뿐 아니라 빵 만들 때 나는 향기는 세계에서 가장 잘 알려졌을 정도로, 빵은 상징성이 강하고 역사도 깊은, 훨씬 복잡한 음식이다.

최근 토스트를 먹으며 신문을 읽다가 빵에 대한 이런 생각이 더 분명해졌다. 《뉴욕 타임스》에 따르면, 바그다드의 수니파 민병대원들은 목표 지역에서 시아파를 몰아내기 위해 자동차 폭탄이나 저격수 공격 못지않게 효과적인 동시에 섬뜩한 새 전략을 세웠다고 한다.

바로 제빵사를 모두 죽이는 것이다.

현재까지 확인된 사상자만 수십 명이며, 민병대원들이 조직적으로 제빵사들을 추적해 그들을 죽이거나 납치하고 협박해 빵집을 차례로 폐쇄하면서 그 피해는 계속되고 있다. 공격은 종종 대낮에 벌어지기도 하지만, 손님들은 대체로 무사히 놔둔다고 한다. 빵을 사지 못하면 알아서 마을을 떠나게 될 테니 민병대원들이 굳이 나서서 손님들까지 죽일 필요가 없는 것이다. 한 제빵사는 "마을에서 잘 알려진 빵집 문을 닫게 하면, 그 마을의 삶 자체를 무력화시키는 거예요"라고 말했다.

21세기에도 여전히 빵이 그렇게 중요한 사회적, 이제는 정치적이기까지 한 역할을 맡고 있다는 사실은 충격이었다. 밀가루, 물, 이스트, 소금의 연금술에 내가 이렇게 무지했다니! 이 잔인한 이야기 때문에 빵에 정이 떨어진다거나 즐거워야 할 주방에서의 경험을 포기하고 싶어질 줄 알았지만, 오히려 그 신문기사가 미적지근하던 내 마음에 불을 지폈다. 나는 어느 때보다 더 빵을 제대로 이해하고 싶었고 훌륭한 빵을 굽는 제빵사가 되고 싶었다.

"완벽한 페전트 브레드를 만들 때까지 앞으로 일 년 동안 매주 빵을 구울 거야." 나는 오래지 않아 가족들에게 선언했다.

"매주요? 좋아요! 또 어떤 빵들을 구우실 거예요?" 열여섯 살난 딸 케이티가 물었다.

"다른 빵은 없어. 페전트 브레드만 구울 거야."

케이티의 얼굴에 실망한 기색이 역력했다.

"크루아상도 가끔 먹고 싶어요."

"아니면 피자도 좋고요."

일주일 동안 집에 와 있던 대학생 아들 자크가 덧붙였다. "시나몬 번, 바게트, 속을 채운 빵이나……."

"페전트 브레드만 구울 거야." 나는 단호하게 말했다. "완벽하게 구울 때까지 일 년 정도 걸릴지 몰라."

"지금 구운 빵도 나쁘지 않다고 생각해요." 케이티가 말했다.

"수분이 너무 많고 무거운 데다 공기구멍도 없잖아. 게다가 빵 껍질은 자르려면 쇠톱이 있어야 할 정도야." 딸의 칭찬에 짜증으로 답하지 않으려 애쓰며 말했다.

"빵 껍질은 솔직히 조금…….'"

껍질이 얼마나 딱딱했는지 아이들이 빵 자르기를 거부할 정도였다. 자르기 어려울 뿐 아니라 위험해 보이기까지 했다.

"52주 동안 퍼펙트 브레드만 구우신다고요? 그 좋은 경험을 놓치게 된다니 아쉽네요, 아빠." 자크의 목소리에서는 전혀 진심이 느껴지지 않았다.

"일 년 뒤 집에 올 때쯤이면 완벽한 빵이 기다리고 있을 거다." 나는 자신 있게 말했다. 계획 실행하는 데는 소질이 별로 없는데다 이미 빵을 만들어보려다 처참하게 실패한 것만 해도 여러 번이었지만, 그런데도 꽤 실현 가능한 목표처럼 느껴졌다. 바이올린을 마스터하거나 소립자 물리학을 배우려는 것이 아니라, 그냥 빵 한 덩이를 구우려는 것뿐이다. 더구나 이번에는 다를 거라고 나는 속으로 되뇌었다. 제대로 된 방법으로, 체계적이며 과학적으로 접근할 것이다. 제빵사들을 만나 이야기를 듣고 책도 읽을 것이다. 무엇보다도 집중력을 잃지 않고 목표를 향해 나아가며 진득하게 주방에서 시간을 보낼 것이다. 쓸데없는 일에 기웃하거나 정신이 팔려 목표 달성에 실패하는 일도 더 이상은 없을 것이다.

"일 년이면 배우고도 남을 거야." 확신과 걱정이 반반이었다. 나는 앤이 데려온 360킬로짜리 고릴라의 커다란 콧구멍을 정면으로 들여다보고 있었다. "52주면 빵이 52개잖아. 일 년 안에 완벽한 빵 하나를 굽게 될 거야. 더 할 말 없어. 얘기 끝났어."

이야기는 지금부터 시작이다.

아침 기도

Lauds

아침 기도는 빛나는 젊음, 시작, 순수함, 꽃피는 봄의 분위기로 가득하다.
찬가, 시편, 송시로 드리는 기쁨과 희망이 가득한 기도 시간이다.

이집트인처럼 빵을 굽다

빵이 생기기 전까지는 도토리가 최고였다.

프랜시스 베이컨 경

몸무게: 89킬로그램

빵 서가의 무게[1]: 1킬로그램

레시피가 필요했다. 지금 당장.

우여곡절 끝에 52주간 빵 굽기에 돌입하려는 순간, 내 프로젝
트의 문턱에서 준비 태세를 다 갖추고도 첫 번째 빵을 구울 레
시피를 결정하지 못하고 있었다. 간과할 수 없는 큰 실수였다.
첫 번째 빵은 중요한 의미가 있다. 다른 빵들을 평가할 기준이
되고 앞으로 구울 51개 빵의 출발점이 된다. 이 빵이야말로 내
주춧돌, 시금석이자 내 저울의 영점을 맞추는 일, 내 가스계량기
의 오차를 바로잡는 것만큼 중요하고, 또……

이쯤에서 멈춰야겠다.

"레시피가 필요해." 나는 큰 소리로 혼잣말을 했다.

날도 밝기 전 주방에서 혼자 빵을 구우면 미친 사람처럼 혼잣

---

1 내 서가에 있는 빵 관련 책의 무게다. 책꽂이의 무게가 아니다.—저자

말해도 아무도 내게 미쳤다고 하지 않는다는 점이 좋다. 내 선택권에 대해서 생각해봤다. 빵 굽는 공식들에는 그다지 큰 차이가 없고, 보통은 굽는 방식에서 차이가 생긴다. 기본 빵 레시피는, 가만 보자, 오늘이 16일이니까…… 여기서 빼려면…… 10의 자리에서 1을 빌려와서…… 그러면…… 6,000년 전부터 존재했다. 당연히 지금쯤이면 저작권도 만료되었을 테니 여기에 옮겨 적어도 되겠지.

밀가루와 물, 소금, 이스트를 섞는다.
발효시킨 다음 둥근 덩어리로 모양을 만들어 굽는다.

이 레시피, 혹은 레시피 비슷한 것은 피라미드 내부에 새겨져 있었다고 한다. 이집트는 고대 문명, 스핑크스, 상형문자, 오마 샤리프[2]뿐 아니라 빵도 우리에게 남겨주었다. 빵과 함께 마실 것도 물론 남겨줬지만.(이 얘기도 곧 할 생각이다.) 그러나 밀을 가장 먼저 먹기 시작한 사람들은 고대 이집트인들이 아니다. 아인콘밀einkorn[3]이나 에머밀emmer[4] 같은 재배종은 신석기시대부터 비옥한 초승달 지대[5]에서 재배되어왔다. 보통 이런 곡물은 물과 함께 끓여 죽처럼 먹었다. 그러다 누군가가 이 죽을 원판 모양으로 눌러 데워진 돌 위에 놓고 구워 먹었고, 이것이 플랫브레드

2　영화 〈닥터 지바고〉의 주인공으로 유명한 이집트 출신 영화배우.
3　최초로 작물화된 밀 품종 중 하나. 오늘날에는 거의 재배되지 않는다.
4　아인콘밀에서 진화한 종으로 지금은 주로 가축 사료로 쓰인다.
5　최초의 농경문화 발상지로, 현재의 이라크, 시리아, 레바논에 이르는 초승달 모양의 지역.

flatbread의 시작이었다.(본인의 이런 혁신적인 발명이 맥도날드의 스낵랩에나 쓰일 줄 알았더라면 그는 아마 빵을 투탕카멘과 함께 묻어버렸을 것이다.)

이집트인들이 음식과 관련된 또 다른 발명을 하지 않았다면 빵은 플랫브레드에서 끝났을 것이다. 종종 차가운 맥주를(따뜻한 맥주에 가까웠겠지만) 즐겨 마시던 이집트인들은 곳곳에 많은 양조장을 가지고 있었고, 그곳에서 양조용 효모를 키우곤 했다. 이게 맞는지 아닌지 그 기원은 분명하지 않지만, 어느 날 술기운이 오른 요리사가 맥주를 빵 반죽에 쏟았고 놀라운 일이 일어났다는 설명은 꽤 설득력이 있다. 효모와 반죽이 어쩌다 섞이게 되었고, 발효빵이 탄생했다는 것이다.[6]

죽에서부터 엄청나게 발전한 빵은 오래지 않아 중동 사람들의 주식이 되었다. 빵은 거의 완전식품이다. 밀알에는 단백질, 탄수화물, 지방, 섬유소 등의 영양소가 있으며 몇몇 비타민도 풍부하게 들어 있다. 빵은 노동의 대가로 지급되기도 하며 이집트인의 삶에서 중요한 자리를 차지하게 되었다. 이집트 아랍어로 이 빵을 '에이시Aish'라고 부르는데, '삶'이라는 뜻이다.

나는 '삶'을 완벽하게 만들려 노력하는 중이고, 그러기 위해서 택한 방법이 파라오 제빵사의 레시피와 다르지 않다고 생각하니 꽤 만족스러웠다. 내 '삶'은 밀가루, 물, 이스트, 소금 이렇게 네 가지 재료만 간단하게 쓸 것이다. 제빵용 팬 없이 화덕 안 돌

---

6 또 다른 이론으로는, 빵 반죽 몇 개가 햇빛 아래 너무 오래 방치되었고 밀가루에서 자연적으로 생긴 야생효모가 반죽을 부풀게 했다는 이야기가 있다. 하지만 나는 위에 쓴 이야기가 더 마음에 든다.—저자

위에 바로 올려 구운 자유로운 형식의 '삶'을 만들 것이다.

물론 빵을 만들려면 상형문자로 새겨진 것보다는 좀 더 자세한 레시피가 필요했다. 그 고급 레스토랑에서 빵에 대한 큰 깨달음을 얻은 다음 날, 나는 동생 롭에게 전화해 빵 만드는 법을 배우고 싶다고 했다. 동생은 빵 굽는 실력이 꽤 뛰어난 터라 내 요청이 형제간의 경쟁심을 불러일으킬 만도 했지만(나라면 우리 할머니 책에서 레시피를 가져다가 소금 같은 아주 중요한 재료 하나를 쏙 빼서 주고 싶었을 것이다) 그는 홈베이커들 모임에 나를 소개했고, 자신의 레시피 전부(내가 아는 한 말이다)를 주며 응원을 아끼지 않았고, 곧이어 내 첫 번째 아르티장 브레드 만들기 책도 선물해주었다.

나는 롭의 레시피를 이리저리 바꿔보며 변경사항과 결과를 일지에 일일이 기록했지만, 나아질 기미가 보이지 않았다. 빵이 계속 바뀌기는 했지만, 완벽한 아르티장 브레드를 만들겠다는 내 숭고한 목표는 고사하고 롭의 빵만큼도 괜찮은 빵이 나오지 않았다. 앞에서 이야기했던 돌같이 딱딱한 크러스트는 물론이고, '크럼crumb'(빵 먹을 때 테이블 위에 떨어지는 부스러기가 아니라,[7] 빵 굽는 사람들이 빵 속의 질감을 설명할 때 쓰는 용어다)도 엉망이었다. 이스트를 얼마나 더 많이 넣고 적게 넣든, 반죽을 발효시키는 시간을 줄이든 늘리든, 굽는 시간을 어떻게 조절하든, 빵은 예외 없이 빽빽하고 덜 구워진 채로 나왔다. 가장 중요한 공기구멍도 전혀 생기지 않았다. 크게 좌절한 끝에 빵 굽기를 완전히

032

---

7 보통은 빵이나 케이크의 부스러기를 말한다.

포기한 게 일 년도 더 된 일이었다.

"좋아." 나는 이 갱생의 첫날 마침내 선언했다. "마지막부터 시작할 거야." 기준이 될 이 빵을 일 년 전 마지막 레시피를 사용해 구울 거라는 이야기다. 롭의 레시피에서 마지막 변경사항을 참고해 중력분을 주로 해서 맛을 더하기 위해 통밀과 호밀을 섞었다. 이 밀가루의 3분의 1 정도를 정량의 물과 섞고, 활성 드라이 이스트 1티스푼을 더해 '스펀지sponge' 혹은 '풀리시pool-ish'(19세기 프랑스에 이 방법을 처음으로 소개한 폴란드인Polish 제빵사들을 가리키는 단어에서 유래됐을 가능성이 크다)라고 불리는 반죽을 만든다. 그다음 이 풀리시(얇은 팬케이크용 반죽과 비슷한 농도다)를 그대로 놔둔다. 네다섯 시간이 지나면 특유의 향과 함께 거품이 생기는데, 다 구워진 빵의 맛과 향을 결정하는 복합적인 화합물이 생성되었다는 뜻이다. 이 상태가 되어야 나머지 밀가루와 섞은 후 소금을 넣고 반죽할 수 있다.

풀리시나 그 외 여러 방식으로 대표되는 발효종의 사용은 '스트레이트 도straight dough' 법(모든 재료를 한꺼번에 섞어 반죽한 다음 발효되도록 두는 방법)이 일반적인 어머니의 요리책, 심지어 동네 빵집에서도 보기 드문 기술이다. 직접 반죽법은 빵을 만드는 가장 빠른 방법이며 자동화 공정에도 잘 맞는다.

이집트인들은 이런 발효종에 신경 쓸 필요가 없었다. 오늘 만든 반죽에서 일부를 떼어 보관했다가 내일 빵 반죽을 발효하는 데 더해서 썼기 때문이다. 발효종의 원형이었던 셈이다. 대부분의 현대 제빵사들은 상업용 생이스트를 넣어 매번 새롭게 반죽을 만들지만, 이런 방식은 묵은 이스트가 내는 특유의 맛을 만들어내지 못한다. 풀리시는 생이스트를 사용하기는 하지만, 요즘 빵에는 없는 풍미를 재현할 수 있는, 이집트인들의 방식에 가깝게 빵을 구울 수 있는 하나의 방법이다.

일상을 그린 벽화로 무덤을 장식하거나 기록 보존에 집착했던 이집트인들의 관습 덕분에 우리는 중세 영국보다 4,000년 앞서 이집트인들이 빵을 굽던 방법에 대해 더 많은 정보를 얻을 수 있다. 예를 들어, 우리는 람세스 3세가 통치하던 30년 동안 왕실 베이커리에서는 신전에 약 700만 개의 빵을 배급했다는 사실도 찾아볼 수 있다. 빵이 어떻게 만들어졌는지도 알 수 있다. 베이커리를 세세하게 그린 무덤의 벽화는 커다란 반죽통에서 발로 빵을 반죽하는 모습까지 빵 굽는 과정 하나하나를 자세하게 묘사하고 있다. 이집트의 제빵사들은 보통 열다섯 종류 이상의 빵을 구울 수 있었다. 그중에는 둥근 빵, 땋은 모양의 빵, 심지어 피라미드 모양의 빵도 있었고, 양귀비씨, 참깨, 캠퍼cam-phor[8] 등을 섞어 구운 빵도 있었다.

그러나 몇 천 년이 지난 지금, 나는 재료 네 가지로 단 한 종류의 빵만을 일 년 동안 만들겠다고 하고 있다. 이집트인처럼 빵을 굽겠다면서 전혀 그렇지 않은 셈이다. 진전이란 게 하나도 없다.

034

---

8 녹나무의 나뭇조각을 증류해 얻는 성분으로 특이한 향이 있다.

천연 재료로 만들어 깨끗하고 건강합니다

스코틀랜드의 야생동물 전문가들은
백조의 생명을 보호해달라고 호소하며 흰 빵 대신
갈색 빵을 먹일 것을 시민들에게 강력하게 권고했다.
흰 빵은 영양분이 부족해 인간의 구루병과 비슷한 증상으로
많은 백조가 불구가 되는 것으로 알려졌다.

《더 스코츠맨The Scotsman》(2008년 2월 15일 자)

아침을 먹는 동안 읽을거리가 밀가루 봉투밖에 없다는 것은
슬프기 그지없는 일이다.

앤 덕분에 나는 매일 이른 아침 배달되는 《뉴욕 타임스》에 익
숙해져서(신문 구독이 사실상 우리의 결혼 조건이었다) 내가 신문 배
달원보다 더 일찍 일어나 부엌에서 아침을 먹게 된 이후부터는
답답해 미칠 지경이 되어 닥치는 대로 무엇이든 읽어야 했다. 시
리얼 상자는 열 번쯤 정독했고(혹시 새로운 내용이 쓰여 있거나 새로
운 이벤트가 있을 때를 대비한 것이다), 동네 중국 음식 뷔페가 밸런
타인데이 특별 행사로 무엇을 하는지 광고지를 유심히 살펴봤
으며, 신문 금단 증상을 억누르기 위해 밀가루 봉투까지 읽어야
했다.

다시 한 번 말하지만, 앤 덕분이다. 25년도 더 전 그때 앤의 외
모에 끌렸던 건 사실이지만, 더 관심을 갖게 된 건 우리가 함께

일하던 사무실에서 어느 날 점심을 먹으며 《뉴욕 타임스》를 읽던 그녀의 모습을 본 후부터였다. 나는 뭔가 진지한 걸 읽는 여자와 데이트한 적이 거의 없었다고만 말해두겠다. 나는 용기를 내어 앤에게 점심 데이트를 신청했다. 적어도 같이할 수 있는 이야기는 있을 테니 괜찮겠다 싶었다. 그리고 실제로도 그랬다.

나는 여전히 같은 연구소에서 일하고 있지만, 앤은 그 후 얼마 지나지 않아 의과 대학원에 진학하기 위해 연구소를 떠났고, 우리는 결혼해서 두 아이를 낳고, 뭐 그렇게 되었다. 앤이 브롱크스에서 내과 레지던트 과정을 끝낼 무렵 우리는(정확히는 내가) 좀 더 교외 지역으로 이사하고 싶었다. 앤은 내가 원하는 곳이면 어디든 따라갈 준비가 되어 있었다. 거의 어디든 말이다. 그녀는 절대 타협할 수 없는 단 하나의 단서를 달았다. 앤은 아이들이 모두 잠들고 난 어느 날 밤, 내가 공부하고 있는 주방 테이블로 뉴욕 지도를 가지고 와 그 위에 원을 그렸다. 《뉴욕 타임스》가 집으로 배달되는 지역을 표시하는 것이었다.

"이 원 안의 지역이면 어디든 괜찮아." 앤은 웃으며 말했다.

괜찮은 조건이었다. 나는 미드 허드슨 밸리Mid-Hudson Valley[9]의 작은 마을을 찾았다. 앤이 그린 원의 북쪽 끝에 있는 곳이었고, 정말 앤은 집 계약을 최종적으로 마무리 짓기도 전에 신문사에 전화를 걸어 우리가 살 곳 주소가 배달 지역 내에 들어 있는지 확인했다. 17년이 지난 지금까지도 보비 데이비스는 우리 테라스에(혹은 테라스와 가까운 곳에) 1년 365일 신문을 던져 넣어준다.

---

9 허드슨 계곡의 중류 지역.

갑자기 이 이야기를 왜 하느냐고? 나는 새벽 5시 30분 풀리시를 만들기 위해 부엌에 있었고, 신문이 아직 배달되지 않아 아침 먹는 동안 읽을거리가 없어 안절부절못하고 있었다. 부엌에는 '킹 아서 플라워King Arthur Flour' 밀가루 한 봉지뿐이었다. 밀가루 봉지에는 생각보다 읽을 것이 많았다. '킹 아서 플라워'는 북동부 지역에서 시작되었으며, 전문 제빵사뿐 아니라 진지한 홈 베이커들 사이에서도 높이 평가받는 브랜드라고 한다. 백 퍼센트 종업원 지주회사라는 것도 봉지에서 읽었다. 이름 이니셜이 'I.M.'인 사람이 쓴 극찬으로 가득한 추천사('내가 정말 CEO다'라는 식으로, 회사 내부의 농담인지도 모른다),[10] 회장의 인사말과 레시피도 인쇄되어 있었다. "천연 재료로 만들어 깨끗하고 건강합니다"라는 슬로건과 함께 킹 아서 플라워는 "표백제와 산화제를 전혀 쓰지 않았습니다"라는 말도 썼다. 꽤 안심되는 문구다. 미국에서 판매되는 밀가루 대부분은 제분소에서 과산화물과 브롬화물로 처리된다. 밀가루를 더 희게 만들거나(막 제분한 순수한 밀가루는 크림색이다) 숙성시키는 데 쓰이며(인공적으로 숙성시키는 것이 몇 주 동안 밀가루를 보관하며 자연적으로 산화되게 두는 것보다 훨씬 싸기 때문이다) 베이킹이 훨씬 잘될 수 있도록 하는 이 첨가물들은 암 유발 가능성이 크다고 하여 유럽연합에서는 불법으로 규정했다.

마지막으로 나는 옆면이 보이도록 봉지를 돌려 가장 아래쪽에 작은 글씨로 쓰여 있는 내용을 읽었다.

---

10 이니셜을 읽으면 '아이 엠I am'과 발음이 똑같다는 것을 사용한 말장난.

성분: 표백되지 않은 강력분, 맥아 보릿가루(천연 이스트 푸드 yeast food[11]), 니아신(비타민 B), 환원철,[12] 티아민 질산염(비타민 B1), 리보플래빈(비타민 B2), 엽산(비타민 B).

이상했다. 그렇게 '천연 재료로 만들어 깨끗하고 건강'하다면, 왜 이렇게 비타민 B를 많이 첨가한 것일까?

나는 우리가 먹는 다른 강화 식품에 대해 생각해봤다. 몇몇 아침 식사용 시리얼은 마케팅 목적으로 멀티비타민을 함유하고 있지만, 주요 식품 중에서는 비타민 D를 첨가한 우유와 요오드를 첨가한 소금 정도가 지금 머릿속에 떠오른다. 단지 한 종류의 첨가물이 들어갔을 뿐이다. 킹 아서 제품만 이런 것일까? 나는 찬장에서 잘 알려지지 않은 상표의 밀가루 한 봉지를 꺼냈다. 같은 성분이 들어 있었다.

이 새로운 발견에 기뻐해야 할지 모르겠다. 그럼 그동안 빵을 먹으면서 왜 영양 보충제를 먹었던 걸까?

좋은 질문이다. 답을 찾아야 할 질문이기도 하다. 그러나 일단 빵부터 구워야 했다. 지난주에 구운 내 첫 번째 빵은 반죽이 잘 부풀어 올랐음에도 돌처럼 딱딱하고 무거운 결과물로 기록을 남겼다. (내 아내 등의) 외부인에게는 이번 주에 구운 빵도 전혀 다를 게 없어 보이겠지만 그렇지 않다! 빵이 무거웠던 것은 이스트가 너무 적어서가 아니라 너무 많아서 반죽이 과발효된 후

038

---

11 이스트의 발효를 왕성하게 하고 빵의 품질을 개선하는 제빵 개량제.
12 철분 강화 목적으로 사용된다.

오븐 안에서 푹 꺼졌기 때문이라는 결론을 내리고, 오늘은 반죽에 넣는 이스트의 양을 줄이고 풀리시에 들어 있는 이스트만 믿기로 했다.

그래도 이스트 4분의 1티스푼은 지나치게 적은 양 같았다. 대부분의 레시피에서는 이스트를 1이나 2티스푼 넣으라고 하지만, 두세 시간 안에 빵을 완성할 경우의 이야기다. 적은 양의 이스트는 반죽을 발효시키는 데 더 많은 시간이 걸리며, 특히 이스트의 온상인 풀리시에서는 더 그렇다는 점을 생각하면, 내 빵은 완성까지 여덟아홉 시간 걸릴 것이다.

네 시간 후, 풀리시의 표면에는 작은 기포가 잔뜩 생겼고, 벌써 어렴풋이 빵 냄새도 풍기기 시작했다. 나머지 밀가루와 소금 2티스푼을 더한 반죽을 반죽기의 고리에 건 후 타이머를 12분에 맞췄다. 이 12분 동안 나는 다른 일을 할 수도 있었을 것이다. 그러나 반죽기가 고리로 반죽을 이리저리 내던지면서 조리대 위에서 춤을 추기 시작하더니 가장자리로 향해가려는 본능으로 서서히 움직이는 바람에, 나는 내내 조리대 앞에 서서 한 손으로 반죽기를 붙잡고 있어야 했다. 반죽기에서 꺼낸 반죽은 약간 탄력이 있으면서 끈기가 딱 적당했다. 정확히 사람들이 좋아하는 식감이었다. 단단한 표면에 약간 달라붙으면서도 살짝 힘을 주면 깨끗하게 떼어낼 수 있을 정도여야 했다. 나는 식물성 오일을 뿌린 랩으로 반죽을 싼 다음 반죽이 부풀어 오르도록 두 시간 동안 놔뒀다.

그사이 나는 서재로 올라가 왜 '천연 재료로 만들어 건강'하다는 '킹 아서 플라워'에 왜 약국 재고 목록을 보는 것 같은 성분들이 들어 있는지 확인하기 위해 고객센터로 전화를 걸었다. 전화벨이 두 번 울리자마자 뉴잉글랜드 특유의 억양이 약간 어려 있는 상냥한 목소리의 여성이 전화를 받았다. "빵과 같은 주식을 만드는 데 쓰는 밀가루에는 비타민과 미네랄 등을 첨가하도록 연방법으로 정해져 있어요." 상담원은 설명했다. 1940년대부터라고 했다. "정제된 밀가루가 보편적으로 판매되면서 미국 국민은 비타민 부족에 시달렸죠." 상담원은 덧붙였다.

잠깐만. '가장 위대한 세대Greatest generation[13]가 비타민 결핍이었다고? 톰 브로코의 책에도 나오지 않았던 이야기다. 흥미롭군.

"아마 담당자가 아니라 모르시겠지만, 특정 비타민만을 첨가한 이유가 뭔지 아시나요?" 나는 미안해하며 물었다.

"알죠, 설명해드릴게요." 상담원은 기분이 약간 상한 듯했다.

"죄송합니다." 나도 모르게 사과했다.

"이 비타민들은 구루병 등의 영양 결핍증을 예방하는 것으로 알려져 있어요." 리보플래빈은 구루병을 예방한다. 티아민은 러일전쟁 당시 러시아군뿐 아니라 일본군의 전력 약화를 가져오기도 한 각기병을, 철분은 빈혈을 예방한다. 엽산은 척추갈림증과 같은 선천 기형을 예방하기 위한 것이다. 나는 밀가루에 함유된 4종의 비타민 중 마지막으로 니아신에 관해 물었다.

"니아신은 펠라그라pellagra라는 병을 예방해요."

---

13 톰 브로코Tom Brokaw의 책 제목에서 유래한 명칭. 브로코는 이 책에서 대공황 시절 궁핍 속에서 태어나 제2차 세계대전에 참전한 세대를 묘사했다.

"펠라그라요? 그건 뭐죠?"

"처음에 하셨던 말씀이 맞았네요. 담당자가 아니라 잘 모르겠어요."

나는 다시 한 번 사과하고 답변에 감사하다고 말한 후 어느 정도 만족스러운 기분으로 전화를 끊었다. 그러나 무언가가 이상했다. 구루병, 각기병, 빈혈은 들어봤지만, 펠라그라는 처음이다. 왜 내 밀가루와 지난 60여 년간 미국에서 시판된 식빵마다 내가 한 번도 들어보지 못한 병을 예방하는 비타민을 첨가해온 걸까? 어쩌면 더 친숙한 병명이 따로 있는지도 모른다.('소아마비'라든지 말이다.) 나는 종이에 '펠라그라'라고 적은 후 레시피, 고무줄, 새 펜과 낡은 펜, 서재에서 나온 다른 쓰레기들과 같이 그 종이를 책상 서랍에 집어넣었다.

그리고 《뉴욕 타임스》를 읽으러 아래층으로 향했다.

성에 차지 않는 겨울밀

"우리에게 지금 필요한 건 빵 한 덩이야."
월러스가 말했다.

루이스 캐럴, 《거울 나라의 앨리스》(1871)

"정말 죽은 것 같아." 나는 쌓인 눈 사이로 보이는 밀 그루터기를 관찰하며 앤에게 말했다.

"매년 이맘때면 잔디도 죽어."

좋은 지적이다. 당연한 일이기도 하다. 한쪽에 먹을 수 있는 이삭이 있다는 점을 제외하면 둘 다 똑같은 풀이니까. 하지만 내가 걱정하는 더 큰 이유는 따로 있었다. 방금 "전통적인 페전트 브레드는 봄밀을 사용합니다"라는 제빵사의 이야기를 읽었기 때문이었다.

봄밀이라고? 내가 겨울밀을 기르는 이유는 이 품종이 더 적합하다는 판단 때문이었는데! 봄에 파종해서 가을에 수확하는 경질 봄밀hard spring wheat은 가을에 파종하는 경질 겨울밀hard winter wheat보다 단백질, 그러니까 글루텐 함량이 높다.(봄밀은 제분 전 글루텐 함량이 13~16퍼센트, 겨울밀은 10~13퍼센트다.) 글루텐은 반죽을 쫄깃하게 해주는 역할을 하며, 이스트에서 나오는 가스를 잡아두어 반죽이 부풀게 해준다. 물론 무조건 많다고 좋은 것은 아니다. 글루텐이 지나치게 많으면 반죽이 너무 질겨진다. 글루텐은 고무줄 같다. 가는 고무줄 한 개를 길게 잡아당기면 금방 끊어지지만, 한 묶음을 잡으면 튼튼한 대신 늘리기 매우 어려워진다. 정확히 원하는 만큼의 탄성을 얻을 수 있는 고무줄의 숫자를 찾아내는 게 관건이다.

내가 빵 굽는 데 사용해온 킹 아서 중력분이 그 답이 될 거라고 생각했다. 중력분은 케이크용 박력분과 제빵용 강력분 중간 정도의 단백질(혹은 글루텐)을 포함하고 있다. 킹 아서의 중력분은 다른 중력분보다 단백질 함량이 높지만, 강력분만큼 높지는 않아 제빵용으로 추천하곤 한다. 그러나 이 아르티장 브레드 제빵사가 더 경질의 밀가루를 사용한다는 것을 읽고 나자, 글루텐 함량이 더 높은 밀가루를 써야 하는 것은 아닌지 의문이 들었다. 다음 날 아침, 나는 경질 봄밀 중에서도 경도가 가장 높은 밀을 제분했다는 킹 아서의 강력분을 사용해 빵을 구웠다. 폴리시를 만들고 믹서에서 반죽을 끝낸 후 두 시간 발효를 마치고 나면, 전 세계의 제빵 책에서 똑같이 묘사하듯 반죽은 거의 "두 배로 부푼다". 수십 년 전 TV에서 봤던 줄리아 차일드Julia Child[14]처럼 반죽 가운데를 힘있게 내려친 후 공기가 빠지며 반죽이 바닥에 힘없이 가라앉으면, 잘 펼친 다음 가장자리를 오므려 러스틱 브레드rustic bread 특유의 둥그런 모양을 만든다.

둥근 모양은 페전트 브레드의 원형이다. 프랑스어로 공, 구,

14 프랑스 요리를 미국 가정의 실정에 맞게 소개하며 유명해진 미국 출신의 프랑스 요리 전문가.

둥그런 빵을 '불boule'이라고 한다. 제빵사를 뜻하는 '불랑제bou-langer'가 이 단어에서 유래했을 정도다.[15] 오늘날 파리의 베이커리 진열창 풍경을 보면 아마 상상이 안 되겠지만, 1750년 전까지는 둥근 빵이 긴 빵보다 훨씬 유명했다. 뉴욕에서 그 운명적인 아침에 먹었던 환상적인 빵이 둥근 빵이었기 때문에, 나는 둥근 빵을 굽는 데만 관심이 있었다. 내게 둥글지 않은 빵은 페전트 브레드가 아니었다. 게다가 나는 종종 꽃처럼 펼쳐져 속살을 드러내는 둥근 빵 표면의 굵고 선명한 사선 무늬도 좋아한다. 빵집에 가면 둥근 빵 표면에서 아름다운 동심원 모양을 볼 수 있는데, 프랑스어로 '반통banneton'이라고 부르는 바구니에서 반죽이 발효되면서 바구니 내부의 무늬가 반죽에 자국을 남기기 때문이다. 나는 그렇게 세련된(비싸기도 하다) 바구니가 없어서 그 대신 낡은 리넨 천에 밀가루를 뿌려 체 안에 깔고 그 안에 이음매 부분을 위로해서 반죽을 넣었다. 랩으로 싼 후 프루핑proofing이라고 하는 2차 발효를 위해 반죽을 한쪽으로 치워두었다. 이 과정은 90여 분 걸린다.

044

이 과정까지는 꽤 단순하고 평온하다. 그러나 반죽을 오븐에 넣을 때가 되면 이 고요한 빵 만들기 과정은 종종 혼돈에 빠진다. 체에 들어 있던 반죽을 제빵용 넓은 나무주걱 위에 엎어놓고, 특유의 둥근 모양을 위해 위에 밀가루를 뿌리고, 칼로 표면에 재빨리 무늬를 만들고, 주걱으로 반죽을 오븐에 밀어 넣은 다

---

15 그에 반해서 투르크멘어로 빵을 뜻하는 단어는 역사가 깊지 않다. 2006년 빵을 뜻하는 단어가 '구르반솔타네제Gurbansoltanedzhe'로 바뀌었는데, 이는 당시 대통령이던 사파르무라트 니야조프의 어머니 이름이다.—저자

음, 분무기로 오븐 벽면에 물을 뿌리는 동안 온갖 물건이 주방 곳곳을 날아다니기 시작한다. 몇 시간을 공들인 끝에 반죽 안에 생긴 소중한 기포를 날려버리지 않으려면 최소한의 시간으로 신속하게 움직여야 하기 때문이다.

대개 나는 이 과정 중 하나를 잊었다는 사실을 깨닫거나, 칼이나 분무기를 찾을 수 없어서, 혹은 일의 순서가 뒤바뀌거나 무언가가 잘못되어 허둥지둥하기 일쑤다. 오늘도 다르지 않았다. 반죽은 옥수숫가루를 잘 뿌려놓아 괜찮다고 생각했던 주걱에서 떨어지지 않은 채 "싫어, 뜨거운 돌판 위에는 올라가지 않겠어!" 하고 소리치듯 필사적으로 매달려 있었다. 몇 번을 더 힘껏 흔들자 마침내 툭 하고 떨어졌지만, 동시에 완벽하게 부풀어 올랐던 반죽은 푹 꺼져 결국 나는 벽돌 같은 빵을 굽고 말았다.

이런 빵을 가족에게 먹일 수는 없었다. 어떡하지? 그러다 최근 봤던, 두툼하고 뻑뻑한 빵 한 조각을 곁들인 대구 수프 레시피가 생각났다. 완벽해! 수프에 잠겨 있으면 빵을 완전히 망쳤다는 사실을 아무도 눈치채지 못할 것이다. 게다가 덕분에 저녁 식사 자리에서 잘난 척도 할 수 있었다.

"프랑스어로 수프soupe는 원래 묽은 수프 그릇 바닥에 놓은 빵 한 조각을 뜻했다는 거 아니?"

"음, 생선 싱싱하네요." 케이티는 음식을 해주면 늘 감사하게 먹어줘서 좋다.

"그러다가 빵을 따로 빼서 내기 시작했지만……"

"저기요, 아빠?"

"……그 뒤에도 농도가 진한 국물을 같은 이름으로 불렀고 지금의 '수프'가 된 거야."

"제 수프는 다 어디로 갔죠?"

바닥에 깔아놓은 빽빽한 빵이 자기 부피의 거의 100배는 되는 수프를 빨아들인 모양이다. 초자연적인 능력을 발휘하는 스펀지를 보는 것 같았다. 눈앞에서 수프 그릇이 말라가는 모습과 동시에 '쉭' 하는 소리가 들리는 듯했다. 우리는 전부 숟가락을 놓고 최면이라도 걸린 듯 빵을 관찰했다. 마침내 쇼가 끝나고 모두가 내 얼굴만 바라보며 설명을 기다렸다.

"패스트푸드야."

아무도 재미있어 하는 것 같지 않았다.

"디저트 먹으러 나갈까?"

4주차
도둑맞은 편지

물은 특별하다.
쇠스랑으로도 긁어모을 수 없으니까.
조지 엘리엇, 《플로스 강변의 물방앗간》(1860)

물?

나는 멍하니 종이 위의 글자들을 바라봤다. W-a-t-e-r. 제빵사

버전의 《도둑맞은 편지》를 읽는 기분이었다. 내 좌절의 근원은 지금까지 뻔히 보이는 곳, 수도꼭지에서 쏟아져 나오고 있었던 것이다.[16] 내 빵이 제대로 부풀지 않았던 이유가 공기구멍gas hole이 충분히 생기지 않았기 때문이 아니라 단순히 내가 지금까지 수돗물을 썼기 때문이라니!

사실이다. 방금 빵은 반드시 샘물spring water로 만들어야 한다고 책에서 읽었다. 수돗물에 있는 염소와 다른 불순물이 이스트의 활동을 억제하기 때문이다. 게다가 이 부분을 아무렇지 않게 써넣은 저자 덕분에 나는 지구상에서 이 사실을 모르는 사람이 나 혼자라는 기분이 들었다.

염소가 미생물에 좋지 않은 건 당연하잖아! 내가 매일 수영장에 염소를 때려 붓는 것은 정확히 그 이유 때문이다. 갑자기 이 사실이 너무 뻔하게 느껴져 왜 지금까지 이걸 깨닫지 못했는지 의아할 정도였다. 하지만 이유가 정말 그렇게 단순하다고? 완벽한 빵을 만들겠다는 내 여정은 시작하기도 전에 이미 끝날 운명이었던 걸까?

다음 빵을 구울 주말을 기다리는 동안 우편배달부가 가격 99달러, 무려 1,400페이지에 이르는 두 권짜리 E. J. 파일러E. J. Pyler의 《제빵학과 기술Baking Science and Technology》을 배달해주었다. 홈베이커보다는 석사과정 중인 학생에게 더 어울릴 듯한 책이었지만, 나는 재미있는 소설을 읽듯 탐독했다. 염소만 문제

---

16 에드거 앨런 포의 소설 《도둑맞은 편지》에서 장관이 훔쳐간 왕비의 편지를 경시총감은 장관의 집을 샅샅이 뒤지고도 찾아내지 못했지만, 탐정 뒤팽이 장관의 집에 들어가 잘 보이는 곳에 놓여 있던 편지를 찾아 나온다.

인 것은 아니었다. 파일러의 책에 따르면 경수hard water는 빵 반죽을 좀 더 되직하게 하고 (산성비로 가득 차 있는 북서부의 저수지 물 같은) 산성수acidic water는 글루텐 조직을 약화해 반죽의 발효를 방해한다.

나는 수돗물의 pH를 분석하기 위해 수영장 물 수질 측정에 쓰는 시험지를 꺼냈다. pH 수치가 얼마나 낮은지(산성이라는 이야기다) 거의 잡히지 않을 정도였다. 그러나 나는 곧 이 테스트 페이퍼의 수치가 6.8에서 끝난다는 사실을 발견했다. 중성인 7.0에 약간 못 미치는 정도다. 실제 수치는 도대체 얼마일까? 나는 앤에게 이 얘기를 꺼냈다. 의사를 아내로 두면 단점도 있지만 장점도 있다. 예외 없이 아내는 저녁 시간을 훨씬 넘겨 매우 늦게 퇴근했지만, 오늘은 소변 시험지를 한 움큼 들고 왔다.

"이걸로 해봐." 앤이 말했다. 나쁜 소식은 물의 pH 농도가 6.2에서 6.3 사이로 상당히 산성이라는 것이었고, 좋은 소식은 적어도 임신은 아니라는 것이었다.

염소와 낮은 pH 농도 말고도 문제는 더 있었다. 이게 끝이 아니다. 얼마 전 누군가가 전통 프랑스 빵의 비밀은 전통 프랑스 샘물에 있다고 들었다며 이야기를 전해준 적이 있었다. 그때는 그 말을 믿지 않았지만, 빵 무게의 40퍼센트를 수분이 차지한다는 사실을 생각하면 물이 빵의 질감뿐 아니라 맛에도 영향을 미친다는 이야기는 꽤 일리가 있는 것 같다. 프랑스식 둥근 빵을 만드는 데 샘물을 써야 한다면, 그 물 역시 프랑스산이어야 한다는 생각이 들었다.

나는 프랑스 알프스에서 왔다는 에비앙 생수를 샀다. 나는 염소와 산성의 족쇄에서 벗어나면 내 빵도 오븐에서 수플레souf-flé[17]처럼 부풀 것이며, 알프스의 풍미와 장 폴 벨몽도의 개성, 브리지트 바르도의 섹시함을 동시에 지닌 빵이 될 거라는 커다란 기대에 부풀었다.

그러나 에비앙 생수를 계량하는 순간, 프랑스산 이 물이 빵 반죽 그릇으로 흘러내리는 모습에 기분이 우울해졌다. 나는 항상 생수, 특히나 대서양을 건너온 생수를 사 마실 때마다 죄책감을 느끼곤 했다. 태평양을 건너온 생수라면 더하다.(왜 이쪽이 더 안 좋은지는 정확히 모르겠지만, 그냥 마음에 더 걸린다.) 이곳까지 운송되면서 얼마나 많은 에너지가 쓰였으며 얼마나 많은 탄소가 배출되었을까? 사람들에게 현지에서 생산된 농산물을 사라고 설득하는 글을 써온 나는 지금 6,400킬로미터나 떨어진 곳에서 수입된 물을 쓰고 있다.

물을 마시는 일이 언제부터 이렇게 큰 부담이 되었을까? 내 아버지는 살면서 단 한 번도 마시는 물의 윤리성(혹은 순도)에 대해 걱정하지 않으셨을 것이다. 아버지는 실내에 화장실이 있다는 사실만으로도 행복해하셨다. 수도꼭지는 그 자체로 기적이었고, 거기서 나오는 물이라면 감사히 드셨다.

윤리적 판단이든 그 외의 것이든, 사실 우리 부모님 세대는 현재 우리보다 선택할 것들이 훨씬 적었다. 종이봉투와 비닐봉지 중 하나를 선택하는 건 고민거리도 아니다. 그들은 수십 종류의 케이블 TV 요금제, PC와 매킨토시 컴퓨터 중 하나를 고를 필요

---

17 밀가루, 달걀, 버터 등으로 만든 반죽을 틀에 넣고 오븐에 부풀려 구워낸 디저트.

도 없었다. 방목형 사육 닭고기와 공장형 사육 닭고기, 장거리로 운송되어온 유기농 당근과 지역 생산 일반 당근 등은 물론이고, 인터넷에서 끝도 없이 이어지는 리스트를 보며 항공편과 좌석을 선택할 필요도 없었을 것이다. 나는 가끔 머리가 터져버릴 것 같은 기분을 느낄 때도 있다. 다행히도 나에게는 이렇게 신경세포에 과부하가 올 때를 대비한 꽤 믿을 만한 해독제가 있다. 부엌으로 도피해 지난 6,000여 년 동안 많은 남성과 여성이 해온 일을 하는 것이다. 돌판에서 빵을 굽는 일 말이다.

반죽이 오븐에서 부풀어 오르는 모습을 보는 동안(정말 평소보다 조금 더 잘 부풀어 오르는 것 같았다) 마음이 복잡해졌다. 이 빵이 '완벽한 한 덩이'이기를 간절히 바라면서도 걱정이 되었다. 만약 이 빵이 정말 완벽한 빵이라면, 내가 이 빵을 잘랐을 때 벨몽도와 바르도를 합해놓은 듯한 느낌이 뿜어져 나와 부엌을 감싸며 나를 빵의 신 혹은 빵의 귀신으로 만들어버리면 어떡하지? 죽을 때까지 수입된 이 물로 빵을 구워야 할까? 환경 문제는 제쳐놓고라도, 나는 내 빵이 이 땅의 풍미를 가지고 있었으면 했다. 마당에서 자라고 있는 허드슨 밸리 밀이 익으면, 그 밀과 허드슨 밸리의 물로 빵을 굽고 싶었다.

'진정하자, 그냥 빵일 뿐이야.' 나는 생각했다.

이건 그냥 빵일 뿐이다.

죽을 만한 가치가 있다

기독교에서 새로운 것이란 없어.

댄 브라운, 《다빈치 코드》(2003)

매년 유월절[18]이 되면 사무실 탕비실에 어김없이 무교병[19] 한 박스가 나타난다. 누가 가져오는지도 모르고 누군가가 먹는 모습을 본 적도 없지만, 일주일 후면 박스는 언제나 텅 빈다. 정말 이상한 일이다. 유월절이나 부활절처럼 기적적인 사건을 축하하는 절기는 발효하지 않았지만 맛이 풍부한 무교병의 절기이기도 하다. 나는 하나의 예술 작품에 어떻게 미스터리와 빵이 동시에 존재할 수 있는지 궁금하지 않을 수 없었다.

일반적인 생각과는 반해, 레오나르도 다빈치의 그림 속 가장 큰 미스터리는 모나리자의 미소도, 예수의 후손이 존재한다는 사실을 보여주는 암호가 숨겨져 있다는 근거 없는 이야기도 아니다.[20] 진짜 미스터리는 다빈치의 최고 걸작 〈최후의 만찬〉, 그것도 잘 보이는 곳에 있다. 복제화를 찾아보라. 크면 클수록 좋

---

18 이스라엘 민족이 이집트에서 탈출한 것을 기념하는 유대인의 축제일.
19 이스트를 넣지 않고 물과 밀가루만으로 만든 플랫 브레드. 유월절의 상징이다.
20 댄 브라운의 소설 《다빈치 코드》에 나오는 이야기를 언급한 것.

다. 그림에서 디너롤[21]을 볼 수 있을 것이다. 예수가 제자들과 함께한 마지막 만찬을 묘사한 세계에서 가장 유명한 이 그림은 통통한, 발효된 것이 분명한 먹음직스러운 디너롤이 곳곳에 놓여 있는 테이블을 보여준다. 이게 뭐가 문제냐고? 이것은 유월절 만찬이었고 예수는 유대인이었다. 도대체 왜 발효된 빵을 먹고 있었던 거지? 테이블에 무교병이라고는 하나도 없다니!

물론 발효하지 않은 다양한 종류의 빵들을 무교병이라고 부른다. 극단적으로 발효되지 않은 빵이라고 할 수도 있겠다. 이스트 없이 만들 뿐 아니라 재료를 섞기 시작해서 오븐에 들어가기까지 18분 이상 소요되면 안 되기 때문이다. 유대인은 전통적으로 정확히 이 '18분'이라는 시간을 지켜왔다. 이 시간이 지나면 이스트를 넣지 않아도 빵이 발효를 시작하기 때문이다.

기독교에서는 사실상 빵을 종교적 상징으로 여긴다. 기독교인들은 예수가 마지막 만찬에서 빵을 "이것은 내 살이요"라고 말한 것을 성찬식의 형식으로 지금까지 기념하고 있다. 가톨릭 교회와 몇몇 개신교 종파의 성찬식에서 먹는 빵은 이스트를 넣지 않은 것이다. 더 정확하게 설명하자면, 압지blotting paper와 비슷한 밀도의 아주 얇은 과자로, 씹으면 성가실 정도로 입천장에 끈적하게 들러붙는 빵이다. 그러나 예전부터 이런 형태였던 것은 아니다. 오늘날까지 동방정교회에서 사용되는 것처럼 성찬식 빵은 원래 발효 빵이었다. 1000년경 교황은 최후의 만찬 당시가 유월절이었기 때문에(게다가 이미 예수는 성전의 제사장과 껄

---

21 식사에 곁들여 먹는 담백하고 부드러운 빵.

끄러운 사이였기 때문에[22] 유월절에 발효된 빵을 먹는 일은 하지 않았을 것이다) 발효되지 않은 빵을 사용했을 것이라고 결론 내렸고, 그때부터 성찬식에서는 이스트를 넣지 않은 얇은 빵을 사용하게 되었다.[23]

발효되지 않은 성찬용 빵이 비록 맛은 좋지 않지만, 교황의 주장은 꽤 설득력 있다. 그러면 왜 정교회에서는 가장 성스러운 기독교 의식을 치르는 데 발효 빵을 사용하는 것일까? 발효된 빵이 부활과 믿는 자들의 천국행을 상징하기 때문이기도 하지만, 유월절 문제는 어떻게 해결한 것일까? 정교회에서는 최후의 만찬이 사실은 유월절 하루 전이었다는 사실을 암시하는 성경 구절을 예로 든다. 물론 다른 의도 또한 암시하고 있기도 하다. 발효되지 않은 빵은 유대인을 상징하는 빵이며 전통을 나타낸다. 둘 다 정교회가 로마 가톨릭에서 분리되어 나오며 완전히 독립하려 했던 점이기도 하다.

물론 최후의 만찬에서 먹었던 빵의 발효 여부는 교회들 사이에서 벌어진 빵에 대한 논란 중 지극히 일부다. 1215년 제4차 라테란 공의회[24]에서는 성찬식에서 축성을 통해 빵이 실제로 예수의 몸으로 변한다는 화체설transubstantiation을 법령으로 제정했다. 이는 가톨릭교회에서 지금까지도 굳게 믿고 있는 교리이며,

---

22 최후의 만찬이 있기 며칠 전 예수가 기적을 행하고 성전에서 사람들을 가르치는 것을 보고 제사장이 "당신은 무슨 권한으로 이런 일을 하느냐"고 물었던 일화를 말하는 것.
23 이것은 우연히도 많은 수도원에서 성찬용 빵을 만들어 파는 사업을 일으켰다. 프랑스의 한 수도원에서는 1년에 약 200만 개의 성찬용 빵을 만든다고 한다.—저자
24 로마의 라테란 대성당에서 열린 공의회 중 가장 성대하고 중요한 것으로, 최초로 교황 명의로 선포한 70개의 교회법 등을 결정했다.

로마 가톨릭에서 개신교가 분리되어 나오는 데 큰 역할을 하기도 했다.

교회 간의 논쟁과는 별개로, 많은 나라에서 전통적으로 달걀, 버터, 설탕을 넣어 만든 풍부한 맛의 부활절 빵을 먹으며 사순절의 종료를 기념한다. 나 역시 이런 세계적인 풍습에 똑같이 참여하고 싶다는 충동이 생겼다.(지난 2년간 교회에 나가지 않았기 때문에 이렇게라도 하는 것이 최근 들어 가장 부활절 기념에 가까운 일이 될 것이다.) 어쩌면 나는 지난주 샘물을 사용했음에도 결과물이 그전 3주간의 빵과 전혀 다르지 않았다는 사실에 실망해 그냥 페전트 브레드를 만들지 않을 변명이 필요했는지도 모르겠다.

나는 캐럴 필드Carol Field의 《이탈리아 제빵사The Italian Baker》를 참고해 부활절 빵을 만들었다. '고대 로마의 레시피'를 응용했다고 나와 있었다.(흠, 예수가 십자가에 못 박히기 전의 로마일까, 그 후의 로마일까? 궁금했다.) 놀랍게도 이 고대 로마의 레시피는 풀리시를 만드는 것부터 시작되었고(아마 이게 '응용'했다는 부분인 것 같았다) 설탕, 버터, 달걀, 오렌지 껍질, 바닐라가 잔뜩 들어갔다. 맛이 조금만 덜 심심했다면 더 좋았겠지만, 분위기 전환에 좋은 맛있는 빵이었다.

다빈치는 무슨 생각으로 〈최후의 만찬〉에 먹음직스러운 디너롤을 그려 넣었던 것일까? 그림이 그려진 시기는 무려 예수가 마지막 만찬에서 먹었던 빵은 발효되지 않은 것이었다고 가톨릭교회에서 결론을 내리고 다섯 세기나 지난 후였다. 의문의 답을 찾는 동안 나는 재미있는 이야기를 하나 읽었다. 테이블 위의 디너롤을 악보의 음표라고 생각하고 보면 그레고리오 성가와 비슷한 악보가 완성된다는 것이다. 아니, 비틀즈의 〈예스터데이〉라고 했던가? 어쨌든 그 이야기도 왜 다빈치가 발효된 빵을 그려 넣었는지에 대한 답은 되지 않았다. 하지만 천재적인 과학자·수학자·엔지니어·발명가·해부학자·화가·조각가·건축가·식물학자·음악가·작가였던 그가 실수한 게 아니라는 것만은 분명하다. 그러면 교황을 모욕하는 것이었을까? 아니면 정교회의 의견에 동의한다는 표시? 나도 모르겠다. 하지만 꽤 그럴듯한 소설의 소재는 하나 얻은 것 같다.

6주 차

증기

> 결국 우리는 기계의 목소리를 듣게 될 것이다.
> 그래야만 한다. 선택의 여지가 없다.
> 거대하게 빛나는 기계가 우리에게 빛을 가져다주는 데
> 촛불을 쓰던 시대로 돌아갈 수는 없지 않은가.
>
> 메리 히튼 보스(1874~1966, 미국 저널리스트·노동운동가)

　다림질할 때만 증기steam가 필요한 것은 아니다! 증기는 제빵 과정 처음부터 끝까지 없어서는 안 될 기적이다! 사우스다코타의 밭에서 미니애폴리스의 제분소까지 밀을 나르는 기관차와 낟알을 찧어 가루로 만드는 롤러 제분기를 움직이게 하는 증기

력뿐 아니라, 오븐에서 맛있는 빵과 훌륭한 빵을 구분 짓는 바삭하면서도 쫄깃한 크러스트를 만들어내는 것 역시 증기다!

내가 19세기 광고인이었다면 분명 성공했을 텐데.[25]

이런 광고라면 옛날이야기처럼 들리겠지만, 적어도 마지막에 언급한 부분만큼은 그렇지 않다. 제분의 마지막 과정이나 빵을 굽는 데 있어서 여전히 증기를 대신할 수 있는 것은 없다. 내가 '기계의 복수전Revenge of the Machines'이라고 이름 짓게 된, 온갖 희한한 기계 고장을 무려 2주 동안 연속으로 겪은 후로 나는 부엌에서 고요한 날을 보낼 수 있기만을 원했다. 첫 번째 '전쟁'은 연구소에서 퇴근해 집으로 오는 고속도로로 들어설 때였다. 백미러를 보니 어디선가 시커먼 연기가 피어오르는 광경이 보였다. "세상에, 어디에 무슨 일이 난 거야?" 크게 혼잣말을 하고 나서야 그 연기가 내 차에서 난다는 사실을 깨달았다. 연기가 얼마나 짙고 자욱한지 뒤차의 전조등 불빛이 다 가려질 정도였다. 내 자동차 배기관은 1차 걸프전('상대적으로 착한' 걸프전) 이후 불을 지른 쿠웨이트 유전을 보는 것 같았다. 집까지는 겨우 왔지만, 차는 며칠 동안 정비소에 맡겨야 했다. 차 내부 어딘가에서 개스킷[26]이 나갔다고 했다. 일주일 뒤 우리 집 다른 차로 고속도로를 타고 240킬로미터 거리를 여행하는데, 차가 시속 96킬로미터가 되자마자 혼자서 2단 기어로 내려갔다. 그 차 역시 정비소에 2주 동안 맡겨야 했다. 자동차 딜러는 어디선가 개스킷이 나

---

25 증기기관차는 19세기 초 발명되었다.
26 실린더의 이음매나 파이프의 접합부 등을 메우는 데 쓰는 얇은 판 모양의 패킹.

갔다며 변속기를 새것으로 교체해주었다.

 갑자기 차에 이렇게 관심이 쏠리니 질투가 났던 모양인지 석유 버너도 내 차의 배기관에서 나오던 연기와 비슷한 검은 기름 연기를 뿜어내기 시작했고, 집에서는 쿠웨이트 유전…… 두 번 말하지 않겠다. 원인은? 맞다, 헐거워진 개스킷이었다. 그다음은 가스레인지에서 불꽃이 일더니 시커멓게 변했고 세탁기는 세탁실 바닥(유감스럽게도 이 바닥은 주방 천장이기도 하다)으로 물을 폭포처럼 쏟아냈다. '기계의 복수전'은 전혀 타협하지 않고 나를 궁지로 몰아넣었다. 보는 사람마다 내 눈이 쑥 들어갔다며 한마디씩 했다.

 적어도 오늘 아침에는 그 모든 것에서 벗어나 '빵 만들기'라는 오래된 전통에 몰두하며 잠시나마 산업 시대가 가져온 그 모든 변화와 위험을 잊을 수 있었다. 이번 주에 걱정해야 할 유일한 문제는 오븐에 증기를 주입하는 일이다.

 대부분의 제빵 책에는 증기의 중요성을 설명해놓았다. 증기는 빵의 껍질을 말랑하고 부드럽게 유지해 오븐의 뜨거운 열이 마지막까지 이스트를 활성화할 때까지 빵이 계속 부풀어 오를 수 있게 해준다. 이런 급격한 변화를 '오븐 스프링oven spring'이라고 부른다. 그러나 상대적으로 덜 알려진 것은 빵 반죽이 오븐에 들어간 후 가장 중요한 처음 몇 분 동안 증기가 빵에 열을 더 빠르게 전달한다는 사실이다.(해럴드 맥기Harold McGee가 음식과 요리에 관해 쓴 책《음식과 요리On Food and Cooking》에서 읽었다.) 증기는 열전도율이 매우 높다. 100도의 건식 사우나에는 앉아 있을 수 있어도 100도의 증기 목욕탕에는 들어갈 수 없는 이유가 바로 그것이다.

상업용 제빵 오븐에는 증기 분사 장치가 설치되어 있지만, 홈 베이커들은 임시방편을 써야 한다. 몇 년간 나는 다양한 방법을 시도해봤다. 처음에는 오븐 가장 아랫단에 베이킹 팬을 놓고 빵 반죽을 넣어 굽기 직전 물 한 컵을 부어보았다. 증기가 생기기는 했지만, 베이킹 팬이 전봇대를 들이받은 1957년형 셰보레 자동차처럼 휘어지며 뜨거운 물방울을 사방으로 튀기고 요란한 소리를 내면서 나를 기겁하게 했다. 그래도 나는 같은 방법을 고수했다. 한동안은 물 대신 얼음 조각을 놓아보기도 했는데, 훨씬 덜 충격적이기는 했지만 증기의 양이 적어지는 데다 오븐 온도 자체를 내린다는 문제가 있었다. 그 후 시간이 지나며 녹슬고 우그러진 팬을 보는 게 지겨워서 결국 가져다 버리고 말았다.

그다음에는 몇몇 책에서 권하는 방법을 시도해봤다. 오븐 바닥에 직접 물을 뿌리는 것이었다. 앤은 물을 뿌리는 나를 보더니 당장 그만두지 않으면 내 제빵 자격증을 취소해버리겠다고 협박했다. "물 조금 뿌린다고 오븐이 고장 나겠어?" 나는 방어적으로 대꾸했다. 손잡이를 누르면 물을 내뿜는 몇 달러짜리 화분 물주기용 분무기를 쓰기 시작했을 뿐 그래도 멈추지는 않았다. 분무기로 충분한 양의 물을 오븐 안에 뿌리는 것은 무산소 운동에 가까웠고(치익, 치익, 치익, 헉헉, 헥헥), 그러는 동안 오븐은 문이 활짝 열린 채 소중한 열기를 뿜어냈다.

몇 백 년간 전 세계의 제빵사들이 그래 왔듯, 나는 인터넷의 도움을 빌리기로 했고, 증기를 만들기 위해 애쓰는 사람이 나 혼자가 아니라는 사실을 곧 알게 되었다. 어떤 사업가는 나같이 절박한 홈베이커를 노리고 옆면에 구멍이 뚫린 스테인리스강 체이핑 디시chafing dish(음식을 계속 보온할 수 있게 만든 용기로, 뷔페에서 흔히 볼 수 있다) 덮개, 오븐용 돌판, 핸디형 스팀다리미 등으로 구성된 250달러짜리 도구를 팔고 있었다.

내 분무기보다 나은 것을 찾겠다는 희망을 거의 포기할 때쯤, 조경 용품 판매 사이트를 둘러보다 실내용 화초에 쓰는 소형 압축식 분무기를 발견했다. 이 작은 분무기는 몇 번만 펌프질 하면 내부 공기 압력이 높아져 제대로 물을 뿜어낼 뿐 아니라, 내가 쓰던 분무기보다 훨씬 빠르기도 했다. 가장 좋은 점은 분무기의 길고 가는 목 부분이었다. 오븐 문을 아주 조금만 열고도 깊숙한 곳까지 물을 뿌릴 수 있으니 오븐 내의 열 손실도 최소화할 수 있었다.

막 만든 반죽을 돌판 위에 올려 오븐에 넣고 분무기 호스를 밀어 넣은 후 오븐 문을 닫고 손잡이를 눌렀다. 쉬익! 증기가 열린 문틈 사이로 뿜어져 나왔다! 굉장했다. 마치 올드 페이스풀[27] 혹은 샌프란시스코로 들어가는 유니언 퍼시픽 기차를 보는 것 같았다! 나는 물을 조금 더 뿌렸다. 쉬익! 이건 마치 쨍, 딱, 펑, 부서지는 소리였다!

"무슨 소리야?" 앤이 큰 소리로 물었다.

나는 오븐 문을 열고 살펴보았다. "크게 달라진 건 안 보이는데?"

앤이 내 어깨너머로 고개를 내밀었다. "아무것도 안 보여."

---

27 미국 옐로스톤 국립공원의 유명한 간헐천.

오븐 안은 깜깜했다. 불이 나간 것이다. 그리고 그게 끝이 아니었다. 한 시간 뒤 빵을 꺼낼 때 보니 전구를 감싼(아니, '감쌌던') 두꺼운 보호 유리 파편이 돌판 위와 오븐 바닥에 어지럽게 흩어져 있었다. 전구는 온데간데없고, 남은 것은 소켓과 나를 조롱하듯 흔들거리는 곤충 더듬이 같은 필라멘트 두 가닥뿐이었다. 분무기 호스를 너무 깊이 밀어 넣는 바람에 물이 오븐 뒷면에 있던 전구를 정확히 겨냥했던 모양이다.

"유리 파편이 빵에도 들어갔을까?" 앤이 물었다.

오, 이런. 나는 빵을 살펴보고는 오븐을 쳐다봤다. '기계의 복수전'의 가장 최근 사상자다. 이 전쟁이 끝나기는 할까? 그러나 솔직히 고백하자면, 기계를 이 정도로 학대했으니 이번만큼은 복수하는 것도 당연했다. 230도로 달궈진 유리에 차가운 물을 뿌리면 유리가 견뎌낼 리 없다는 사실을 잊고 있었다. 심지어 빵을 만들 때조차도 인류와 기계와의 위태로운 공존, 우리가 기계에 지나치게 의존하고 있다는 현실에서 벗어날 수 없다는 사실에 나는 꺼림칙한 기분이 들었다. 제빵은 편안하고 기술·공장·엔진과 가장 거리가 먼 행위이기 때문이다.

정말 그럴까? 나는 오븐에서 유리 조각을 꺼내며 겉으로는 단순해 보이고 투박한, 손으로 직접 만든 이 빵 한 덩이가 사실은 수십 가지의 복잡하고 정교한 기계 없이는 탄생할 수 없다는 사실을 깨달았다. 밀을 베고 탈곡하며 껍질을 벗겨내는 콤바인, 그 밀을 운반하는 트럭과 기차, 제분소의 기계, 밀가루를 사러 마트에 갈 때 타는 차, 반죽할 때 쓰는 믹서와 빵을 굽는 전기 오븐에 이르기까지 말이다.

그러면 도대체 제빵의 어느 부분이 단순하며 자연에 가까운 행위인 걸까? 어느 것도 해당하지 않는 것 같았다. 내 소박한 빵은 어디에서 왔는지 되짚어보기 힘들 정도로 공급망의 끝자락에 있다. '기계의 복수전'은 과연 기계에 지나치게 의존하는 데서 온 당연한 결과인 걸까? 사실 머리로는 개인적인 굴욕이 아니라는 것을 알면서도(내 본업은 연구소의 기술 책임자다. 나는 스스로 과학자이지 신비주의 신봉자가 아니라고 생각한다), 일련의 기계 고장에 어떤 의미가 있는 것이 아닐까 하는 생각을 마음속에서 지울 수 없었다. 완전히 윤곽이 드러날 때까지는 몇 달이 걸리겠지만, 내 마음속에는 새로운 목표가 싹을 틔워 자라고 있었다. '기계의 복수전'이 마수를 뻗치지 못하도록, 기초적인 재료부터 내 손으로 직접 만들어보겠다는 목표였다. 밀을 재배하기로 한 것도 그래서였지만, 더 제대로 하고 싶었다. 그냥 하는 말이 아니라 진정으로, 이집트인처럼 빵을 굽고 싶었다.

구교도

불가지론자는 그냥 비겁한 무신론자 아닌가요?

스티븐 콜베어(영화배우·방송작가)

"아빠는 무신론자예요?"

"할머니가 살아 계시는 동안은 아니야." 어느 일요일 아침, 나는 빵을 반죽하며 케이티의 질문에 대답했다.

매주 일요일 빵을 굽는 일은 특별 이벤트로 시작해 습관으로 발전했고, 놀랄 만큼 금세 하나의 의식으로 자리 잡았다. 물론 이 이야기는 내가 일반적으로 일요일 아침에 더 많은 사람이 하는 의식, 교회 가는 일에 참여하지 않는다는 사실을 의미한다. 러시아의 신부였던 증조할아버지가 미국으로 이주하여 미국에 첫 러시아 구교도Old Believers 교회를 세운 이후 쭉 이어져온 우리 가족의 전통을 내가 끊는 것인지도 모르겠다.

구교도는 17세기 러시아정교회가 그리스정교회와 교회 예식을 통일하기 위해 개혁을 시작한 이후 이를 거부한 신도들이 정교회로부터 떨어져 나와 만든 교파다. 이런 개혁 중에는 교회를 도는 행렬(정교회 예배 중에는 원을 그리며 도는 행위를 자주 볼 수 있다)을 시계 방향에서 시계 반대 방향으로 바꾸는 것도 있었다. 독실한 신도들에게는 너무 다급했던 개혁이었고, 그들은 정교회에서 나와 그들만의 교회를 세웠다. 이런 구교도들은 심한, 때로는 지독한 박해를 받았다. 증조할아버지는 이런 배경으로 1908년 미국에 왔고, 탄광에서 광부로 일하기 위해 온 러시아 이민자들이 정착했던 펜실베이니아 메리애나에 구교도 교회를 세웠다.(교회는 지금까지도 건재하다.)

기독교는 양가 가족에게 중요한 의미가 있었기 때문에(나는 영국성공회 신자로, 앤은 로마 가톨릭 신자로 자랐다) 적어도 아이들 역시 이런 양가의 유산을 알아야 할 필요가 있다는 생각에 한동안 앤과 나는 의무적으로 온갖 반항과 짜증을 견디며 아이들을 교회와 주일학교에 데리고 다녔다. 어른이 되면 계속 교회를 다닐지 말지 알아서 결정하도록 둘 생각이었다.

나는 개인적으로 결정을 내린 상태였다. 매주 교회에 나가고는 있었지만, 뒷자리에 앉아 딴짓하는 사람들에게 공감하지 않을 수 없었다. 가끔은 정원이나 작업실에서 급하게 해야 할 일이 있다는 핑계로 교회에 빠졌고, 미안하지만 아이들을 교회로 끌고 가는 힘든 일을 앤에게 떠넘기기도 했다. 차츰 크리스마스와 부활절 외에는 교회에 가지 않다가 결국 아예 나가지 않게 되었다. 나는 반복되는 포트럭 식사 자리나 지루한 설교 탓을 했지만, 이런 사소한 불만들 덕분에 결국 내가 단순히 믿음을 잃은 것이라는 사실을 깨달을 수 있게 되었다.

교회에 반감이 있다거나 기성 종교가 싫다는 이야기는 아니다. 나는 종교에 찬성도 반대도 하지 않는다. 나는 종교를 믿으면서 대체 불가능한 위안과 의미를 찾은 좋은 사람들을 많이 알고 있고(증조할아버지도 펜실베이니아의 탄광에서 여러 무신론자를 만

나셨을 것이다), 수 세기 동안 많은 교회가 사람들에게 정신적 등불이 되어주고 속세의 사회적 격차를 줄이는 중요한 역할을 해왔다는 것도 안다. 그러나 개인적으로는 매주 교회에 가는 일이 가식처럼 느껴졌고 갈수록 더 불편해졌으며, 결국 교회의 어떤 점도 더 이상 믿지 않는다는 사실에 직면하게 되었다. 물론 이 세상을 창조한 더 큰 존재가 있다는 가능성은 열어두고 싶었지만('일주일에 두 번씩 물이 새것으로 바뀌는 걸 보니 신이 있는 게 분명해' 하고 생각했다는 속담에 나오는 금붕어가 된 것 같은 불편한 기분이 들기는 했지만), 내가 생각하는 그 존재는 어디에나 있고 우리 기도를 들어주며 우리의 삶을 주관한다는, 구약이나 신약성서에 나오는 그 하느님은 아니었다. 사실 내가 무신론자인지, 불가지론자인지, 이신론자[28]인지 뭔지도 잘 모르겠다. 천국이나 다른 사후세계는 분명히 믿지 않았다. 물론 그것도 25년도 더 전 아버지(신앙심이 좋으신 분이셨다)가 너무 이른 나이에 갑자기 돌아가시고 나서는 조금 생각이 바뀌기는 했다. 돌아가신 직후 아버지는 내 꿈에 몇 번 나타나(아버지의 모습은 꿈이 아니라 환영이라고 생각할 수밖에 없을 만큼 선명하고 진짜같이 느껴졌다) 여전히 내가 필요로 할 때 그 자리에 계신다는 걸 알려주시고 무엇보다도 슬픔에 잠겨 있던 내게 위안을 주셨다. 개인적으로 청소년기의 연장인 대학 시절에서 마침내 벗어나 진짜 성인이 되는 때라고 생각하는 나이, 막 서른이 되었을 때였다. 아버지의 출현으로 나

064

28　신을 창조자로 인정하지만 인간과 세상의 일에 관여하는 인격적인 존재로는 인정하지 않는 이성적인 종교관을 가진 사람.

는 혼란스러웠다. 아버지가 나타났다는 것을 인정하려면 영혼이 있다는 것을 인정해야 하고, 그러면 사후세계가 있다는 것을 받아들여야 하기 때문이다. 시간이 지난 후 나는 아버지의 환영이 신의 존재를 증명한다기보다는 내 마음이 만들어낸 속임수에 불과하다는 결론을 내렸다. 그러나 그 후 슬프게도 아버지는 내게 실망하셨는지 더 이상 나타나지 않으셨다. 지금 하는 생각이지만, 그렇게 서둘러 결론을 내리지 않았더라면 어땠을까.

사실 아이들 때문에 교회에 갔던 것만은 아니다. 나는 의식과 전통을 좋아했다. 매주 같은 자리에 앉아 거의 반세기 동안 외워온 기도문을 낭독하고 성가를 부르는 등의 반복은 내 마음에 평안을 주었다. 다행히도 나는 일요일의 새로운 의식(빵 굽기)에서 똑같은 마음의 평안을 얻을 수 있었다. 나는 여름 아침 잠을 깨우는 새들이 지저귀는 소리, 겨울 라디에이터에서 수증기가 쉬익 거리는 소리 외에는 고요와 정적만이 가득한 주방에서 맞는 내 이른 아침 시간을 사랑하게 되었다. 일주일 내내 나는 먼지 쌓인 나무 바닥을 양말 신은 발로 밀고 다니며 볼링장에서 공이 굴러가듯 부엌으로 미끄러져 들어가는 생각만 했다. 끈적거리던 반죽이 부드러워지고 이내 쫀득해지는 과정, 두 손에 느껴지는 그 마법 같은 순간들도 즐기게 되었다. 기도서를 펼치지 않고도 성찬식 후 마지막 기도를 외워서 할 때마다 스스로 자랑스러워지던 것을 기억하며, 나는 레시피를 보지 않고도 빵을 구우려고 노력했다. 중력분 $2\frac{1}{3}$컵, 강력분 1컵, 호밀과 통밀 각각 $\frac{1}{3}$컵, 주기도문을 외우던 것처럼 레시피도 외우고 있었다.

그날 아침, 가족들은 여전히 잠든 사이에 풀리시에 서서히 기포가 생기는 것을 보고 있다가 문득 내가 신의 존재를 찾으려 애쓰던 노력을 그만두고 자연의 완벽함을 찾기 시작했다는 사실을 깨달았다. 나는 그냥 빵을 굽고 있는 것이 아니라 천국 같은 빵을 찾기 위한 순례 중이었다. 더구나 내가 완벽한 결과물을 얻으려 노력하는 이 빵은 기독교와 가장 관련이 많은 음식이기도 하다.

예수의 몸을 상징하는 음식. 생명의 양식. 나는 왜 빵을 선택했을까? 답을 알 수는 없었지만 갑자기 질문이 마음에 걸렸다. 이 여정에 단순히 크러스트crust와 크럼crumb 이상의 의미가 있는 것일까? 그렇다고 해도 왜 그 사실이 불편한 걸까? 무슨 다른 이유가 있는 게 분명하다고 생각했다. 그리고 갑자기 이 일요일 아침은 내가 지금까지 구운 많은 빵처럼 내 기를 죽이고 한동안 느껴보지 못했던 커다란 슬픔, 고통, 그리움으로 나를 짓눌렀다.

나는 이 의식, 완벽을 찾기 위한 거의 영적인 이 여정으로 무엇을 얻으려 하는 것일까? 아니면 무엇이 아니라 누구를 얻으려 하는지 물어야 할까? 아니, 아니다. 터무니없고 너무 부자연스러운 생각인 데다 지나치게 프로이트식 해석이다. 나는 이 생각을 떨쳐버리려 애썼지만, 큰 상실감에 몸이 떨리고 있었다. 몇 시간 후면 가족들의 입으로 들어가 없어질, 생명으로 가득 찬 풀리시 반죽이 든 그릇을 놓고 앉아 나는 숨을 깊게 들이마셨다. 폐 속까지 이스트 향으로 가득 찼다. 시원하게 울고 싶은 기분이었지만, 믿음을 잃고 딱딱하게 굳어진 내 영혼은 내게 눈물 한 방울밖에 허락하지 않았다. 눈물은 조용히 흘러 빵 반죽으로 들어갔다.

세상은 끝날 거야

건강한 젖소를 소유하고 있으면 펠라그라 예방에 매우 좋다.
사람들에게 최대한 권해야 한다.

조지프 골드버거(미국 의사·유행병학자)

"나더러 사우스캐롤라이나 주로 날아가 독서 모임에서 강연을 하라고요? 마이클, 난 빵 굽는 일만으로도 바빠요." 수락하면 이틀이나 여행해야 하는데 당연히 내 본업 걱정도 하지 않을 수 없다. 나는 지금까지 홍보 담당자의 요청을 한 번도 거절한 적 없지만, 이번만큼은 말도 안 되는 요청이라고 생각했다.

그냥 독서 모임 하나가 아니라고 마이클이 설명하기 전까지는 말이다. 찰스턴Charleston 지역의 모든 독서 모임이 모이는데 회원이 전부 합하면 700명은 되며, 그해 가장 큰 문학·사회 행사인 연례 오찬이었다. 행사 주최 측에서 할레드 호세이니를 대신할 사람을 급하게 구하고 있다고 했다. 그가 쓴 《연을 쫓는 아이》의 전체 판매 수익은 호세이니의 모국 아프가니스탄의 국민 총생산을 웃돌았다. 그런데 이렇게까지 격을 떨어뜨리겠다고?

"아무도 내가 누구인지 모를 텐데요." 나는 항변했다.[29]

"강연이 끝나고 나면 다들 알게 될 거예요." 마이클은 정말 실력 좋은 홍보 담당자다.

이렇게 해서 나는 무대공포증으로 속이 약간 울렁거리는 상태로 세 명의 다른 베스트셀러 작가들과 함께 긴 테이블에 앉아 있게 되었다. 다른 작가들은 모두 《뉴욕 타임스》 선정 베스트셀러 목록의 높은 자리(가장 높은 자리, 1위 말이다)에서 아래를 내려다본 경험이 있는 사람들이었다. 15분짜리 이 강연을 어떻게 시작해야 할지에 대한 걱정은 일주일 내내 나를 짓눌렀다. 나는 하루 전 찰스턴에 도착해 이 아름다운 도시를 몇 시간 동안 산책하며 건축양식, 정원, 오래된 교회, 해안가 등을 감상했지만, 긴장이 되기도 했고 내 강연을 어떻게 시작해야 할지 정하지 못했다는 사실 때문에 아무것도 즐길 수 없었다. 정원 이야기를 하자면, 지금까지 한 번도 본 적 없는 개인 정원들이었다. 이 도시의 모든 사람은 정원 가꾸는 데 소질이 있었다. 다들 지독하게 실력 좋은 정원사 같았다. 내가(말 그대로 뉴욕에서 온 침입자가) 이런 남부 사람들에게 무슨 수로 원예에 관해 이야기한단 말인가!

물론 내 공개 강연 경험이라고는 뉴욕의 플로리다(인쇄상의 오류가 아니다. 뉴욕의 소도시 이름이다)에서 다 모아도 야구팀 하나 만들까 말까 한 수의 사람들 앞에서가 전부지만, 첫 30초 안에 청중의 관심을 끌지 못하면 망한다는 것 정도는 아주 잘 알고 있다. 문제는 내가 토마토 기르기에 관해 이야기하고 싶지 않다는 사실이었다. 내 머릿속은 전혀 다른 생각으로 복잡했다. 따로 치워놨다가 최근 책상 서랍에서 발견한 쪽지 때문이었다. '펠라

---

29 당시 내 첫 번째 책이자 가볍기 짝이 없는 원예 회고록 《나를 미치게 하는 정원이지만 괜찮아》를 출간한 지 얼마 되지 않았었다는 사실을 꼭 언급하고 넘어가야 할 것 같다.—저자

그라'라는 단어 하나만이 종이에 쓰여 있었다.

나는 찰스턴 사람들에게 이 자리에 모두 앉아 있을 수 있다는 게 얼마나 행운인지 말하고 싶었다. 불과 70년 전만 해도 사우스캐롤라이나 사람들은 그들이 먹던 빵 때문에 피부 병변, 정신 이상을 일으키거나 심지어 사망하기도 했다. 배부르게 빵을 먹었던 사람들이 영문도 모른 채 영양실조로 죽은 것이다. 그들의 자랑스러운 사우스캐롤라이나의 주지사들은 수천 명의 사우스캐롤라이나 사람들의 목숨을 구한 뉴요커를 가장 까다롭게 비판한 사람들이기도 했으며 동시에 가장 먼저 뉴요커가 발견한 치료법을 받아들인 사람들이기도 했다는 사실도 말하고 싶었다. 이 행사는 미국 역사상 가장 흥미로운 전염병학 이야기의 시작으로 나를 데려갔다. 그 이야기를 (특히 빵과 어떤 관련이 있는지는) 아직 전부 다 알아내지 못했지만, 나는 차츰 조각을 맞춰가고 있었다.

미국 남부에 가본 적이 있다면 아마 이곳 사람들의 큰 덩치가 가장 먼저 눈에 들어올 것이다. 대학 미식축구팀의 오펜시브 라인맨[30]들을 주로 배출하는 앨라배마 주, 사우스캐롤라이나 주, 조지아 주, 미시시피 주를 여행하다 보면, 흑인이든 백인이든, 부유하든 아니든 영양실조로 보이는 사람은 거의 볼 수 없다. 동시에 이 사람들은 20세기 초반 세계에서 가장 잘사는 나라였던

---

30 미식축구에서 팀의 공격을 리드하는 쿼터백을 보호하고 상대팀 선수를 막는 역할을 하는 포지션. 큰 덩치가 중요해 이 포지션 선수의 몸무게는 최소 130킬로그램이다.

미국에서 영양실조로 죽은 수천 명의 소작농이나 제분소 근로자들의 손주나 증손주이기도 하다.

이들을 죽음으로 몰아간 병이 바로 펠라그라였다. 킹 아서 플라워의 고객센터에 전화했을 때 들었던, 미국에서 시판되었던 모든 밀가루와 식빵에 니아신이 첨가되었던 이유 말이다. 펠라그라는 몇 세기 동안 이탈리아에서는 간간이 발견되었지만, 미국에서는 1908년 즈음까지 거의 알려지지 않은 병이었으며, 그마저도 발병은 남부에만 한정되었다. 남부 지역은 피부염derma-titis, 설사diarrhea, 치매dementia, 죽음death 등 네 가지 'D'로 유명해졌다. 1980년대에 에이즈가 그랬던 것처럼, 펠라그라도 미지의 질병으로 알려졌다. 왜 어떤 사람은 병에 걸리고 어떤 사람은 병에 걸리지 않는지 어떤 이유나 연관성도 없어 보였다. 짧게 말해서, 소름 끼치는 병이었다. 처음에는 지독한 피부염(얼굴, 팔, 손의 발진) 증상으로 시작하고, 다음에는 설사 증상이 따라오며, 병이 진행되면 극심한 치매 증상이 나타난다. 그 단계를 모두 견뎌냈다 하더라도 결국 네 번째 'D'에 이르러 죽는 것이다.

펠라그라는 주로 폴렌타polenta[31]로 근근이 먹고 살던 이탈리아의 가난한 소작농, 그리고 옥수숫가루, 옥수수빵, 옥수수죽 등 엄청난 양의 옥수수를 소비했던 남부 빈곤층 사이에서 발견되었기 때문에 옥수수에서 자라는 정체불명의 곰팡이를 소화하는 과정에서 걸리는 병이라고 널리 알려졌다. 호밀과 그 외 곡식에서 자라는 '맥각ergot'이라는 곰팡이 역시 비슷한 피부 질환, 정

---

31 옥수숫가루를 넣고 끓여 만드는 죽 형태의 이탈리아 요리.

신 질환을 일으키는 것으로 알려져 있었기 때문에 이런 추측은 타당해 보였다.(20세기 중반경 화학자들이 맥각균 연구 중에 합성해낸 화합물이 바로 LSD다.)

5년 전까지만 해도 미국에서 거의 알려지지 않았던 펠라그라가 1914년에는 사우스캐롤라이나 인구의 사망 원인 2위였다. 남부의 5개 주에서만 매년 수십만 명이 이 미스터리한 병에 걸렸고 4,000이 사망했다. 정부에서는 최고의 과학자들로 이뤄진 위원회를 소집했고, 과학자들은 펠라그라가 옥수수 때문이 아니라 미생물이 옮기는 전염병이라는 결론을 내렸다. 무슨 근거였을까? 미국 남부에서는 펠라그라가 감옥, 정신병원, 고아원 등 열악한 위생시설을 갖춘 비좁은 환경에서 주로 발병했기 때문이다. 그러나 어떤 종류의 미생물이며 어떻게 전파를 막을 수 있는지는 과학자들도 답하지 못했다. 따라서 처음에는 병의 빠른 확산에도 손을 놓고 있었던 미국 공중위생국에서 최고의 전문가를 영입했다.

그가 바로 헝가리의 유대인 이민자 출신으로 로어 이스트 사이드[32]에서 자란 조지프 골드버거Joseph Goldberger 박사였다. 그는 당시 유행했던 전염병(황열병, 뎅기열, 발진티푸스, 디프테리아 등) 치료에 전념하면서 명성을 쌓아왔음에도 노스·사우스캐롤라이나, 미시시피, 앨라배마, 조지아, 켄터키 주 등에서 본 광경에 꽤 충격을 받았다. 고아들의 피부는 심한 발진으로 뒤덮여 갈라지고 딱딱해진 나머지 손을 제대로 사용하지 못할 정도였다.

---

32 맨해튼의 남동쪽 지역. 오랫동안 이민자 집단의 거주지로 유명했다.

정신병원은 해골처럼 뼈만 앙상한 데다 흉하게 외모가 망가진 사람들이 움푹 들어간 눈으로 허공을 응시하고 있었고, 대소변도 가리지 못하고 정신이 나가 있었다.

골드버거를 놀라게 한 것은 그뿐만이 아니었다. 펠라그라 환자가 있는 곳마다 목화가 보였다. 소작농들의 초라한 판잣집 앞 계단까지, 눈이 닿는 곳마다 목화가 자라고 있었다. 남부 경제는 목화가 근간이었다. 목화를 재배하거나 아니면 면직물 공장에서 일하거나 둘 중 하나였다. 지주나 공장주 모두 겨우 생계를 꾸려나갔고, 얼마 안 되는 수입을 회사 매점에서 비싼 가격의 식료품을 사는 데 써버리곤 했다. 생산량을 늘려야 한다는 압박에 여분의 땅만 있으면 목화를 심는 바람에, 채소밭과 과수원은 점점 사라졌다.

골드버거는 또한 펠라그라가 연속으로 발생한다는 사실도 발견했다. 그가 방문했던 미시시피 주 잭슨의 한 고아원에서는 총 211명의 원생 중 168명이 펠라그라 환자였다. 마치 페스트를 보는 것 같았다. 그러나 한 가지 마음에 걸리는 차이점은 있었다. 하루 14시간 가까이 이 환자들과 함께 지내는(심지어 같은 숙소에서 잠을 자는) 대부분 직원은 건강했다는 것이다. 페스트와는 전혀 다른 이상한 양상이었다.

골드버거는 감염이 아니라 불균형한 식습관이 발병 이유임을 확신했다. 그는 미시시피의 고아원 두 곳에서 모든 아이에게 우유 400밀리리터씩 매일 배급하는 실험을 진행해 이 이론을 검증했다.[33] 몇 주도 채 지나지 않아 눈에 띄던 발진이 사라지기 시작했다.

회의적인 사람들이 발견하지 못한 다른 이유로 증상이 완화되었다고 반박할 것을 대비해 골드버거는 고아원 실험과는 정반대의 다른 실험도 계획했다. 펠라그라의 원인이 불균형한 식습관이라는 것을 완벽하게 증명하기 위해 자원자들에게 영양이 불균형한 식사를 제공해 펠라그라의 발병을 유도했다. 요즘 같으면 임상연구 심의위원회나 연방 정부 지침 덕분에 재현할 수도 없을 이 임상 실험의 첫 번째 도전은 자원자를 모집하는 일이었다. 에이즈 발병을 시도하는 연구에 실험 대상자로 자원한다고 생각해보라. 1915년 펠라그라는 지금의 에이즈와 비슷한 사회적 오명이 따라다니는 병이었다. 골드버거는 미시시피 주 잭슨에서 동쪽으로 12킬로미터 떨어진 랜킨 주립 농장형 교도소에서 자원자를 찾았다. 주지사는 위험을 감수할 자원자를 찾기 위해 열두 명의 수감자에게(그들 중 절반은 무기징역을 선고받은 살인범들이었다) 6개월간의 실험이 끝나면 가석방해주겠다고 약속했다. 주지사 얼 브루어Earl Brewer가 감수해야 할 정치적인 위험도 그 못지않게 컸다. 여섯 명의 살인자를 거리로 내보낸다는 것은 예전이나 지금이나 일반적이지 않았다. 그러나 브루어는 미시시피 주가 위기를 맞았다는 사실을 잘 알고 있었다. 펠라그라 발병률은 전년 대비 50퍼센트나 증가했으며 언제 상황이 진정될지도 알 수 없었다.

1915년 4월 19일, 골드버거는 열두 명의 죄수들에게 고아원

33 우유는 고급 음식이었다. 골드버거가 우유 배급에 필요한 자금을 연방 정부에서 지원받았기 때문에 실험을 진행할 수 있었다.—저자

에서 봤던 것과 비슷한 식사를 제공하기 시작했다. 비스킷, 굵게 빻은 옥수수, 그레이비gravy,[34] 옥수수빵, 커피, 옥수숫가루 반죽 튀김fried mush 등이었다. 유일한 채소는 괴혈병을 방지하기 위한 양배추뿐이었다. 몇 주 만에 죄수들은 무기력함을 호소하기 시작했지만, 펠라그라 발병 조짐은 없었다. 넉 달이 지나고도 여전히 펠라그라 환자는 나오지 않았다. 골드버거는 낙담하기 시작했다. 임상 실험은 막바지를 향해가고 있었고, 6주 후면 그는 불명예를 안고 집으로 돌아가야 할 판이었다. 그때 죄수 한 명에게서 펠라그라 증상이 나타났다. 그러더니 한 명 한 명 숫자가 늘어났다. 골드버거는 외부 의사들에게 죄수들을 데려가 진단을 받았다. 펠라그라 환자는 총 여섯 명이었다.

골드버거의 완벽한 승리였다. 그러나 중요한 의문점은 남아 있었다. 이 펠라그라 환자들에게 부족한 비타민(당시 막 유행하기 시작한 단어였다)은 무엇일까? 다른 말로 하면, (우유와 신선한 채소를 포함한) 건강한 식단에 포함된 어떤 비타민이 펠라그라를 예방하는pellagra preventative(골드버거는 이를 'PP 요인'이라고 불렀다) 것일까? 다른 미스터리 역시 무시할 수 없었다. 왜 몇 년간 갑자기 펠라그라 발병률이 높아진 것일까? 그리고 왜 목화 농장 근로자들이 특히 이에 취약했을까? 여전히 밝혀내야 할 것들이 많았고 골드버거도 연구를 계속할 준비가 되어 있었지만, 믿을 수 없게도 펠라그라의 원인에 대한 논쟁은 여전히 이어졌다.

전염병 이론을 지지하는 '감염론자'들은 포기하지 않았다. 임

---

34 고기를 조리할 때 나오는 육즙에 닭이나 소고기 육수, 와인 등을 넣고 졸여서 만든 소스.

상 실험 식단이 영양 불균형이라는 점은 시인했지만, 그 식단은 수감자들의 체력을 약하게 했을 뿐이며 단지 그 때문에 펠라그라를 옮기는 어떤 미생물로부터 병에 걸리기 쉬웠던 것뿐이라고 주장했다. 왜 과학자들과 정치인들은 전염병 이론을 그렇게나 굳건히 지지했을까? 역사학자들은 펠라그라의 확산이 영양실조 때문이라고 인정하면 남부의 주 정부들이 사람들을 잘 먹이지 못하고 있다는 사실을 인정하는 것과 다름없기 때문일 거라고 짐작한다. 노예제도를 철폐한 지 막 50년이 지났던 터라 뉴사우스[35]를 이끌었던 휴이 롱Huey Long 같은 지도자와 문화적 활동에 적극적이었던 찰스턴 같은 도시는 북부 지역뿐 아니라 전 세계에 좋은 이미지를 심으려 노력 중이었다. 사우스캐롤라이나 주의 사망 원인 2위가 사실상 영양실조라는 부끄러운 사실은 그들이 세상에 알리고 싶은 이야기도 아니었을뿐더러, 그들 자신도 인정하고 싶지 않은 사실이었다. 더구나 병의 사회적 문제에 대해 목소리를 높이며 지역의 채소 농장을 몰아낸 셰어크로퍼 제도sharecropper system[36]와 목화 재배에 집중된 경제를 비난하던 뉴욕 출신의 유대인에게 듣고 싶은 이야기는 더더욱 아니었다. 조지아 주의 한 성난 주민은 주지사에게 전보를 보내기도 했다. '조지아 주의 이 지역이 굶고 있는 것이라면 다른 나라 사람들은 이미 죽었을 것입니다.'

그들은 굶주림과 영양실조를 혼동하고 있었다.

---

35 주로 남부 대서양 지역의 주들을 말한다.
36 고용자가 노동자에게 임금을 지급하지 않고 토지, 농기구, 식료품, 의복 구입비 등을 빌려 주는 대가로 현금 대신 수확의 일부를 지주에게 바치는 제도.

골드버거는 이런 비방에 신물이 났다. 그의 말을 그대로 빌리자면 "비논리적이고 이기적이며 탐욕스러운 데다 편견에 사로잡힌 멍청이들"의 입을 완전히 다물게 하려고 그는 극단적인 실험을 계획했다. 펠라그라가 전염병이라면, 병에 걸리기 위해 모든 수단을 가리지 않을 생각이었다. 먼저 그는 펠라그라 환자의 피를 직접 수혈받았다. 몇몇 환자들의 상처를 긁어낸 부스러기를 먹기도 했다. 여전히 멀쩡히 살아 있던 골드버거는 열네 명의 다른 자원자(그중에는 실험에 참여하겠다고 고집했던 아내도 있었다)와 곪은 상처, 코 분비물, 피, 심지어 펠라그라를 앓고 있는 환자의 설사까지(동네 패스트푸드점에서 햄버거를 먹는 것보다 더 비위생적이다) 밀가루와 함께 섞은 반죽 '캡슐'을 만들어 중탄산소다와 함께 먹었다. 또한 골드버거는 그들끼리 '오물 파티'라고 불렀던 행사를 다섯 번이나 열기도 했다.(사람들이 이 파티에서 무엇을 했는지는 기록이 남아 있지 않다.)

이건 놀라움을 넘어서는 수준이다. 골드버거의 펠라그라 이론에 대한 자원자들의 굳건한 믿음도 놀랍지만, 신체적으로 매우 약해지고 면역력이 떨어진 펠라그라 환자들에게서 실제로 옮을 수도 있었던 많은 병을 생각해보라! 그러나 여전히 이 열여섯 명의 파티 참석자들은 어떤 펠라그라 증상도 보이지 않았다. 마지막 파티 이후 골드버거는 일기에 '이제 다시는 하고 싶지 않다'고 적었다.

이 실험은 처음 의도했던 결과는 얻었다. 감염론자들의 주장은 누그러졌다.(적어도 대부분은 말이다. 몇몇은 1930년대 후반까지 여전히 같은 믿음을 고수했다.) 이제 골드버거는 진짜 미스터리에 대해 고민할 수 있었다. 비타민이든 미네랄이든 어떤 물질이 펠라그라 환자의 식단에서 부족했던 것일까? 알아내지 못한 PP 요인은 무엇이었을까? 추가 식단 실험에서 골드버거는 적은 비용으로 생산해낼 수 있는 식품인 건조 효모에 많은 양의 PP 요인이 있다는 것을 알아냈다. 1927년 미시시피 연안의 빈곤 지역이 홍수로 황폐해진 뒤 식품 보충제로 건조 효모를 보급하도록 적십자를 설득함으로써 이들 지역의 끔찍한 펠라그라 유행은 막을 수 있었다.

예방법이 알려졌음에도 펠라그라 유행은 멈추지 않고 대공황이 닥쳤던 1929년과 1930년에는 절정에 이르렀다. 펠라그라는 남부 지방 도시 외의 다른 지역으로도 퍼졌고, 환자는 20만 명까지 늘어났다. 골드버거는 안타깝게도 PP 요인을 알아내기 전에 세상을 떠났다. 그는 발진티푸스, 디프테리아, 황열병, 뎅기열을 비롯해 그가 미국의 건강을 위해 노출도 마다하지 않았던 수많은 열대병이 아닌 암으로 쉰넷에 사망했다. 사우스캐롤라이나 사람들 앞에 앉아 있는 지금 나와 같은 나이다. 그리고 골드버거처럼, 나도 남부인들 사이의 뉴요커였다.

나는 여전히 펠라그라와 빵의 연관성을 알아내려 노력 중이었고, 내 앞에 앉아 있는 700명의 청중 앞에서 잘 알려지지 않은 이 미국 영웅의 이야기를 하고 싶었다. 몇몇은 어쩌면 사우스캐롤라이나가 미국에서 빵과 밀가루의 영양 강화를 법으로 규정한 첫 번째 주라는 것을 기억하는 친척이 주변에 있을 수도 있지만, 나는 이들이 가볍고 유쾌한 원예 이야기를 기대하고 있다는 것을 알고 있었다. 내 이름이 불렸고, 의례적인 박수를 받으며(찰스턴은 미국에서 가장 예의 바른 도시 중 하나로 꼽히고 있으니 당연한 일이다) 나는 연단으로 걸어갔다. 흡족한 첫 문장을 여전히 생각해내지 못했기 때문에 나는 이 강연을 준비하며 마음에 계속 걸렸던 생각을 그냥 솔직하게 말하기로 했다.

"어제 저는 몇 시간 동안 이 아름다운 도시를 산책했습니다." 나는 긴장한 채 입을 열었다. 내 뉴욕식 억양이 커다란 강당에 무겁게 내려앉았다. "제가 세어보니 정원이 거의 1,337개나 되더라고요. 알고 계셨나요?" 나는 잠시 말을 멈췄다. "그 하나하나가 전부 제 정원보다 멋지더군요."

청중은 만족해하며 함성을 질렀다. 강연의 나머지는 물 흐르듯 지나갔다.

9주 차

좋은 레시피

"어떻게 하면 좋은 제빵사가 될 수 있나요?"라는 질문을 받으면
보니페이스 수사는 바로 이렇게 대답한다.
"좋은 레시피를 따르면 됩니다."
《보니페이스 수도사의 빵 만들기》(1997)

20세기 미국 수도원이라면 나만의 '죽기 전에 꼭 가봐야 할 장소 1,000' 리스트에서 900위 정도 될 테지만, 내 손에 들린 책

의 표지는 이 편견에 정면으로 도전하고 있었다.

　문제의 책은 내가 찰스턴에 가 있는 동안 택배로 도착한《보니페이스 수도사의 빵 만들기Baking with Brother Boniface》라는 제목의 얇은 책이었다. 수도원들은 오래된 빵 만들기 전통을 가지고 있어서, 90세의 한 수도사가 쓴 이 책에도 역사 깊은 레시피가 담겨 있으리라 생각했다. 그러나 나는 매력적인 흑백 사진에 시선을 사로잡혀 표지를 넘기지도 못했다. 사진 전면에 있는 보니페이스 수도사는 한쪽으로 기대어 몸을 구부린 채 자애로운 웃음을 지으며 관절염이 심한 두 손을 마주 잡고 서 있었지만, 뒤에 있는 거대한 비틀린 나무에게 무대를 양보하고 있었다. 나무는 하늘을 향해 고통의 흔적을 나타내듯 구불구불 뻗어나 있고, 마치 세상의 속박에서 벗어나려는 듯 보였다.

　나는 조심스럽게 책을 펼쳤다. 영적인 영감과 성서에서 볼 법한 비유들. 그러나 이 책은 아주 전문적이었다. 그저 '좋은 레시피'들로 가득했다. 게다가 약력을 보다가 세부 정보 하나가 눈길을 끌었다. 보니페이스는 오십이 되기 전까지는 제빵과 인연조차 없었다. 내가 첫 빵을 구운 나이와 거의 비슷했다. 사진 속 나무와 보니페이스 수도사에게 특별한 인연을 느꼈고, 갑자기 둘 다 보고 싶다는 생각이 들었다. 그런데 멥킨 수도원Mepkin Abbey는 어디 있는 거지?

　사우스캐롤라이나였다. 찰스턴에서 불과 한 시간 떨어진 거리였다. 다음부터 인터넷으로 책을 살 때는 꼭 돈을 더 내고 빠른 배송으로 받아야겠다. 물론 일주일 전에 이 수도원에 대해 알았다 해도 보니페이스 수도사를 만날 수는 없었을 것이다. 그는

최근 96세의 나이로 생을 마감했다. 나무는 아마도 계속 살아
있겠지만.

뛰기 위해 태어났다

혼자서 만들어야만 한다.
1970년대 팝 밴드 '브레드'

살고 죽는 문제였다. 매 순간이 중요했다. 장기이식 수술팀 수
준으로 꼼꼼하게 미리 계획해놓은 대로, 나는 빠르고 능률적으
로 움직여 차를 향해 달렸다. 조심스럽게 꾸러미를 차 안에 준비
된 아이스박스에 넣은 뒤 수건과 아이스팩으로 꽁꽁 싸맸다.

아이스박스를 안전띠로 단단히 고정한 후 먼지를 자욱하게
날리며 진입로를 빠져나왔다. 차가 많이 막히지 않는다면 한 시
간 내 도착은 문제없었다. 그러나 생각보다 훨씬 오래 걸렸다.
이렇게 되지 않기를 바랐는데. 내 아이스박스에 있는 살아 숨 쉬
는 조직은 페전트 브레드 반죽 1킬로그램이었다. 수혜자는 뉴
저지의 낙농장 겸 빵집 '보보링크 데어리Bobolink Dairy'에 있는
10톤짜리 벽돌 장작 오븐이었다.

나는 내 잃어버린 공기구멍(구멍을 잃어버린다는 게 말이 된다면)

을 해결할 방법은 벽돌 장작 화분이라는 새로운 이론을 실험해 볼 생각이었다. 나는 《빵 만드는 사람들The Bread Builders》이라는 책을 뒤적이던 중 빵 한 조각을 찍은 흐릿한 사진을 넋 놓고 감상하다 문득 이런 생각을 했다. 한눈에도 '바로 이 빵이구나' 하고 알 수 있었다. 완벽한 빵 한 덩이에서 나온 완벽한 빵 한 조각이었다. 불규칙한 공기구멍과 성긴 조직 사이로 햇살이 성스럽게 뿜어져 나오며 빵의 풍성한 그물 구조를 드러냈다.

어떻게 이런 빵을 만들 수 있을까? 방법은 간단하다. 뒤뜰에 9톤짜리 벽돌 장작 오븐을 만들기만 하면 된다. 그 막연한 계획 자체는 마음에 들었고 상업적인 공급망에 의존하지 않고 빵을 아주 처음부터 만들어보겠다는 내 생각에도 딱 들어맞았지만, 과격파 홈베이커가 있다면 그에 더 어울릴 만큼 조금 극단적인 계획 같기도 했다. 그러나 여전히 계획 자체를 내 손으로 무산시키고 싶지는 않아서, 앤에게 이 계획을 거부할 권리를 주면 되겠다고 생각했다. 나는 내 생각을 전부 털어놓았다.

"피자 구우면 되겠다!" 앤은 신나서 소리쳤다. "치킨도 굽자! 어디에 만들 생각이야?"

상상도 못한 반응이다.

"모르겠어. 무게가 9톤이나 되거든. 이 정도 무게를 한곳에 두면 지구 자전에 영향을 미칠지도 몰라. 신문에서 '뒤뜰에서 빵 굽던 홈베이커 때문에 지구가 자전축에서 벗어나다'라는 헤드라인을 보게 될 거야."

"사실 말이야, 나는 부엌에 난로를 놓았으면 좋겠어." 비현실적인 데다 비용도 많이 들 것 같아 몇 년 전 이미 포기했던 계획을 다시 언급하며 앤이 혼잣말했다.

나는 불안한 마음을 들키지 않으려 애썼다. 상황이 빠르게 나빠지고 있었다. 앤은 내게 브레이크 역할을 해주고 무모한 계획의 고삐를 죄는 사람이어야 했다. 나를 이렇게 부추기면 안 되는데! 물론 허리 높이의 장작 화덕을 부엌용 난로로 쓰자는 생각은 매력적이기는 했다. 거실에 있는 벽난로도 마음에 들기는 했지만, 우리 역시 대부분의 미국인처럼 부엌에서만 살기 때문에 거의 사용하지 않고 있었다. 앤이 꿈에 부풀어 눈 내리고 추운 아침 난로 안에 남아 있는 빨간 불씨 이야기를 하기 시작했고, 나는 이 상황을 벗어날 방안을 열심히 생각했다.

"아무래도 그건 빵보다는 피자에 어울릴 것 같아."

앤은 얼굴을 찡그렸다.

"게다가 100년이나 된 우리 집이 9톤짜리 오븐을 견딜 것 같지도 않고."

사실 반백 년 된 내 몸에도 오븐은 부담스러울 것 같았지만, 이 계획은 이미 협상 테이블에 오른 것 같았다. 내 마당에 벽돌을 쌓기 전에 먼저 사용해보는 것이 좋겠다고 생각했다. 이리저리 찾아보다 미국 내 최고의 제빵용 벽돌 오븐 전문가이자, 야외 벽돌 오븐에서 빵 굽기를 주창하고 전도해온 《빵 만드는 사람들》의 공동 저자 중 한 명인 앨런 스콧이 내가 사는 곳에서 멀지 않은 농장에도 오븐을 만들었다는 사실을 알아냈다.

물론 오븐 주인 '니나'는 내 요청을 듣더니 처음에는 꽤 신중했다. 제빵 공장을 운영하고 있으니 당연하다. "빵을 몇 개나 굽고 싶으신 거죠?" 니나는 물었다. "그냥 1킬로그램짜리 하나요.

1년 동안 일주일에 하나씩 빵을 굽고 있거든요." 수화기 너머로 킥킥거리는 소리가 들렸다. "한 번에 한 덩어리씩만 구우신다고요? 귀엽네요." 그녀는 속마음을 감추지 못했다.

귀엽다고? 나는 그 한 덩이 빵 때문에 존재의 위기를 겪고 있었다. 주말마다 빵 하나를 굽는 것은 내게 아이를 낳는 것과 같았다. 매주 아이를 볼 때마다 실망이 늘기는 했지만. 그런데 니나는 그걸 한낱 시간 낭비처럼 우습게 보다니!

"대여섯 개를 한꺼번에 구워서 냉동시켜도 되잖아요."

집에 영업용 믹서기라도 있는 줄 아는 걸까? 미안하지만 빵 한 개 굽기도 힘들어 죽겠다고요! 게다가 우리는 지금 내가 굽는 빵도 먹기 버거웠다. 만약 내가 매주 여섯 개씩 빵을 굽는다면 가족들은 중세시대 수도사들처럼 각각 하루에 빵 한 덩이씩은 먹어치워야 할 것이다.

어쨌든 니나는 웃음을 멈추더니 그다음 주에 내 반죽을 가져와도 된다고(더 나아가 그쪽 제빵사에게 보여도 된다고) 했다. 나는 중요한 날을 위해 준비에 들어갔다. 냉장실 안에서 밤새 풀리시가 발효되도록 두고 이튿날 아침 6시 정각에 꺼내 실온에서 몇 시간 더 발효되도록 했다. 10시 반에는 반죽을 치댄 후 1차 발효를 시작했다. 베이커리에서 2차 발효를 시킨 후 오후 2시에 오븐에서 굽는 것이 내 목표였다. 그러나 운전한 지 한 시간쯤 지나자 길을 잃은 듯하다는 생각이 들었다. 시골 풍경이 나타나기를 기대했지만, 이곳은 가장 가까운 도시에서 100킬로미터나 떨어진 따분한 분위기의 낯선 교외 지역이었다. 인도도 없는 막다른 골목들에는 '레인Lane'이나 '코트Court'로 끝나는 이름이 붙어 있었고, 고급 주택이 뒤죽박죽 있었다. 도대체 이런 동네 어디서 80만 제곱미터나 되는 낙농장을 볼 수 있겠는가?

나는 휴대전화로 농장에 전화를 걸었다. 아무도 받지 않았다. 이 계획을 포기하고 차를 되돌려 모퉁이를 도는 순간, 초고층 빌딩 풍경만큼이나 이곳에 어울리지 않을 것 같은 커다란 곡식 저장고 탑이 눈앞에 불쑥 나타났다. 부지 한가운데 고요하고 장엄하며 무게감 있고 당당하게 우뚝 선 그 모습에 나는 숨이 멎는 것 같았다.

마침내 도착한 것이다.

나는 오븐만큼이나 제빵사를 볼 기대에 부풀어 있었다. 옛날식 장작 화덕에서 빵을 굽는, 때 묻고 땀 자국이 말라붙은 티셔츠를 입고 담배를 입에 문 체격 좋은 밀가루 전쟁의 노장을 상상했다. 아니면 니컬러스 케이지처럼 생겼을지도 모른다. 프로 제빵사와의 첫 만남이 이보다 더 완벽할 수는 없을 것이다. 몇 시간을 같이 보내다 보면 그가 제빵사의 삶에 관한 이야기들로 나를 즐겁게 해줄 것이고, 나는 그에게서 더 많은 정보를 얻어내려 질문을 쏟아붓겠지. 나는 기대에 부풀었다. 나의 스승, 멘토, 구원자가 되어달라고 어떻게 그에게 부탁할지도 머릿속에서 연습해봤다.

니나는 나를 베이커리로 데려갔다. "저희 제빵사예요." 그녀는 쾌활하게 말을 꺼냈다.

눈앞에는 코에 밀가루가 묻은 스물두 살의 호리호리한 아가씨뿐이었다. 인디애나 시골 소녀에게서 볼 법한 솔직하고 천진

난만하며 순수한 분위기를 내뿜는 그녀는 알고 보니 실제로도 인디애나 출신이었다. 분명 제빵사가 더 있겠지.

내가 혼자 일하냐고 묻자, 이름이 린제이라는 이 젊은 아가씨는 "아니요" 하고 대답했다. 린제이는 오븐에 반죽을 넣고 있던 비슷한 또래의 인턴이라는 다른 여성을 소개했다. 두 사람의 나이를 합쳐도 나보다 십 년은 어릴 것 같았다. 린제이는 4주 전까지만 해도 인턴이었는데 제빵사가 그만두면서 그 자리를 이어받았다고 했다. 일을 시작한 지 한 달밖에 안 된 것이다. "어떤지 한번 보죠." 그녀는 내 반죽을 프루핑 룸proofing room[37]으로 가져갔다. 서늘한 방 안에는 밀가루 반죽이 놓인 쟁반, 사워도가 든 통, 프루핑 중인 빵 반죽이 놓인 선반이 가득했다.

추워서 몸이 떨렸다. "걸칠 옷을 가져왔어야 했네요." 대부분 홈베이커들처럼 나 역시 따뜻한 공간에서 프루핑 하는 일반적인 방법을 따라왔다.(점화용 불씨를 피워놓은 오븐 안에서 프루핑하는 것이 일반적이다.)

"사실 오늘은 다른 날보다 약간 온도가 높아요." 린제이는 20도를 가리키는 온도계를 보며 말했다. "보통 15도 정도로 맞춰놓고 천천히 오랫동안 발효와 프루핑 하는 방법을 써요. 맛이 더 풍부해지거든요." 그녀는 내 반죽을 찔러보았다. "이제 빵 모양을 만드셔도 될 것 같아요."

내 자존심과 함께 그녀가 산 세월보다 내 결혼 생활이 훨씬 더 길다는 생각도 애써 억누르며 나는 린제이에게 내 반죽을 보

---

37 반죽을 오븐에서 굽기 전 마지막 발효 작업(프루핑)을 하는 공간.

고 평가해달라고 부탁했다. 둥근 모양으로 반죽을 만든 내 기술
도 별로 인상적이지 않은 듯했다.

"저는 보통 이렇게 해요." 린제이는 테이블 너머에서 원을 그
리듯 반죽을 끌어당기는 동시에 동그랗게 만들며 표면을 팽팽
하게 만들었다. 그녀는 내 반죽이 조금 건조한 편이라고 조심스
럽게 말했지만, 지금 와서 어떻게 할 수는 없었다.

내 반죽을 체에 옮겨두고 좁은 공간에서 최대한 걸리적거리
지 않으려 애쓰며 린제이가 일하는 모습을 지켜봤다. 그녀는 자
신감 넘치고 빠른 몸놀림으로 각각 다른 공정에 있는 반죽이 놓
인 선반을 훑으며, 반죽을 일정하게 나눠 무게를 달고 모양을
잡은 후 오븐에 넣으면서 동시에 내내 대화를 유지하며 내 바
보 같은 질문에도 기꺼이 대답해주었다. 내 선생님이 노련한 제
빵사가 아닐까 싶어 느꼈던 실망감이 완전히 사라졌다. 나는 책
에서 읽은 몇 가지 기술에 대해서도 질문했다. 그중 하나는 '오
토리즈autolyse'라는 프랑스어로 알려진 방법이었다. 이 반죽법
은 프랑스 제빵과학자인 레이몽 칼벨Raymond Calvel이 약 25년
전 고안한 것으로, 재료를 섞어 반죽하기 전 10~30분 정도 휴지
시켜서 기본적으로 반죽 전에 글루텐을 '길들여' 우수한 크럼과
더 나은 풍미를 끌어내는 방법이다. 이 방법을 사용하는 사람들
은 오토리즈가 반죽 시간을 훨씬 줄여줄 뿐 아니라 산소와의 접
촉을 최소화해 훨씬 좋은 빵을 만들 수 있게 해준다고 말한다.

"확실히 효과가 있어요. 왜 그런지는 모르겠지만요." 린제이
는 말했다. 흥미로운 대답이었다. 왜냐면 나도 한번 시도해봤지
만, 빵이 달라졌다는 느낌을 전혀 받지 못했기 때문이다.

린제이는 어떻게 한 달 만에 5년 동안 빵을 구워온 나보다 더 많은 전문 기술을 익힌 것일까? 간단한 수학으로 어느 정도 설명이 될 수도 있겠다. 그녀는 일주일에 2,500개의 빵을 굽는다. 나는 책과 이론, 밀을 재배하고 자료 조사하는 데 시간을 낭비한 것일까? 많은 빵을 매일 굽는 편이 더 나았을까? 생각이 많아졌다. 그러나 일단은 벽돌 장작 오븐에서 한 덩이의 빵을 구워야 했다.

빨리 시작하고 싶었지만 내 반죽과 오븐 둘 다 준비될 때까지 기다려야 했다. 린제이는 디지털 온도계를 확인했다. "360도네요. 빵을 굽기에는 아직 온도가 조금 높아요."

나는 귀를 의심했다. 오후 3시였다. 린제이는 오븐 앞에서 온종일 빵을 구우며 오븐 문을 수시로 여닫고 화덕을 청소하고 반죽을 넣고 빼는 일을 반복했으며, 전날 밤 이후로 오븐에는 장작 하나 추가되지 않았는데 여전히 온도가 370도에 육박하다니 믿을 수 없었다. 분명 이건 9톤에 달하는 벽돌 덕분이었다. 음식을 데우는 재래식 오븐과 달리 벽돌 장작 오븐은 벽돌을 데우며, 이 열기가 불이 빠진 후에도 오랫동안 벽돌에서 뿜어져 나오면서 빵을 익히는 것이다.[38] 빵이 계속해서 오븐에 들어갔다 나오면서 (바게트 모양의 빵은 둥근 모양의 빵보다 더 높은 온도에서 구워야 한다) 굴뚝 부근 온도는 점차 340도로 떨어졌다. 빵을 놓는 바닥 면의 온도는 280도 정도 된다는 뜻이다. 내가 집에 있는 오븐에서 이

---

38 베이킹 팬보다 더 효과적이며 고르게 열기가 빵에 전달되도록 빵을 미리 데워놓은 뜨거운 피자용 돌판에 굽는 간단한 방법으로, 이를 집에서 시뮬레이션 해봤다.—저자

렇게 높은 온도로 빵을 굽는다면, 익지도 않고 새까맣게 탄 반죽을 보게 되겠지만, 린제이는 오븐이 이제 준비되었다고 말했다.

그녀는 본인이 만든 둥근 모양 반죽을 오븐에 넣으며 나도 몇 개는 직접 해볼 수 있게 해주었다. 심지어 빵 표면에 칼집을 내보겠느냐고도 물었지만, 내 서툰 솜씨로 그녀가 만든 빵을 팔지 못하게 되는 상황은 피하고 싶었기 때문에 거절했다. 반죽을 오븐에 넣기 직전 날카로운 칼로 윗면에 칼집을 내면, 그 모양대로 오븐 안에서 표면이 갈라지며 아름다운 자국(빵 윗면에 넣는 칼집으로 장식적인 패턴부터 물결무늬까지 다양하다)이 생긴다. 바게트는 전통적으로 같은 방향의 대각선 무늬를 넣고, 내 빵과 같은 둥근 모양의 빵은 빙고 게임판 같은 대각선 격자무늬를 넣는다. 파리의 푸알란Poilâne 베이커리 빵들은 윗면에 가게 이름의 머리글자인 'P'를 새기기도 한다. 물론 이런 칼집을 장식용으로만 넣는 것은 아니다. 칼집을 넣지 않은 빵은 가장 약한 부분에서 터져버린다.(직접 겪어봤기 때문에 하는 얘기다.) 칼집을 넣으면 이스트에서 나온 가스가 급격히 팽창하는 오븐 스프링 과정에서 반죽이 균일하게 부풀어 오른다.

내 주방에서는 전문가용이라고 생각했던 칼(플라스틱 손잡이에 단단하게 연결된, '교체 불가능'한 10달러짜리 면도칼)을 썼는데, 린제이가 내게 건넨 진짜 전문가용 칼은 엉성한 철제 몸체에 교체 가능한 양날 면도날이 끼워져 있는 저렴한 것이었다. 나는 그 칼을 받아 그녀의 조언에 따라 망설임 없이 빠르게 내 빵 표면에 칼집을 넣은 후 오븐에 넣었다. 린제이는 99센트짜리 화분용 분무기(효과가 없어 나는 사용하지 않았던 그 분무기 말이다)를 집더니 오븐 내부 벽에 빠르게 물을 분사했다.

1회분 구울 빵만 남겨둔 채 베이킹 데이도 저물어가고 있었다. 제빵사들의 피곤한 얼굴에서 일의 속도가 느려지는 것을 느낄 수 있었다. 양철 지붕으로 비가 계속해서 세차게 쏟아져서 서로의 대화가 거의 들리지 않았다. 린제이는 폭우 속으로 나가더니 몇 분 후 외바퀴 손수레 가득 장작을 싣고 나타났다. 그녀는 흠뻑 젖어 있었고, 밀가루투성이 얼굴 위로 떨어진 빗물 때문에 오븐에서 막 분무기로 물을 맞은 빵 반죽처럼 보였다.

린제이는 밤새 불을 피우고 내일 빵 굽는 데 필요한 나무의 무게를 쟀다.(정확히 80킬로그램이었다. 제빵사들은 뭐든 꼭 무게를 재는 것 같다.) 그녀의 긴 하루를 마무리하는 마지막 업무는 베이커리를 나서기 전 불을 다시 붙이는 일이다.

오후 들어 드디어 처음으로, 빵을 기다리는 것 말고는 아무것도 할 일이 없었다. 비는 계속해서 쏟아지고 방 안은 점점 어두워졌다. 인턴이 와인병을 들고 나타나자 갑자기 피로가 사라지는 듯한 기분이 들었다. 와인 한잔하면 딱 좋을 것 같았다. 그 병에 든 것이 실은 올리브오일이라는 사실이 아쉬웠을 뿐. 린제이는 그릇에 오일을 붓고 빵칼과 남은 반죽으로 만든 작은 빵을 집어 들었다. 냉장고에서 홈메이드 버터 한 덩이도 꺼냈다. 훌륭하군. 신선한 무염 버터는 맛이 깔끔해 빵의 맛을 더 끌어올리는 데다 약간 온기가 남아 있는 빵에 이 버터를 바르니 정말 놀라운 맛이었다. 삼키기 전 맛을 하나하나 세세하게 음미하며 빵과 버터가 내 혀에서 어우러지는 것을 느끼는 동안 나는 약간 취한 느낌이 드는 것 같았다.

몇 조각째 먹고 있는데 린제이가 오븐에서 내 빵을 꺼냈다. "노랫소리가 나요. 들어보세요!" 그녀의 눈이 반짝거렸다.

아니나 다를까 캐러멜과 당밀[39]처럼 아름다운 짙은 갈색을 띤 뜨거운 크러스트가 시원한 공기와 만나면서 빵이 탁탁거리는 소리를 내고 있었다.

"좋은 현상인가요?"

"그럼요, 아주 좋은 거죠." 그녀는 웃으며 대답했다.

의심할 여지 없이 내가 지금까지 구운 것 중 가장 훌륭한 빵이었다. 오븐 안에서 전에 없이 잘 부풀었을 뿐 아니라 늘 엉망진창이었던 빵 윗면의 칼집까지 완벽하게 나왔다. 크러스트에서 보이는 것만큼이나 크럼도 완벽할지 얼른 잘라서 살펴보고 싶어 식을 때까지 기다리기 힘들었다.

나는 린제이에게 고맙다고 인사한 후 불안과 의심이 씻겨나가고 희망과 기대로 가득 찬 늦은 오후의 아름다운 풍경 속으로 걸음을 내디뎠다. 내가 운전해가는 동쪽으로 무지개가 나타났다. 나는 줄곧 얼굴에 미소를 가득 띤 채 무지개를 따라 집으로 왔다.

---

39 제당 과정에서 설탕을 뽑아내고 남는 시럽 형태의 액체.

삼시경

Terce

'Terce'는 라틴어로 '제3시'를 가리킨다. 날이 환하게 밝아지고
일과가 시작되는 시간이므로 하루의 밝은 기운과 힘을 달라고 기도한다.

11주 차

신의 축복, 이스트

부탁이니 제 관찰과 의견은 제 충동과 호기심의 결과물일 뿐이며,
이런 기술을 가까이하는 저 같은 아마추어는
제 주위에 한 명도 없다는 것을 명심해주시기 바랍니다.
1673년 안톤 판 레이우엔훅이 왕립학회에 보낸 편지에서

몸무게: 90킬로그램

빵 서가의 무게: 8킬로그램

"앤, 당신 현미경 주말에 집으로 가져올 수 있어?"

아내는 눈도 깜빡이지 않고 나를 말없이 쳐다봤다.

"왜 그렇게 쳐다봐? 조심히 다룰게." 나는 말했다. 앤은 여전히 현미경으로 슬라이드를 관찰하는(정확히 뭘 보는지는 알고 싶지 않다) 구식 의사라 병원에 괜찮은 현미경을 가지고 있었다.

"그래서 본 거 아니야. 현미경으로 뭘 보려고?"

그걸 왜 묻는 걸까? 맞다, 내가 마지막으로 앤의 현미경을 빌린 건 20년 전이다. 확실하다. 어떻게 기억하느냐고? 자크가 올해 열아홉 살이기 때문이다. 결혼한 지 2년째 되던 해 피임 없는 성관계, 다섯 번인가 여섯 번의 생식 활동 후에도 아무런 결실이 없자, 나는 내가 불임이라고 확신했다. 내가 좋아하는 뜨거운 목욕이나 운동 중 얻은 꽤 아팠던 아랫도리 부상 때문에 걱정이

되었던 것일 수도 있지만, 내 이런 건강염려증은 사실 성행위가 가져오는 결과는 임신과 성병 두 가지뿐이라는, 중학교 보건 시간에 머릿속에 주입된 교육 때문일 가능성이 크다. '즐거움'이라는 세 번째 결과는 이상하게도 아무도 말해주지 않았다.

그래서 내 정액을 현미경 슬라이드에 올려놓았을 때, 나는 걱정돼 죽을 지경이었다. 나는 정말, 진심으로 아이를 갖고 싶었다. 어린이 야구단 코치도 하고 싶었고, 마당에서 케네디가 사람들처럼 터치풋볼도 하고 싶었다. 그러나 렌즈에 눈을 대고 초점 조절 나사를 앞뒤로 돌려봤지만, 보이는 것은…… 아무것도 없었다. 최악의 상황이 현실로 일어난 것이다. 나는 불임이었다. "그럴 줄 알았어." 나는 의자에 주저앉으며 웅얼거렸다. "우리 이제 어쩌지?"

앤은 초점을 이리저리 조절하며 현미경을 들여다봤다. "이리 와서 봐봐." 나는 현미경을 향해 터덜터덜 다시 걸어갔다.

이럴 수가! 수십, 아니 수백, 아니 무수히 많은 내 분신들이 맹렬하게 헤엄치고 있었다. 보건 시간에 봤던 비디오에 나오는 장면 같았다. "가자!" 나는 앤을 주방에서 끌어내 침실로 가며 소리쳤다. "축하해야지. 나도 아이를 만들 수 있어!"

그리 오랜 시간이 지나지 않아, 나는 성공했다. 두 번이나.(참고로 나는 어린이 야구단 코치도 맡은 적 없고, 아이들 누구도 터치풋볼에 관심이 없었지만, 어쨌든 우리는 늘 행복하게 지냈다.) 이번에는 단순히 이스트의 번식 활동을 몰래 훔쳐보고 싶은 것뿐이라고 설명하자, 앤은 안심했다. 그러나 내가 평생 현미경을 빌리자고 부탁한 게 정확히 딱 두 번이었고, 그 두 번 다 번식과 관련된 이유였다는 점만큼은 콕 집어 지적했다.

왜 현미경이 필요할까? 이런 이야기를 전하게 되어 유감스럽지만, 지난주 보보링크 벽돌 오븐에서 구운 빵의 멋진(그리고 맛있었던) 크러스트 안을 채운 것은 여전히 뻑뻑하고 형편없는 크럼이었기 때문이다. 그 전주에 발견한 물 문제는 별 상관이 없었던 모양이다. 이스트 양도 줄여봤고, 증기 주입 방식도 바꿔봤고, 오븐에 밀가루까지 바꿔봤지만, 여전히 내 빵은 수분이 많고 공기구멍이 부족했다. 솔직히 이제 더 이상 생각나는 방법도 없었다.

하지만 궁금증은 누를 수 없었다. 나는 과학을 좋아한다. 예전에는 의사가 되고 싶었던 적도 있었다. 하지만 주립대학에서 영문학을 전공하고 유기화학에서 C 마이너스를 받은 학생을 데려가려고 안달인 의대는 없었다. 앤과 아이들 말에 따르면 내가 의대에 가지 않은 것이 내 인생(그리고 의사 사회) 최고의 행운이라고 했다. 나는 내과 의사인 앤의 의견만큼은 믿고 인정할 수밖에 없었다.

"당신은 의학을 싫어했을 거야." 그녀는 내가 이야기를 꺼낼 때마다 말했다. 내가 형편없는 의사가 되었을 거라는 이야기만큼은 하지 않으려 애썼지만, 나는 듣지 않아도 알 수 있었다.

"아빠가 뭐라고 하실지도 알겠어요." 자크가 한마디 보탰다. "'그냥 참고 징징거리지 좀 마세요! 다음 환자!'"

"아빠는 참을성이 없으시잖아요. 게다가 사람들하고 이야기하는 것도 싫어하시고요." 케이티도 언제나처럼 끼어들었다.

참을성이 없다고? 케이티에게 내 참을성을 보여줘야겠다. 오늘 아침에는 우리 집 주방 연구실에서 인내심이 필요한 과학 실험을 할 생각이다. "자, 케이티." 나는 '나가서 놀자'에 어울릴 법한 가장 의욕에 넘치는 목소리로 말했다. "이스트의 번식 행위를 구경할 거야!"

"멋져요."

"당신, 정말……"

이전의 어떤 실험도 공기구멍을 만들어내지 못했기 때문에 나는 이제 이스트에 기대를 걸어보기로 했다. 제빵사들이 빵을 구워온 한 세기 중 약 59~60년 동안, 그들은 이스트가 무엇인지도 몰랐다. 어떤 효과를 야기하는지 뿐만 아니라, 이스트가 무엇인지도 모르고 빵을 구워온 것이다. 식물이 이산화탄소를 산소로 바꾼다는 사실을 발견한 지 거의 한 세기가 지나고, 증기기관과 백신이 발명되고, 남북전쟁이 일어날 때까지도 사람들은 빵을 부풀게 하는 것이 무엇인지 알아내지 못했다. 그동안 대체로 제빵은 믿음을 기반으로 한 행위였다. 어제의 반죽을 조금 떼어 오늘 반죽에 더하면 반죽이 부풀어 오를 것이라는 믿음 말이다. 약 10세기쯤 중세 영어에서 '이스트'라는 단어가 처음 사용되기 시작했고, 아주 적절하게도 '거품'이라는 독일어에서 파생되었다.(분명히 아주 오래전 옥토버페스트 같은 축제에서 유래되었을 것이다.) 그러나 누구도 이스트가 무엇인지 제대로 알지 못했고, 미생물('미생물'이라는 개념 자체도 발견되기 전이니 당연한 일이다)의 한 종류라는 사실은커녕 왜 이스트가 맥주와 와인을 발효시키고 빵을 부풀게 하는지 아무도 몰랐다. 몇몇 사람들에게 이스트의 역할은 순전히 신비로운 현상이었고, 신의 존재를 증명하는 증거가 되기도 했다. 1468년《노리치 양조업자 매뉴얼Brewers Book of Norwich》에서는 이스트를 '가디스굿goddisgoode'이라고 불렀다. 신의 축복으로 만들어졌다고 믿었기 때문이다.

과학 역사 중간중간 고맙게도 나타나서 지루한 과학책에 생기를 불어넣어주는 아주 별난 인물 중 한 명인 안톤 판 레이우엔훅Anton van Leeuwenhoek에게는 성에 차지 않는 사실이었다. 네덜란드 델프트 출신의 포목상 레이우엔훅은 화가 얀 페르메이르Jan Vermeer와 같은 해, 같은 도시에서 태어났다. 두 사람의 세례 기록이 델프트 세례 명부의 같은 페이지에 기록되어 있을 정도다. 이 세례 명부는 역사상 가장 가치 있는 기록 중 하나일 게 분명하다. 레이우엔훅은 1665년 유럽 전역을 휩쓴 베스트셀러였던 로버트 훅Robert Hooke의《마이크로그라피아Micrographia》를 읽게 된 후부터 현미경과 보이지 않는 세상에 현혹되었다.(집착했다고 해도 무리가 없을 것이다.) 훅이 현미경을 통해 본 작은 세상을 그려낸 그림을 바탕으로 한 동판화, 파리의 눈, 식물세포, 책의 네 배나 되는 큰 종이에 이를 묘사하여 접어 삽입한 페이지 등은 유럽인의 넋을 빼앗았다.

훅의 책에서 자극을 받은 레이우엔훅은 포목상점은 알아서 돌아가도록 놔두고 직접 렌즈까지 갈아 현미경을 제작하기 시작했다. 그러나 접안렌즈가 들어간 경통, 관측 대상을 향하는 대물렌즈 등 익숙한 구조인 훅의 복합 현미경과 달리, 레이우엔훅의 현미경은 매우 단순했다. 지름 1센티미터를 조금 넘는 렌즈 한 개가 한 쌍의 철판으로 고정되어 있을 뿐이었다. 겉으로 보기에는 현미경이라기보다는 그가 포목상점에서 옷감을 살펴볼 때 쓰던 확대경에 더 가까웠다. 그러나 그의 손바닥 안에 들어갈 만큼 작은 이 기구로 그는 당시 존재한 모든 다른 현미경으로도 볼 수 없던 것들을 관찰했다. 레이우엔훅은 렌즈를 연마하는 탁월한 기술을 가지고 있었다. 확대율이 266배에 달했던 그의 소형 현미경(수십 개를 만들었으나 현재는 단지 몇 개만 남아 있다)은 현재 대학 강의실에서 사용되는 대부분의 현미경보다도 훨씬 뛰어난 수준이다. 17세기에 만들어진 어떤 물건이 이렇게 현재와 비교할 수 있는 수준이겠는가?

52세에 본인의 성에 '판van'을 붙인[1] 레이우엔훅은 과학 교육을 받은 적은 없었지만 무한한 호기심을 지닌 덕분에 빗물부터 입안을 긁어낸 면봉까지 모든 것을 현미경 아래 놓고 관찰했다. 그가 처음 관찰했던 것 중 하나는 호수에서 떠온 물로, 현재까지 수백만 초등학생들이 과학 시간에 의례적으로 하는 관찰이기도 하다. 그는 물에서 발견한 '위아래 그리고 원을 이루며' 헤엄치는 단세포 생물(원생동물 등)을 부르는 '애니멀큘animalcule'('극미동물'이라는 뜻)이라는 재미있는 용어도 만들어냈다.

레이우엔훅은 육안으로는 볼 수 없던 꾸물거리는 미생물을 관찰하고 "제가 본 것 중 가장 불행한 생명체"라는 식의 평범한 언어로 묘사한 흥미로운 편지를 '자연과학 진흥을 위한 런던왕립학회Royal Society of London for the Improvement of Natural Knowledge'(보통 '왕립학회'라는 약칭으로 더 잘 알려져 있다)에 보냈다. 네덜란드의 한 포목상이 영국 지식인 사회에 본인이 주방에

---

1 당시 귀족들은 자신들을 평민과 구분하기 위해 성 앞에 'van'을 붙이곤 했다.

서 직접 만든 현미경으로 미생물과 박테리아를 발견했다고 말하다니! 처음 그의 편지가 학회에 도착했을 때 반응이 어땠을지 상상할 수 있을 것이다. 훅이 미생물에 대한 이 포목상의 터무니없는 주장을 입증하는 데 실패한 후 더 나은 현미경을 만들어 역사상 두 번째로 미생물을 관찰한 사람이 되지 않았더라면, 레이우엔훅은 기억에서 그냥 잊혔을 것이다.

레이우엔훅은 마침내 양조장의 이스트까지 현미경으로 살펴보게 되었다.[2] 그는 관찰한 것을 '작은 방울' 덩어리라고 묘사했고, 실제로 만져볼 수 있는 밀랍으로 된 모형을 만들기까지 했다. 레이우엔훅은 이 모형을 꼭 쥐어봤다가 잡아당기거나 비틀어보기도 하며 이 구조의 의미와 목적을 이해해보려 애썼다. 그가 이 관찰에 대해 자세히 적어 영국 왕립 아카데미에 보낸 편지에는 아래의 스케치도 포함되어 있었다.

아마도 레이우엔훅의 작은 방울은 '출아증식budding' 중인 이스트 세포였을 것이다. 이스트는 작은 세포가 자라 새로운 이스트 유기체로 변해 떨어져나가는 방식으로 무성 생식한다. 이런 세포 분열 과정을 유사분열이라고 한다.

나는 이스트 세포가 증식하는 과정을 쉽게 관찰할 수 있을 거라 생각했고, 300년 전 레이우엔훅의 그림과 비슷한 장면을 직

---

2 물론 레이우엔훅 역시 그 전에 내가 한 것과 놀랍도록 유사한 관찰을 먼저 했다. 하지만 17세기 네덜란드에서는 정액 샘플을 준비하는 것이 21세기 뉴욕에서보다 훨씬 민감한 문제였다. 레이우엔훅은 "죄가 되는 부정한 행동을 하지 않고" 자신의 정액을 얻었다는 점을 분명히 해두었다.(반면 나는 죄책감 따위는 전혀 없었음을 고백한다.) 그는 "맥박이 여섯 번째로 뛰기 전에" 샘플을 들고 현미경 앞에 앉았다고 한다. 분명 아내는 어리둥절했겠지만, 적어도 세상에는 베일에 싸여 있던 생식 과정에 대한 귀중한 단서가 최초로 제공되었다.―저자

접 볼 수 있을지 궁금했다. 주방에 있던 현미경의 슬라이드 글라스에 이번 주의 폴리시를 살짝 바른 후 이 임시 실험실에 케이티를 불렀다. 바보 같은 생각이었다. 눈에 보이는 건 작은 이스트 조직은 보이지도 않을 만큼 거대하게 시야를 가리는 밀가루 입자뿐이었다. 그래서 우리는 이스트의 영양분이 될 설탕 소량을 녹인 따뜻한 물에 인스턴트 이스트 한 티스푼을 넣고 저었다. 15분 후 이 물은 거의 크림처럼 변했고, 작은 방울들이 표면으로 떠오르며 거품도 생겼다. 우리는 새로운 슬라이드를 준비했다. 현미경으로 보니 이 물 한 방울 안에 여럿이 무리를 이룬 숙주 세포들이 보였지만, 이 배율로는 더 자세한 것은 보기 어려웠다. 그러나 가장 높은 배율로 조정하자 이번에는 시야가 너무 어두워 아무것도 보이지 않았다. 나는 케이티에게 투덜거렸다.

"제가 해볼게요." 케이티는 20년 전 앤이 한 것처럼 나를 의자에서 밀어내더니 현미경 앞에 앉았다. 재물대 아래에 손을 대고 나는 본 적도 없는 조리개를 열자, 더 많은 빛이 들어오더니 이스트가 다시 보였다. 최대 배율로 보니 몇몇 세포 무리가 레이우엔훅의 그림과 비슷해 보였지만, 확실하게 출아증식 중인 이스트라고 말할 수 있을 만한 모습은 보이지 않았다. 혼란스러웠다. 번식 중인 이스트를 다양한 단계별로 볼 수 있어야 했다. 나는 렌즈에서 눈을 떼지 않은 채 슬라이드를 위, 아래, 왼쪽, 오른쪽으로 옮겨가며 계속해서 찾았다. 그리고 마침내, 원하던 모습을 발견했다. 출아증식 중인 이스트였다.

그렇지만 의외로 활발한 활동이 일어나지는 않고 있었다. 슬

라이드를 몇 개 더 만들어봤지만 여전히 충분한 증거를 찾을 수 는 없었다. 기분이 찝찝했다. 더 많은 생식 활동이 일어날 것으로 생각했던 건 내 착각이었을까? 하지만 이스트가 이 정도밖에 증식하지 않는다면, 반죽을 부풀게 하는 그 많은 공기는 다 어디서 나오는 것일까? 처음에 첨가한 그 적은 양의 이스트에서? 의문은 여기서 끝나지 않았다. 이산화탄소는 냄새가 없지만 발효 중인 이스트에서는 톡 쏘는 듯한 강한 냄새가 난다. 도대체 그 안에서 무슨 일이 벌어지는지 정확히 알고 싶었다.

레이우엔훅도 같은 의문점이 있었던 모양이다. 출아증식 이외에 다른 것도 그를 혼란스럽게 했다. 그는 "거무스름한 입자에서 모래 한 알보다도 수천 배는 더 작은 다수의 공기 방울이 발생하는 것을 발견했다. 하지만 나의 깊은 고민과 괴로움에도

불구하고 그 방울들이 생기는 원인을 찾을 수 없었다"라는 기록을 남겼다.

사실 원인이 밝혀지기까지는 거의 두 세기가 걸렸으며, 발견 자체도 우연에 가까웠다. 1854년 루이 파스퇴르Louis Pasteur라는 젊은 화학자가 프랑스 북부 릴 대학교 과학학부의 새로운 교수직을 맡았다. 사탕무 용액을 발효시켜 알코올을 만드는 양조장이 많은 산업도시였던 릴은 과학을 실제 산업에 응용할 수 있는 젊은 인력을 키워내기 위해 학교에 지원을 약속한 상태였다. 그러나 파스퇴르는 그 역할에 적합하지는 않아 보였고, 학부장은 그에게 "이 나라에 진짜 필요한 적용법을 고안해야" 한다고 거듭 강조해야 했다.

파스퇴르는 이에 대해 개인적으로 불만을 느꼈지만, 기꺼이 높은 상아탑에서 내려와 자신의 강의를 듣던 학생의 아버지였던 양조업자의 문제를 해결해주기로 했다. 비고 씨의 양조용 통에는 문제가 있었다. 사탕무 용액은 알코올로 발효되는 대신 시큼한 맛이 났다. 파스퇴르는 문제가 없는 통에서 용액을 가져다 현미경으로 관찰했고, 예상대로 이스트 세포가 발견되었다. 그러나 문제가 있는 통에서는 이스트 세포보다 훨씬 작고 긴 막대기 모양을 한 어떤 미생물이 이스트를 방해하고 있었다. 박테리아였다.

안무

준비된 자에게만 기회가 온다.
루이 파스퇴르

    루이 파스퇴르는 박테리아를 관찰한 최초의 인물로 인정받고 있지만, 사실 200년 전부터 델프트의 포목상이 이 생명체를 관찰하고 자세히 묘사해왔다. 그러나 레이우엔훅에게는 꿈만 같았던 지식과 수단을 갖춘 파스퇴르는 문제가 있던 양조용 통과 발효 중이던 통에 각각 어떤 일이 일어나고 있는지 화학생물학적 원인을 이해하기 시작했다. 동시대인이던 독일의 유명 과학자 유스투스 폰 리비히Justus von Liebig는 맥주와 빵 반죽의 공기 방울, 이스트가 맥주와 와인에 일으키는 반응은 이스트 세포의 화학적 분해이며 생명체와 관련된 과정이 아니라고 수년간 강하게 주장해왔다. 그게 아니면 무엇이겠는가? 생명체가 존재하려면 산소가 필요하며 당연히 맥주통 바닥에는 아무것도 살 수 없다는 것은 모두가 당연히 아는 사실이었다.

    파스퇴르는 그러나 '당연하게' 생각하지 않았다. 대신 그는 연구실에서 통과 빵 반죽에서 보이는 거품(레이우엔훅이 봤던 그 거품)은 살아 있는 생명의 활동 때문이라는 사실을 확실히 증명하기 위한 여러 실험을 진행했다. 산소와 접촉하지 않을 때 이스트

103

는 설탕을 알코올과 이산화탄소로 바꾼다. 박테리아 또한 설탕을 영양분으로 하지만 알코올 대신 젖산을 만들어 용액을 시큼하게 만든다.

비고 씨의 양조 사업이 어떻게 되었는지에 대한 기록은 없지만, 현재 세계 최대의 효모 생산 기업인 르사프르Lesaffre가 릴에 세운 최첨단 공장에서는 여전히 사탕무가 발효되고 있다. 파스퇴르는 실용과학 분야에 발을 들였다. 그는 박테리아 연구를 이어갔고 미생물은 자연발생하지 않는다는 사실(레이우엔훅이 이미 거의 입증한 사실이다)을 결정적으로 증명한 후, 프랑스의 실크 산업을 구하고 프랑스 맥주를 독일과 비슷한 수준으로 만들겠다는 애국적인 목표로 이스트 연구를 계속했으며(이 목표는 달성하지 못했다는 게 다수의 의견이다) 천연두와 광견병 백신을 개발했다.

104

드디어 빵 반죽이 부풀어 오르는 이유에 대한 비밀을 발견한 것은 물론이다. 살아 있는 이스트 세포가 설탕을 영양분으로 삼아 증식하며 그 과정에서 이산화탄소와 알코올을 배출하는 발효라는 이 작용을 그는 간단하게 '산소 없는 삶la vie sans air'으로 정의했다. 화학적으로 설명하면 이렇다.

$$C_6H_{12}O_6 \Rightarrow CO_2 + CO_2 + C_2H_5OH + C_2H_5OH$$
포도당 분자 1개 ⇒ 이산화탄소 분자 2개 + 에틸알코올 분자 2개

얼마나 단순하면서도 우아한가! 화학식 양쪽 항의 숫자들이 전부 더해지는 동시에 탄소 분자 6개, 수소 분자 12개, 산소 원자 6개, 포도당 원자 1개가 완벽에 가깝게 재배열되어 완전히

다른 새로운 두 개의 물질을 만들어내는 것을 볼 수 있다.

이 화학식은 빵 반죽이 부풀어 오르는 이유만 설명하지는 않는다. 발효 중인 풀리시에서 나는 톡 쏘는 듯한 냄새? 바로 알코올이다. 그러나 나는 화학식의 왼쪽 항이 여전히 마음에 걸렸다. 사탕무가 든 통에는 당연히 당분이 들어 있겠지만, 빵 반죽의 당분은 어디서 온 걸까? 내 빵에는 밀가루, 이스트, 물, 소금 외에 다른 것은 전혀 들어가지 않기 때문이다.

그 답은 '나의 파일러'에서 찾았다. 두 권짜리 두꺼운 참고 도서에 내가 붙인 애칭이다. 밀가루의 전분 입자는 제분 과정에서 불가피하게 손상된다. 게다가 밀가루에는 물과 만나면 이 '손상된' 전분 입자를 포도당, 과당, 맥아당으로 바꾸는 효소가 들어 있다. 밀가루에서 전분이 손상되는 비율은 높지 않지만(평균 5퍼센트 정도일 것이다), 제분 시 밀가루 한 포대마다 아주 약간씩 첨가되는 맥아분과 함께 이스트에 영양분을 공급하고 발효를 촉진하기에는 충분한 양이다.

자연과 인간이 어우러진 경이로운 안무가 아닐 수 없다. (예를 들어 불가피하게 전분을 손상하는 제분소라든지) 어느 한 무용수라도 빠진다면 발레 자체가 엉망이 된다. 미학적으로 어떤지는 모르겠지만, 어쨌든 이제 내 빵에서 무슨 일이 일어나는지 전체적인 그림을 그릴 수 있게 된 것 같다. 빵은 그냥 부풀어 오른 것이 아니라, 말 그대로 싱크대 위에서 와인이나 맥주처럼 발효가 일어나고 있었던 것이다. 말 그대로 '맥주처럼' 완전히 발효된 풀리시에는 알코올이 3퍼센트나 들어 있다. 가벼운 맥주 한 병과 거의 같은 도수다.

이 과정을 이해하는 것이 뛰어난 빵을 만드는 비결이 될까? 알코올이 들어간 사촌 맥주와 와인만큼이나 빵에도 발효는 분명 중요하다. 저녁 식사 때 또 한 개의 맛없는 페전트 브레드를 먹으며(더 풍부한 맛이 나기를 기대하며 밤새 발효시킨 풀리시로 만든 것이었다) 나는 이스트에 대해 더 잘 알아야겠다고 말했다.

"그런데 왜요? 그게 완벽한 빵을 만드는 데 무슨 도움이 되는 데요?" 케이티가 물었다.

"기초과학이 우리와 얼마나 밀접한 연관이 있는지 몰라서 그래." 나는 4리터짜리 우유통을 케이티 앞으로 밀면서 말했다. "라벨 읽어봐."

"저온 살균 우유."

저녁 식사 후, 다들 빵에 거의 손을 대지 않았다는 사실에 놀라며 나는 남은 빵을 냉장고에 집어넣었다. 앞으로도 한참은 먹어야 끝날 테니까.

13주 차

중요 사항

엘로이즈에게[3]
최근 저는 (아내의 만류에도 불구하고) 남은 페전트 브레드를
냉장고에 집어넣었습니다. 나중에 보니 밖에 그냥 뒀을 때보다
더 뻣뻣해진 것 같더군요. 왜 이렇게 된 걸까요?
겁 없는 제빵사

겁 없는 제빵사님께

언제나 그렇듯 아내분 말씀이 정답입니다. 빵을 냉장 보관하면 훨씬 더 빨리 굳습니다. 그 이유를 알아보기 위해 빵이 구워질 때 어떤 일이 일어나는지 거슬러 올라가 살펴보죠. 반죽이 데워지면 전분 입자가 글루텐의 수분을 흡수해 반죽이 부풀어 오르고 빵의 질감을 만듭니다. 그래서 오븐에서 꺼낸 후에도 빵이 쪼그라들지 않도록 해주죠. 빵이 식고 나면 이번에는 반대 현상이 일어납니다. 수분이 점차 전분에서 글루텐으로 다시 옮겨가며 크럼을 마르고 푸석푸석하게 만듭니다. 이 과정은 온도에 큰 영향을 받습니다. 21도보다는 1도에서 더 활발해지죠. 그러니 빵을 냉장고나 비닐에 보관하지 마세요!

107

3　아니, 그 유명한 칼럼니스트 엘로이즈가 아니다! 이웃에 사는 호사가이자 내 친한 친구인
엘로이즈 레드베더Heloise Ledbedder를 말하는 것이다.—저자

빵을 신선하게 보관하는 가장 좋은 방법은 자른 면을 밑으로 해서 빵 도마 위에 놓아두는 겁니다. 자르지 않은 빵은 종이봉투나 천 주머니에 넣어 보관하거나 비닐봉지에 넣어 얼린 다음 오븐이나 실온에서 해동하는 게 좋아요. 참고로 뻣뻣해진 페전트 브레드는 프렌치토스트를 만들기에 매우 좋다는 것을 기억하세요.

나를 미치게 하는 미터법

미터법은 정말 골치 아프단 말이지!
내 차는 큰 기름통으로 가득 기름을 넣으면 40로드[4]를 갈 수 있어.
나는 그게 좋단 말이다!

할아버지 심슨, 〈심슨 가족〉에서

물: 1파운드 9.6온스

소금: 0.3온스

나는 레시피와 주방용 디지털 저울을 번갈아 쳐다보았다. 저울의 단위는 두 가지 모드 중 선택하게 되어 있었다. 8분의 1온

---

4 1로드는 약 5미터.

스까지 파운드와 온스를 표시하는 임페리얼법,[5] 그리고 0.1그램 단위까지 표시하는 미터법이었다. 그런데 소금 0.3온스라고? 그럼 8분의 몇이지? 나는 종이에 적어가며 계산을 시작했다. 4분의 1이면 0.25…… 그건 너무 적은데…… 그리고 8분의 3이면…… 어디 보자…… 3을 8로 나눠야 하니까…… 30을 8로 나누면 3에, 나머지 60을 8로 나누면……

이건 미친 짓이다. 베이커리와 강의에서 늘 미터법을 사용해왔던 킹 아서 플라워의 수석 제빵사이자 미국에서 가장 존경받는 제빵 강사인 제프리 해멀먼은 무슨 생각으로 사실상 미터법과 임페리얼법을 섞은 듯한 '0.1온스' 단위로 계량해놓은 것일까? 어쩌면 그가 《제프리 해멀먼의 브레드Bread: A Baker's Book of Techniques and Recipes》를 출간할 때 편집자가 여기는 영국이 아니라 미국이라는 사실을 새삼 지적했는지도 모른다.

미국인들에게 고합니다. 제발 부탁인데, 여러분, 그냥 미터법으로 도량형을 통일하고 이 문제를 해결하면 안 될까요?

적어도 40년 전에 이미 일어났어야 하는 일 아닌가? 고등학교 시절 이 하늘이 뒤집히는 듯한 큰 변화를 받아들일 준비를 하던 기억이 난다. 여전히 과학 실험실에서는 미터법이 사용되고 있었다. 사실상 거의 모든 미국인이 고등학교까지는 마치니까 우리 모두 킬로그램이라는 단위를 접한 적이 있고, 게다가 2리터짜리 탄산음료 병이 어떻게 생겼는지도 다들 아는데, 도대체 뭘

---

5 보통 '야드파운드법'이라고 번역되지만, 영국 제국주의 시절 생긴 것으로 현재 미국식 도량형의 야드·파운드와는 다르다.

더 망설이는 걸까? 1975년 통과된 '미터법 전환령'에는 "그러므로 정책을 통해 미국 내에서 미터법의 사용을 늘리도록 계획·조정하며 전미 미터법 위원회United States Metric Board를 세워 자발적인 미터법 전환을 준비하도록 한다"라고 되어 있다. 여기서 중요한 단어는 '자발적인'이다. 미국 국민은 일기예보에서 섭씨로 온도를 듣거나 차에 리터 단위로 기름 넣기를 원하지 않았다. 그래서 간단하게 자진해서 변화를 거부했다. 아마도 이 역시 미국인의 생활 방식을 파괴하려는 공산주의자들의 또 다른 모략이라고 생각했을 로널드 레이건 대통령은 1982년 미터법 위원회를 해산시키고 미국을 초강대국인 라이베리아, 미얀마와 함께 세계에서 유일하게 미터법을 도입하지 않은 나라로 남겨두었다. 캐나다조차도 고대에 사용하던 큐빗과 함께 파운드, 온스, 마일 단위 사용을 그만뒀는데 말이다. 앤은 당시 교환학생으로 캐나다에 머물고 있었는데(분명 '서스캐처원에서 교환학생을 할 수 있는데 파리나 런던까지 갈 필요 있을까?'라고 생각했을 것이다) 돌연 모든 단위가 바뀌더라고 말해주었다. 언제부터인가 기상학자가 기온을 섭씨와 화씨 두 가지로 예보하기 시작하더니, 머릿속에서 화씨를 섭씨로 변환하던 과정이 생략되고 섭씨 21도가 어느 정도인지 바로 이해되기 시작할 때쯤 갑자기 화씨가 예보에서 빠졌다고 했다.

한편 국경의 남쪽인 이곳 미국에서 나는 너트를 조일 때마다 거의 똑같아 보이는 두 개의 렌치(하나는 몇 분의 1인치 단위, 다른 하나는 밀리미터 단위로 되어 있다)를 들었다 놨다 해야 한다. 장비가 어떤 도량형으로 만들어졌는지 알 수 없으니 말이다. 파운드

와 온스 사이에서 분수, 단위 환산과 싸워야 한다. 젠장, 이번 주
는 내 주방에서 미터법을 사용할 생각이다! 그뿐만 아니라 부피
가 아닌 무게로 계량할 생각이었다. 린제이가 이스트부터 장작
까지 보보링크의 빵을 굽는 데 필요한 모든 재료의 무게를 재는
것을 본 후 깨달음을 얻었고, 다수의 저자와 제빵사들의 조언에
따라 저렴한 주방용 디지털 저울을 구매했다.

'가볍게 떠서 윗면을 깎아내는scoop and sweep' 밀가루 계량법
은 계량컵에 밀가루가 얼마나 눌려 담겨 있는지, 심지어 밀가루
포대에 어떻게 담겨 있는지에도 영향을 받기 때문에 기껏해야
양을 어림짐작할 수 있을 뿐이다. 게다가 부피보다 무게를 측정
하기가 훨씬 쉽기도 했다. 계량컵을 밀가루 통 안에 집어넣고 칼
등으로 윗면을 평평하게 깎아내기를 반복하면서 4와 3분의 1컵
을 맞추기 위해 다른 계량컵으로 바꿔가며 양을 재야 하는 것
보다, 간단하게 믹싱볼을 저울 위에 올린 후 '제로Zero'(혹은 '테
어Tare') 버튼을 누른 다음, 예를 들어 500그램이 필요하다면 그
무게가 될 때까지 밀가루를 붓기만 하는 쪽이 훨씬 빨랐다. 특
히나 물을 계량할 때가 정말 편했다. 물이 잔잔해질 때까지 기
다린 다음 몸을 숙여 계량컵 옆면을 보면서 정확히 메니스커스
meniscus(물의 표면이 장력에 의해 곡면을 이루는 현상)의 어느 부분
이 가리키는 눈금을 읽어야 하는지 고민하는 대신, 그냥 215그
램을 붓기만 하면 되는 것이다.

내가 해멀먼의 책을 산 것은 인터넷 제빵 토론방에서 "드디어
빵에 공기구멍이 생겼어요!! 제프리 해멀먼의 폴딩법을 썼거든
요!"라는 글을 읽은 직후였다. 몇 분의 1온스 단위로 계산하기

가 너무 성가셔서 해멀먼의 페전트 브레드 레시피 단위를 그램으로 변환하기로 했고, 곧 반죽을 접고 공기구멍을 만들 준비가 완료되었다. 그러나 모두가 나만큼 공기구멍을 열망하는 것은 아니다. 크럼이 더 많은 것을 좋아하는 사람도 있을뿐더러, 솔직히 뷰익 자동차만큼 큰 공기구멍이 있는 빵으로 참치 샌드위치를 만들려면 힘들다는 점은 나도 인정한다. 그래도 공기구멍이 어느 정도는 있으면 좋을 것이다. 꼭 질감 때문만은 아니다. 나는 공기구멍이 습기를 빵 밖으로 내보내는 길 역할을 해 빵을 건조하게 만드는 데 중요한 역할을 한다고 책에서 읽었다. 질고 속이 빽빽하다는 내 빵의 두 가지 문제점이 서로 밀접하게 관련이 있다는 뜻이니 이건 좋은 소식이었다. 한 가지 문제를 해결하면 나머지 하나는 자연스럽게 해결될 것이다.

조심스럽게 반죽을 평평하게 펼친 다음 일차로 반죽이 부풀동안 가장자리를 접어 가운데로 모으기를 몇 번 반복한 후, 너무 세게 누르지 않도록 주의하며 반죽을 눌러 가스를 약간 빼는 것이 해멀먼의 폴딩법이다. 이 방법은 반죽을 공기가 통하지 않는 따뜻한 곳에 몇 시간 동안 놓아둔 채 만지지도, 누르지도, 심지어 (빵 모양을 만들기 직전 주먹으로 내리치는 단계 전까지는) 가까이에서 숨도 쉬지 말라는 전통적인 방법과 차이가 있다. 반죽에 이산화탄소가 축적되면 이스트 활동이 억제된다는 것이 폴딩법의 근거다. 폴딩법은 반죽의 가스를 어느 정도 뺄 뿐만 아니라 이스트를 반죽의 새로운 면과 계속 접하게 할 수 있다. 반죽을 주먹으로 내리치는 방법은 줄리아 차일드 이후로 아무도 사용하지 않는 모양이었다. 요즘 제빵사들은 이스트를 골고루 분포하되

어렵게 만든 공기를 전부 빼내지는 않도록 반죽을 조심조심 다룬다.

일리가 있는 설명이었다. 이번 주 일요일 아침에는 새로운 에너지를 가지고 주방으로 들어왔다. 이 까다로운 한 덩이의 빵을 만들기 위해서는 갓난아이보다 더 많은 관심을 기울여야 한다는 것을 이제 알았으니 말이다. 해멀먼의 레시피에 따르면 반죽을 싱크대 위에서 16시간 동안 발효시켜야 하니 하루 전에는 작업을 시작해야 한다. 이제 일요일 아침인 오늘, 반죽을 끝내고 나서 폴딩을 시작할 차례였다. 50분마다 한 번씩. 아기 기저귀를 가는 느낌이었다.

"당신 나랑 장 보러 갈래?"

늦은 오전에 앤이 물었다.

"미안해, 집에서 나갈 수가 없어."

물이 새는 수도꼭지와 씨름할 수도, 잔디를 깎을 수도 없었다. 나는 주방에 갇힌 죄수였고, 반죽의 포로였다. 마침내 나는 빵 모양 만들기까지 마쳤고, 오븐에 반죽을 넣기 전 75~90분 정도 여유가 생겼다. 오늘 처음으로 집에서 나갈 수 있게 되었다.

아니면 섹스를 하거나. 사실 머릿속에 든 생각은 그거였다. 더 정확하게는 화해의 섹스. 앤과 나는 다퉜다. 늘 똑같은 이유다. 일주일 내내 기분이 안 좋아 내가 '날 그냥 내버려둬'의 분위기를 풍긴 탓에 앤은 나를 내버려두었고, 나는 애정결핍으로 불만이 가득했다. 그래서 앤은 나를 더 건드리지 않고 내버려두었다. 이런 식이다.

다만 이번에는 내가 또 다른 문제를 만들기는 했다. 사건은

"참고로 말해두는데, 나오미 와츠가 내게 결혼해달라고 하면 나 당신과 헤어질 거야." 나는 소파에 앉아 고화질로 〈킹콩〉을 보고 있었고, 입을 헤 벌린 채 나오미 와츠를 보느라 유인원이 나오는지 마는지 안중에도 없었다.

앤의 표정이 어두워졌다. "왜 그 말을 굳이 하는 거야?"

"왜 화를 내고 그래? 농담이야."

"농담 아니잖아."

흠. 그녀의 비난은 나를 약간 불편하게 만들었지만 어쨌든 나는 앤에게 하는 말을 특히 조심해야 한다. 그냥 사과했어야 했다. 내가 먼저 방금 한 말은 바보 같고 공연한 이야기였다고 말했어야 했지만(솔직히 말해 절대 일어날 가능성도 없는 일을 두고 앤에게 경고할 필요는 전혀 없으니까), 대신 나는 더 깊이 파고들었다.

"당신은 누구랑 도망치고 싶어?"

"그런 사람 없어."

"에이, 분명 생각나는 사람 있겠지."

돌이켜 생각해보면 앤은 누구를 꼽았을까? 아마 브래드 피트는 아닐 것이다. 자몽 씨만큼이나 관심 없을 테니까.[6] 그러면 캐리 그랜트? 아니면 록 허드슨? 여성들의 우상이었던 할리우드 남자 배우들은 전부 죽었거나 게이다. 둘 다거나. 어쨌든 이건 며칠 전 일어났던 일이다. 나는 이후 그 구덩이에서 빠져나왔고(나오미 와츠 문제는 일이 닥쳤을 때 걱정하자는 현명한 결론을 내렸다), 앤은 휴전을 제안했다. "성 대결은 끝났어." 그녀는 선언했다.

---

6 자몽 씨가 '피트pit'인 것을 이용한 말장난.

화해의 섹스(최고의 섹스다. 〈사인필드Seinfeld〉 팬들이라면 알 것이다), 그중에서도 최고인 오후의 화해 섹스를 할 타이밍 같았다.

케이티가 연극부 리허설에 가려고 집을 나서기만 기다렸다.

"시간 45분 있어." 케이티가 문을 닫고 집을 나서자마자 나는 반죽과 쿠킹 타이머를 확인하며 앤에게 말했다.

시간은 충분했다. 우리는 위층으로 서둘러 올라갔다. 앤은 호출을 받아 전화로 입원환자를 살펴야 했다. 삐—삐! 또 입원 환자다. 앤은 드디어 침대로 뛰어 올라와 내게 팔을 감았다. 그녀의 흥분이 이내 가라앉는 것을 느꼈다. 뭔가 잘못된 것 같았다.

"지금 시계 보고 있는 거야?" 앤이 물었다.

곧 반죽을 오븐에 넣고 스팀을 분사한 뒤 지켜봐야 할 시간이었다. 지금 아래층에 내려가면 한동안 침실에 올라오지 못할 게 뻔했다.

나는 침대 위에 사랑스럽게 누워 있는 앤을 바라봤다.

주방에서 부풀어 오르고 있을 내 반죽을 생각했다.

24시간도 더 전에 반죽을 시작한 후 몇 시간을 관찰하고 폴딩하고 부드럽게 어루만진 반죽이다. 너무 오래 놔두면 오븐 스프링이 일어날 이스트는 남아 있지 않을 테고 빵은 뻑뻑하고 무거워질 것이다.

지금 내 결혼 생활처럼 말이다. 으악! 어떻게 해야 하지? 섹스 아니면 빵? 빵 아니면 섹스?

무슨 생각 하는 거야? 이건 고민할 필요도 없는 문제였다.

바이오매스를 만듭니다

반죽이 부풀어 오르는 동안 삶은 계속된다.

피터 라인하르트, 《주니퍼의 브레드 북Brother Juniper's Bread Book》(1991)

"저희는 바이오매스를 만듭니다." 마치 다른 설명은 필요하지도 않다는 듯, 랄망Lallemand[7]의 미국 이스트 지부 사장인 게리 에드워즈Gary Edwards는 이렇게 말했다.

한 시간 만에 나는 이 말이 노아가 "저는 방주를 만들고 있습니다"라고 말하는 것과 비슷하다는 것을 알게 되었지만, 처음 몬트리올 시내에서 몇 블록 떨어진 편안한 회의실에서 커피를 홀짝이며 이야기를 들었을 때는 내 자리 밑에서 수백 톤의 바이오매스가 먹고 자라며 4시간마다 두 배로 늘어나고 있다는 사실을 의식하지 못하고 있었다. 알았다면 아마 조금은 긴장되었을 것이다.

랄망은 레드 스타Red Star나 플라이슈만Fleischmann처럼 누구나 아는 이스트 브랜드는 아니지만, 원더 브레드를 비롯한 큰 상업 제빵회사, 수없이 많은 동네 빵집과 와인 제조업체, 심지어는 열정 넘치는 홈베이커들(450그램짜리 봉지가 랄망의 가장 작은 드라

---

7 캐나다의 효모 전문 생산 기업.

이 이스트다. 정말 열심히 빵을 굽는 홈베이커여야 할 것이다)에게까지 이스트를 공급하는 북미 지역에서 가장 큰 이스트 생산 기업 중 하나다. 현미경으로 이스트를 관찰하고 나니 이 신비로운 물질에 대해 더 알고 싶다는 생각이 들어서, 이스트가 어떻게 만들어지는지를 직접 보기 위해 랄망으로 왔다. 엄밀히 따지자면 살아 있는 것을 '만들' 수는 없으니 어떻게 '기르는지' 보러 왔다고 해야겠다.

머리망과 안전모를 쓰고 처음으로 이스트 제조 공장에 발을 디뎠지만, 정말이지 아무런 감동도 느껴지지 않았다. 흰 가운을 입은 두 명의 젊은 연구실 기술자들이 실험대 위로 몸을 굽힌 채 슬랜트slant(순수 이스트가 보관된 세균 배양액에 든 작은 튜브)에서 소량의 이스트를 철사 루프[8]로 긁어내 평범해 보이는 시험관으로 옮기고 있었다. 이미 작업이 끝난 시험관들이 바로 옆 시험관대에 꽂혀 있었다. 다른 실험대 위에는 위에 호스가 꽂힌 여섯 개의 19리터짜리 통 안에 기네스 흑맥주와 비슷해 보이는 이상한 액체가 가득 차 있었다. 소름 돋을 정도로 익숙해 보이는 공간이었다. 이런 곳에 와본 적이 있는데. 언제였지? 천천히 기억이 되살아나기 시작했다. 이건 작게(아주 작게) 만들어놓은 고등학교 화학 실험실이었다. "이곳이 연구소인가요?" 나는 게리에게 물었다.

"오, 아닙니다!" 약간 기분이 상한 듯했다. "1회 생산량을 만

---

8 철사의 한쪽 끝을 동그란 모양으로 구부려 손잡이에 고정한 도구. 소량의 시료를 옮기는 데 사용된다.

들어내는 곳이에요."

이 작은 방이? 게리는 줄지어 늘어서 있는 시험관을 가리켰다. "이게 첫 번째 단계입니다. 1회 생산분은 각각 슬랜트에서 옮긴 무균 배양액에서 시작되죠. 지금 하는 작업이 그겁니다." 우리가 자신들의 이야기를 하고 있는데도, 기술자들 누구도 그들 작업에서 눈을 떼지 않았다. 게리는 내 바로 뒤에 있는 삼각 플라스크가 놓인 테이블을 가리키며 말했다. "저기 보이시는 게 다음 단계입니다." 나는 그의 설명에 따라 몸을 돌리다가 무방비로 놓여 있는 플라스크를 팔로 칠 뻔했다. "시험관에 24시간 정도 놔둔 후에 이스트를 삼각 플라스크로 옮깁니다."

나는 덤벙거리다가 전체 이스트 생산 과정을 망쳐버릴 것 같아 한 발짝 뒤로 물러났다. 그런데 이렇게 해서 만들어지는 이스트의 양은 얼마나 될까?

"계획대로 진행되면 6일 후 여기 있는 시험관들에서 각각 270톤의 생이스트가 나올 겁니다." 나는 믿을 수가 없어 게리에게 숫자를 다시 말해달라고 부탁했다. "270톤이요. 아무 일도 일어나지 않으면 말이죠." 그는 다시 한 번 말해주었다. "물론 쓰레기 270톤이 나올 수도 있어요."

그러면 일어날 수 있는 문제는 뭐가 있을까? 플라스크를 넘어뜨리는 정신없는 방문자 말고도, 비고 씨의 문제(박테리아 감염)가 생기거나 이스트 배양이 잘못될 수도 있으며 공기 중에 존재하는 야생효모가 유입되어 이스트를 망칠 수도 있다. 하지만 아무 문제도 일어나지 않는다면, 슬랜트에서 살짝 긁어낸 이스트 세포가 든 여섯 개의 시험관은 지금부터 일주일도 채 되지 않아 믿을 수 없을 만큼 어마어마한 양인 1,620톤의 이스트가 되는 것이다!

우리는 바이오매스를 만듭니다.

좁은 원기둥형 입구를 통해 익숙한 원뿔형 플라스크 안을 들여다볼 때는,[9] 상업용 이스트를 떠올릴 수 없을 만큼 정말 동떨어진 것처럼 보였다. 하지만 그 거리는 순식간에 좁혀진다. 플라스크에서 하루가 지나면 이스트는 '카보이carboy'라고 불리는 멸균 처리된 19리터짜리 유리병으로 옮겨진다. 이 유리 카보이는 위에 호스가 꽂혀 있고 공기 방울이 올라오는 걸쭉한 갈색 당밀이 올려져 있는 데다 알루미늄 포일로 위를 덮어놔서(이게 가장 중요하다) 학창 시절 과학경진대회 전시품과 별다를 게 없어 보인다. 여기가 교실 안이고 실험 가설을 설명해놓은 포스터만 있다면 똑같아질 것이다.

"이렇게 산소가 처음으로 주입됩니다." 게리는 호스를 이렇게 설명했다. 나는 산소 이야기를 듣게 되어 놀랐다. 어느 문헌에서든 이스트를 혐기성 생물, 산소가 없는 상태에서만 살 수 있다고 설명하기 때문이다. 게리는 설명을 시작했다. "이스트는 흥미로운 생물입니다. 산소가 있어도, 없어도 살 수 있거든요. 복잡하지 않아서 더 굉장하죠. 공기와 설탕이 있으면 이스트는 '좋은 타이밍이군. 숨 쉴 공기도 있고, 먹을 설탕도 있으니 더 많은 이스트 세포를 만들어야겠어!' 하고 생각합니다. 많은 양의 산

---

9 아이들은 집에서 따라 하지 마세요. 몇몇 주에서는 삼각 플라스크를 가지고만 있어도 마약 혐의를 받습니다.—저자

소와 접촉했을 때 자라고 증식하는 이런 성향을 '파스퇴르 효과 Pasteur effect'라고 부릅니다."

"하지만 설탕은 있고 공기가 없으면 이스트는 '이 설탕을 나를 보호할 수 있는 무언가로 변환시켜야겠어. 그러지 않으면 박테리아가 들어와 나를 쫓아내겠지'라고 생각하죠. 그렇게 이산화탄소와 알코올을 만드는 혐기성 발효를 합니다." 이게 제빵사와 양조업자들이 빵을 발효시키고 맥주를 양조할 때 사용하는, 우리가 관심 있는 발효의 종류다. 혐기성 발효가 이스트에 유리한 점은 하나 더 있다. 주변 상황이 열악해지고 설탕을 전부 섭취하고 나면 이스트는 자신이 만들어낸 알코올을 먹이로 삼기 시작한다. 이는 단세포 생물인 이스트가 영양분을 공급하는 세 번째 방법일 뿐 아니라, 대부분의 박테리아는 이렇게 영양분을 섭취하지 못하므로 이스트가 박테리아에 대항하는 방어 기전이 되기도 한다. 그러나 이스트는 알코올을 14~15퍼센트까지만 흡수할 수 있다. 보통 와인 도수가 11~13도인 이유다. 그보다 더 많은 알코올을 만든다면 이스트가 죽어버릴 것이다.

내가 현미경으로 이스트를 관찰할 때 출아증식을 거의 보지 못했던 것은 이스트가 서로 다른 호기성과 혐기성 생활양식을 가지고 있기 때문이었다. 출아증식을 보려면 랄망에서 하듯 공기와 설탕을 주입해 이스트가 호기성 대사 작용을 하고 증식하도록 만들었어야 했다. 하지만 그렇게 했어도 현미경 아래에서 몇 분 동안 볼 수 있는 것은 많지 않았을 것이다. 게리는 이스트가 몇 시간에 한 번씩만 증식한다고 설명해주었다. 레이우엔훅과 내가 출아증식을 볼 수 있었던 건 행운이었던 셈이다.[10] 레이우엔훅과 내가 봤던 출아증식, 그리고 모든 제빵사가 늘 보는 몇 시간 만에 반죽이 두 배로 부풀어 오르는 현상은 뭘까? 둘 다 기존 이스트의 혐기성 호흡 때문이며 군체의 크기 자체가 커지는 것이 아니다. 다르게 말하면 공기 방울 때문이지 출아증식이 아니라는 것이다. 우리는 발효통을 보기 위해 생산 작업장으로 옮겼다. 내가 기대했던 순간이다. 바닥에 떨어진 것도 주워 먹을 수 있을 만큼 먼지 하나 없이 깨끗한 흰색 타일 바닥, 양쪽에 늘어선 스테인리스 통, 이스트가 부글거리는 편안한 소리와 빵집에서 흔히 맡는 냄새 등이 나를 맞이할 거라는 기대감으로 작업장에 들어섰다. 현실은 제트기가 이착륙을 반복하는 항공모함 갑판에 가까웠다. 소음으로 귀가 먹먹했고 당밀에서 나는 지독한 악취가 코를 찔렀다. 바닥에서 뭘 주워 먹는다고? 절대 권하고 싶지 않았다. 그렇다, 나는 식품 공장에 있었다. 하지만 전체적인 환경은 '식품'보다는 '공장'을 시사하고 있었다.

"이게 다음 단계입니다!" 게리가 소음을 뚫고 소리쳤다. 우리는 첫 번째 발효통 앞에 서 있었다. 욕조보다 약간 큰 스테인리스강 탱크에는 몇 시간 전 기술자들이 카보이 두 개의 내용물을 부어놓았다. 발효통으로 공기를 밀어 넣는 거대한 공기 펌프가 웅웅대는 소리 때문에 나는 그의 말을 거의 알아들을 수 없었다.

---

10 그러면 랄망은 어떻게 6일 만에 270톤의 이스트를 만들어내는 것일까? 이스트는 기하급수적으로 성장하기 때문이다. 예를 들어 처음 0.3그램으로 시작한다고 해보자. 4시간 만에 이스트는 0.6그램으로 늘어나고, 8시간이 지나면 1.2그램이 된다. 첫날이 끝나갈 무렵에는 64배인 1.9그램 정도가 된다. 하지만 하루가 더 지나면 이스트는 1킬로그램까지 늘어난다. 여기서부터는 숫자가 빠르게 커진다. 3일 차에는 74킬로그램, 4일 차에는 4.5톤, 6일 차가 되면 31의 2배수로 늘어나 처음 0.3그램이었던 이스트는 450톤이 넘게 된다.—저자

이스트의 증식에는 많은 양의 산소가 필요하기 때문에 몬트리올 하늘에서 끌어모은 엄청난 양의 공기를 주입하고 있었다. 다른 물질들과 더불어 공기 중에 존재할 수 있는 야생효모가 헤파 HEPA, High-Efficiency Particulate Air Filter[11] 필터를 거치며 제거되고 나면, 이스트와 걸쭉한 당밀로 들어가는 공기 방울은 아주 미세한 크기가 된다. 1분마다 탱크 안의 공기를 바꿔주기 때문에 꽤 많은 압력과 전기가 들어간다.

이스트 생산은 저에너지·환경친화적 공정일 거라 상상했지만, 완전히 틀린 생각이었다. 이렇게 짧은 시간 동안 많은 이스트를 생산하려면 공기 펌프, 이스트에서 나오는 과도한 열기를 빼내는 열교환기 등 엄청난 양의 전기가 필요하다. 나는 게리에게 이곳이 다른 공장식 농장만큼이나 많은 에너지를 소비하는 것 같다고 말했다.

"우리는 농부들이에요." 게리는 말했다. "작물이 훨씬 빨리 자랄 뿐이죠."

게리는 이스트 생산의 다음 단계들을 보여주었다. 부글거리는 당밀로 가득 찬 1단계부터 5단계까지의 발효 탱크를 지나, 마침내 회전하는 커다란 드럼통 앞에 섰다. 이제 이스트의 형태를 한 무언가가 드럼통이 돌아갈 때마다 떨어져 나왔다. 몇 개는 손으로 잡아보기도 했다. 밀도가 어린이 놀이용 점토와 굉장히 흡사했다. 30퍼센트 정도 고체 상태로 되어 있는 생이스트 가루로, 곧 20킬로그램짜리 폴리백에 포장되어 냉장 트럭으로 베이

122

---

11 고성능 미립자 제거 필터.

커리들에 배달될 것이다. 혹은 2킬로그램짜리 압축 이스트 블록으로 만들어질 수도 있다. 아니면 더 건조해 홈베이커들이 사용하는 인스턴트 드라이 이스트로 만들거나. 이게 바로 내가 보고 싶었던 것이다.

그다음은 압출 성형기였다. 수백 개의 미세한 구멍이 뚫린 철제 판인 압출 금형은 한마디로 거대한 쿠키 프레스[12] 같았다. 기계 아래에 손을 갖다 대자 구불구불하고 작은 이스트가(드럼통에서 나온 것보다는 더 건조했지만 여전히 말랑말랑했다) 손바닥 위에 쌓였다. 축축하지도 마르지도 않은 굉장히 만족스러운 이스트의 촉감이 느껴졌다. 손으로 쓸자 기분 좋은 건조함과 함께 향수가 남기는 희미한 기억처럼 몇 시간 동안 잊히지 않고 즐길 수 있을 것 같은 기분 좋은 이스트 향이 올라왔다.

마지막 건조는 커다란 원통형 탱크에서 이루어진다. 이스트는 소용돌이치는 따뜻한 공기를 타고 20분간 떠다니며 96퍼센트의 고체가 될 때까지 건조된다. 휴면 상태가 된 이스트는 진공 포장 봉투에 담겨 배송될 준비를 마친다.

랄망이 제조하는 것은 인스턴트 드라이 이스트로, 제2차 세계대전 당시 개발된 활성 드라이 이스트(플라이슈만에 따르면, 해외 전장에 있는 군인들도 신선한 빵을 먹을 수 있도록 하기 위해서였다고 한다)와는 다르다. 활성 드라이 이스트는 생이스트를 빠르게 대체했고 인스턴트 이스트(인스턴트, 패스트액팅fast-acting, 브레드머신 bread machine, 래피드라이즈RapidRise 등의 이름으로 불렸다)가 나오기

123

---

12 쿠키 등의 과자를 여러 가지 모양으로 찍어내는 기계.

전까지 50년 동안 미국 주방을 지배했다. 활성 드라이 이스트와 인스턴트 드라이 이스트는 언뜻 보기에 비슷해 보이지만, 활성 드라이 이스트는 휴면 상태에서 벗어나 세포벽으로 다시 물이 통과할 수 있도록 사용 전 물과 섞어주어야 한다. 많은 요리책에서 이스트를 다른 가루 재료와 섞기 전 따뜻한 물, 설탕을 조금 넣어 먼저 '프루핑'해야 한다고 말하는 이유다.(2차 발효를 칭하는 반죽의 프루핑과 혼동하면 안 된다.)[13]

내 손에 있는 인스턴트 드라이 이스트는 1980년대 활성 드라이 이스트와는 다른 균주를 사용해 개발되었고(그러나 종은 같다. 발효용으로 판매되는 모든 상업용 이스트는 '출아형 효모Saccharomyces cerevisiae' 종이다), 더 낮은 온도의 바람으로 건조되며 물과 섞어주거나 프루핑할 필요도 없다.(게리는 물과 미리 섞어주지 않는 게 더 낫다고 했다.) 냉장 보관할 필요도 없고 진공으로 포장되어 있어 실온에서 2년간 보관할 수 있다. 그러나 한번 개봉되면 산화가 시작되기 때문에 몇 주 안에 모두 사용하거나 밀폐 용기에 보관해야 한다.

1년은 충분히 쓸 수 있을 듯한(혹은 그보다 더) 450그램짜리 인스턴트 이스트를 들고 제조 공장을 나서다가 한쪽 벽에 이스트 포대가 천장까지 쌓여 있는 것을 봤다.

"옥수수에 쓸 이스트입니다." 게리가 설명했다.

"옥수수빵에요?" 이해가 되지 않았다.

---

13 활성 드라이 이스트를 프루핑해야 하는 또 다른 이유는 활성 드라이 이스트가 그냥 건조 상태가 아니라 여전히 살아 있다는 것을 '증명prove'해야 하기 때문이다.—저자

"에탄올이요. 시장이 점점 커지고 있거든요."

그렇다. 옥수수를 어떻게 알코올로 만들겠는가? 발효시키는 것이다. 나는 6개월 뒤 옥수수와 밀 가격이 폭등하고 아프리카와 중동에 기아와 위협적인 국가 불안 사태가 벌어졌을 때 이 이스트 포대가 쌓여 있는 벽을 다시 떠올렸지만, 지금은 단지 호기심에 불과했다. 장거리를 운전해 집으로 다시 돌아갈 준비를 하다가 애초에 왜 이곳에 왔는지를 떠올렸다. 내 형편없는 빵 말이다.

나는 완벽한 빵을 만들 수 있게 해줄 유용한 정보, 잃어버린 고리를 찾을 수 있길 기대하며 뻑뻑한 크럼과 공기구멍 부족 등 문제를 설명했다. 게리는 내 폴리시를 언급하며 홈베이커인 내가 '스펀지 도법'[14]을 쓴다는 데 놀란 것 같았다. 그는 스펀지를 오래 발효하면 스트레이트 도에서는 찾을 수 없는 다양하고 섬세한 맛이 난다는 내 의견에 동의했다. 게다가 1차 발효 시에 생성되는 화합물 덕분에 완성된 빵은 더디게 뻣뻣해진다. "또 한 가지 다른 점은 실제로 빵의 크럼 구조 자체가 달라져서 다른 질감과 느낌을 입안에서 느낄 수 있다는 것이죠."

그러니까 이스트는 빵이 부푸는 데 필요한 가스와 맛이 달라지게 하는 화합물을 만들 뿐 아니라, 크럼에도 영향을 미친다는 것이다! 한 번도 들어본 적 없는 이야기였다. 크럼은 밀가루의 글루텐과 단백질 함량, 반죽법, 휴지와 발효 과정 등 내가 지금

---

14 재료 일부로 반죽('스펀지')을 만들어 발효시키고 나머지 재료를 넣어 본 반죽('도')을 만드는 방법.

까지 달리해온 다른 요소들에 의해서만 결정된다고 생각했다. 이스트가 빵에 미치는 영향은 끝없이 점점 더 늘어나는 것 같았다. 빵을 부풀어 오르게 하는 것은 그저 일부에 불과했다.

이스트에 대한 새로운 존경심, 그리고 스펀지 도법을 선택한 내 판단이 맞았다는 생각이 들었다. 하지만 뻑뻑한 크럼은 어떻게 해결하지? 구멍이 숭숭 뚫린 빵은 어떻게 만들까?

"그건 제빵사에게 물어보셔야 합니다." 게리는 제안했다. "전문가 말이에요."

16주 차

쌀쌀한 기운

빵은 모든 슬픔을 가라앉혀준다.
스페인 속담

"난로를 켜야겠어." 커피가 든 머그잔을 두 손으로 감싸 쥐며 앤이 말했다.

"지금 5월이야."

"얼어 죽을 것 같아."

"나는 괜찮은데." 이가 덜덜댔지만 거짓말했다. "여기 온도가 어떻게 돼?"

"60도야." 물론 화씨로 말이다.

밖은 3도밖에 안 되는 추운 봄날 아침이었다.

"햇볕이 들어오면 따뜻해질 거야." 난방용 기름 3.8리터는 같은 부피의 우유보다 비싼 탓에 말로만 단열 처리된 이 정신없는 낡은 집의 기름값은 소박한 아랍 에미리트 사람 한 명을 먹여 살릴 수 있을 정도였다. 새로운 에너지 절약형 창문을 설치하는 데 거금을 썼지만 소용없었다. 나는 난방 시즌이 끝나기만을 바라고 있었다. 정오쯤 되면 실내 온도는 20도까지 올라가는데 그걸 몇 시간 앞당기겠다고 굳이 기름을 낭비하고 싶지는 않았다. 앤더러 스웨터를 입으라고 해야겠다. 세 벌쯤.

스웨터를 한 겹 더 껴입을 생각인지, 오리털 이불 안으로 다시 들어갈 생각인지, 아니면 둘 다를 하려는지 앤은 위층으로 올라갔고, 나는 다시 빵을 만들기 시작했다. 그때 문득 보보링크의 프루핑 룸보다도 훨씬 온도가 낮은 15도의 주방에서는 빵이 거의 부풀어 오르지 않을 것이라는 사실을 깨달았다. 빵 때문임을 앤이 눈치채지 않을까 걱정하며 나는 난로를 켰다. 특히 최근 빵 반죽으로 인한 성관계 중단 사건을 생각하면 말이다. 그날 그렇게나 반죽을 애지중지하며 끝없이 조심스럽게 폴딩하고 뒤집기를 반복했음에도, 빵에는 어떤 눈에 띄는 변화도 보이지 않았다. 그 정성은 아내에게 쏟았어야 했다.

127

17주 차

보조 제빵사의 짧고 불행한 삶

18세기 터키에서는 제빵사들이 교수형을 당하는 일이 흔했다.
제빵 대가들이 높은 임금을 주는 대신 희생자가 필요할 경우
법정에 기꺼이 서줄 보조를 고용하는 일이 관습처럼 행해질 정도였다.

할보르 무어스헤드Halvor Moorshead

우리 제빵사들은 한번도 편히 살아본 적이 없다. 사회가 당신에게 많은 것을 바랄수록 더 많은 감시, 비판, 비난 역시 따라오기 마련이다. 빵 한쪽이 구원과 굶주림을 가르던 시절이자 마그나 카르타Magna Carta[15]가 발포되기 13년 전 중세시대의 제빵사들은 사람들의 불신을 받았다. 영국의 치안 판사들은 중량이 부족하거나 기준 미달의 빵을 판매하는 사기를 저지른 제빵사들을 중징계하는 법을 정해야 한다고 생각했다.[16] 물론 제빵사들이 늘 결백한 희생자였다는 것은 아니다. 방앗간 주인들이 밀가루에 톱밥 등의 불순물을 섞지 않으면 제빵사들이 하곤 했다. 영광스러운 옛 영국의 빵을 둘러싼 긴장 국면은 1266년 '빵 재판'으로 이어져 문제가 되는 빵을 쉽게 추적할 수 있도록 모든 제빵

128

---

15 1215년 영국의 존 왕이 귀족들의 강압에 따라 승인한 문서. '대헌장'으로 번역되며 근대적 영국 헌법과 입헌정치의 원칙을 확립하는 데 중요한 역할을 했다.
16 왕의 권위를 제한하는 문제나 인신 보호 영장 같은 다른 문제는 1215년까지 기다려야 했다.—저자

사는 각자의 빵에 식별 가능한 표시(아마 세계 최초의 상업적 상표였을 것이다)를 해야 한다는 새로운 법령이 만들어졌다.

이 이야기를 왜 꺼냈느냐고? 물론 나는 교수형에 처할 위험은 없었지만(내 아이들은 뜨거운 타르를 붓고 닭털을 꽂는 형벌을 더 좋아한다), '항상 페전트 브레드만 먹어야 하는' 상황에 가족들이 불만을 품기 시작했다는 것을 눈치챘기 때문이다. 확실하지는 않지만, '그라운드호그 데이Groundhog Day'[17]라는 단어를 속삭이는 걸 들은 것도 같다. 이제 겨우 17주 차, 1년의 3분의 1밖에 지나지 않았다.

새로운 레시피가 필요한 때인지도 모른다. 나는 제임스 비어드James Beard의 《비어드 온 브레드Beard on Bread》를 읽다가 풀리시로 오랜 시간 발효해 만든 자유성형 빵free-form loaf[18] 레시피를 발견했다. 나는 늘 제임스 비어드의 팬이었다. 《비어드 온 브레드》 책 겉표지에 실린 저자 사진이 내가 가장 좋아하는 것이기 때문만은 아니지만, 당구공 같은 민머리에 트위드 재킷을 입고 나비넥타이를 한 나이 든 남자, 어떻게 봐도 나이 들고 약간은 경직되어 있으며 커밍아웃하지 않은 동성애자로 보이는 그가 뻣뻣하게 팔을 뻗은 채 거대한 야생 버섯처럼 보이는 크고 보기 흉한 미슈miche(크고 납작한 빵을 부르는 모호한 단어)를 들고 있는 사진은 정말 멋졌다.

상쾌하고 바람이 살랑살랑 부는 어느 날 밖에서 그 책을 읽다

---

17 원래는 2월 2일 성촉절을 뜻하나, 같은 날을 여러 번 다시 살게 되는 남자의 이야기를 그린 동명의 영화에서 유래되어 '똑같이 반복되는 일'을 뜻하기도 한다.
18 아르티장 브레드 등의 빵을 일컫는 다른 말.

가 우편물을 받으려고 잠깐 내려놓았는데, 그러고는 아니나 다를까 완전히 잊고 있었다. '아니나 다를까'라고 한 건 깜빡하는 건망증과 혼란이 최근 들어 더 잦아지고 거슬리기 시작했기 때문이다. 공과금을 내는 일을 잊어버리고 직장에서는 서로 상충하는 지시를 내리는가 하면 최근 가장 속상했던 일은 머리 위에 얹어놓은 선글라스를 5분 동안 한참 찾았던 것이었다.

앤은 내게 벌거벗은 책을 내밀었다. "표지는 어디 갔어?"

"못 봤는데?"

표지를 못 봤다니…… 나는 밖으로 달려나가 마당을 샅샅이 뒤진 후 바람을 관찰하고 표지가 얼마나 멀리 날아갔을지 계산해보며 이웃을 둘러보기 시작했다. 하지만 바람이 책에서 표지를 벗겨간다는 건 말이 안 되는 일이었다. 그래도 나는 친구 제임스를 찾아야 했다. 성과 없는 수색을 마치고 낙심한 채로 집에 돌아왔는데, 대문 현관 매트 위에서 제임스 비어드가 커다란 빵을 내게 내밀고 있었다.

우와. 안도감도 잠시, 며칠 동안 으스스한 기분에서 벗어날 수 없었다. 만약 영화에서 이런 장면을 봤다면, 아마 "에이, 과장이 너무 심한 거 아니야?" 했을 테지만, 정말 표지가 거기 있었다. 아니, 이웃을 둘러보고 집으로 돌아온 '그'가 거기 있었다. 고인이 된 미국의 요리 거장이 내게 내민 제멋대로 못생긴 빵은 도대체 무엇을 의미하는 것일까?

확실히 알 수는 없었지만, 이번 주에는 그의 페전트 브레드(그는 '흰 자유성형 빵white free-form loaf'이라고 불렀다)를 구워야 한다는 것만큼은 분명해 보였다. 한 가지 작은 문제는 있었다. 올리브오일과 버터밀크가 들어간다는 사실이었다.

불순물을 섞은 빵. 맞다, 물론 톱밥(혹은 석회가루, 콩, 감자녹말, 백반, 황산아연, 차탄산 마그네시아, 차탄산 암모니아, 황산동, 구운 석고 등의 첨가물도 비용을 절감하거나 질 나쁜 밀가루를 개선하는 데 몰래 쓰였다)을 섞지는 않았지만, 나는 '진정한' 빵, 페전트 브레드의 재료는 밀가루, 물, 이스트, 소금 네 가지뿐이어야 한다는 생각을 굳게 지지하는 사람이었다. 내 고소한 부활절 빵을 제외하고는 초지일관 고수해왔던 기준이다. 올리브오일과 버터밀크? 아예 구운 석고도 넣어버릴까 보다.

비어드의 편을 들자면, 사실 오일이나 버터 형태의 지방과 우유가 들어가는 빵(특히 샌드위치용 흰 빵)은 사실 드물지 않다. 우유와 지방은 빵에 풍미를 더할 뿐 아니라 반죽 개량제의 역할도 한다. 지방은 글루텐 조직을 코팅해서 빵을 훨씬 부드럽게 만들며 저장성을 높여준다. 게다가 우유의 당(락토스)은 빵이 구워지는 동안 캐러멜화되어 황금빛 크러스트가 된다.

나는 흰 밀가루 약간을 통밀가루로 대체한 것 외에는 비어드의 레시피를 토씨 하나 틀리지 않고 그대로 따랐다. 과연 결과는?

"아빠 빵보다 훨씬 나아요." 케이티가 말했다. 자크도 고개를 끄덕였다.

"그럼 오늘은 즐겨." 대꾸하는 내 목소리에 서려 있는 날카로움에 나도 놀랐다. "다시 먹게 될 일은 없을 거야. 우유랑 오일이 들어가서 완벽한 빵의 조건에 맞지 않거든."

"그럼 크루아상도 절대 안 만드시겠네요." 케이티가 투덜거렸다.

"미안하지만 재료 네 가지만 들어간 빵이 전부야."

"그럼 이 빵은 왜 만드셨는데요?" 자크가 물었다.

나는 말 없이 어깨만 으쓱했다. 어차피 말해줘도 믿을 리 없다.

와플을 굽다

내가 열네 살 소년이었을 때,
아버지는 너무 무지해서 나는 아버지 옆에 있는 것도 싫었다.
그러나 내가 스물한 살이 되자 아버지가 지난 7년 동안
얼마나 많은 것을 배웠는지 깜짝 놀랄 지경이었다.

마크 트웨인

아버지날이라 특별한 아침 식사를 했다. 내가 직접 식사를 준비했다. 게다가 혼자 먹었다. 앤은 마당에서 잡초를 뽑고 있었고 자크와 케이티는 곤히 자고 있었다.

기분이 조금 이상했다. 물론 가족한테 아버지날에 바라는 게 아무것도 없으며 축하할 필요도 없다고(내 아버지를 위한 날이지 나를 위한 날이 아니라고) 했지만, 정작 아이들이 아무것도 안 하자 생각지 못한 실망감이 몰려왔다. 축하한다는 말 한마디도 없다니.

내가 자초한 일이다.

내 특별한 아버지날 아침으로 나는 특별한 빵을 만들었다. 달

걀, 버터, 베이킹파우더를 넣은 매력적인 퀵브레드quick bread[19]로, 격자무늬 금속판 사이에서 3분 동안 익히는 빵이다. 다른 말로는 와플이라고 한다. 그렇다, 와플도 빵이다. 그것도 꽤 흥미로운 빵.[20] 대부분 와플은 다른 퀵브레드처럼 베이킹파우더, 베이킹소다를 넣어 만들지만 이스트를 넣어 발효시킬 수도 있다. 물론 저녁을 소화시키는 동안 아침을 준비하는 선견지명이 있다면 말이다.

와플waffle은 웨이퍼wafer와 어원이 같다. 사실 둘 다 밀가루와 물을 섞어 무늬가 있는 두 개의 뜨거운 철판 사이에서 익힌다는 것까지 매우 비슷하다. 철판이 서로 가까이에 있고 거의 평평한 데다 십자가 모양 등이 새겨져 있다면, 결과물은 성찬 전병Communion wafer이 된다. 모양을 종교적인 상징에서 얕은 격자무늬로 바꾼 다음 설탕을 더 첨가하면 웨이퍼는 아이스크림콘 모양이 된다. 이제 그 무늬를 더 깊게 파고 발효 과정을 더하면, 웨이퍼는 와플이 되는 것이다.

맛있는 와플은 겉은 바삭하고 속은 부드러우면서 가벼워야 하므로(맛있는 빵의 조건과 크게 다르지 않다), 아침 식사용 와플을 집에서 만들려면 큰 노력이 필요하다. 와플 팬에 새겨진 무늬는 표면적을 늘림으로써 와플을 훨씬 바삭하게 만든다. 지방을 추가하는 것도 마찬가지다.(나는 식용유보다 녹인 버터를 더 선호한다.)

---

19 베이킹소다나 베이킹파우더 등을 이용해 빨리 부풀게 해서 만든 빵류. 비스킷, 머핀, 스콘 등이 있다.
20 이번 주는 건너뛰었으나 오해할까 싶어 말하는데, 이번 주 역시 페전트 브레드를 구웠다. 다만 자세한 이야기는 하지 않는 게 좋을 것 같다.―저자

들어가는 물의 일부분을 지방으로 대신하면 팬 안에서 김이 덜 나면서 와플이 훨씬 바삭해진다. 달걀을 더 많이 넣는 것부터 옥수숫가루를 살짝 섞는 것까지 와플을 바삭하게 만들기 위해 요리사들이 쓰는 몇 가지 비법이 있지만, 오늘 아침 내가 만든 와플은 내 기준으로는 세계 최고였다. 훨씬 예전에 빵에 집착했던 적이 있었음을 증명하는 와플이기도 하다. 이야기는 1980년대 중반, 노스캐롤라이나 바닷가로 가족 휴가를 갔을 때까지 거슬러 올라간다.

종업원들이 손님을 '허니'라고 부르고 베이지색 머그잔에 담긴 커피는 4분의 1만 마셔도 다시 부어주고 가는, 아침과 점심을 파는 동네 식당이었다. 그곳에서 우리는 평생 먹은 것 중 가장 맛있는 와플로 아침을 먹었다. 테이블에 놓인 카드에는 '카본스 골든 몰티드 와플Carbon's Golden Malted waffles'이라고 되어 있었다. 홈메이드가 아니라 시판용 와플 믹스라는 건 희소식이었다. 집에서도 만들어볼 수 있다는 거니까. 인터넷이 없던 시절 제조사 정보를 찾아내기란 꽤 어려운 일이었지만, 결국 카본 사우스 벤드 지점의 누군가와 연락이 닿았고, 그 사람에게서 신시내티의 유통업체를 소개받아 마침내 와플 믹스를 주문할 참이었다.

"가장 작은 포장이 23킬로그램짜리예요." 카본의 와플을 좋아하기는 했지만, 23킬로그램만큼은 아니었다. 나는 결국 직접 만들어보기로 했지만 밀가루, 옥수수 전분, 맥아와 미지의 양념으로 이루어진 카본의 1937년 '비법 믹스'를 똑같이 재현하기에는 역부족이었다. 그 뒤로 10년이 흘러 그때처럼 맛있는 와플을 먹겠다는 기대를 완전히 버렸을 때쯤, 동네 시장에서 '몰티드 와플 믹스'라고 적힌 작고 둥근 통을 발견했다. 카본에서 나온 것은 아니었지만 맛은 똑같았다. 10년이 지났음에도 맛이 생생히 기억났다. 알고 보니 요즘은 카본에서 자신들 이름뿐 아니라 여러 다른 브랜드명으로, 똑같은 하드보드 원형 통에 든 믹스를 판매하고 있었다.

나는 이 경험을 통해 두 가지 교훈을 얻었다. 홈메이드가 늘 더 낫지는 않다는 것, 그리고 포기하지 않으면 가끔 원하던 것을 얻기도 한다는 것. 그리고 그날 저녁 케이티가 냉장고에 넣어둔 남은 와플을 발견했을 때 한 가지 더 배웠다.

"아빠, 아침에 와플 만드셨어요?"

"아버지날 기념으로." 나는 쏘아붙였다.

드디어 내 입으로 말했다! 다들 어떻게 반응할까? 케이티는 자크를 쳐다봤고, 둘은 다시 앤을 바라봤다. 그러더니 자크가 어색하게 헛기침을 하며 말했다. "있잖아요, 아빠."

나는 사과를 기다렸다.

"아버지날은 다음 주 일요일이에요."

다음 주에는 아침 만들어 먹을 일이 없을 것 같다.

19주 차

비율과 싸우다

술과 미적분은 서로 안 맞는다.
절대 술 마시고 드라이브derive 하지 마라.[21]
작자 미상

케이티가 질문을 하나 했다.

"아빠, 왜 미적분 배워야 해요? 어디 써먹을 데도 없잖아요."

케이티, 좋은 질문이야. 30여 년 전 3년 동안 고등학교에서 수학을 가르칠 때도 학생들에게서 똑같은 질문을 많이 들었는데 (에헴, 물론 그때는 '아빠'가 아니었다), 내 대답은 그때나 지금이나 똑같다. 사실 케이티가 본격적으로 공학을 전공하거나 과학 분야에 종사하게 되지 않는 한 미적분을 사용할 일은 절대 없을 것이다. 아니, 그렇다고 해도 미적분을 쓸 일이 있을지 모르겠다. 통계나 삼각법은 멋진 데다 꽤 유용하지만, 미적분의 쓸모는?

"세상을 이해하는 데 도움이 되잖아. 그리고 미적분을 배우면 머리도 더 좋아져."

어쩌면 제빵사들이 반죽에 들어가는 재료의 비율을 표시할

---

21 '운전하다drive'와 미적분에서 '결과를 끌어내는 것derive' 두 단어의 발음이 비슷하다는 데서 착안한 말장난.

때 쓰는 암호인 '제과 백분율baker's percentage'[22]을 이해할 정도로 머리가 좋아질지도 모른다. 어느 정도 전문적인 제빵 책에는 전부 제과 백분율에 대한 언급이 있고, 제과 백분율 레시피를 추가로 표시해놓은 책들도 있다. 제과 백분율이란…… 그냥 전문가가 알기 쉽게 설명해놓은 것을 여기 옮기는 게 낫겠다.

이 경우 물 2,100그램과 밀가루 2,100그램을 섞어 만든 발효된 스펀지 반죽 4,200그램이 있다. 6,402에서 2,100을 빼니 반죽을 만들려면 (대략) '밀가루' 4,302그램을 섞어야 한다는 결과가 나온다. 그러면 더 넣어야 하는 밀가루 양은 2,380그램으로 줄어든다. 비슷하게 4,907에서 2,100을 빼면 1,997그램의 물을 섞어야 한다는 뜻이다. 물론 소금 128그램(64에서 2퍼센트를 곱한 양)도 넣어야 한다.

자, 질문 있는 분?

아마 왜 내가 제과 백분율을 피하는지 이해가 될 것이다. 그냥 피하는 정도가 아니라 볼 때마다 매번 한마디라도 조롱하고 넘어가야 했다. 전혀 쓸데없어 보이는 데다 이해도 되지 않았다. 적어도 이런 메일을 받기 전까지는 말이다.

빌, 당신 레시피의 특정 비율이 눈에 띄는군요. 밀가루의 총량이 595그램이니 68퍼센트 비율로 수분을 추가하려면 물의 양은 총

---

22 밀가루 양을 100퍼센트로 잡고 다른 재료의 비율을 표시하는 것.

404.6(405)그램이 되어야 합니다. 표준 비율이죠.

표준 제과 백분율을 말하는 거겠지.

이런, 젠장. 이제 정말 제빵사의 미적분을 배워야 할 것 같다. 프로 제빵사는 이메일에서 '제과 백분율'을 야구감독이 '타율'을 말하듯 아주 자연스럽게 언급하고 있었다. 더 이상 피할 수만은 없었다.

제빵 책들이 아이홉IHOPInternational House of Pancakes[23]의 팬케이크(참고로 전기팬에서 굽는 퀵브레드로, 팬케이크도 빵이다)보다 더 빠른 속도로 쌓이고 있음에도 내 목표 달성에는 별 도움을 주지 못하고 있다는 것을 깨달으면서, 나는 랄망의 게리 에드워즈가 해준 조언("그건 제빵사에게 물어보셔야 합니다. 전문가 말이에요.")을 마음에 새기고 있었다. 하지만 누가 내 모험을 도와주려고 할까? 빵집마다 문을 두드리고 다닐 생각은 아직 없었다.

이런 생각을 하던 중에 신기하게도 프랑스 빵에 관한 책을 여러 권 쓰며 해당 분야 전문가로 파리에서 높이 평가받는(유명하다고도 할 수 있다) 미국인 역사학 교수 스티븐 캐플런Steven Kaplan에 관한 기사를 우연히 발견했다.

나는 코넬 대학교 웹사이트에서 캐플런의 이메일 주소를 찾아 완벽한 페전트 브레드를 만들고자 하는 내 여정을 도울 수 있거나 돕고 싶어 하는 제빵사를 아는지 묻는 이메일을 보냈다. 바보 같지만 몇 주 혹은 몇 달 동안 프랑스에 머무를 좋은 구실

---

23 미국의 다국적 팬케이크 전문 체인.

이 될 것 같아 2개 국어를 쓰는 프랑스에 있는 제빵사도 괜찮다는 말도 덧붙였다. 그러나 프랑스 남동부 해안에서 온 답장은 내 기대에 차가운 에비앙을 끼얹었었다.

제 열렬한 복음 전파에도 불구하고 좋은 빵의 극심한 결핍을 겪고 있는 비아리츠Biarritz에서 인사 전합니다.
제빵 멘토를 찾겠다는 귀하에게 해결책을 드릴 수 있을지 모르겠군요. 특히나 프랑스에서는 말이죠. 두 가지 구조적인 문제가 있습니다. 첫 번째는 귀하가 프랑스어를 잘하지 못한다는 것이 명백해 보인다는 점입니다. 저는 수백 명의 프랑스 제빵사들을 알고 있지만, 그중 영어를 조금이라도 할 줄 아는 사람은 극소수입니다. 두 번째 문제는 조금 더 심각합니다. 활동 중인 제빵사들은 극심하고 만성적인 시간 부족을 겪고 있습니다. 제빵실fournil에서 활발하게 일하고 있는 사람이 과연 귀하를 맡을 수 있을지 상상조차 할 수 없군요. 은퇴한 제빵사라면 조금 나을지도 모르겠습니다.
미국에서 찾으신다면(특히 홈베이킹에 적합한 방법을 찾으신다면) 찰스 밴 오버Charles van Over에게 문의해보시는 게 좋을 것 같습니다.

누구? 찰스 밴 오버? 들어본 적도 없는 이름이었다. 캐플런이 뒤이어 보내준 연락처를 보니 가까운 코네티컷 주에 사는 사람이었다. 약간의 구글 검색 끝에 찰스 밴 오버 역시 랄망이나 캐플런 교수와 마찬가지로 누구나 아는 이름은 아니었지만, 업계에서는 꽤 유명한 사람이라는 것을 알게 되었다. 밴 오버가 1997년 출간한 《인생 최고의 빵The Best Bread Ever》(제빵사들은 대부분 겸손과는 거리가 멀다)은 '제임스 비어드 어워드James Beard Foundation Award'[24]를 수상했다.

나는 밴 오버에게 내 빵의 크럼 문제를 자세하게 설명하는 이메일을 보냈고, 그는 흔쾌히 답을 보내왔다. 밴 오버는 내가 사용하는 레시피에 관해 묻더니 며칠 뒤 아무렇지 않은 듯 무심하게 제과 백분율을 언급한 답변이 돌아왔다.

계산기를 들고 앉아 "밀가루의 총량이 595그램이니 68퍼센트 비율로 수분을 추가하려면 물의 양은 총 404.6(405)그램이 되어야 합니다"라는 밴 오버의 답장을 살펴보다가 나는 그가 단순히 밀가루 무게에 68퍼센트를 곱했다는 사실을 발견했다. 이렇게 간단하다고?

알고 보니 제과 백분율은 실제로 꽤 간단했고 제빵업계에서 보편적으로 사용되고 있었다. 한마디로 반죽에 들어가는 밀가루 양에 대한 다른 재료의 비율을 퍼센트로 표시한 것이다. 밀가루 100그램이 들어간 빵을 만드는 데 50그램의 물을 사용했다면, 물의 제과 백분율은 50퍼센트다. 물을 기준으로 하면 반죽이 50퍼센트의 수분을 함유하고 있다고도 이야기할 수 있다.

고등학교 때 배운 과학을 조금이라도 기억하고 있는 사람들이라면 아마 여기서 혼란이 올 것이다. 내 예시에서 물은 반죽의 총 무게(물을 추가하고 나면 총 150그램이 된다)에서 2분의 1이 아닌 3분의 1을 차지하므로 직관적으로 생각해봐도 수분은 50퍼센트

---

24 '요리업계의 아카데미상'으로 불리는 권위 있는 상. 레스토랑, 요리책, 셰프 등에 시상한다.

가 아니라 33퍼센트가 되어야 한다. 그러나 제과 백분율은 모든 재료를 총량이 아닌 밀가루 양에만 비교하여 표시하기 때문에 50퍼센트가 맞는 답이다.

이 방법은 사실 전체를 기준으로 비율을 계산하기보다 훨씬 쉽다. 새로 더하는 재료가 전체 양에 얼마나 영향을 미치는지를 계산하다 보면, 내가 학부 시절 유기화학에서 C마이너스를 받았다는 사실과 왜 앤이 우리 가족 중 유일한 의사인지 등이 나를 무겁게 짓누르기 때문이다. 하지만 그 이야기는 다시 듣고 싶지 않다. 간단하기는 하지만 전부 합해 100퍼센트가 넘는 비율을 보게 되거나(밀가루보다 더 많은 물이 들어갔을 때다), 이미 물과 밀가루 둘 다 들어간 풀리시에 밀가루를 얼마나 더 첨가해야 하는지 계산할 때는 제과 백분율도 복잡해진다.

어쨌든 나는 내 반죽에 심각하게 물이 부족했다는 사실을 알아냈다. '표준 비율'인 68퍼센트가 되려면 405그램의 물이 필요한데 나는 고작 수분이 58퍼센트밖에 되지 않는 345그램의 물만 넣어왔던 것이다!

몇몇 아르티장 브레드 제빵사들은 요즘 들어 과거보다 훨씬 수분이 많은 반죽으로 빵을 만들고 있다는 글을 쓰기도 했다. 직접 수분 68퍼센트의 반죽을 만들고 보니 그 말이 농담이 아니었음을 알 수 있었다. 반죽은 처음에 축축하고 끈적거렸지만 어느 정도 반죽을 하고 나니 괜찮아졌다. 그래도 여전히 평소 내 반죽보다는 훨씬 무른 느낌이라 익숙해지기까지는 연습이 필요할 것 같았다.

솔직히 말하자면 이번에도 빵을 굽고 나서 큰 차이를 발견하지는 못했지만, 내 두 손으로 직접 경험해볼 생각이었다. 밴 오버는 주말 동안 코네티컷 강가에 있는 그의 집에서 빵을 굽는 게 어떻겠냐며 앤과 나를 초대했다. 파리 센강은 아니지만 적어도 제빵사와 나는 같은 언어로 대화할 수 있을 것이다.

아 비앙토À bientôt![25]

20주 차

먹이지 않으면 죽을 거야

"먹여야 해!" 수화기 너머 목소리가 말했다.
"당장 안 먹이면 죽을 거라고!"

앤서니 보뎅,《쉐프Kitchen Confidential》(2000)

나는 교회 신도석 맨 앞줄에 앉은 죄인처럼 긴장하고 있었다. 방금 구운 빵이 평소보다 작고 뻑뻑하며 못생긴 게 그 탓인지도 모르겠다. 몇 달간 구운 빵 중에 가장 맛없어 보였다.

자크가 슬쩍 보더니 움찔했다. "도어스톱을 만드셨네요."

더 심각했던 건 안에서 수류탄이 터지기라도 한 듯 네 개로 그은 대각선 격자무늬 중 하나가 터져 나와 빵 옆구리에 거대한

혹을 만들었고 나머지 세 군데 칼집은 터지지도 않았다는 사실이었다. 이건 날이 이미 무뎌져서 버리기 일보 직전인 10달러짜리 내 비싼 칼 때문이다. 나는 빵 전문가이자 작가인 찰스 밴 오버의 집에서 주말을 보내러 가는 길이었다. 다른 때 같으면 몰라도 오늘만큼은 잘 구운 빵이 나와야 했다. 밴 오버가 공기구멍 없이 빽빽한 내 페전트 브레드를 제대로 진단하고 해결해주었으면 좋겠다.

내가 케이티에게 인사를 하니 케이티가 말했다.

"아빠, 그분이 '엉망인' 아빠 빵을 보고도 좋다고 하면 어떡해요? 난처하잖아요. 뭐라고 말씀하실 거예요?"

"바보 같은 기분이 들겠지." 하지만 그런 일이 생길 가능성은 없었다. 나는 빵을 쳐다봤다. 너무 부끄럽게 생겨서 그냥 '가져오는 걸 잊어버렸다고' 말하고 대신 체면을 세울까도 심각하게 생각했지만, 이성적으로 판단하기로 했다. 항문과 의사에게 가려면 그 앞에서 바지 벗을 각오가 돼 있어야 한다. 앤과 나는 빵과 작은 여행용 가방을 들고 코네티컷강이 내려다보이는 밴 오버의 집으로 향했다.

찰리는 우리를 따뜻하게 맞이한 후 바로 빵칼을 들고 왔다.

"굉장히 잘 만든 빵이군요. 웬만한 빵집에서 사는 것보다 훨씬 나아요." 비뚤어진 조각 하나를 씹으며 그가 말했다.

뭐라고?

"하지만 공기구멍이 없잖아요." 나는 이의를 제기했다.

그는 질감을 자세히 보기 위해 빵을 창가로 가지고 갔다. "좋아요. 이런 빵에는 공기구멍이 필요 없어요. 페전트 브레드는 샌드위치용 빵이니까요."

아. 그건 몰랐던 사실이다.

"하지만 수분도 너무 많아요." 다시 한 번 시도했다.

"빵을 굽고 난 후 30분 정도 오븐에 뒀다 꺼내보세요. 수분이 날아갈 겁니다. 빌, 진심으로 정말 잘 구워진 빵이에요."

160킬로미터 떨어진 우리 집 주방에서 케이티가 키득거리는 모습이 눈앞에 선했다.

"스펀지 같은 질감이 마음에 안 들어요. 좀 더 공간이 많은, 거미줄처럼 엮여 있고 벌집 모양의 구멍 같은 크럼이었으면 좋겠어요." 나는 스티븐 캐플런 '교수님'(찰리는 이렇게 불렀다)에게서 들은 아주 그럴듯하게 들리는 단어들을 늘어놓으며 반박했다.

"이 빵으로는 그렇게 안 될 거예요. 이 빵으로 할 수 있는 건 거의 다 하셨으니 이제 다음 단계로 넘어가야 할 것 같군요. 스타터는 사용해보셨어요?"

이런, 스타터 이야기가 나왔군. 그것만은 안 돼.

'스타터'는 밀가루, 물, 야생효모, 박테리아(다른 말로 하면 사워도sourdough, 프랑스어로는 '르뱅levain'이라고 한다)[26]로 이루어진 배터batter[27]나 도dough[28]로, 짧게는 몇 년에서 길게는 몇 세대에 걸쳐 계속해 '피딩feeding'[29] 하며 유지해준다. 스타터는 상업용 이스

---

26 둘은 동의어지만 제빵사들은 되도록 '사워도'는 사용하지 않으려고 하는 편이다. 사워도라고 하면 독특하고 상당한 신맛이 나는 샌프란시스코 사워도도 포함되는데, 이는 스타터가 아니기 때문이다.—저자

27 팬케이크 반죽같이 물기가 많은 반죽.

28 덩어리 반죽. 흔히 빵 반죽을 생각하면 쉽다.

29 효모, 박테리아의 먹이가 되는 밀가루와 물을 계속해서 반죽에 추가해주는 것.

트와 같이 사용하거나 이스트 대신 사용할 수 있다. 스타터를 써볼까 하고 몇 번 생각은 해봤지만 돌보고 유지하는 데 드는 노력을 감당할 수 없을 것 같았다. 유명 셰프 앤서니 보뎅은 자신의 제빵사의 르뱅을 이렇게 묘사했다.

> 통에 겨우 담겨 있는 거대하며 거품이 부글거리는 무더기다……. 지금은 심지어 무거운 물건으로 눌러놓은 130리터짜리 렉산 용기 뚜껑을 밀어 올리고는 통이 놓여 있는 작업 테이블 위로 흘러내리고 있다.

인터넷의 전문 제빵 토론방에서 이런 근심 가득한 글을 본 적도 있다.

> 휴가 갈 때 다들 르뱅은 어떻게 하시는지 모르겠어요. 피딩은 안 할 수가 없잖아요. 저는 제 르뱅을 하루에 두 번씩 피딩합니다. 휴가 가 있는 동안 두 번이나 피딩을 놓치니 제가 휴가지에서 잠자는 동안 르뱅은 죽겠죠.

매일 두 번씩 먹이지 않으면 죽을 거라고? 내 아이들도 하루에 두 번 먹이지 못할 때가 있다고! 이런 귀찮은 일을 왜 해야 하지?

"글쎄요. 일이 너무 많아지는 것 같아서요."

"냉장고에 넣어두면 괜찮아요." 그는 냉장고에서 '크렘 프레슈Crème Fraîche'라고 적힌 3.7리터짜리 재활용 플라스틱 통을 꺼냈다.

"일주일에 한 번만 피딩하면 돼요. 이건 알래스카에 사는 친구가 여행하는 동안 돌봐달라고 부탁해서 받은 거예요."

찰리는 통을 열었다. 톡 쏘는 듯하지만 불쾌하거나 시큼하지는 않은 냄새가 났다.

"그게 언제였죠?"

"12년 전이에요."

나는 침을 꿀꺽 삼켰다. 내 이웃 사람들은 일주일 여행 가면서도 내게는 화분에 물 주는 걸 맡기지 못할 정도로 날 못 믿을 것이다. "글쎄요……."

"집에 가져가실 수 있게 조금 드릴게요. 이게 빌이 원하는 빵을 구울 수 있는 유일한 방법이에요." 우리는 찰리의 테라스에서 맛있는 점심을 먹고 부엌으로 돌아와 (찰리의 12년 된 르뱅을 이용해서) 빵을 만들었다. 군이 푸드 프로세서를 사용해서 말이다.

"푸드 프로세서로 빵을 만들어보신 적 있나요?" 찰리가 물었다.

나는 W. C. 필즈[30]의 목소리로 "아니, 그리고 설령 그렇다 해도 인정하지 않을 거야" 하고 답하고 싶었다. 푸드 프로세서? 무슨 제빵사가 이렇지?

"찰리는 정확히 무슨 일을 하는 분이시죠?" 나는 다음 날 아침 5시, 아이보리톤[31]에 위치한 코퍼 비치 인Copper Beech Inn 주

---

30 툴툴거리고 속사포같이 빠른 말투 등으로 유명했던 할리우드 코미디 배우.
31 코네티컷 주의 마을.

방에서 바게트를 만들고 있던 찰리의 제빵사인 스킵에게 물었다. 매일 아침 이 호텔 주방은 찰리의 지원하에 작은 상업 베이커리가 된다. 베이커리는 한 가지 일, 단 한 가지 종류의 빵(바게트)을 단 하나의 고객(호텔)을 위해서 만드는데, 그 일을 매우 잘해내고 있다. 만 하루를 찰리와 보냈지만 여전히 정확히 그가 어떤 사람이고 뭘 하는 사람인지는 알 수 없었다. 전직 레스토랑 경영인이자 제빵사, 외식 산업 컨설턴트, 작가, 접이식 빵칼과 '하스킷HearthKit 오븐 인서트'(벽돌 오븐에서 빵을 굽는 것과 같은 효과를 얻을 수 있도록 오븐에 설치하는 3면으로 된 베이킹용 돌판) 발명가, 셰프, 빵 전문가, 수선공, 다른 사람의 사상을 전향시키는 사람이자 자신의 인생을 즐기는 사람, 자크 페팽Jacques Pépin[32]과 함께 일하는 사람. 이 중 어느 것도 빵에 굉장한 열정을 가진 이 정정한 일흔 살의 남자를 제대로 설명해주지는 못한다. 147

"찰리는 개념적인 사람이에요." 이렇게 말하는 스킵의 얼굴에 미소가 스쳤다. "새로운 아이디어, 큰 계획들을 좋아해요."

지금까지 찰리의 가장 놀라운 발상은 집에서든 베이커리에서든 푸드 프로세서를 이용하면 최고의 반죽을 만들어낼 수 있다는 것이었다. 그는 쿠진아트Cuisinart[33] 회장을 기리는 행사에서 빵을 만들어달라고 부탁받았을 때 이 방법을 우연히 발견했다. 찰리는 결과(그리고 준비 과정의 간단함)에 굉장히 놀라 상업 베이커리를 위한 과정으로 특허를 따냈다. 1,300rpm 이상의 속도로

---

32 프랑스 출신으로 미국의 유명한 프랑스 요리 연구가.
33 미국 주방가전 전문 기업.

윙윙거리는, 면도날같이 날카로운 금속날이 만들어낸 반죽이 좋은 빵을 만들어낼 수 있을 거라고는 아무도 예상하지 못했을 것이다. 그러나 전날 저녁 식사에서 먹어본 바게트는 내가 먹어본 것 중 손에 꼽을 만큼 맛있었다.

찰리는 이 기술의 성공을 45초로 짧은 반죽 시간, 그리고 보통의 상업용 반죽기 고리가 10~15분 동안 반죽을 들어 올리고 늘리며 공기를 넣는 것과는 달리 푸드 프로세서는 반죽에 공기를 넣지 않기 때문이라고 본다.

"밀가루에는 공기가 필요한 줄 알았어요. 제분 후 몇 주 동안 숙성시키는 이유가 그래서 아닌가요?" 나는 찰리의 부엌에서 이렇게 질문했다.

맞다. 그러나 일단 밀가루를 물과 섞어 반죽으로 만들고 나면 산화 작용은 밀가루의 베타카로틴을 파괴하고 밀가루 자체를 분해할 수도 있다고 찰리는 말했다. 그의 설명은 프랑스 제빵 전문가 레이몽 칼벨이 오토리즈autolyse라고 이름 붙인, 재료를 섞은 후 반죽하기 전 휴지시키는 방법과 기본적으로 맥을 같이했다.

스킵은 이제 인스턴트 이스트, 물, 소금을 밀가루에 넣고 푸드 프로세서를 45초간 돌린 후 반죽이 발효되는 동안 집에 가서 아침을 먹을 것이다. 아침 느지막이 빵을 다 굽고 난 후 찰리가 내게 줄 스타터 한 통을 들고 나타났다. 그는 아내 프리실라와 몇 주간 프랑스에 머물기 위해 떠나는 길이라고 했다.

"아, 그래요? 프랑스에 혹시 아직도 빵을 만드는 고대 수도원이 있는지 아시나요?" 나는 물었다. 멥킨 수도원의 오랜 제빵사 보니페이스 수사는 아마 돌아가셨겠지만, 그의 옛날 방식은 여전히 매력적으로 느껴졌다. "저는 오래된 것들을 좋아하거든요." 나는 현대적인 스테인리스스틸 가구가 빛나는 호텔 부엌에 서서 이렇게 말했다. "아주 오랫동안 빵을 만들어온 장소에서 빵을 구워볼 수 있으면 정말 멋질 것 같아요. 전통과 만나는 느낌 말이에요."

"아마 찾기 쉽지 않을 겁니다." 찰리는 이렇게 대답하고는 본인이 무신론자라 그쪽 세계와는 연결고리가 거의 없다는 이야기도 덧붙였다. "사라져가는 전통이죠. 하지만 주변에 물어보겠습니다. 피터 라인하르트Peter Reinhart라고 아시나요? 제빵 책을 몇 권 쓰신 분인데, 아마 이전에 수도사였다고 들은 것 같아요. 그분은 뭔가 아실지도 모르겠네요."

찰리는 내게 르뱅을 건네주었다. "일주일에 한 번씩 같은 양의 밀가루와 물만 더해주시면 돼요." 같은 무게로 말이다. "피딩후에는 몇 시간 정도 밖에 놓아두시고요. 그다음에는 냉장고에 보관하시면 됩니다. 손이 거의 안 가는 반려동물 키운다고 생각하시면 돼요."

장거리 운전을 하며 집에 오는 동안 앤은 계속해서 걱정되는 듯 뒷자리에 실은 스타터를 쳐다보았다. 나는 뭘 그렇게 초조해하느냐고 물었다.

"우정 빵friendship bread 기억해?"

나는 하마터면 도로를 벗어날 뻔했다.

이런 우정이라면

우정은 그리 단순하지 않다.

알베르 카뮈

"으악!" 운명적인 그날 앤은 냉장고 문을 열더니 소리 질렀다. 그녀는 냉장고를 피해 부엌 반대편으로 뛰어갔다. 휴가를 마치고 집에 돌아올 때마다 늘 갖게 되는 불길한 예감을 확인시켜주는 일이다. 집 근처에 다다르면 늘 1992년 허가 없이 내가 직접 작업한 전기 배선이 합선되어 집이 까맣게 타 주저앉을지 모른다는 막연한 공포를 확인해주듯 연기 냄새가 나는 것 같다든지, 아니면 배수관이 터지지는 않았을지, 뒷문을 열어놓아 사슴 가족이 거실을 차지하고 앉아 있지는 않을지 등을 걱정하곤 한다. 근거 없는 걱정은 아니었다. 일주일 동안 집을 떠났다가 돌아왔더니 현관문이 망가져 있었고(사슴이나 도둑의 흔적은 보이지 않았다. 들어오기에는 집이 너무 추웠던 모양이다) 전등에서는 물이 뚝뚝 떨어지고 있었다. 그러나 나는 한번도 냉장고를 걱정해본 적은 없었다.

"진정해." 우유가 또 통에서 샌 모양이라고 생각하며 앤에게 말했다. 나는 60여 개의 우유 중에서도 꼭 바닥이 미세하게 새는 것을 고르는 놀라운 능력이 있다. 냉장고를 열어봤다.

"웩!" 나는 뒤로 물러서며 얼른 문을 닫았다. "도대체 뭐지?"

"모르겠어. 어쨌든 도망갈 보트가 필요할 것 같아." 앤이 말했다. "아니면 스티브 맥퀸이나. 생긴 게 '물방울the Blob'[34] 같아." 할리우드 영화 비유도 바닥나 우리는 동굴로 들어가는 소심한 탐험가들처럼 조심스럽게 냉장고로 다가갔다.

"당신이 먼저 봐." 앤이 말했다.

나는 냉장고 문을 열었다. 끈적끈적한 물질이 바닥으로 흘러내렸다. 엉망진창. 찐득찐득한 베이지색 점액질이 위 선반 두 개와 문 안쪽 공간에 걸쳐져 있었다. 보이는 틈마다 파고들어 모든 표면을 덮고 있었고, 냉장고 벽에 들러붙어 굳은 것도 있었다. 다른 곳에 남아 있는 것은 여전히 신선하고 생기가 넘쳤다. 앤이 마침내 범인을 지목했다. '우정 빵'이라고 쓰여 있는 1리터짜리 플라스틱 용기였다. 뚜껑은 이미 날아갔는지 보이지 않았다. 내용물은 여전히 활화산처럼 위로 뿜어져 나오고 있었지만, 앤은 조심스럽게 통을 들어 쓰레기통에 버렸다.

"마사의 우정 빵이었어." 난리가 난 주방을 치우는 내내 앤은 넌더리 치며 중얼거렸다. 몇 주 전 베이비시터가 준 이 우정 빵 스타터는 색인 카드에 적힌 레시피와 함께 스타터의 전달 방법이 함께 통에 붙어 있었다.

알고 보니 그건 동네의 오래된 전통이었다. 아미시Amish[35]에서 유래한(소문에 의하면 그렇다) 전통으로, 이 스타터를 한 이웃

151

---

34 스티브 맥퀸이 주연을 맡은 1958년 영화. 닿는 것마다 삼켜버리는 젤리 같은 외계 괴물이 나온다.
35 기독교의 한 종파로 문명의 이기를 거부하며 집단생활을 한다.

에서 다른 이웃으로 전달하는 것이다. 운 좋게도 스타터를 전달받으면 이 이스트 배양 조직을 나흘 동안 실온에서 발효시킨 후 같은 양의 밀가루, 설탕(!), 우유(!!)를 더한다. 그 뒤 실온에(!!!) 닷새 동안 더 놔둔 후 3분의 1은 떼어 '우정 빵'을 만드는 데 쓰고 나머지 3분의 2는 피딩 설명서, 빵 레시피와 함께 무려 두 명의 아무것도 모르는 이웃에게 전달한다.

이 선물이 감사하기는커녕 계획에 없던 프로젝트를 해야 한다는 사실에 부담스러웠다. "아무튼, 이 사람들이란."(아일랜드 사람들을 말하는 거였다.) 앤은 냉정하게 말했다. "빵을 구워서 나눠준다니 말이야."

"미식가 버전 행운의 편지 같아." 나는 즐거워했다. 이 마을의 셀 수 없이 많은 싱크대 위에 몇 주, 몇 달 혹은 몇 년 동안 놓여 있었는지조차 알 수 없는 이 물질을 배 속에 집어넣어야 한다는 사실은 걱정되지 않았다. 진짜 내 관심을 끈 것은 경고문이었다. "금속 재질의 숟가락이나 볼을 쓰지 마시오!" 왜지? 부식되나?

"우리는 나쁜 사람들인가 봐." 앤이 말했다. "이웃 주민들끼리 유대를 돈독히 할 수 있는 좋은 방법이잖아."

"짐 존스가 쿨에이드[36]를 내올 때도 같은 이야기를 했었어. 이 레시피 봐봐. 오일 한 컵, 설탕 한 컵, 거기에다가…… 바닐라 푸딩? 이건 빵이 아니야, 트윙키[37]지." 그래도 우리는 그걸 내다 버리지 못하고 어떻게 할지 아이디어가 생각날 때까지 냉장고에

---

36 미국의 청량 음료 분말.
37 미국의 대표적 간식인 케이크형 과자.

보관하기로 했다. 그러고는 곧 잊어버리고 휴가를 떠났던 것이다. 하지만 스타터는 우리를 잊지 않았다. 우리가 노스캐롤라이나 해변에서 느긋하게 여유를 즐기며 카본스 골든 몰티드 와플을 먹고 살을 찌우는 동안 '우정 빵'은 설탕과 상한 우유를 먹으며 계속 자라고 또 자라 중국 음식점의 플라스틱 수프 용기에서 마침내 탈출했다.

"절대 깨끗하게 청소 못할 것 같아." 둘이서 한 시간 동안 냉장고를 쓸고 닦고 긁어내고 다시 씻어내기를 반복한 끝에 앤이 중얼거렸다. 과장이 아니었다. 딱딱하게 굳은 점액질은 오래된 페인트보다도 벗겨내기 힘들었다. 우리는 결국 냉장고를 버리기로 했다. 그렇지 않아도 바꿀 생각이었다.

사실 우정 빵은 정말 멋진 전통이다. 또한 빵이 수천 년 동안 이어져온 방법이기도 하다. 다들 알겠지만 이집트인들은 냉장고 속 은박 포장지에 든 이스트를 사용하지 않았다. 그들은 매일 한 반죽에서 일부분을 떼어내 스타터로 보관한 후 다음 날 빵을 만드는 데 썼다. 그리고 분명히 가족과 이웃 간에 스타터를 건네기도 했을 것이다. 금속제 식기에 대한 경고는 아마도 없었겠지만.

냉장고에 알래스카에서 온 찰리의 12년 된 스타터를 보관하고 있는 나도 이제 그 전통에 합류하게 되었다. 솔직히 꽤 흡족한 데다 자랑스러웠다. 12년 된 스타터라니. 하지만 정말 찰리가 장담한 것처럼 이 스타터가 벌집 모양으로 생긴 그물처럼 촘촘한 크럼을 만들어줄까? 그 사실을 발견하게 될 때까지 내가 이 생명체를 잘 살려놓을 수 있기만을 바랐다.

153

그다음 주 나는 찰리의 르뱅을 사용한 첫 빵을 구웠다. 과정은 매력적이었다. (르뱅의 효과를 끌어올리기 위해 약간의 인스턴트 이스트를 넣으라는 찰리의 조언을 따랐음에도) 자연적으로 발효된 반죽은 천천히 부풀어 올랐고 상업용 이스트로 발효시킨 반죽처럼 크게 부풀지도 않았지만(사실 거의 부풀지 않은 것 같았다), 완전한 방법이라는 생각에 굉장히 만족스러운 기분이 들었다. 그러나 더 중요한 문제는 맛이 어떨지, 그리고 더 중요하게는 이 르뱅이 빵에 공기구멍을 만들어줄지였다.

저녁 식사 자리에서 나는 빵의 끝부분을 잘라 모두가 볼 수 있도록 높이 들었다.

"구멍이다!" 케이티가 비명을 질렀다.

"구멍이잖아!" 앤이 외쳤다.

"구…… 젠장!" 나도 크게 소리 질렀다.

찰리가 옳았다. 르뱅을 사용하는 게 답이었다. 물론 완전한 답은 아니었지만. 두 번째 조각은 첫 번째보다 구멍이 적었고, 그다음부터는 거의 보이지 않았다. 사실상 빵 중앙의 80퍼센트 정도는 너무 밀도가 높은 데다 수분이 많았다. 그러나 여전히 내가 만든 빵 중 최고였다. 나는 기쁨을 주체할 수 없었다.

크럼은 자연적이며 풍부한 맛이 났다. 톡 쏘는 맛이 있었지만 샌프란시스코 사워도만큼 강하지는 않았다. 르뱅의 야생효모와 박테리아뿐 아니라, 낮은 온도에서 오래 발효한 덕분에 극소량만으로도 막 구워낸 아르티장 브레드 특유의 맛과 향을 만들어내는 에스테르ester, 케톤ketone, 알데히드aldehyde(과학자들은 발효된 반죽에서 200여 가지가 넘는 화합물을 찾아냈다) 등의 유기화합물이 생성된 것이다.

정말 맛있었던 건 크러스트였다. 놀라울 만큼 달콤하고 다양한 풍미로 가득했으며, 돌같이 딱딱하게 나오지 않은 것도 처음이었다. 빵 전체가 크러스트 같은 맛이 났더라면, 아마 지구상에서 가장 맛있는 빵이었을 것이다. 물론 크러스트 같은 맛이 나는 크럼을 만드는 것은 물리적으로 불가능하다. 크러스트의 갈색 표면과 특유의 단맛은 약 150도의 온도에서 일어나는 '마이야르 반응-Maillard reaction'이라는 복합적인 화학 반응으로 생기기 때문이다. 빵의 표면은 금방 온도가 올라가지만, 수분이 많은 속은 물이 끓는 온도인 100도 이상으로는 올라가지 않는다.

높은 온도에서 마이야르 반응이 일어나는 동안 단백질은 분해되어(혹은 '변성'된다고 한다) 당분, 발효 과정에서 생성되는 물질들과 재결합해 수십 가지의 새로운 맛의 혼합물을 만들어내고 그 혼합물은 다시 수백 가지의 다른 화합물을 생성해 크러스트는 크럼과는 전혀 다른 풍미를 갖게 된다. 토스트한(역시 마이야르 반응의 결과다) 빵과 그냥 빵의 맛이 다른 건 그런 이유다.

처음으로 가족들에게 미안하거나 부끄러운 마음이 들지 않는 빵을 구워냈다. 그것도 잠시, 새롭게 보충해놓은 르뱅을 냉장고에 넣는데 앤이 날카로운 어조로 물었다. "그거 어떻게 할 거야?"

"냉장고에 넣고 있잖아. 내가 뭐 하는 것처럼 보이는데?"

"다음 주에 우리 휴가 갈 때 말이야. 여기 그대로 놓고 갈 거 아니지?"

통에서 몰래 빠져나와 냉장고 하나를 또 망치는 걸 보라고?

"당연히 아니지." '정말 반려동물 기르는 느낌이군' 하고 생각하며 얼른 대답했다. "가져갈 거야. 빵 만들어야지."

휴가 중에도 말이다.

22주 차

스코히건에서 반죽을

이끼와 말코손바닥사슴이 가득하다.
헨리 데이비드 소로, 《소로의 메인 숲》(1864)

'콘퍼런스conference'라는 이름이 붙은 행사는 반드시 피해야 한다는 게 내 지론이다. 그 앞에 '반죽'이라는 단어가 붙어 있어도 말이다. 1월 뱅고어[38]에 쌓이는 눈보다 더 많은 블루베리를 볼 수 있는 8월의 메인 주에서 행사가 열린다고 해도 마찬가지다. 특히 '제1회 연례(이런 모순이라니!) 빵 반죽 콘퍼런스'는 버켄스탁 신발을 신은 사람들, 통밀, 갈색 빵 등으로 가득 차 있을 것이 뻔한, 무슨 일이 있어도 피해야 하는 행사 같아 보였다. 게다가 '통밀 페이스트리 워크숍Whole Wheat Pastry Workshop'(통밀 크루아상을 먹어본 적 있는가? 아마 케이티의 크루아상 사랑도 싹 가시

---

38 메인 주 남부의 도시.

게 해줄 것이다)과 '키코 덴저와 함께 진흙 오븐 만들기Build a Clay Oven with Kiko Denzer' 같은 세미나라니.

잠깐만, 뒷마당 오븐 짓기의 주창자인 키코 덴저가 온다고? 덴저는 일반인들의 앨런 스콧이다. 보보링크 베이커리에서 봤던 것 같은 스콧의 오븐은 가격만 수천 달러에 무게가 몇 톤에 달하지만, 덴저는 주말 동안 흙, 모래, 물을 가지고도 뒤뜰이나 혹은 집 근처에 더없이 완벽한 장작 오븐을 만들 수 있다고 말하는 사람이다.

안 그래도 보보링크의 벽돌 오븐에서 빵을 구워본 이후 장작 오븐에서 빵을 굽고 싶다는 욕구가 점점 커지고 있었다. 나는 콘퍼런스에 대한 불신을 접어두고 앤에게 말했다. "여보, 파이 틀 챙기고 'A' 발음 연습해.[39] 우리 메인 주로 갈 거야!"

157

앤이 숙소에서 블루베리 파이를 만드는 동안, 나는 스코히건[40]의 연합교회 뒤편에 있는 주차장에 차를 세웠다. 콘퍼런스에 대한 내 최악의 두려움은 현실로 나타나고 있었다. 처음, 말 그대로 정말 가장 처음 본 사람은 리넨 셔츠, 청바지를 입고 멜빵을 한 전형적인 키 크고 멀쑥한 남부 시골 사람이었는데, 예순다섯 쯤 되어 보였지만 일흔다섯쯤으로 보이는 턱수염을 기르고 있었다. 전부 70명쯤 되어 보이는 참석자들은 내 생각보다 훨씬 다양했다. 물론 초등학교 3학년 때까지 본 것보다 더 많은 많은

---

39 메인 주 특유의 'A' 발음 때문에 하는 말이다.
40 메인 주 서머싯 카운티의 행정 중심지.

머리와 묶은 머리를 봤고, 목에 두른 손수건이 여전히 유행 중인 듯한 착각이 들 정도였지만, 젊은 사람과 나이 많은 사람, 프로와 아마추어, 시골 사람과 도시 사람이 섞여 있었다. 소규모 농업인과 도예가, 전문 베이커와 홈베이커, 취미로 베이킹 하는 사람, 은퇴자, 아기들까지 있었다. 통계학적으로 말도 안 되는 수의 작가를 봤음은 물론이다.

한 남자가 자기는 '정통 프랑스식 아르티장 브레드'만 굽는다고 해서 나는 그에게 어디서 베이커리를 하고 있는지 물었다.

"저는 제빵사가 아니라 작가예요." 제빵사일 거라는 추측이 모욕이라는 듯 그는 쏘아붙였다. 32도 날씨에 잘 다린 카키색 바지와 긴소매 체크 셔츠를 입은 것만 보고도 알았어야 했다. 나는 당황한 바람에 바보 같은 짓을 했다.

"이런 우연이 다 있군요. 저도 작가예요."

날카로운 코와 눈이 한가운데로 모인 탓에 그는 분개한 독수리처럼 보였다. 그가 나를 노려보았고, 나 역시 그를 빤히 쳐다보았다. 우리는 한동안 동시에 같은 은행을 털러 온 두 명의 강도처럼 대치하며 서 있었다. 잘 알려지지 않은 행사에 모인 70명 중 작가가 두 명이나 된다고?

'또 다른 작가'라고 말하고 싶은 이 작가는 내가 이곳에 왔다는 사실이 매우 불쾌한 것 같았다. 그는 딱 반쯤만 예의 바르게 말하는 것으로 그의 불만을 표시했다. 동시에 그가 말할 때 실제 속내가 말풍선처럼 머리 위로 떠올라서 그걸 읽는 나는 현기증이 날 것 같았다. "무슨 일로 오신 거죠? [어떻게 감히 내가 취재 중인 행사를 동시에 취재할 수 있는 거지? 내가 당신보다 훨씬 더 중요한 작가란 말이야!]"

"전 완벽한 페전트 브레드를 굽기 위해 노력 중이에요."

"'페전트 브레드'라니 무슨 뜻이죠? 팽 드 캉파뉴pain de cam-
pagne(시골빵)를 말씀하시는 건가요? [당신 지금 아무것도 모르면서
얘기하는 거지?]"

내 모험을 직접 말로 설명하려니 얼마나 바보같이 들리는지
를 새삼 깨달으면서 나는 단지 한 종류의 빵을 마스터하려 노력
중이라고 설명했다. 프랑스어로 들으니 더 그럴듯하기는 했다.
팽 드 캉파뉴는 말 그대로 '시골 빵country bread'이라는 뜻이다.

"페전트 브레드가 어디서 비롯되었는지 아십니까? [당신은 내
지식의 털끝만큼도 못 따라올 거야, 바보 자식.]"

나는 모른다고 얘기했다. "제2차 세계대전이에요. [분명 훨씬
오래되었다고 생각했겠지, 안 그래?]"

159

나는 어디 수도원 같은 아주 오래된 곳에서 빵을 굽고 싶다는
이야기를 했다. 이게 그의 흥미를 끈 것 같았다.

"파리를 잘 아시나요? [당연히 모르겠지. 당신은 나처럼 거기 집을
갖고 있지 않을 테니까.]"

"잘 모릅니다."

그는 가까이 다가왔다. "리볼리 거리 근처에 수도원이 하나
있어요." 마치 비밀을 이야기하듯 낮게 속삭였다. "지하철 타고
리볼리 역에서 내려서 생폴 성당 뒤로 돌아 센강 쪽으로 계단을
타고 내려가면 돼요."

독수리 같은 그의 눈이 긴장한 듯 재빨리 주위를 둘러봤다. 누
가 보거나 듣는 건 아닌지 경계하는 듯 보였다.

"수도원에서 만든 상품을 판매하는 노점이 있을 거예요. 굉장히 독특한 교회죠. 가톨릭인데 성상을 손에 쥐고 기도하거든요.[41] 거기서 빵을 볼 수 있을 겁니다."

나는 마치 영화 《다빈치 코드》 세트장에 들어선 듯한 기분으로 미친 듯이 메모했다. 이번에는 그의 머리 위 말풍선을 읽을 수 없었다. 방금 내게 중요한 단서를 준 걸까 아니면 나를 놀리는 걸까?

어쨌든 그날 '프랑스'나 '파리'라는 단어를 열 번은 들었다. "제빵을 어디서 배우셨어요?"나 "어떤 계기로 제빵에 관심을 두게 되셨나요?"라는 질문의 대답은 대부분 그 둘 중 하나였다. 나 말고 모든 사람이 빵을 맛보거나 빵 만드는 법을 배우러 프랑스로 가는 것 같았다.

독수리 작가와 나는 그날 종일 서로를 피해 다녔고, 나는 흙으로 오븐 만드는 법을 배우러 이곳에 왔다는 사실만 생각했다. 솔직히 나는 멜빵 옷을 입고 지지 톱ZZ Top[42] 스타일의 턱수염을 기른 남자가 키코 덴저는 아닐까 하고 생각했다. 진흙 오븐의 복음을 전할 만한 사람, 마치 흙에서 살아난(솔직히 완전히 살아나지는 못한 것 같은) 사람 같아 보였기 때문이었다. 그래서 마침내 키코를 봤을 때 조금 실망스러웠다. 마흔여덟치고도 상당히 젊어 보이는 데다 수염은 깨끗하게 면도했고 금발의 곱슬머리가 밀짚모자 아래로 구불거렸다. 내 상상과 유일하게 비슷하다고 할

---

41 성상을 숭배하는 관습은 주로 동방정교회와 관련이 있다.—저자
42 1969년 결성된 미국 록밴드. 기타리스트와 베이시스트가 엄청 길게 턱수염을 길렀다.

만한 것은 그의 샌들이었는데, 그것도 알고 보니 현실적인 이유로 신었던 것이었다.

"여러분, 신발을 벗으세요. 진흙을 섞을 겁니다." 그가 수업에서 꺼낸 첫마디였다.

그렇게 많은 사람이 재빨리 한꺼번에 신발을 벗는 광경은 아마 본 적 없을 것이다. 맨발이 되어야 한다고 굳이 애써 설득할 필요도 없이 순식간에 열여덟 켤레의 신발이 잔디밭에 흩어졌다. 그런데 사람은 총 열아홉 명이었다.

"아직 신발 안 벗으셨네요." 키코는 미소 지으며 내게 말했다.

나는 움찔하고 놀랐다. 내 깨끗한 발을 36개의 다른 발과 함께 더러운 진흙 덩이에 넣어야 한다는 건 발로 빵 반죽을 하던 이집트의 관습만큼이나 매력적으로 들렸다. "오전 중에 다른 세미나에도 참석할 생각이라 진흙으로 더럽힐 수가 없어서요."

키코는 분명 내게 실망한 듯 보였지만 강요하지는 않았다. 나는 지켜보며 메모했고, 진흙 오븐이 서서히 모양을 갖춰가면서부터는 잠깐씩 다른 세미나를 들으러 왔다 갔다 했다. 마당에 심어놓은 밀도 익어가고 있으니 유용하겠다는 생각에 오후에는 곡물 키우기 강좌를 들었다. 강사는 주차장에서 마주쳤던 턱수염 난 남자였다. 교회 공용 공간에서 마이크 없이 말하는 그의 목소리를 들으려 귀를 열심히 기울였지만, 이내 생각은 다른 곳으로 흘러 이 콘퍼런스가 교회 건물 안팎에서 열리고 있다는 사실을 떠올렸다. 이 행사가 교회의 단체 저녁 식사와 비슷하게 느껴져 꽤 어울리는 장소라고 생각했다. 다들 긍정의 힘과 이 세상을 흰 빵과 공장식 농업으로부터 구할 수 있다는 확신으로 가득 차 있었기 때문이다. 온종일 나는 사람들이 낙관적인 태도로 주 정부가 유기농 농장 면적을 늘리고 있다는 사실, 한때는 메인 주 전체에서 자랐으나 귀한 작물이 된 밀이 서서히 다시 늘어나고 있다는 것, 소규모 농업의 재유행, 통곡물 수요 증가, 현지 가공된 곡물 상품 등에 대해 말하는 걸 들었다.

공기도 쐴 겸 나는 밖에서는 뭘 하는지 보러 나갔다. 통곡물 중심의 이 콘퍼런스에 어쩐 일인지 흰 밀가루를 쓰는 제빵사가 있었다. 제빵 기술을 잘 알고 있는 사람이었다. 사실 여기 있는 모든 제빵사가 전부 숙련된 사람들이었다. 다들 트레일러로 낯선 이동식 장작 오븐을 싣고 와서 냉방이 잘되는 주방도 아닌 32도의 뜨거운 야외에서 훌륭한 빵을 구워내고 있었다. 흰 밀가루 제빵사는 수업이 끝나갈 때가 되자 질문을 받기 시작했다. 나는 그냥 지나칠 수 없었다.

"모두가 바라는 빵의 불규칙한 공기구멍을 어떻게 하면 만들어낼 수 있을까요?"

그는 내 질문을 잘못 알아듣고는 어떻게 하면 공기구멍을 없앨 수 있을지 설명하기 시작했다. 맙소사. 공기구멍이 많이 생겨서 고민하는 사람도 있나?

"죄송합니다. 제대로 설명을 못 드린 것 같네요. 제 문제는 그 반대예요. 제 빵은 꼭 주방용 스펀지처럼 생겼거든요. 공기구멍을 더 늘리는 게 제 목표예요."

"반죽을 지나치게 많이 치대거나 물을 충분히 넣지 않은 것 같네요. 2단계로 얼마나 오래 반죽하시나요?"

"키친에이드 반죽기 기준으로 12분 합니다." 혹 내가 바보 같은 풋내기라고 생각할까 봐 얼른 덧붙였다. "오토리즈 할 때는 시간을 줄이고요." 그는 입을 떡 벌렸다.

"12분이라고요?! 그것도 키친에이드로요?" 자리에 앉아 있던 모든 사람이 이 바보 같은 풋내기를 보려고 몸을 돌렸다.

"키친에이드는 반죽을 완전히 때려눕혀요. 다른 반죽 고리가 달린 새로운 모델을 사용한다면 모르겠지만, 그런 경우라도 3분이면 충분합니다. 오토리즈 할 때는 1분이면 충분할 거예요. 반죽 고리가 한 번 회전할 때마다 반죽에 공기를 집어넣거든요."

1분이라고? 이 사람과 더 말할 필요도 없을 것 같았다. 사실 그때는 몰랐지만, 우연히도 그 이후로 키친에이드를 사용한 적은 없었다.

23주 차

아직 포기하고 싶지는 않아

필요가 발명의 어머니라면, 놀이는 발명의 아버지다.

로저 본 외흐, 《꽉 막힌 한쪽 머리를 후려쳐라A Whack on the Side of the Head》(1983)

낚시 도구, 카약, 자전거, 보드게임, 책 등으로 꽉 찬 가방에 내키친에이드 반죽기까지 넣을 수는 없었다. 짐이 더 늘어나면 셰르파가 필요할 판이었다. 물론 내 르뱅은 당연히 메인까지 같이

왔고, 마침 우리가 묵고 있는 별장에 오늘 저녁 손님이 오기로
되어 있어서 나는 빵을 굽기로 했다. 물론 그러려면 (윽!) 손으
로 반죽해야겠지만. 마지막으로 손반죽을 했을 때, 시간이 족히
20분은 걸린 데다 마치고 나서 팔과 허리 통증이 있었다. 안 그
래도 전날 자크와 카야 탄 것 때문에 온몸이 아픈 터라 이 노동
이 별로 기대되지 않았다. 어떻게 하면 수월하게 할 수 있을까?

반죽 콘퍼런스에서 나를 비웃었던 제빵사는 오토리즈를 먼저
하는 경우 반죽기에서 1분이면 충분하다고 했다. 손으로 반죽할
때도 마찬가지일 것 같아서 나는 재료를 모두 섞은 후 반죽하기
전 25분 동안 휴지시키기로 했다. 그보다 더 오래 놔두면 반죽
을 시작하기도 전 발효가 시작될 것 같아 겁이 났다.[43]

그 차이는 놀라웠다. 처음에는 거칠고 끈적거렸던 반죽이 몇
번 만에 부드러워지고 탄력이 생겼다. 이전에도 오토리즈를 한
번 시도해본 적이 있었지만 눈에 띄는 차이가 없었는데, 이번에
는 뭐가 달랐을까? 첫 번째로, 찰리 밴 오버의 조언에 따라 훨씬
수분이 많은(수분 68퍼센트의) 반죽을 만들었다. 두 번째, 반죽의
3분의 1이 이미 글루텐이 충분히 생성되어 있던 르뱅이었다. 세
번째(가장 중요하다), 반죽기를 사용하지 않고 손반죽을 했다.

물론 반죽하는 이유는 글루텐을 만들기 위해서다. 자연 상태
에서 가장 단백질 분자를 많이 함유한 글루텐은 길고 복잡한 조

---

43 엄밀히 따지면 이스트와 소금을 넣기 전 오토리즈를 하기 때문에, (무교병을 만드는 게 아
니라면) 휴지 시간이 그렇게 중요하지는 않다. 그러나 살아 있는 이스트 배양 조직으로 가득한
르뱅을 이미 반죽에 넣었기 때문에 오토리즈 전 나머지 재료들도 다 넣는 것이 낫겠다고 생각
했다. 최소한 나중에 재료를 추가하는 걸 잊어버리는 일은 피할 수 있겠지.—저자

직이 서로 얽혀 있는 구조다. 반죽은 이 조직을 늘리는 동시에 나란히 늘어놓아 서로 뭉쳐질 수 있게 만들고, 강력한 신축성을 생성해 밀가루 반죽이 늘어날 수 있도록 하고, 이스트에서 나온 이산화탄소를 잡아둘 수 있게 해준다.

손반죽은 꽤 할 만했다. 손으로 반죽을 밀고 돌리고 접을 때마다 질척하고 걸쭉한 배터에서 부드러운 도로 바뀌는 느낌이 좋았다. 짧고 즐거웠던 7분 후 탄력 있고 부드러워진 반죽은 구울 준비가 된 것 같았다. 게다가 치워야 할 장비(기계)도 없었다.

메인에서 2주를 보낸 후 나는 랍스터로 가득 찬 배와 두 배로 노력해야겠다는 결심을 안고 돌아왔다. 내 페전트 브레드, 야생 효모 르뱅으로 만든 잘 발효된 팽 드 캉파뉴는 22주 전보다 엄청나게 발전했다. 내가 그토록 원하는 질감과 공기구멍은 여전히 까마득하게 먼 목표처럼 보였지만, 아직 포기하고 싶지는 않았다. 여름이 가기 전 직접 재배한 밀을 수확해 제분하게 될 것이고 진흙 오븐에서 빵을 굽게 될 것이다. 포기? 이제 막 몸이 풀리고 있었다.

육시경

Sext

육시경은 해가 중천에 떠 있는 한낮에 하는 기도다.
몸도 피곤하고 명상 역시 거의 불가능해 보이는 시간이다.

24주 차

흰 빵 식이요법

흰 빵용 고운 밀가루와 물을 먹인 개는 50일 넘게 생존하지 못했다.
군대의 거친 빵을 먹인 개는 생존했을 뿐 아니라 건강을 유지했다.

프랑수아 마장디François Magendie, 《랜싯Lancet》[1] (1826)

몸무게: 93킬로그램

빵 서가의 무게: 15킬로그램

팽 드 캉파뉴 토스트 한 조각을 먹고 있는데, 아침을 먹으러
부엌에 들어서는 앤의 표정이 유난히 어두워 보였다.

"몇 주나 남았어?" 뭐에 관해 묻는 건지 구체적으로 말할 필
요도 없었다.

"글쎄, 아직 많이 남았어. 왜?"

"나 살찌고 있어."

"빵 때문이라는 거야? 아닐걸. 나 봐봐."

"당신 최근에 몸무게 재봤어?"

"93킬로던데."

"205파운드라고? 당신도 살찌고 있네."

---

1 영국 의학 저널.

앤은 의사라(게다가 레지던트는 캐나다에서 했다) 미터법을 알고 있다는 사실을 잠시 잊었다.

우리 둘 다 최근 들어 빵을 많이 먹고 있는 건 사실이다. 아침에는 토스트, 저녁에는 버터 바른 페전트 브레드를 먹었고, 빵을 직접 굽지 않을 때도 내 빵과 비교하겠다고 퇴근하며 빵집에서 빵을 한 아름 사오곤 했다. 앳킨스 다이어트[2]와는 정반대다. 그렇지만 내 빵은 정말 건강에 좋아 보였는데……. 통밀과 호밀, 이제는 야생효모까지 쓰고 내 손으로 직접 만들어 신선할 때 먹는 빵은 보기에도 먹기에도 건강하게 느껴졌다.

그러나 통밀과 호밀이 들어갔어도 기본적으로는 여전히 흰 빵이었다. 나는 흰 빵 다이어트 중이었던 것이다. 특징 없고, 영양가 없으며 따분하다는 말과 동의어인 그 말을 심지어 입 밖에 내고 싶지도 않았다. 흰 빵을 원더 브레드와 동일시하며 20세기 대기업이 만들어낸 악이라고 착각하기 쉽다. 그러나 화학물질과 공기가 들어간 빵을 미리 잘라서 비닐로 포장하는 건 최근의 혁신일지 몰라도, 밀가루가 존재해온 한 방앗간 주인들은 늘 밀가루를 체로 쳐내 흰 밀가루를 만들어왔고, 이는 오랫동안 순수하고 정제된 밀가루의 상징이었다. 사실 영어의 '밀가루flour'라는 단어는 프랑스어의 '플뢰르 드 파린fleur de farine'에서 유래되었다. 말 그대로 '밀가루의 꽃flower of the flour' 혹은 '최상의 밀가루best of the flour'라는 뜻으로, 밀기울을 체로 쳐낸 후 남은 정제된 밀가루라는 뜻이다. 고대 로마와 그리스에서는 흰 빵이 귀

170

했다. 물론 '빵과 서커스³'를 제공받은 로마 사람들도 통밀빵이 훨씬 건강에 좋다는 것을 알았다. 서커스에 나오는 레슬링 선수들에게 훈련 중에는 흰 빵을 금지했던 것만 봐도 알 수 있다.

그러나 여전히 체에 친 밀가루로 만든 빵이 수천 년간 인류를 먹여 살렸다는 사실은 변하지 않는다. 그런데 뭐가 달라진 걸까? 건강한 음식이었던 흰 빵이 언제부터 특징 없고 영양가도 없는 음식을 상징하게 된 걸까? 빵이 제대로 평가받고 있는 걸까?

조지프 골드버거 박사가 사망한 후 거의 10년이 지난 후인 1937년, 위스콘신 대학교의 농업과학자가 골드버거가 그토록 간절히 찾던, 펠라그라를 예방하는 비타민을 분리해냈다. 아주 묘하게도 이 비타민은 남부에서 거의 목화만큼이나 흔했으며, 역시 목화처럼 소작농들의 판잣집 코앞에서까지 자라던 식물에서 추출되었다. 바람 부는 날이면 오래된 파이프에서 나는 듯한 자극적인 냄새를 바람에 실어 보내는 잎을 가진 식물, 담배였다.

펠라그라의 치료 약은 바로 코앞에 있었던 것이다. 담뱃잎을 씹거나 담배를 피우는 것으로는 필수 비타민을 섭취할 수 없지만, 담뱃잎에 있는 니코틴은 쉽게 산화되어 우리가 니코틴산이라고 부르는 물질을 만들어낸다. 펠라그라를 예방하고 치료하는 물질이다. 필수 영양소로 인정된 니코틴산은 수용성 비타민(체내에 축적되지 않기 때문에 지속해서 섭취해야 하는 비타민을 말한다) B군에 추가되어 비타민 B3가 되었다.

---

3 고대 로마의 집권자들이 대중의 불만을 달래기 위해 음식과 오락을 제공했던 것에서 유래한 표현.

마침내 펠라그라 예방은 실험실에서 합성 가능한 저렴한 비타민으로도 가능해졌다. 미국인들에게 부족한 또 다른 비타민인 티아민이 바로 전해인 1936년 실험실에서 만들어지기 시작했다. 하지만 어떻게 이런 중요 비타민과 다른 영양소를 미국인들이 섭취하도록 할 수 있을까? 모두가 먹는 대표 음식이 뭐지? 국민의 건강과 참전 대기 상태인 미국 남성들에 대한 걱정이 동력이 되어 마침내 조치가 취해졌다. 그러나 앞으로 나선 것은 정부가 아니라 제분소 주인과 제빵사들이었다. 그들은 1938년 자발적으로 밀가루와 빵에 비타민 첨가제를 넣기 시작했다. 2년 후 미국 의사협회에서는 흰 밀가루에 들어 있는 리보플래빈, 티아민, 철분, 니코틴산의 함량을 통밀가루에 자연적으로 존재하는 수준으로 끌어올리라고 권고했다. 이는 니코틴산의 경우 펠라그라 예방에 충분한 수준이었다. 의사협회는 밀가루 가공 과정에서 손실된 영양소를 다시 추가하는 것을 ('복원restorative'이라는 단어는 탈락시킨 후) '첨가enriched'라고 부르기로 했다.[4]

단 한 건의 연방 법안도 통과되지 않았지만, 제분소와 제빵사들은 이 영양소 첨가 운동을 철저하게 따랐고, 1942년까지 미국 전역에서 판매되는 밀가루와 빵 제품의 75퍼센트 이상에 모두 비타민이 첨가되었다. 1년 후 전시식품청War Food Administration에서 제2차 세계대전 중 정부에 납품되는 모든 밀가루와 빵에 비타민이 첨가되어야 한다고 요구하며 이 비율은 100퍼센트가

---

4 '강화Fortified'는 가공되지 않은 자연 상태의 식품에 이미 함유된 영양소의 양을 늘리는 것을 말한다. 따라서 우유에는 비타민D가 '강화'되었다고 하는 반면, 밀가루에는 영양소가 '첨가enriched'되었다고 말한다.—저자

되었다. 펠라그라는 거의 전멸했다. 그러나 밀가루 봉투 뒷면에서 '니코틴산'이라는 단어를 보지는 못했을 것이다. 담배를 연상시키는 단어에 불편해진 제빵사들이 용어를 바꾸려고 로비를 했고, 지금까지도 밀가루에 첨가되는 '니아신'이 되었다.

전쟁이 끝난 후 성공적인 결과를 확인한 연방 정부는 자연스럽게 프로그램을 중단했고, 비타민 첨가는 다시 자율에 맡겨졌다. 그러나 제분소와 제빵사들은 현명하게도 정부의 이런 변화를 무시했고, 영양소 첨가는 사실상 필수가 되었다. 미국의 밀가루에는 영원히 비타민이 첨가될 것이다. 오늘날까지도 미국식품의약국Food and Drug Administration은 무엇이 '영양소가 첨가된' 밀가루인지(1996년 엽산을 추가했다)만 설명할 뿐, 이를 강제하지는 않고 있다.

영양소 첨가는 밀가루뿐 아니라 옥수숫가루에도 이어졌고, 현대 미국인 중 펠라그라를 들어본 적도 없는 사람이 대부분일 정도로 매우 성공적인 결과를 낳았다. 물론 1900년대 미국인들 역시 펠라그라를 들어본 적은 없었다. 나는 여전히 왜 20세기 초반 미국에 갑자기 펠라그라가 발병했는지 궁금했다.

내가 일하는 연구소의 도서관 사서에게 나는 빵 한 덩이와 긴 도서관 상호 대출 목록을 가져다주었고, 며칠 후 일반적으로 펠라그라의 발병 이유를 옥수수에서 찾는다는 사실을 배울 수 있었다. 솔직히 알아내는 데 그리 많은 조사가 필요하지는 않았다. 이 주제가 언급될 때 자주 인용되는 책 제목이 《옥수수의 재앙 A Plague of Corn》이었기 때문이다. 옥수수에는 니아신이 많지만 보통 대부분은 인체 내에서 대사되지 않는다. 옥수수를 밤새 석회수에 담가놓을 것이 아니라면 말이다. 이는 토르티야를 만드는 첫 단계이기도 하다. 수 세기 동안 북미 원주민은 산화칼슘(탄산칼슘)이나 나뭇재가 첨가된 물에 하룻밤 동안 옥수수를 담가놓았다. 말린 옥수수를 부드럽게 하고 두껍고 거친 겉껍질(팝콘을 생각해보라)을 쉽게 제거하기 위해서였다.

이 화학적인 연화 처리가 옥수수에서 니아신을 끌어낸 것은 단지 북미 원주민이 운이 좋아서였을까? 아니면 이런 처리를 거친 옥수수를 먹은 사람이 훨씬 건강하다는 것을 여러 세대에 걸쳐 배운 것일까? 책은 이 질문에 대한 답이 북미 원주민을 어떻게 보느냐에 따라 달라진다고 말한다. 명백하게도 옥수수를 석회 처리해야 한다는 지식은 그들을 정복한 사람들에 의해 사라졌다는 것이다. 맷돌을 사용하건 공업용 롤러 제분기를 사용하건 옥수수는 여전히 갈기 전에 물에 담가놓았지만(혹은 '연화시켰지만'), 석회를 첨가하는 과정은 빠졌고 니아신은 거의 찾아볼 수 없게 되었다. 이는 1905년 즈음 새롭게 발명된 비올 배아분리기Beall degerminator가 불타나게 팔리며 큰 논란이 되었다. 배아분리기는 지방질이 많은 배아를 벗겨내고 알맹이에서 겉겨를 제거해 옥수수 전분과 옥수숫가루의 유통기한을 크게 늘렸기 때문에 제분소에서 애용했다. 불행한 일이 아닐 수 없었다. 밀가루와 마찬가지로 옥수수에서도 배아야말로 낟알에서 가장 많은 비타민과 미네랄을 함유한 부분이었기 때문이다.

오늘날의 옥수수는 영양적인 가치가 없고 이 '옥수수의 재앙'은 미국에서 펠라그라 발병이 늘어난 데 대한 이유로 언급된다. 그러나 골드버거의 논문을 읽으면서 나는 사실상 논문에서 언급되지 않은 사실에 신경이 쓰였다. 골드버거는 실험 대상자들이 먹는 모든 음식의 무게까지(심지어 그램으로!) 꼼꼼하게 기록을 남겼고, 나는 거기서 그의 펠라그라 환자들이 비스킷 형태로 된 많은 빵을 먹고 있었다는 사실을 발견했다. 그것도 자체 발효되는 흰 밀가루(베이킹파우더로 발효되는 밀가루다)로, 이스트에 들어 있는 니아신을 섭취할 기회도 없었다.

미국에서 펠라그라가 발병하기 시작한 당시, 철로가 완공되고 중서부 지역에서부터 저렴한 밀이 공급되며 옥수수 소비는 감소하고 밀가루 소비가 증가하고 있었다. 펠라그라의 확산이 절정에 이르렀던 1931년, 펠라그라에 걸린 사우스캐롤라이나 농가들을 조사하자 옥수수는 그들이 전체 섭취하는 칼로리의 16~20퍼센트밖에 차지하지 않는다는 결과가 나왔다.

옥수수가 부당한 누명을 쓴 것일까? 펠라그라에 관한 과학적 연구들은 거의 하나같이 옥수수를 언급하며 밀가루에는 크게 주의를 기울이지 않았다. 그러나 내가 보기에는 빵, 내가 사랑하는 빵이 미국의 펠라그라 발병에 주된 책임이 있었던 것 같았다. 과학자, 역사가, 정부에서는 영양소를 첨가한 밀가루와 빵이 펠라그라가 새롭게 발생하는 것을 막는다고 말하지만, 밀가루와 빵의 변화를 펠라그라 발병 원인과 연결시키지 못한 것 같다.

다시 내 근본적인 질문으로 되돌아왔다. 흰 빵에 도대체 무슨 일이 일어난 걸까? 생명을 유지해주던 빵이 언제부터 건강하지 않은 음식이 되었으며 그 이유는 무엇일까? 나는 토스트 한쪽을 더 먹으며 곰곰이 답을 생각해봤다.

25주 차

스위니 토드

질레트의 안전 면도기는 신혼여행 중인 부부들이 사흘 동안 자란 수염을
면도할 수 있도록 해주며 사랑하는 연인들에게서 '한마음으로' 감사를 받았고,
성적인 만족을 높이는 제품으로 자리 잡았다.
겨드랑이용 데오도란트, 치약, 구강청결제, 원더 브레드 등
다른 많은 제품 역시 새로운 연인의 관심을 끌 수 있다는 식으로 광고했다.[5]

조엘 스프링, 《소비자 교육Educating the Consumer-Citizen》(2003)

내가 이 나이까지도 일하는 이유를 설명하겠다. 1952년 워싱
턴 주 야키마 출신의 플로이드 팩스턴Floyd Paxton이 그의 새로
운 발명품인 빵 봉지를 묶는 작은 플라스틱 클립에 투자하라고
권했다면 나는 이렇게 말했을 것이다. 아니, 이렇게 말해야만
했을 것이다. "그렇게 할 수 없어요. 제가 태어나려면 아직 1년
은 더 있어야 하거든요." 하지만 심지어 당시 내 나이가 50세였
다고 해도 나는 아마 "미안하지만 안 되겠어요. 하나에 몇 분의
1센트밖에 값을 못 매길 텐데 얼마나 많이 팔아야 돈을 벌 수 있
을지 생각은 해보셨어요?"라고 말했을 것이다.

내가 광고지에서 할인 쿠폰 따위를 자를 때, 플로이드는 수천
억 개의 퀵 록Kwik Lok 클립을 팔았고, 이제는 아마 그 답을 알

---

5 맞다. 원더 브레드가 성적인 만족을 보장한다고 말하고 있는 것이다.—저자

게 되었을 것이다. 퀵 록 기업은 매년 50억 개가 넘는 빵 클립을 판매한다. 대부분은 쓰레기 매립지에 묻히지만 몇 개는 사람 장으로 들어간다. 당신이 그 불행한 사람 중 한 명이 아니라면, 대체로 그리 높은 비율은 아니다. 많은 이물질 중에서도 특히 이 빵 클립은 별로 삼키고 싶지 않을 것이다. 한 의학 저널에 따르면 퀵 록 클립은 '소장 천공과 폐색, 연하곤란,[6] 위장관 출혈, 대장 폐색' 등의 원인이 된다고 한다. 비닐봉지를 효과적으로 단단히 고정하는 질긴 특성이 소장에 남아 있는데도 똑같은 효과를 발휘하는 모양이다.

그러나 빵 한 덩이 안에는 삼키면 위험한 것들이 더 있다. 지금 내 칼 끝에 달린 양날 면도칼도 그중 하나다. 맞다. 드디어 나도 진짜 전문가용 칼을 갖게 됐다. 사실 거의 갖게 될 뻔했다. 찰리 밴 오버가 내게 하나를 줬지만 어디에다 뒀는지 잊어버려 써보지도 못했기 때문에, 사무실 책상에서 미스터리하게 튀어나온 물건(6밀리미터 너비에 눈금이 새겨져 있고 가슴 주머니에 꽂을 수 있는 클립이 달린, 변명의 여지 없이 괴짜 같아 보이는 철제 자였다)으로 직접 칼을 만들었다.

내 셔츠 주머니에서 자를 꺼내야 할 일보다 빵 반죽 윗면에 모양을 내야 할 일이 더 많을 것 같아 나는 클립을 제거하고 양날 면도칼 구멍에 맞을 만큼 자의 한쪽 끝을 좁게 갈았다. 놀랍게도 나는 양날 면도칼을 케이마트[7] 계산대 옆에서 찾았다. 왠지

177

6 음식물이 입에서 위로 통과할 때 음식이 지나가는 감각이 느껴지거나 장해를 받는 느낌이 있는 증세.
7 미국의 대형 할인점.

마음에 걸려 며칠 동안 고민하다 앤에게 털어놓았다.

"왜 면도칼이 계산대에 있는 거야? 아니, 그걸 만드는 이유가 뭐지? 아직도 양날 면도칼로 면도하는 사람은 없을 텐데."

아주 옛날 사용하던 황소의 턱뼈를 생각하면 양날 안전 면도칼이 좋았을 때도 있었겠지만, 지난 몇 십 년 동안 양날 면도기 '트랙II', 3중 면도날 '마하3', 4중 면도날 '쾨트로'가 시장에 출시되고 심지어 부자연스럽게 끝없이 숫자가 늘어나는 것도 마지막이기를 바라게 될 만큼 불필요하게 날이 많은 5중 면도날 '퓨전'까지 나오지 않았느냐고, 좋아하는 면도날의 개수를 고르면 어느 것이든 18세기 후반 발명된 소위 '안전 면도날'보다 훨씬 면도도 잘되고 덜 베이지 않느냐고 끝없이 비판하는 동안 앤은 내 이야기를 인내심을 가지고 들어주었다.

"어떻게 아직도 양날 면도칼을 파는 거야? 아직도 양날 면도칼을 쓰는 사람 있으면 한 명만 말해봐."

"우리 아버지."

그나저나 여담 하나만 더 덧붙이자면(이건 정말 들을 만한 얘기다), 면도기 제조사가 소비자에게 정말 필요하든 말든 몇 년에 한 번씩 새로운 면도기를 내놓을 때, 기존 모델의 교체 날은 일부러 무디게 제조한다고 한다. 새로운 모델의 성능이 훨씬 좋다는 착각을 불러일으키기 위해서라고 한다. 시장 조사 연구를 하는 아주 믿을 만한 소식통에게서 들은 얘기다. 정말 카비아트 엠프토르caveat emptor[8]다.

---

8 라틴어로 '개자식!'이라는 뜻이다.

아무튼 녹색 플라스틱 막대기에 교체 불가능한 날이 끼워져 있는, 우편으로 주문한 10달러짜리 칼을 버리고 내가 직접 만든 프랑스 스타일의 칼에 새 양날 면도칼을 갈아 끼우고 난 후 나는 믿기 어려울 만큼 큰 뉴스를 접하게 되었다. 내 '정통' 프랑스식 칼이 최근 프랑스에서 불법이 되었다는 것이다. 프랑스 제빵사들이 금속 칼을 포기한다고? 상상도 할 수 없는 일이다! 플라스틱 막대기에 면도날이 고정된, 내가 버린 칼만 허용된다는 사실이 더 황당했다. 사실상 '고정된 날'은 꼭 필요한 조처였다. 이런 모욕적인 법이 제정된 이유는 미국인들이 겨우 퀵 록 클립을 먹는 동안 프랑스인들은 제빵사들의 칼에서 떨어져나와 빵으로 들어간 양날 면도칼을 삼키고 있었기 때문이다.

잠깐만 생각해보자. 당신이 큰 빵집, 혹은 기업식 빵집의 제빵사라고 생각해보라. 당신은 수백 개의 빵 윗면에 빠르게 칼집을 낸 후 서둘러 오븐에 집어넣고 있을 것이다. 나는 빵 한 덩이 가지고도 늘 서두르곤 하니까. 그런데 문득 당신의 칼날이 보이지 않는다. 하던 일을 멈추고 날이 바닥에 떨어졌는지 바게트에 들어갔는지 찾을 것인가, 아니면 "이런 젠장!" 하고 외친 후 새로운 날을 꺼내 끼우고 계속 일을 하겠는가?

프랑스 제빵사들은 후자를 선택해왔던 것 같다. 물론 날도 바꿀 수 없는 그 10달러짜리를 다시 쓸 생각은 절대 아니지만(프랑스에서는 대량으로 구매할 경우 상당히 저렴한 모양이다), 적어도 빵을 오븐에 넣고 난 후 내 철제 자에 아직도 면도날이 붙어 있는지 정도는 틀림없이 확인할 생각이다.

메인 주의 반죽 콘퍼런스에서 영감을 받아 오늘은 스카라무

슈가 된 듯 빵에 칼집을 넣어볼 생각이었다. 칼이 전문가의 손에 들어가면 어떻게 되는지 목격했기 때문이다. 내 반죽에 대해 상처 주는 말로 무안을 주기도 했던 그 전문 제빵사에게는 분명 장점이 있었다. 그는 예술가였다. 면도날을 든 진정한 렘브란트, 진짜 스위니 토드[9]였다. 내 빵에 단순한 대각선의 격자무늬를 새기는 것보다 더 짧은 시간에 그는 자신의 빵 반죽에 나비를 새겨 넣었다. 그냥 표면에 그려 넣기만 했다는 이야기가 아니다. 빵이 구워지면서 나비가 얇은 돋을새김 조각처럼 갈라지는 것이다! 말로 듣는 것보다도 훨씬 더 어려운 작업이다. 젖은 반죽 위에 정확한 모양을 새겨야 할 뿐 아니라, 깊이가 일정하며 각도도 정확해야 하기 때문이다. 나는 대각선 격자무늬를 넣으면서도 늘 어렵게 느꼈던 부분이다. 찰리 밴 오버 집에 가져갔던 옆구리 터진 빵이 그 대표적인 예다.

적어도 내가 임시변통으로 만든 칼은 이전에 한동안 사용했던 외날 면도칼보다 훨씬 효과적이었다. 보보링크 베이커리의 린제이에게서 배운 한 가지는 아주 과감하게 칼집을 내야 한다는 것이었다. 망설이지 않고 자신 있게, 그리고 반죽과 수직이 되지 않도록 해야 한다. 천천히 조심스럽게 칼집을 내면 예외 없이 칼이 반죽에 들어가 걸리지만, 빠르고 과감하게 칼을 움직이면 칼집이 깨끗하게 난다.

자신 있고 거리낌 없이 칼집을 내라. 《카타 우파니샤드》에

180

---

9 음모로 누명을 쓴 젊은 이발사 스위니 토드가 벌이는 잔혹한 복수극을 그린 영화이자 뮤지컬.

서도 이렇게 말하지 않는가. "깨어서 일어나라! 위대한 이에게
로 가서 배워라. 면도날의 날카로운 칼날을 넘어서기는 어렵나
니. 그러므로 현자가 이르노니, 구원으로 가는 길 역시 어려우니
라."(서머싯 몸이 소설《면도날》의 제목을 고대 힌두교 경전의 이 구절에
서 따왔다는 이야기가 있다.)

그리고 아직도 쉬워질 기미가 보이지 않는다.

26주 차

파네 토스카노

> 남의 빵에서 얼마나 짠맛이 나고,
> 남의 계단을 오르내리는 일이 얼마나 힘든지 그대는 알게 되리라.
> 단테

한입 베어 물고 나자마자 뱉어내고 싶은 생각이 간절했다. 다
행히 내 빵은 아니었다. 그러나 불행히도 우리가 읽은 리뷰에 따
르면 이 빵으로 유명하다는 고급 레스토랑에 와 있었다. 그래서
나는 빵을 그냥 뱉거나 냅킨에 숨겨놓을 수 없었다.

레스토랑에서 직접 구운 빵은 납작하고 아무 맛도 나지 않았
으며 무거웠다. 내가 먹어본 최악의 빵 중 하나로 꼽을 수 있을
정도였다. 나는 다른 테이블에서 식사 중인 주변 사람들도 나처

럼 빵을 가리키거나 무슨 손짓을 하는지 살펴봤다. 제빵사가 오늘 저녁 빵을 망친 게 분명했다.

"소금 넣는 걸 깜박했나 봐. 말해줘야 하지 않을까?"

"절대 그러지 마!" 앤이 애원했다. "말해서 뭐 하려고?"

"내가 제빵사라면 내 빵 맛이 형편없다는 사실을 알고 싶을 것 같아."

하지만 정말 놀랍게도 손님으로 가득 찬 이 레스토랑에서 우리만 그렇게 생각하는 것 같았다. 다른 사람들은 빵을 뜯어서 올리브오일에 찍어 먹으며 즐기고 있었다. 올리브오일에 소금과 후추를 넣은 후 찍어 먹지 않고는 나는 이 밀가루 반죽같이 아무 맛이 나지 않는 빵을 먹을 수 없었다.

입 다물고 가만히 있으라는 앤의 말을 들은 건 정말 잘한 일이었다. 레스토랑에서 나서다 우리는 표구하여 출입구에 걸려 있던 잡지 기사를 읽었고, 마침내 의문이 풀렸다. 레스토랑이 충실하게 재현해내는 것으로 유명한 굉장한 빵은 바로 정통 토스카나식 무염 빵, 파네 토스카노Pane Toscano였던 것이다. 전설에 의하면, 몇 세기 전 소금세를 둘러싼 논쟁이 있었을 당시, 현지인들이 세금을 내는 대신 아예 소금 구매를 거부하면서 발달한 레시피라고 한다. 필요 때문에 만든 빵이기는 하지만, 미식에 뛰어난 능력을 보이는 것으로 유명했던(그리고 이탈리아에 파시즘이 전파된 것보다 더 빠른 속도로 미국 전역에 자신들의 레스토랑을 퍼뜨린) 토스카나 사람들은 신기하게도 이 빵에 맛을 들이기 시작했고 오늘날까지 유명세를 유지하게 된 것이다. 미안한 이야기지만 토스카나 사람들에게 조언을 몇 가지 하고 싶다. 이제 그 빵은 잊길 바란다. 소금에 세금을 매기던 악랄한 왕도 오래전에 죽었고, 약간의 소금은 당신들의 아무 맛 없는 빵에 놀라운 변화를 가져올 거라고 말이다. 당신들도 (새로운 '프로방스Provence'라고 불리는) 토스카나로 몰려드는 여행객들에게 처음 보여주는 현지의 맛이 무미건조한 빵이 되기를 바라지는 않을 것이다.

　소금. 만약 토스카나가 새로운 프로방스라면, 소금은 새로운 올리브오일로, 엄청난 돈을 소비할 좋은 기회가 되고 있다. 일반적인 가정주부라면 생각도 못할 일이다. "여름에 피어나는 이 꽃은 약간의 분홍빛을 띠며 제비꽃의 향기를 뿜어낸다." 이건 분명히 평론가가 와인을 묘사하는 것처럼 들리지 않는가? 틀렸다. 통신 판매 카탈로그에 나온 프랑스산 바다 소금(280그램에 15달러다)에 대한 설명이다. 명품 소금 트렌드는 몇몇 고급 레스토랑에서 시작된 후 식도락가들 사이에서 인기를 얻었고, 이어 홈셰프들 몇몇까지 '다이아몬드 크리스털Diamond Crystal'[10] 소금 대신 450그램에 20달러짜리 프랑스 브르타뉴산 '플뢰르 드 셀 fleur de sel' 소금을 쓰기 시작했다. 이쯤 되면 토머스 켈러Thomas Keller[11]나 장 조르주Jean George[12]의 레스토랑 주방에서 당신과 같은 소금을 쓰는 건 창피한 일이 될 테니, 그들은 수준을 더 높여 아프리카 진흙 소금, 하와이 검은 용암 소금 같은 이국적인 소금까지 쓰기 시작했다. 맨해튼에서 높은 평가를 받는 해산물 레스토랑 '에스카Esca'의 셰프 데이비드 패스터낵David Paster-

183

10　미국의 가정용 일반 소금 브랜드.
11　미국의 유명 셰프.
12　프랑스 출신의 미국 유명 셰프.

nack은 다양한 바다 소금을 구비해두고 각각의 해산물에 어울리는 소금을 낸다.

그러라지 뭐. 나는 빵 만들 때 매일 요리에 쓰는 굵은 코셔 kosher[13] 소금을 그냥 쓴다. 심지어 보통 쓰는 식탁용 소금을 따로 두지도 않는다. 굵은 코셔 소금에 익숙해지다 보면 전통적인 가는 소금은 맛이 약하고 화학적으로 만들어진 가짜 같아서 매력이 느껴지지 않는다. 블라인드 시식 테스트를 해본 적 있느냐고? 없다. 그럼 나도 데이비드 패스터낵처럼 그저 이상한 우월감에 빠진 걸까? 정도의 차이라고 말하고 싶다. 나는 그냥 굵은 코셔 소금을 좋아할 뿐이다. 랍비가 뭘 어떻게 했는지는 모르겠지만 나와 잘 맞는 소금이다.

파네 토스카노를 억지로 씹어 삼키는 동안 머릿속에 소금 생각이 가득했다. 마침 최근 읽고 있는 제빵 책의 조언에 따라 마지막 단계까지 소금을 넣지 않고 반죽하기 시작한 터였다. 저자는 소금이 글루텐의 생성을 방해한다고 했다. 솔직히 아직 차이를 발견하지는 못했지만, 계속해서 마지막까지 소금을 넣지 않고 반죽해볼 생각이다. 유명한 제빵사의 말을 거스르면 안 될 것 같은 막연한 두려움 때문이기도 했지만, 이것이 다른 많은 실수에 가려져 효과를 보여주지 못하고 있는 정말 중요한 단계인 가능성도 있기 때문이다.

어쨌든 빵이 더 나빠지지 않고 있는 건 분명했다. 문제 될 게 뭐 있겠어?

---

13 유대교 율법에 따른 식품 인증.

27주 차

레시피 없이 느낌대로만

선사: 두 손을 마주치면 소리가 난다. 그러면 한 손의 소리는 무엇인가?
제자: 제자가 그의 스승을 향한 채 바른 자세를 취하고 말없이 한 손을 앞
으로 내미는 것입니다.
선사: 한 손의 소리를 듣는 사람이 부처가 된다고 한다. 그렇다면 자네는
어떻게 소리를 들을 것인가?
제자: 제자가 말없이 한 손을 앞으로 내밀면 됩니다.

불교 선문답

"이번 빵 정말 맛있어요." 빵 한쪽을 더 집어 버터를 바르며
케이티가 말했다. "그런데 빵이 조금 작아 보여요."

"이번에는 계량을 하나도 하지 않았거든."

케이티의 눈이 커졌다. "왜요?"

지난 주 출퇴근하며 《선과 모터사이클 관리술Zen and the Art
of Motorcycle Maintenance》 오디오북을 들었기 때문이다. 적어도
들으려고 노력은 했다. 별로 잘 이해되지 않았다. 출간 당시에도
읽지 않던 책이다. 이 의미 없는 이야기를 읽기에 나는 지나치
게 냉소적이고 속이 좁았다. 당시 나를 방에서 가장 빨리 쫓아버
리려면 '선'이라는 단어를 입에 올리기만 하면 됐다.('모터사이클'
은 막상막하로 두 번째였다.) 삼십 몇 년이 지난 지금 내 마음은 책
에서 표현하는 개념에 (적어도 '예전보다는 더') 열려 있었다. 나는
기대에 차서 플레이 버튼을 눌렀지만, 지난 주에 만든 내 빵만큼

이나 책도 오래되었다는 느낌만 받았다.

요즘 듣기에 'ZMM'(팬들은 이렇게 부른다)의 지루한 이야기는 부자연스럽고 현학적인 데다 훈계조로 들렸다. 원래 예전부터 그랬는지는 그때도 책을 안 읽었으니 모르겠지만, 적어도 지금 보기에는 이 책을 읽기에 적당한 시기가 있기는 했는지 모르겠다는 생각이 들 정도였다. 책이 나왔을 때 나는 너무 어렸고, 내가 준비되었을 때는 책이 나이 들어버렸다. 그래도 여전히 중요한 책이라는 생각에 끝까지 들어야겠다고 마음먹었지만, 일주일쯤 되었을 때 내가 책의 저자처럼 훈계하듯 글을 쓰고 심지어 혼잣말도 하기 시작했다는 것을 자각하며 진심으로 공포를 느꼈다. 꽤 충격을 받아 내 목소리가 다시 돌아오기를 기도하며 CD 케이스 덮개를 탁 닫고는 도서관에 반납했다. 대신 ZMM의 줄거리 요약본을 읽을지도 모르겠다. 깨달음을 얻는 가장 빠른 길이니까.

그래도 저자 로버트 피어시그가 세상을 어떻게 바라보는지는 이해할 정도로 오디오북을 들은 것 같다. 그의 관점에 따르면 완벽한 한 덩이의 빵은 내가 만들려고 하는 것이 아니라 내가 찾으려고 하는 것이다. 그 빵은 이미 존재하거나 만들어질 준비가 되어 있기 때문에 거기에 닿을 수 있도록 나 자신을 스스로 높이기만 하면 된다. 내가 준비되기 전까지는 그 빵이 모습을 드러내지 않을 것이다.

나는 최근 들어서야 이렇게 생각이 바뀌었다. 또 다른 여정을 그린 이 수십 년 된 책을 무의식적으로 집게 된 이유일지도 모른다. 글 자체는 내게 별다른 인상을 주지 못했지만, 영성과 기술의 간극(저자에 따르면 '좁힐 수 있는' 틈이라고 한다), 우수함을 정의하려는 시도 등 책의 주제는 내가 하는 프로젝트와 관련이 있어 감명을 받았다. 빵 만들기는 예술일까, 과학일까? 빵의 진리에 닿기 위해서는 기술을 경멸하고 장작 화덕과 돌로 간 밀가루로 돌아가야 할까? 아니면 완벽한 빵을 만드는 데 기술이 도움을 줄까? 그리고 무엇이 진정한 완벽함일까? 아무튼 나는 이 책에서 영감을 받아 느낌대로, 계량하지 않고, 뭐가 됐든 지난 27주 동안 발전했을 내 기술과 직감을 믿고 빵을 구워보기로 했다.

이 모든 걸 저녁때 케이티에게 어떻게 설명하면 좋을까 하다가 나는 빵에 더 가까이 다가가려는 거라고 중얼거렸다.

"근데 아빠, 이게 완벽한 빵이었으면 어떡해요?" 물론 그렇지 않다는 뜻을 내포한 질문이었다. 나는 잠자코 들었다. "계량 안 하셨다면서요. 어떻게 똑같이 만드실 거예요?"

좋은 질문이다. 부처라면 어떻게 대답했을까? 아마도 '똑같이 만들 필요는 없다'고 답했겠지.

하지만 그건 사실이 아니다. 재현 가능성(일관성)은 내 주요 목표 중 하나였다. 다른 대답을 해야 했다. 뭐라고 말해야 할까? 참된 선사라면 또 다른 질문을 던지는 거슬리는 불교식으로 답했을 것이다. 나는 '연어는 산란 장소를 어떻게 찾을까'라는 질문을 떠올렸다. 나쁘지 않았지만 음식 비유를 섞어서 쓰고 싶지는 않았기 때문에 부처 느낌 말고 영화 〈베스트 키드The Karate Kid〉에 나오는 나이 많은 아시아인 같은 말투로 케이티에게 "아, 내 귀여운 갈매기야. 너는 아직도 배워야 할 게 많구나"라고 말해주었다.

그러나 나만큼은 아니었다. 나는 (곧 자세히 설명하겠지만) 부정행위를 했을 뿐 아니라, 내 '선Zen, 禪' 시도 덕분에 나는 순수한 흰 빵을 구울 뻔했다. 레시피 없이 빵 만드는 일은 놀라울 만큼 해방감을 주었다. 반죽을 끝내고 주방을 나서면서 통밀과 호밀 가루 넣는 걸 깜박했다는 사실을 떠올리기 전까지는 말이다.

선의 딜레마다. 아직 반죽을 다시 손볼 시간이 있지만, 그래야 할까? 나는 주방에 남아서 나 자신과 정신적인 대화를 나눴다. 통곡물가루를 빼먹은 건 흰 빵을 만들 운명이었다는 계시인지도 모른다. 다른 한편으로는 내가 레시피 없이 빵을 구워서는 안 되는 건망증 심한 중년 남자라는 사실을 심플하게 보여주는 것일 수도 있다. 이 실험의 목적은 제빵 예술에 더 가까이 가는 것이었다. 그런데 빵과 진정으로 통하려면 꼭 완전히 즉흥적이어야만 할까? 장 볼 물건도 적어가지 않고는 슈퍼마켓에서 순간순간 마음이 동하는 물건들만 집어오는 사람은 없을 것이다. 만약 그렇게 장을 본다면, 집에서 마요네즈를 영원히 볼 수 없을지도 모른다.

아주 흥미로운 이 담론을 펼치는 동안 글루텐도 생성되고 있었다. 나는 결국 선이든 아니든 개인적으로 순수한 흰 빵은 먹고 싶지 않다는 결론에 도달했고, 이내 바빠졌다. 반죽을 접고 비트느라 몹시 힘든 몇 분을 보냈지만, 결국 통밀과 호밀가루가 그럭저럭 전부 하나의 반죽으로 섞여 들어갔다.

가장 흥미로웠던 점은, 이런 식으로 괜찮은 빵을 만드는 게 그리 불가능한 일이 아니라는 사실을 발견했다는 것이다. 어려운 건 내려놓는 일이었다. 밀가루 한 줌에 물을 더해 풀리시를 만드는 가장 첫 단계부터 어려웠다. 반죽 그릇을 수도꼭지 아래 두고 직접 물을 튼다면 통제(이렇게 무거운 단어를 쓰다니. 내가 선 낙제생인 것도 당연하다)가 어려워질 게 분명해서 물을 먼저 담을 그릇을 찾다가 나도 모르게 계량컵을 집었다.

아이고. 이러면 안 되지. 나는 대신 긴 유리잔을 집었지만, 이내 컵 용량이 340밀리리터쯤 된다는 사실을 떠올렸다. 이것도 반칙이다. 시계는 더 큰 문제였다. 생각하지 않으려 하면 할수록 그럴 수가 없었다. 프루핑하는 동안 앤과 산책에 나섰지만, 정신이 산만하고 '지금 이 순간'에 집중할 수 없었다. 반죽이 두 시간 넘게 발효 중이었기 때문에 집으로 돌아가기도 전에 이스트가 바닥날까 봐 걱정되어서였다. 그걸 기억한 것도 사실 발효시키기 위해 반죽을 놔두면서 시계를 슬쩍 쳐다봤기 때문이었다.

사실 어느 것도 놀랍지는 않았다. 나는 아침마다 커피를 내리면서도 커피 물을 저울에 달아 1그램까지 정확히 양을 재는 사람이다. 더 설명할 필요가 있을까? 선불교는 '이곳'과 '지금'에 집중하라고 말한다. 내게는 주방 벽에 달린 시계가 꼭 콘서트 옆자리에서 작게 떠드는 사람 같았다. 별일 아니지만 점점 거슬려 심포니 소리를 덮고 음악 감상을 완전히 망치게 만드는 경우 말이다. 시간을 확인하지 말아야 한다는 생각이, 이 경험을 도와 조화롭게 하나 되는 일에서 자제력 테스트로 바꿔놓았다. 시간 훔쳐보지 마!

하지만 다른 면에서 이 훈련은 성공이었다. 결국 레시피 없이 느낌대로만 빵을 만들었으니까. 그리고 그 결과는?

"평소보다 훨씬 나은 것 같아요." 케이티가 말했다.

분명 맛은 있었다. 발효를 오래 시켰기 때문일지도 모르겠다. 하지만 나는 크럼이 큰 공기구멍 없이 여전히 스펀지 케이크처럼 부드러워서 실망스럽다고 혼잣말을 했다.

"도대체 공기구멍에는 왜 그렇게 집착하시는 거예요!" 케이티가 소리쳤다. 잔뜩 짜증이 난 데다 내가 왜 공기구멍에 계속 집착하는지 이해할 수 없었던 모양이다.

"공기구멍만 문제가 아니라 식감도 문제야. 너무 부드럽고 촉촉하잖아."

"저는 부드럽고 촉촉한 게 좋아요. 그리고 뭐가 더 나아지기를 바라시는지 정말 모르겠어요. 저는 마음에 든단 말이에요!"

나는 너무 당황해서 케이티에게 칭찬 고맙다고 얘기하는 것도 잊었다.

28주 차

정신을 낭비할 수 있나

지나치게 흥분하거나 이성을 잃는 것은 부질없는 짓입니다.
정말 그래요.
미국 부통령 댄 퀘일, 흑인대학기금협회 행사 연설에서

"뭘 깜박한 거야?" 앤이 페전트 브레드 한 조각을 베어 물더니 물었다.

"공기를 먹는 것 같아요." 케이티가 덧붙였다.

"어디서 먹어본 것 같아." 앤이 한 입 더 먹으며 말했다.

당연하지.

소금을 넣지 않고 만든 빵은 '풍미가 없다'고들 한다. 물론 그 빵이 전통적인 레시피를 따라 유명한 토스카나 레스토랑에서 만들어졌다면 이야기가 다르다. 나는 아무 맛도 나지 않는 내 빵에 꽤 실망한 상태였다. 토스트 해서 먹으면 웬만한 빵이 전부 먹을 만해지지만, 토스트 해도 그럴 수 있을 것 같지 않았다. 그러나 앤이 으스러진 돋보기안경을 내 앞에 놓으며 "당신 컨디션이 안 좋아서 그래" 하고 나를 안심시켜주었다.

"어, 당신이 찾았네. 어디 있었어?"

"세탁건조기에서."

컨디션이 안 좋다고? 정신줄을 놓은 수준이다. 소금을 깜박한 일은 건망증이나 혼동 때문에 〈미스터 마구Mr. Magoo〉[14]에나 나올 법한 작은 사고들이 줄줄이 이어졌던 한 주의 클라이맥스였다. 나이 오십이 넘는 사람이라면 모두 비슷한 이야기 몇 가지는 할 수 있을 테니 자세히는 하지 않겠지만, 맞춤 안경과 선글라스를 모두 잃어버리고, 커피를 부엌 바닥에 바로 내리고(아무리 물의 양을 저울로 정확히 재도 주전자를 제자리에 놓는 걸 까먹으면 소용없다), 직장 컴퓨터에서 중요한 파일을 삭제하고, 25년 만에 처음으로 앤의 생일을 잊었으며, 오른쪽 화살표 표지판을 보고 좌회전했던 황당한 일까지 모두 이번 주에 벌어진 사건이라고만 말해두겠다.

특히 마지막 사건에서 뭔가 잘못되었다 싶어서 다시 길을 되짚어 교차로로 돌아갔을 때, 나는 내 눈을 믿을 수 없었다. 분명 왼쪽을 향했던 화살표가 오른쪽을 가리키고 있는 게 아닌가! 이게 뭐지, 로드 러너가 나오는 만화영화인가? 와일 E. 코요테가 나를 골탕 먹이려 표지판을 뒤집어놓기라도 한 건가?[15] 건망증은 그렇다 치더라도 정신착란, 인식부족뿐 아니라 명확하게 표시된 표지판을 놓치는 일 등은 또 다른 문제였다.

조기 치매가 오는 걸까?(아니면 그저 만화적 비유에 집착하는 걸까?) "병원에 가봐야 할 것 같아." 나는 앤에게 말했다.

"그냥 피곤해서 그런 거야. 시간을 좀 두고 어떤지 보자."

하지만 이제 빵에 소금 넣는 걸 깜박하기까지 한다. 더 이상

---

14 근시 때문에 거의 앞을 볼 수 없는 흰머리의 백만장자 미스터 마구가 주인공인 전형적인 슬랩스틱 코미디 영화.
15 만화영화 〈루니 툰〉 시리즈에 등장하는 캐릭터들로 늘 서로 쫓고 쫓기며 골탕 먹인다.

두고 볼 수만은 없었다.

　"알파벳을 하나 말씀드리면 그 알파벳으로 시작하는 단어를 생각나는 대로 최대한 많이, 빠르게 말씀해보세요. '톰'이나 '제 인' 같은 고유명사는 안 되고요."

　기억력 감소와 정신착란에 대해 검사를 받아야겠다고 결정하 고 나자, 누구에게 가야 할지가 고민이었다. 못마땅해하는 앤 몰 래 검사받기로 했을뿐더러 내 단골 신경과 의사에게 가기도 망 설여졌다. 내 신경 압박 증세 때문에 정기적으로 보는 의사라, 목이 뻐근할 때마다 병원에 가서 그에게 치매 이야기를 듣고 싶 지는 않았다. 그때 내가 정신의학 연구소에서 근무한다는 사실 을 (매우 놀랍게도) 기억해냈다. 분명 치매에 대해서도 상당한 지 식을 가지고 있을 것이다. 나는 노인병 학과의 책임자를 찾아갔 다. "빌." 그의 우아한 이탈리아 억양 덕분에 내 따분한 이름이 이탈리아 오페라 주인공처럼 들렸다. "걱정할 필요 없을 거 같 아요. 늘 흥미롭다고 생각하는 점이 하나 있는데, 알츠하이머가 의심된다며 찾아오는 환자들 대부분이 사실은 건강하다는 거예 요." 그는 말하며 연극 무대 위 감독처럼 손을 크게 휘휘 저었다. "진짜 알츠하이머 환자들은 반대인 경우가 많죠. 스스로 건강하 다고 우기거든요."

　모기와 똑같군요, 나는 말했다. 암컷 모기만이 (알을 낳기 위해 피를 섭취하려고) 동물을 물지만 윙윙거리는 건 수컷 모기뿐(짝짓 기를 위해서다)이라는 이야기를 어디서 읽은 적이 있다. 그러니까 여름밤 모기가 윙윙거리는 소리를 듣는다면 걱정할 필요 없다.

아무 소리도 들리지 않을 때가 바로 실내로 자리를 옮겨야 할 때다.

"그거예요." 그는 큰 손을 다시 움직이며 말했다. 무언가를 기억하려면 주의와 집중이 필요하다고 설명하며 그는 빵에 소금 넣는 걸 깜박하는 정도라면 심각하지 않을 거라고 말했다. 다시 말해 (아주 쉽게 말을 바꿔보자면) 너무 바빠서 무언가를 기억하지 못할 수도 있다는 얘기다. "빌 이야기를 들어보니 그냥 스트레스를 많이 받아서 그런 것 같아요. 굉장히 바쁘신 모양이네요."

스트레스? 바쁘다고? 레이우엔훅처럼 사실상 내 직업을 버리고 부엌에서 온종일 취미 생활에만 몰두하고 있는 건 분명 아니지만, 완벽한 빵을 굽겠다는 내 결의가 열정의 수준을 넘어 건강을 해치는 수준에 이른 것은 아닌지 궁금했다. "공기구멍에 왜 그렇게 집착하시는 거예요!" 하고 소리치던 케이티가 생각났다.

상담이 끝난 것 같았다. 충분한 휴식을 취하면 되겠고……
"빵을 굽는다고 하셨죠?" 자리에서 일어나려는데 그가 물었다.

"네, 하나의 빵이요." 나는 대답했다. "지금은 페전트 브레드와 파네 토스카노, 이렇게 두 종류가 되었죠"라고 농담을 건네고 싶었지만, 이탈리아 사람 앞이니 참는 게 나을 것 같았다.

"한 종류만요?" 다시 의자에 앉으려던 그때, 그의 말이 허공에 울려 퍼졌다. "제 생각에는 말이죠." 그가 말을 이어갔다. "기분이 좀 나아지실 것 같으면 검사를 하는 것도 나쁘지 않을 것 같네요. 물론 전부 비밀로 진행될 겁니다."

마지막 말은 중요했다. 직장에서 이 검사를 하는 건 '보금자리에 볼일 보지 말자'라는 내 오랜 원칙에 반하는 일이다. 동료들에게 내 정신 상태를 감정받는 일이 정말 괜찮을까? 하지만 단지 기억력 테스트일 뿐이니 부끄러워하지 않아도 될 것이다. 게다가 다들 전문가들이니까.

다음 날 아침 아홉 시 반에 연구실로 갔다. 여러 단어가 쓰여 있는 긴 목록을 본 다음 얼마나 많이 기억할 수 있는지 보는 단어 기억 검사는 꽤 잘해낼 수 있었다. 그림을 보고 똑같이 색깔 블록을 맞추는 등의 인지 검사는 하나도 틀리지 않았고, 나무판에 나무못을 끼워 넣는 운동 기능 검사도 잘 넘어갔다. 모든 검사를 물 흐르듯 쉽게 마쳤고 마침내 새로운 검사 하나가 남았다. '시간 내에 말하기' 검사였다. 알파벳 하나를 듣고 나서 정해진 시간 내에 내가 그 알파벳으로 시작하는 최대한 많은 단어(고유명사는 제외)를 말하는 거라고 연구 조교가 설명해주었다.

조교가 초시계를 손에 들었다. "고유명사는 안 된다는 거 기억하세요. 준비되셨나요? f."

"프랭크Frank."

조교는 나를 빤히 쳐다봤다. 너무 어이없게 굴었나?

"사람 이름이 아니라 '정직한'이라는 뜻의 형용사예요"라고 설명하고 싶었지만 그러자면 시간을 많이 잡아먹을 것 같았다. 조교가 이 단어를 인정했을지 안 했을지 궁금해하는 사이 귀중한 1,000분의 1초가 지나갔다flew.(아, 이 단어도 까먹었네!) 나는 다음으로 넘어갔다.

전혀 이해할 수 없는 이유로 머릿속에 떠오른 바로 다음 단어는 펠라티오fellatio[16]였다.

잠깐, 이 단어는 말할 수 없어! 그러나 머릿속에 콕 박혀 꼼짝

195

도 하지 않았다. 다른 단어를 생각하려 애썼다. 펠라티오. 안 돼, 저리 가라고! 나는 속으로 간절히 애원했지만, 이 단어는 움직이기를 거부한 채 f로 시작하는 모든 단어를 막고 꼿꼿이 서 있었다. 왜 이러는 거지? 그냥 말하고 다음으로 넘어가야 하나? 이것도 유효한 단어이기는 하잖아. f로 시작하는 네 글자의 다른 단어[17]도 아니고. 얘기가 나왔으니 말인데, 그 수많은 알파벳 중에 왜 하필이면 이 문제 많은 f를 선택한 거지?

사전에 비밀 유지를 굳게 약속했음에도 불구하고, 내가 그 단어를 말하면 순식간에 연구소 전체에 음흉한 기술책임자에 대한 소문이 퍼지거나, 더 심하게는 (정말 훨씬 심하게는) 기술책임자가 젊은 연구 조교를 성희롱했다는 이야기가 돌까 봐 겁이 났다. 이건 정말 악몽이다. 빨리 다른 단어를 떠올려야 했다. 하지만 노력할수록 빌어먹을 펠라티오가 고개를 쳐들었다.

196

이쯤 되니 내가 왜 이 특정 단어에 집착fixated(젠장, 이 단어도 있었잖아)하는지에 대해 괜한 추측을 하는 건 아닌가 하는 생각이 들었다. 그러니 어쩌면 잠시 검사를 멈추고 이 문제에 관해 이야기하는 게 좋을지도 모른다. 히죽히죽 웃는 대신 어른답고 성숙하게 말이다. 내 머릿속에 늘 섹스가 가득해서 펠라티오에 집착하는 거라고는 생각하지 않는다. 빌어먹을 페데리코 펠리니Federico Fellini[18]가 옆방에 있기 때문이다. 분명 그 두 손을 휘

---

16 남성 성기에 하는 구강성교.
17 'fuck'을 말하는 것.
18 이탈리아 영화감독. 여기서는 노인병학과의 책임자가 이탈리아 사람이라는 것을 강조하기 위해 언급한 것이다.

젓고 있을 것이다. 이제 나는 이탈리아어에 대해 생각하기 시작했다.

나는 늘 펠라티오라는 단어에 감탄해왔다. 무척이나 이탈리아어처럼 들린다. 모음과 연음으로 이루어져 있고, 이국적인 데다 서정적이며, 고대 로마의 화려한 연회를 연상시킨다. 그에 반해서 똑같은 행위를 말할 때 보통 쓰는 영어 단어는 귀에 거슬리며 조잡하게 들리는 데다 혀를 차는 듯한 경음으로 끝난다. 사랑스러운 4음절에 모음이 가득하며 줄리어스 시저도 사용했을 단어를 놔두고 대신 'suck'을 쓰고 싶은 사람이 과연 있을까?

어쩌겠는가. 나는 어휘력이 좋다. 그래도 그 단어를 이 여성 앞에서 말할 생각은 전혀 없었다. 특히나 지금 앉아 있는 곳이 정신의학 연구소이기 때문에 더 그렇다. 무슨 일이 일어나고 있는지 모른다. 만약 이게 사실은 기억력 검사를 위장한 정신 감정이라면? 그리고 보면 조교는 내가 말하는 단어 수만 셀 뿐 아니라 어떤 단어를 말했는지도 적고 있었다. 약간 편집증처럼 들린다고? 그렇다면 이 검사는 어쩌면 편집증을 유발하도록 설계된 것인지도 모른다! 지금 내가 있는 곳은 정신의학 연구소니까.(내가 이 말을 했던가?)

이 장황하고 흥미로운fascinating(f로 시작하는 단어가 하나 더 있었군) 생각을 머릿속으로 하는 동안 귀중한 시간이 지나갔다. 영원처럼 느껴졌던 이 시간 동안 바보 같은 f 단어를 한 개도 말하지 못했다는 사실을 떠올렸다. 이마에 땀이 송골송골 맺히자 평가자의 시선이 내게 꽂혔다. 펠리니 씨로부터 실험 대상자가 종종 화를 내거나 검사실을 박차고 나오는 일도 있다는 이야기를 들었다. 이제 이유를 알 것 같았다. 폭발할 것 같은 기분이 들었다. 사이렌이 크게 울리고 빨간 불이 깜빡였다. 입은 움직였지만 아무런 단어도 입 밖으로 나오지 않았다. 이런, 퍼지fudge![19]

"퍼지." 나는 정신적인 벽을 뚫고 거의 들리지 않는 쉰 목소리로 말했다.

"발foot. 찾다find. 프레드Fred. 아니, 프레드는 무시하세요. 아, 무시하다forget!"

"시간 다 됐습니다." 조교는 무표정으로 말했다.

"이제 s로 시작하는 단어를 최대한 많이 말씀해보세요."

"자살suicide."

29주 차

말할 필요도 없다

이런, 네 살짜리 아이라면 이 이야기를 이해할 수 있을 거야.
얼른 나가서 네 살짜리 아이를 데려와.
나는 무슨 이야기인지 전혀 모르겠으니까.
그루초 막스, 영화 〈식은 죽 먹기Duck Sou〉에서

"오, 맙소사." 퇴근해 집에 와 앤에게 투덜거렸다. "코니가 뭘

---

19 'fuck'의 순화된 표현으로 많이 쓰인다.

요일에 빵을 가져오겠대. (나는 두 손으로 따옴표 표시를 하며) '굉장하고 새로운 데다 만들기 쉬운' 빵 맛을 보여주고 싶다더라고."

"비트먼의 무반죽 빵 말하는 거야?"

"또 뭐가 있겠어?"

"이런, 세상에."

나는 언젠가부터 사람들에게 빵 만든다는 이야기를 안 하기 시작했다. 얘기만 꺼내면 예외 없이 사람들 입에서 "그 무반죽 빵은 만들어보셨어요?"라는 말이 나왔기 때문이다.

내 이마('애들아, 아빠는 크루아상 안 만들 거야' 문신 바로 아래)에 문신이라도 새겨 사람들의 쓸데없는 수고를 덜어볼까 싶다고 앤에게 말했을 정도다. 심지어 빵 이야기를 하지 않을 때도 이 끈덕진 대세를 피할 수가 없었다. 주방용품점에서 철제 압력솥 Dutch oven을 구경할 때도 묻지도 않았는데 점원이 다가와 "그 무반죽 빵 만드는 데 딱 좋은 냄비예요" 하고 말했을 정도다.

'그 무반죽 빵'은 《뉴욕 타임스》의 음식 칼럼니스트 마크 비트먼Mark Bittman이 '굉장한, 고급 베이커리 수준의 유럽 스타일 빵'을 굽는 '획기적인' 방법'이며 '네 살짜리도 쉽게 만들 수' 있다고 숨도 쉬지 않고 극찬하며 쓴 기사를 말하는 것이었다.

그 평가는(비트먼은 최소 연령을 여덟 살로 올렸다) 레시피를 개발한 맨해튼 설리번 스트리트 베이커리Sullivan Street Bakery의 짐 레이히Jim Lahey에게서 나온 것이었다. 시간이나 노력을 거의 들이지 않아도 되지만(반죽이 필요 없다는 점이 역시 가장 눈에 띈다) 훌륭한 크러스트와 완벽한 크럼을 보장하는 만들기 쉬운 빵이라니, 레이히는 홈베이커들에게 성배를 약속한 것이나 다름없었다.

요리 기술에도 실력 있는 홍보 회사가 필요하다면, 아주 힘들고 부담스러우며 무슨 수를 써서라도 피해야 하는 과정이라는 오해를 받는 반죽은 첫 번째 고객이 되어야 할 것이다. 손으로 하는 반죽은 물론 지루할 수 있지만, 요즘 웬만한 주방에는 다 있는 푸드 프로세서나 반죽기도 힘들이지 않고 완벽한 반죽을 만들어낸다. 물론 나는 둘 다 사용하고 있지 않지만 말이다. 메인에 있는 별장에서 어쩔 수 없이 손으로 반죽해본 후, 나는 먼저 20~30분간 오토리즈를 하고 나면 손반죽도 그리 어렵지 않다는 사실을 알게 되었다. 반죽을 휴지시키는 것으로(르뱅 안에 이미 생성된 글루텐까지 생각하면) 예비 작업은 끝나며 반죽 시간을 크게 줄여준다. 따라서 손반죽해야만 했던 메인에서 돌아온 후부터 7분간의 반죽은 편안하며 즐거운 과정이 되었다. 한 주 한 주 지나며 반죽에 더 익숙해졌고, 언제가 적당한 타이밍인지 느낌으로 알 수 있게 되었다. 기계로 반죽하면 절대 습득할 수 없는 기술이다.

그러나 지난 몇 달간 계속 무반죽 빵에 대한 질문을 받은 끝에 나는 다들 그렇게 열광하는 빵에 대해 알아봐야겠다고 생각했다. 레시피를 찾아서 보자마자 놀랍게도 내 눈길을 끄는 것이 있었다. 내가 그렇게 원했던, 완벽하게 스팀을 쬔 크러스트에 대한 약속이었다. 나처럼 비트먼도 가정용 오븐에서 충분한 스팀을 만들어내는 데 고생했던 모양이다. 심지어 '냄비에 돌을 가득 채우고 미리 데운 다음 뜨거운 물을 그 위에 부어 습식 사우나처럼 만들었다(효과적이지만 그냥 '위험하다'라는 말로는 부족할 만큼 위험한 방법이다)'고 했다.

그러나 레이히의 레시피를 따르면 완벽한 아르티장 브레드를 만들기 위해 뜨거운 돌을 준비하거나 반죽할 필요도 없다. 비밀이 과연 무엇일까? 아주 수분이 많은 도, 반죽 대신 18시간 동안의 오토리즈, 첫 30분 동안 뚜껑을 꼭 닫아놓아야 하는 무거운 솥이다.

전부 완벽히 일리가 있었다. 도에 수분이 많으면 직접 힘을 가하지 않아도 글루텐 조직이 알아서 움직이며 나란히 자리를 잡는다. 게다가 냄비 안에서 스스로 스팀을 뿜어내니 스팀 문제도 저절로 해결된다. 철제 압력솥이 없어서(점원이 "로스트 치킨 만들기에 아주 유용합니다"라고 했다라면 샀을 것이다) 나는 나보다 더 빨리 움직여 처남이 장모님 주방에서 얻어낸 오래된 타원형 캐스트 알루미늄[20] 솥을 빌려 일을 시작했다. 수분 함량이 75퍼센트나 되는, 정말 수분이 많은 도였다. 주방 싱크대에서 하룻밤 동안 휴지되도록 놔둔 후, 다음 날 아침 레시피에 나온 대로 반죽 성형을 시작했다. 그러나 질척한 덩어리로는 아무 모양도 만들 수가 없었다. 레시피에는 '반죽 접은 부분을 아래로 해 타월 위에 놓으세요'라고 되어 있었다. 접은 부분? 이 질척이는 덩어리로 뭘 접으라고? 이건 도가 아니라 걸쭉한 배터였다. 내가 혹시 반죽을 너무 질게 만들었나 싶었다. 그렇다고 해도 내 잘못이 아니다. 레시피는 신뢰할 수 없는 '가볍게 떠서 윗면을 깎아내는' 밀가루 계량법을 포함해 모든 재료를 부피 단위로(아오!) 표시해

---

20 성형틀 속에서 주조된 알루미늄.

놓았다. 주방용 저울 없이 빵을 만드는 홈베이커들을 위한 기사여서 눈높이를 맞춘 것 같았다. 반죽 성형을 하기 위해 타월을 꺼내는 대신, 나는 긴 빵을 프루핑할 때 쓰는 두꺼운 리넨 천을 꺼내 밀가루를 골고루 뿌리고 질척이는 반죽을 최대한 공 모양으로 만들어봤다. 두 시간 후 발효된 반죽을 철제 압력솥에 넣을 차례였다. 그런데 내 손을 태우지 않고 이 축축한 반죽을 230도가 넘는 솥에 집어넣을 수 있을까? 비트먼은 '타월 아래에 손을 받친 후 반죽을 뒤집어 솥에 넣으세요'라고 적어놓았다. 나도 그렇게 해봤지만, 아무 일도 일어나지 않았다. 반죽은 수면 중인 박쥐처럼 천에 거꾸로 매달려 떨어지지 않았다. 손가락으로 잡아당기자 반죽은 상상 속 괴물처럼 천천히 움직이기 시작했다.

천천히 늘어지던 반죽이 드디어 뜨거운 철솥에 닿았고, 지글지글, 쉭 하더니 훅 하고 증기를 내뿜었다. 그러나 여전히 반대쪽 끝은 내 쿠슈에 매달려 장난감용 찰흙처럼 늘어져 있었다. 엉망진창이군. 내 금속 벤치 스크레이퍼(나무 손잡이에 가로 17, 세로 12센티미터의 금속 날이 달린 도구로, 반죽을 나누거나 밀가루를 긁어모으는 데 쓰는 유용한 도구다)를 들어 최대한 쿠슈에 붙은 반죽을 긁어냈다. 반죽이든 반죽 비슷한 것이든 상관없이, 이 빌어먹을 것이 냄비에서 튀겨지기 전 오븐에 넣어야겠다는 생각뿐이었다.

이제 이걸 어떻게 치우나 하는 생각이 들었다. 새것이었던 내 쿠슈는 반죽이 스며들어 다 망가졌고, 커피메이커와 내 청바지에 들러붙고 싱크대에서 뚝뚝 떨어지는 반죽 덩어리로 주방은 온통 어질러져 있었다. 한 시간 후 나는 빵을 뒤집었다. 놀랍게도 깔끔하게 떨어졌다. 크러스트(반죽이 솥 바닥을 전부 덮을 만큼 늘어났기 때문에 크러스트도 많았다)는 황금빛으로 빛났고 근사한 기포도 올라와 있었다. 맛있어 보였지만 사실 빵 크러스트라기 보다는 페이스트리 크러스트에 더 가까웠다.

빵은 높이가 약 5센티미터였다. 그러나 러스틱 브레드라고 할 수는 없었다. 크러스트는 비트먼의 말대로 얇고 바삭했지만 내 러스틱 브레드 크러스트 같은 단맛이나 깊은 맛은 없었다. 빵 자 체에 풍미가 가득하지는 않았다. 실온에서 18시간이나 발효시 킨 것을 생각하면 의외였다. 하지만 완전한 실패는 아니었다. 타 원형의 납작한 빵을 자르자 내 의혹이 사실로 확인됐다. 나는 올 리브오일에 찍어 먹기에 딱 좋은 바삭하고 맛있는 크러스트와 가벼운 크럼을 가진 납작한 이탈리아식 흰 빵, 꽤 괜찮은 치아바 타를 구워낸 것이다.

"아빠, 계속 이 방법으로 빵 구우실 거예요?" 맛있게 빵을 먹 던 자크가 물었다. "완벽한 빵을 굽기 위한 방법으로 말이에요."

나는 잠시 생각에 빠졌다. 이 방법으로 빵을 만드는 일은 설거 지만큼이나 정말 재미있다. 비트먼과 레이히는 정말 이 방식이 반죽과 스팀 과정이 필요 없는 쉬운 방법으로 새로운 홈베이킹 인구를 늘리고 혁명을 불러일으킬 것이라고 기대했던 것 같다. 밴 오버의 푸드 프로세서 반죽법도 마찬가지다. 비트먼, 레이히, 밴 오버 모두 중요한 것을 놓쳤기 때문에 실망할 것이다. 빵 구 울 때는 결과가 언제나 수단을 정당화하지는 않는다. 그래도 시 도를 해봤다는 데는 만족했다. 덕분에 빵에는 그냥 빵 이상의 의 미가 있다는 것을 깨달았다. 점심만 해결하면 되는 것이 아니다. 과정도 보람이 있어야 한다.

"아니, 이 솥 다시 존 삼촌에게 돌려줘야 해." 나는 머리카락에서 반죽 덩어리를 떼어내며 대답했다. 위층으로 올라가 샤워하며 물줄기가 등을 타고 내려가는 동안 내 대답에 대해 생각해봤다. 왜 나는 단지 완벽하거나 만족스럽지 않다는 이유로 이렇게 잠재력 높은 방법을 고작 한 번 시도해보고는 금방 포기하려고 했을까? 나는 뭘 찾고 있는 것일까? 우리를 다른 곳으로 데려다주기 때문에 빵을 만든다고 생각했던 거라면, 내게 그 장소는 어디였을까? 왜 빵일까? 왜 나여야 하고 왜 지금이어야 할까? 실력 있는 상담사가 필요하다.

30주 차

빵 상담사

파충류는 언제나 승자다.
클로테르 라파이유

이건 분명히 말할 수 있다. 인류학자 클로테르 라파이유 Clotaire Rapaille 박사는 극적으로 등장하는 방법을 잘 안다. 나를 널찍한 서재에서 5분(서재의 웅장함을 느끼기에는 충분하고 무례할 정도로 길지는 않은 시간이다) 동안 기다리게 한 후, 프랑스 느낌이 물씬 나는 트위드 재킷을 입고 희끗희끗한 머리칼을 무언가로 잘 빗어넘긴 라파이유 박사가 뉴욕 그랜드 센트럴 역을 디자인한 건축가가 1890년 지었다는(라파이유 박사가 말해준 것이다) 뉴욕 턱시도 파크에 있는 저택의 곡선형 대리석 계단을 걸어 내려왔다. 나는 우울증에 걸릴 것 같았다.

아침 내내 이 인터뷰 때문에 긴장해서 옷을 두 번이나 갈아입었고, 라파이유 박사의 비서가 아무 데나 편한 자리에 앉으라고(그게 가능하겠느냐고요!) 한 후에는 적당한 앉을 자리를 찾느라 몇 분이 걸렸을 정도였다.

예닐곱 개의 선택지 중 하나를 결정하는 건 전혀 쉽지 않았다. 입구를 등지고 앉고 싶지는 않았고, 그렇게 몇 자리는 후보에서 탈락했다. 그의 책상을 마주하는 의자가 하나 있었지만 지나치게 격식을 차린 느낌이 드는 데다 라파이유 박사가 책상에 앉아야 하는 상황을 만들고 싶지 않았다. 더구나 교무실에서 선생님을 기다리는 사고뭉치 초등학생 같은 기분을 느끼기도 싫었다. 큰 벽난로 근처에 몇 개씩 짝지어져 있는 다른 의자들은 가구가 배치된 형태 때문에 일어서서 라파이유 박사에게 악수를 청하기 어려울 것 같았다.

결정을 피하고 싶어서 나는 벽에 걸린 그림과 테이블 위의 책을 구경하며 서 있었다. 책은 섬세하게 배열되어 있었다. 프랑스어로 된 고전들 사이에 그가 쓴 책이 눈에 띄게 꽂혀 있었고, 각각의 책은 바로 아래 책보다 20도 돌아간 각도로 꽂혀 있어 전체적으로 나선형 계단처럼 완벽하게 틀어져 있었다. 마침내 나는 털가죽으로 덮인 푹신하고 화려한 가죽 의자에 앉았다. 내가 속옷을 벗어 침대에 던져놓듯 무심하게 밍크 가죽이 의자에 얹혀 있었다. 적당한 자리를 고른 것이기를 속으로 바랐다. 사람들의 무의식적 행동이나 숨겨진 신호를 알아차리는 마케팅 심리학자(집만 봐도 꽤 성공한 사람이라는 것을 알 수 있다) 앞이니 조심해서 나쁠 것 없다.

라파이유 박사는 시장 조사에 대한 새로운 접근법으로 잘 알려져 있다. 포커스 그룹[21]의 말을 듣는 것이 아니라 그들이 하는 말의 '구조', 그들이 대상을 감정적으로 어떻게 느끼는지에 초점을 맞추는 것이다. 전직 임상심리학자였던 라파이유는 세 시간의 긴 상담을 통해 사람을 지치게 만드는데, 마지막 한 시간은 희미한 조명 아래 베개와 함께 실험 대상자들을 바닥에서 쉬게 하면서 그때 집단 분석을 진행하는 방법을 쓴다. 이 마지막 한 시간 동안 진실이 튀어나온다. 라파이유는 이런 예를 들었다. 사람들에게 어떤 차를 원하느냐고 물으면 연비, 승차감, 안전성과 같이 실용적인 것들을 꼽는다고 한다. 하지만 그런 것들은 대뇌피질에서 나오는 이야기이며, 차를 사는 것은 대뇌피질이 아니라 뇌간의 역할이다. 사람들의 긴장이 풀어졌을 때 차에 관련된 가장 좋았던 기억을 떠올리라고 하면 길 위에서 느꼈던 해방감, 할머니댁으로 가족 여행 갔던 일 등의 이야기를 듣게 될 것이다. 이런 원초적이며 무의식적인 느낌(라파이유는 이것을 '파충류의 뇌'라고 부른다)을 건드리면 차를 팔 수 있는 것이다. '갱스터gangsta'라는 별명을 가진 크라이슬러의 PT 크루저(라파이유가 개발 단계

206

---

21 새로운 제품이나 서비스, 마케팅 방식에 관한 시장의 반응을 미리 알아보기 위해 표본 소비자들로 구성한 집단.

부터 참여했다)가 기술적으로 말하면 고물 덩어리라고 전문가들
이 무시했음에도, 긴 대기자 명단이 있었을 정도로 엄청난 성공
을 거뒀던 이유다. 라파이유가 참여했던 또 다른 프로젝트인 지
프 랭글러의 부활도 마찬가지였다. 서부 텍사스에서 소몰이할
때보다는 주로 뉴저지의 고속도로에서 달리게 될 차였지만, 동
그란 헤드라이트가 말을 연상시키며 황량한 서부의 이미지를
내세운 지프의 광고와 잘 맞아떨어졌다.

"빵이 도대체 뭘까요?" 라파이유가 타라Tara[22]의 계단도 비상
계단처럼 만들어버릴 대리석 계단을 내려오며 극적인 입장을
마치자마자 내가 물었다. "왜 사람들이 그렇게 강한 감정적 애
착을 느끼는 것일까요? 왜 프랑스 사람들은 매일 줄 서서 바게
트를 사죠? 그렇게까지 맛있지 않은 빵이라도 늘 많이 사게 되
는 이유가 뭘까요?" 나는 그가 적어도 한 곳 이상의 상업 베이
커리의 자문 역할을 하며 빵 시장 조사도 했다는 것을 알고 있
었다. 이유를 아는 사람이 있다면, 바로 라파이유일 것이다.

"그 냄새 때문이죠." 그는 이브 몽탕[23]처럼 매력적인 억양으로
이야기를 시작했다. "집, 안전, 어머니, '곧 밥을 먹겠구나' 하는
생각 등 여러 가지를 떠올리게 하잖아요. 사람들에게 안정감을
주는 거예요."

정확하게 심리학자에게서 기대할 만한 대답이었다. 첫 문장

207

---

22 영화 〈바람과 함께 사라지다〉에서 주인공 스칼릿의 고향인 대농장의 이름.
23 프랑스의 인기 가수이자 배우.

부터 '어머니' 얘기라니! 맛보다 냄새로 이야기를 먼저 시작했다는 것은 흥미로웠다. 그리고 식료품점 안에 보통 베이커리가 있는 이유도 설명이 됐다. 그러나 나는 이어지는 문장에 놀랐다. "물과 빵만 있어도 충분하죠."

"충분하다고요?"

"소설 《몬테크리스토 백작》 아세요? 백작이 이 감옥 요새에 15년간 갇히게 되는데 빵과 물만 제공받죠. 15년 동안 말이에요. 하지만 터널을 뚫어 탈출할 수 있을 만큼 근육을 단련해요. 제대로 된 물과 제대로 된 빵, 옛날 빵 말이에요. 이것만 있으면 살 수 있다는 뜻이죠. 빵에는 이상적이고 근본적인 무언가가 있어요. 살아남는 데 필요한 대표적인 음식이죠. 저는 2차 세계대전 중에 프랑스에서 태어났어요. 빵 말고는 아무것도 없을 때가 많았죠. 그래도 다들 행복했어요. 빵이 훌륭했거든요."

"프랑스에서 빵을 정의하는 아주 특별한 기준이 있어요." 그는 계속 말을 이어갔다. "크러스트가 꼭 있어야 하고, 단단해야 해요. 그리고 속은……" 그는 영어 단어를 생각하는 듯했다.

"부드러워야 한다고요?" 나는 짐작으로 말했다.

"네, 부드러워야 해요. 정반대의 두 가지 특징이 필요한 거죠. 굉장히 중요해요. 이 두 가지를 가지고 있으면 훌륭한 빵이에요. 채소나 다른 음식에 대해서는 이런 이야기를 하지 않아요. 빵에 대해서만 그렇죠. 빵은 독립된 카테고리에 속해 있어요. 빵과 물. 훌륭한 빵과 물만 있으면 살 수 있어요."

그리고 파충류의 뇌도 그것을 어느 정도 알고 있다.

우리는 빵과 관련된 의식에 대해서도 잠깐 이야기했다. 프랑스에서는 식탁 위의 빵을 자르지 않고 부순다고, 라파이유는 말했다. 식사를 시작하는 강렬한 공공 의식이다. (당연히 미국에서는 같이 식사하는 사람이 음식을 두고 그런 특이하며 비위생적인 행동을 한다면 다들 깜짝 놀랄 것이다. 우리는 깔끔하게 자른 빵을 깨끗한 손으로 바구니에서 꺼내 먹는 쪽을 더 선호한다.)

"프랑스 사람들이 미국에 오면 이곳에는 빵이 없다고들 말해요." 그는 생각에 잠겼다. "크러스트와 속의 차이가 없죠. 그냥 플라스틱 같아요. 중요한 건 이렇게……" 그는 손을 움직이며 타닥, 하는 소리를 냈다. "빵을 부술 수 있어야 해요. 그걸 할 수 없으면 미국 빵은 빵이 아니죠."

누군가 문 두드리는 소리에 대화가 끊겼다. 넥타이와 어두운 색 양복[24]을 갖춰 입은 젊은 남성(하인이었다. 보좌관이나 비서도 아닌, 진짜, 살아 있는, 실제 하인이었다)이 은으로 된 커피주전자를 은 쟁반에 받쳐 들고 들어왔다. 나는 잠시 내가 어느 나라에(그리고 어느 세기에) 있는지 헷갈렸다.

나는 대화가 중단된 김에 내가 라파이유에게 정말 무엇을 배우고 싶었는지, 내가 왜 여기 왔는지를 생각했다. 하지만 쉽게 털어놓을 수가 없었다.

"무슨 빵을 만드시나요?" 하인이 문을 조용히 닫고 나가자 라파이유가 물었다. 나는 오로지 완벽한 팽 드 캉파뉴에만 전념하는 1년짜리 내 계획에 관해 설명했다. "한 종류만요?" 그는 눈썹

209

---

24 턱시도가 아니어서 실망스러웠다. 턱시도 파크는 실제로 턱시도가 유래한 곳이기 때문이다.—저자

을 치켜올렸다.

또 같은 반응이군. 왜 사람들은 (특히 정신과 의사들은) 이걸 문제 삼을까? 만약 내가 매주 다른 빵을 굽는다면 누구도 눈썹 하나 까딱하지 않을 테지만, 어째서인지 한 가지를 아주 완벽히 잘하려고 노력한다는 이야기는 나를 별난 사람으로 만든다.

라파이유는 의식에 관해 이야기를 이어가며 바게트를 나눠 먹는 일과 둥근 빵을 나눠 먹는 일의 차이를 말해주었다.(바게트를 먹으면 누군가는 항상 빵의 끝부분을 먹어야 하지만, 둥근 빵을 먹을 때는 원탁의 기사단처럼 모두가 평등하다.) 그는 빵의 모양이 크러스트와 크럼의 비율, 그리고 맛에도 영향을 미친다는 이야기를 하며 빵에 대한 꽤 놀라운 지식을 과시했다. 그리고 계속해서 빵 냄새 이야기를 했다.

나 또한 계속해서 "빵이 도대체 뭘까요?"라고 물었다. 어떤 대답을 원하는지는 모르겠지만, 답을 얻고 있는 것 같지도 않았다. 빵 냄새가 그토록 중요한 요소라면 빵에 대한 내 집착은 더 미궁 속으로 빠진다. 나는 분명 자라면서 집에서 막 구운 빵 냄새를 맡아본 적이 없었다. 단 한 번도 말이다. 그러나 그 사실 역시 중요할지 모른다. 그렇다면 나는 내 어린 시절의 본능적 기억을 재현하기 위해서가 아니라, 어린 시절 갖지 못했던 무언가를 채우려고 무의식적으로 노력하고 있는 걸까?

마침내 한 시간의 4분의 3 이상이 흘러갔을 무렵, 약간 지친 상태로 의자에 주저앉은 채 머릿속의 불빛도 약간 희미해지며 내 대뇌피질의 긴장이 풀리고 뇌간이 진실을 털어놓았다. 내가 이곳을 찾아온 파충류적인 이유 말이다.

"박사님, 왜 저는 빵에 집착하는 걸까요?"

박사는 시계를 쳐다봤다. 50분의 상담 시간이 끝난 것이다.

주 박람회

박람회 주간이니까 모두 즐기게 될 거야.
내가 엽총을 들고 쫓아다녀야 한다면 그렇게라도 할 거야.

필 스통Phil Stong, 〈어느 박람회장에서 생긴 일State Fair〉(1932)

깊은 밤 하늘을 올려다봤을 때 별이 보여 안심이 됐다. 비몽사몽 간에도 동트기 전 네 시간을 운전해 시러큐스[25]로 갈 때 날씨가 좋겠다는 생각을 했다.

30분 후, 여전히 동트기까지는 한 시간쯤 남았지만(해가 뜨기는 할까 싶었다) 나는 길섶도 보이지 않을 만큼 짙은 안개에 갇혀 있었다. 제한속도는 시속 100킬로미터였지만, 이런 상황에서는 시속 50킬로미터가 맞을 것이다. 이 안개가 얼마나 계속될지 알 수 없었다. 그러나 시러큐스까지 계속 시속 50킬로미터로 운전해간다면 나는 경연대회를 놓칠 것이다. 나는 자동 주행 속도 유

---

25 뉴욕 주 중북부에 있는 도시.

지 장치를 다시 100킬로미터에 맞춰놓고 이 안개가 국지 현상일 뿐이며 금방 걷히기를 기도했다.

두 시간 후, 나는 여전히 어둠 속에 있었다. 안개는 더 짙어져서 앞 유리에 내려앉아 이따금 와이퍼를 작동시켜야 했는데, 유리에 부딪쳐 죽은 벌레들을 문지르는 바람에 시야를 더 어지럽혔고, 차는 더 작게 느껴졌다. 따라갈 표지판도 없고, 계기판, 방향, 속도도 믿을 수 없어 마치 고립된 것 같았다.

바꿔 말하면 완벽한 빵을 향한 내 여정을 완벽하게 표현하는 비유다. 52주간의 긴 여정의 반을 막 지난 지금 나는 확신이 필요했다. 지난 6개월간 한결같이 쏟아부은 내 열정을 확인해줄 무언가 말이다. 맞다, 이제 내 빵에 대한 독립적인 평가를 받아볼 시간이었다. 내 가족이나 친구가 아닌 사람, 나나 내 여정에 대해서 전혀 모르는 사람, 내가 상처받을지도 전혀 신경 쓰지 않고 온전히 객관적이고 직설적이며 솔직하게 내 빵을 평가해줄 사람들, 바로 심사위원들이다. 몇 시간 후면 심사위원 대여섯 명이 미국에서 가장 오래된 주 박람회인 뉴욕 주 박람회New York State Fair의 이스트 브레드 부문에 나온 다른 빵들과 내 페전트 브레드를 비교하게 될 것이다.

차 안이 덥지는 않았지만, 나는 끝없는 안개 속을 운전해가는 동안 크러스트가 망가지지 않도록 내내 창문을 닫은 채 에어컨을 틀어놓았다. 길고 어두운 여정에서 내 유일한 동반자인 조수석의 빵을 계속 쳐다보면서, 나는 영화 〈캐스트 어웨이〉에 나온 톰 행크스의 배구공을 생각했다.

물론 이 빵은 둥글지 않다. 심사위원들에게 깊은 인상을 남기고 싶어 나는 내 페전트 브레드에 변화를 주어 르뱅의 야생효모만으로 발효시킨 큰 빵, 진정한 르뱅빵pain au levain을 만들었다. 상업용 이스트의 빈자리를 보완하려 더 많은 르뱅을 써야 했다는 뜻이다. 그러나 어쩌다 베이커스 퍼센트를 망쳐버렸고(르뱅에 이미 들어간 물의 양을 계산하지 못한 탓 같았다) 1킬로그램짜리 반죽은 너무 질어졌다. 덕분에 오븐에 밀어 넣기 전 제빵용 나무주걱으로 반죽을 뒤집자, 거의 팬케이크처럼 납작하게 퍼져버렸다. 나는 최대한 빨리 움직여 반죽에 칼집을 넣은 다음 재빨리 오븐에 넣었지만, 미끈거리는 덩어리는 뜨거운 오븐용 돌판 위에서 비행접시 같은 모양으로 구워지고 말았다. 모양에 주어지는 30점 중 몇 점이라도 받아볼 수 있을까 기대하며 나는 출전용 이름표에 적혀 있던 '르뱅빵'을 '둥글고 큰 르뱅빵pain au levain miche'으로 수정했다.

심사위원들이 빵의 질감에 강한 선입견을 품고 있는 것 같아 나는 이미 스스로 식감에서도 20점을 깎았다. 경연 규칙에 '적당히 매끄러우며 고르고 뚜렷한 결이 보여야 한다'고 되어 있었다. 지난 6개월간 내가 달성하려고 애써온 목표와 정확히 반대되는 기준이었다.

몇 분 후 밤 10시에 빵 굽는 냄새를 맡고 놀란 자크가 주방에 들어왔다. 나는 내일 박람회에 신선한 빵을 출품하고 싶어서라고 설명했다.

"내일이 박람회예요?" 내 우울함을 감지했는지 자크는 갑자기 로저스와 해머스타인의 뮤지컬 〈어느 박람회장에서 생긴 일〉[26]의 주제가를 불렀다. 나는 배를 잡고 웃었다. "훨씬 낫네요, 아빠." 자크가 말했다. "기뻐하셔야죠! 박람회에 가시잖아요!"

몇 시간을 운전한 끝에 드디어 박람회 장소에 다다랐다. 두 번이나 길을 잘못 들어 경찰관 앞에서 불법 유턴을 한 끝에(경찰관은 조수석에 실린 빵을 보더니 나를 그냥 보내주었다) 요리 경연장 건물을 찾았고 9시 반이 조금 넘어 빵을 제출했다. 접수를 받은 여성은 정오면 심사가 끝날 거라고 말해주었다. 주차하고도 몇 시간이나 남아서 내 생애 첫 박람회를 구경하고 싶었다. 볼 게 정말 많았다!

많은 소들(봄송아지, 봄암소, 여름암소, 가을송아지, 한 살짜리 겨울암소, 한 살짜리 봄암소)이 원형 무대에 올라 심사받는 것을 봤다. 십대로 보이는 아이들이 줄을 잡아 소를 이끄는 모습이 감동적이기도 하고 안심이 되었다. 일단 착한 아이들 같아서였고, 기꺼이 소를 이끌고 원형 무대에 설 만한, 여전히 순수하고 호기심 많은 십대들이 이 나라에 있다는 사실에 감사했다. 그러나 이어지는 장내 방송은 꽤 으스스하게 느껴졌다.

"안내 방송 드립니다. 얼음 장수가 도착했습니다."

"얼음 장수가 온다The iceman cometh!"[27] 나는 크게 소리쳤다. 내 옆 관람석에 앉아 있던 여자 두 명이 몸을 돌리더니 의아한 듯 나를 쳐다봤다. 소는 충분히 본 것 같아 자리를 떴다.

평가 중인 심사위원들을 몰래 관찰할 수 있지 않을까 기대하

26 이 노래를 어떻게 아는 걸까 싶어서 깜짝 놀랐지만, 자크는 곧 동네에서 공연을 본 적 있다고 말해주었다.—저자

27 1938년 발표된 유진 오닐의 희곡 제목이다.

며 다시 요리 경연장 건물로 갔지만, 심사위원들이 아직 도착도 하지 않은 것을 확인하고 다시 박람회를 보러 나왔다.

비둘기들을 구경했다.(아크엔젤, 팔러 텀블러, 아메리칸 새들 머프 텀블러, 넌, 자코뱅, 라호르, 프릴백, 인디언 팬테일, 플라잉 티플러, 중국 올빼미 비둘기, 아메리칸 쇼 레이서, 플라잉타입 호머, 쇼 타입 킹, 다마신, 스왈로우, 모데나, 잉글리시 파우터, 피그미 파우터, 아몬드 롤러, 굵은목 롤러, 대머리 롤러, 쇼 롤러.)

거위들도 봤다.(툴루즈, 엠덴, 아프리칸, 세바스타폴, 아메리칸 버프, 필그림, 포메라니언, 브라운 차이나, 화이트 차이나, 캐나다, 이집트, 로마 터프트, 아프리카, '잘 씻은 다리만 쓰는' 거위튀김).

모던 게임 밴텀Modern Game bantam[28](버첸, 블랙, 블랙 브레스티드 레드, 블루, 셀프 블루, 브라운 레드, 골드 덕윙, 레몬 블루, 레드 파일, 실버 덕윙, 휘튼, 화이트, AOV)과 올드 잉글리시 게임 밴텀Old English Game bantams(블랙, 블랙 브레스티드 레드, 블루, 브레시 백, 브라운 레드, 크릴, 진저 레드, 밀 플뢰르, 레드 파일)도 구경했다.

무게가 22킬로그램 넘는 토끼, 귀가 쫑긋한 토끼, 귀가 축 늘어진 토끼도 봤고, 오리('초콜릿 머스코비'는 오리 품종이라기보다 오리 요리명 같았다), 닭(로즈콤, 재패니즈, 아메리칸, 코니시, 실키 오골계, 비어디드, 브라마, 안달루시아, 그리고 '기타 품종'으로 분류된 것들까지)도 구경했다.

가장 마음에 들었던 건 양이었다. 마침 경연이 시작되려던 참이라 둘러보는 곳마다 양이 털 손질을 하거나 털을 깎고, 씻고,

215

---

28 닭 종류 중 하나. '밴텀'은 몸무게 600그램 전후의 소형 닭을 말한다.

깎은 털을 치우고, 빗질하며 미스 아메리카 대회의 무대 뒤 같은 긴장감을 풍기고 있었다.

11시쯤 되자 배가 고파서(아침을 새벽 4시 반에 먹었다) 뭔가 신기한 것을 발견하기를 기대하며 중간에 음식 파는 곳으로 발을 옮겼다. 도넛 튀김(셀 수 없을 만큼 가판대가 많았다), 핫도그 튀김, 퍼넬 케이크 튀김,[29] 양파 튀김, 프라이드 치킨, 소용돌이 모양 감자 튀김, 버섯 튀김, 콜리플라워 튀김, 호박 튀김, 심지어 피클 튀김까지 있었다. 튀기지 않은 음식은 전부 얼린 것이었다. 최고급 메뉴인 빙수도 있었다. 스무디와 아이스크림을 파는 가판대도 있었다. 푸드코트를 4분의 1도 채 다 돌지 못했는데 이 정도였다. 음식 파는 트레일러가 줄줄이 늘어서 있었다. 박람회 장소의 반 이상을 음식 판매대에 내준 것 같았다. 그러나 어디에도 샌드위치를 파는 곳은 없었다.

결국 유혹적인 튀김기의 부름과 '정통' 벨기에식 감자 튀김(벨기에식은 무슨!)에 굴복해 식사를 마친 후 나는 다시 요리 경연장으로 갔다. 거의 정오였다. 빵이 진열되어 있던 테이블은 전부 비어 있었고, 안내문 하나가 나를 맞이했다. '빵 심사 결과는 오후 3시에 공지될 예정입니다.'

3시라니! 1시면 다시 집으로 돌아갈 수 있을 줄 알았다. 전부 중년인 심사위원들은 방음 유리 뒤에서 빵을 맛보고, 물을 마시고, 메모하고 있었다. 나는 다시 박람회를 보러 발길을 돌렸다.

나는 통나무 오두막, 현악기 제작자, 베 짜는 사람, 청소년 댄

---

[29] 깔때기 등을 사용해 재료를 소용돌이 모양으로 내뿜어 굽거나 튀긴 케이크.

스팀 두 팀을 구경했고, 발로 작동하는 기계 앞에 앉아 머리를 버블헤드 인형처럼 흔들고 있어 수제 천연 빗자루를 만드는 85세의 노인이라고 내가 멋대로 생각한 남자도 한 명 봤다. 나는 그에게서 작은 빗자루를 하나 사며 앞으로 5년 후 그는 뭘 하고 있을까를 생각했다. 당연히 직접 물어볼 수는 없었다.

나는 늘 박람회장fairgrounds이라는 단어를 땅바닥ground과 관련지어 생각해왔기 때문에 이 박람회가 타는 듯한 33도의 날씨에 열기를 모았다가 다시 내뿜는 콘크리트 바닥 위에서 열린다는 사실에 놀랐다. 아직도 시간이 많이 남아 있어서 나는 에어컨이 빵빵하게 나오는 뉴욕 주 유제품 생산 전시장으로 들어갔다. 거기서 퍼지[30](한번 씹을 때마다 버터가 느껴지는)도 유제품이라는 사실을 배웠고, 작업복 차림의 두 소년이 울타리에 기댄 채 소를 바라보는 모습을 묘사한 버터로 만든 실물 크기 조각을 구경하며 차갑고 신선한 밀크셰이크도 마셨다.

3시가 됐다. 드디어. 많지 않은 사람들이 요리 경연장 건물에 모였지만, 심사위원들은 여전히 방음 유리 뒤에서 결과를 취합하고 있었다. 나는 거위나 잼 경연에서처럼 출품된 모든 빵이 진열된 채 승자의 빵에 리본이 달려 있을 줄 알았지만, 빵 경연은 방식이 다른 모양이었다. 1등을 차지한 빵만 김 서린 냉장 케이스에 진열되어 있었다. 그 안에 있는 건 내 빵이 아니었다.

심사위원들이 나왔고, 나는 접수증을 내밀었다. 심사위원은 심지어 내 서류를 찾아보지도 않았다. 점점 더 민망해지는 상황

217

---

30 설탕, 버터, 우유로 만든 말랑한 사탕.

이다. 나는 서류를 받자마자 자리를 뜰 준비를 했다. "여기 있습니다." 심사위원은 빨간 리본을 꺼내며 말했다. "2등 하셨어요."

세상에나! 득점표를 살펴봤다. 30점 만점인 모양 항목에서 25점을('한쪽이 아래로 꺼짐') 받았다. 창의성에서 20점 만점 중 15점을 받았지만, 맛에서는 30점 만점 중 20점만 받았다. 이건 좀 의아했다. 실온에서 오래 발효시켜 이스트 고유의 맛을 충분하게 끌어냈기 때문에 내가 유일하게 자신 있었던 건 맛이었다. 어쩌면 심사위원들은 르뱅 특유의 톡 쏘는 맛을 좋아하지 않는 모양이었다. 케이티처럼 더 가벼운 맛, 크루아상 같은 맛을 선호하는지도 모른다.

그러나 가장 예상 밖의 항목은 식감이었다. '이스트 브레드의 완벽한 식감을 가지고 있음'이라는 메모와 함께 만점을 받았다. 아니라고요! 공기구멍이 조금 있기는 했지만 너무 뻑뻑하고 수분도 지나치게 많았다. 어떻게 이런 크럼에 만점을 줄 수가 있지? 심사위원 몇몇이 여전히 경연장에 남아 있었기에 항의할까 싶었으나, 아무래도 논쟁 자체가 터무니없는 것 같아 그냥 빨간 리본을 들고 집으로 향했다. 뉴욕 주 박람회의 빵 경연대회 이스트 브레드 부문에서 2등을 차지한 채로.

상도 타고 박람회도 구경했으니 꽤 괜찮은 하루였다. 그러나 시속 110킬로미터로 달려 시러큐스를 빠져나오는 순간, 이상한 광경이 나를 맞이했다.

분홍색 하이힐이 길을 가로질러 날아오더니 달리는 차들이 일으키는 바람에 날아다니고 있었다. 나는 어서 집에 가서 눈을 좀 붙이고 싶었다. 오늘 너무 많은 일을 겪은 것 같다.

구시경

None

구시경은 끈기를 위해 기도하는 시간이다. 전성기를 맞아
그 시기를 유지하며 계속해서 열매 맺을 힘을 달라고 기도한다.

32주 차
수확기를 무서워하면 안 돼

곡식을 밟으며 탈곡하는 소의 입에 망을 씌우지 말지니라.

〈신명기〉 25장 4절

몸무게: 93킬로그램

빵 서가의 무게: 20킬로그램

"윗이터, 윗이터, 윗이터, 윗!"[1]

나는 새벽 어스름 속에서 희미하게 빛나는 라디오 시계의 숫자를 슬쩍 보고는(5시 반이었다) 베개를 뒤집어쓰고 다시 자려고 애썼다.

"윗이터, 윗이터, 윗이터, 윗!"

"빌어먹을 저 새 입 좀 다물었으면 좋겠네." 나는 끙끙거렸다. 그러다 문득 새의 노랫소리가(한 번도 들어본 적 없었다) 뭘 말하고 있는지를 깨달았다.

"윗이터wheat-eater, 윗이터, 윗이터, 윗!"[2]

나는 벌떡 일어났다. 수확하는 날이구나!

1　휘파람새의 울음소리를 묘사한 것.

2　'wheat-eater'를 번역하면 '밀을 먹는 사람'이다.

지난 10월, 앤과 정원에 겨울밀을 네 이랑 정도 심은 후 아홉 달 동안 나는 이날만 기다렸다. 긴장한 예비 엄마처럼 밀을 살펴며 첫 싹이 흙을 뚫고 조심스럽게 머리를 내밀 때 발아에 기뻐했고, 덮인 눈 아래로 사라지는 바람에 어린 시절을 놓쳤지만 봄에 다시 모습을 나타냈을 때 재회를 축하했다. 연초록에서 빵 크러스트처럼 황금빛으로 변할 때까지, 성인으로 자라나는 그 길고 긴 아홉 달 동안 이웃집 고양이에게서 밀을 보호했고, 메뚜기를 쫓았으며, 까마귀의 욕심을 단념시켰다.

겨울밀 재배는 확실히 원예학적으로 신념이 필요한 일이었다. 밀알 하나를 키워내는 시간이 아이를 임신해 낳을 때까지 걸리는 시간보다 짧다고 생각하겠지만, 수태 기간은 거의 같다. 놀랍게도 염색체 숫자도 거의 비슷하다. 밀의 염색체 개수는 42개로 사람보다 고작 4개 적을 뿐이며, 식물계에서 가장 복잡한 게놈 구조로 되어 있다.

밀은 겨울에 '죽은' 채로 휴면 상태에 들어간다. 핼러윈에 쓰는 건초 더미의 짚만큼이나 죽은 것처럼 보이던 밀은 봄이 시작되면 멋진 시골 사촌 라이그래스ryegrass와 같은 시기에 다시 깨어나며, 늦봄이 될 무렵에는 줄기가 곧고 튼튼해지며 1미터까지 자라난다.

물론 낟알은 없다. 5월이 될 때까지도 이 풀이 조금이라도 먹을 수 있는 것으로 자라날 거라는 징조는 전혀 보이지 않는다. 이삭이 패고 푸르던 색이 황금빛으로 변하는 일은 일어나지 않을 것처럼 보였다. 하지만 3주 전, 갑작스러운 변화에 놀랐을 만큼 마법같이 밀 같은 모습을 갖추기 시작했다. 한 주가 더 흐르자 위풍당당한 밀의 머리는 땅으로 고개를 숙였고 줄기는 활 모양으로 우아하게 휘었다. 비로부터 스스로 보호하기 위한 생물학적 메커니즘이다. 밀이 익을 때가 되어 비에 흠뻑 젖으면 나중에 낟알이 땅에 떨어져 흙에서 싹이 트는 대신 줄기에 달린 채로 싹이 터버리기 때문이다.

풍만하게까지 보이는 부풀어 오른 이삭이 머리를 숙여 자신이 자라난 땅을 다시 마주하는 일, 다른 이들이 영양분을 얻고 삶을 지속할 수 있도록 주인에게 머리를 제물로 바치듯 인사하는 듯한 모습은 감동적이었다.

기꺼이 그 희생을 돕고 싶었다. 그러나 먼저 제대로 익었는지를 확인해야 했다. 나는 낟알을 들고 75세의 이웃 농부인 얼 쥘 Erle Zuill에게 가서 보여주었다. 그의 입에서 나온 첫 마디는 나를 얼어붙게 만들었다.

"이게 밀이 확실한 거요?"

낟알에서 나온 가느다란 줄기를 손으로 만지며 그가 말했다. "보리 같은데. 밀에서는 이런 줄기를 본 적이 없어요."

이럴 수가! 내가 뭘 한 거지? 가슴이 쿵쾅거리기 시작했다. 봉투에 분명히 밀이라고 쓰여 있는 걸 확인했는데!(확인 안 했나?) 하지만 종묘회사가 포장을 잘못했을지도 모른다.

"물론 내가 밀을 마지막으로 수확했던 게 50년 전이기는 해요." 얼이 덧붙였다. 얼뿐만 아니라 이 나라 사람을 다 합해도 마찬가지일 거라고 생각했다. 나중에 나는 그가 예전에 재배했던 연질 적동소맥soft red winter wheat 같은 일부 품종은 긴 줄기가 나오지 않는 '수염 없는' 종이라는 사실을 알게 됐다.

나는 그가 농사로 거칠어지고 주름진 손을 마주 댄 채 힘있게 문지른 후 손바닥을 펼쳐 입으로 부는 모습을 보며 조금 안심이 됐다. 그의 입김에 겉껍질이 날아가며 팝콘 알맹이보다 작은 밀알 한 줌만 손바닥에 남았다.

"익은 건 확실해요."

내가 기다렸던 대답이었다.

곡식 수확은 유랑하며 수렵과 채집 생활을 하던 호모사피엔스가 같이 모여 공동체, 마을을 이루고 마침내 도시인으로 바뀌게 된 계기다. 약 1만 년 전 우리 조상은 곡식을 재배하는 법을 배우면서 한곳에 뿌리내리고 살게 되었다. 도자기를 빚고 집을 지었다. 사회, 학교, 예술, 글자와 건축도 발전했다. 어떤 의미에서는 내가 수확하려는 이 곡식이 여기서 남쪽으로 약 100킬로미터 떨어진 곳에 있는 아름다운 엠파이어 스테이트 빌딩이 생기게 된 직접적이며 필수적인 계기가 된 것이다. 수확에 대한 지식이라고는 밀을 심을 때 머릿속에 떠올랐던 플랑드르 회화뿐이었던 것처럼, 나는 수확 과정에 대해서도 비슷하게 낭만적인 환상을 가지고 있었다. 몸을 굽히고 왼손에 밀을 한 줌 쥔 다음 오른손으로 우아한 포물선을 그리며 낫을 휘둘러 땅에서 5~7센티미터쯤 밀대를 남기고 깔끔하게 베어내는 것이다. 착한 아내는 뒤를 따르며 밀을 다발로 모아서 묶은 다음 바닥에 정리해놓고, 행복한 아이들은 웃으며 서로 놀이하듯 밀단을 들어 헛간으로 옮길 것이다.

세 가지 현실에도 불구하고, 머릿속에서는 언제나 내가 그 그림 같은 삶을 성공적으로 살았다고 믿을 것이다. 나는 낫을 가지고 있지 않다. 그림과 똑같이 하겠다는 이유 말고는 밀을 다발로 묶을 이유가 없다. 그리고 아이들은 둘 다 여름방학이라 아르바이트 중이었다.

그러나 한 가지는 상상한 것과 같았다. 몸을 굽히며 일해야 한다는 것. 그러나 플랑드르 목판화의 농민은 절대 사용하지 않을 만한 도구를 쓸 것이다. 낡고 녹슨 풀 베는 큰 낫을(기본적으로 긴 막대기가 달린 낫이다) 부질없이 몇 번 휘두른 후, 나는 지하실로 내려가 조금 덜 녹슨 가지치기용 가위를 들고 나왔다. 밀의 양이 많지 않으니 이거면 충분하다.

수확할 밀이 많았다면 기계식 수확기를 써야 했을 것이다. 그리고 아마 학교에서 배웠던 매코믹McCormick 수확기 이야기를 기억하는 사람도 있을 것이다. 허리가 접히고 큰 낫을 휘두르는 사람 모양을 한 엉성한 로봇을(그 당시에는 '자동제어기구automation'라고 불렀을 것이다) 상상해보라. 매코믹이 15년 후 포기한 이 상상 속의 기계는 당연히도 비참한 실패였으며, 아마 농부의 딸보다 더 많이 건초 더미에 파묻혔을 것이다.

응? 이건 우리가 학교에서 배웠던 이야기와 다르다. 사이러스 매코믹이 실패했다고? 그의 수확기가 로봇이라고? 물론 아니다. 나는 그의 아버지인 로버트 매코믹 이야기를 하는 것이다. 사이러스는 "아빠, 잘못된 방법으로 접근하고 계신 것 같아요"라고 말하고는, 사람과는 전혀 닮지 않았지만 효과적으로 밀을 베고 한곳에 모으는 말이 끄는 장치를 고안했다. 남북전쟁 직전이었던 비슷한 시기 다른 수확기들도 시장에 나왔지만, 매코믹은 사업 수완과 공격적인 소송전으로(그는 '에이브 링컨Abe Lincoln'이라는 소도시 출신 변호사를 쓴 적도 있었다) 경쟁자들을 시장에서 물리치고 회사 인터내셔널 하비스터International Harvester를 세웠다.

다시 우리의 밀로 돌아와서, 앤(착한 아내를 연기 중이다)과 나는 가지치기용 가위를 들고 각각의 이랑을 따라 움직였다. 내가 땅에서부터 5~7센티미터쯤 남기고 잘라낸 밀을 앤은 한 줌씩 모아놓았다. 이 모습이 15세기 플랑드르 농민들보다는 21세기 멕시코인 조경사 같다는 생각이 강하게 들었지만, 결국 지금은 21세기니까. 전부 끝내는 데는 30분이 채 걸리지 않았고, 정리하고 나니 큰 정원용 수레 두 대가 밀로 가득 찼다. 물론 밀짚이 대부분이니 다 버려야 할 테지만.

'수확량 중 실제 먹을 수 있는 밀은 어느 정도일까?'라는 의문이 수확하는 내내 머릿속을 맴돌았다. 14제곱미터마다 밀가루 2킬로그램에 해당하는 양을 얻을 수 있었으면 했지만, 내 최소 기대량은 적어도 빵 한 덩이를 만들 수 있을 만큼, 그러니까 500그램이었다. 그러나 몇 개 샘플 삼아 시도해봤지만 나오는 밀알 양이 거의 없는 것을 보면서 그만큼 얻을 수 있을지도 걱정되기 시작했다.

밀 줄기를 전부 한 방향으로 펼쳐놓았으니 이제 탈곡할thresh 차례였다. '탈곡'이 '때리다thrash'라는 단어와 밀접한 관련이 있는 데는 충분한 이유가 있다. 탈곡은 기본적으로 밀을 사정없이 때려서 헐거워진 이삭에서 밀알이 나오도록 하는 일이다. 약 1만 년 전 처음 곡식을 재배하기 시작한 후 1834년 콤바인[3]이

226

---

3   농작물을 베는 일과 탈곡하는 일을 동시에 하는 농기계.

발명될 때까지, 우리가 예상할 수 있듯 인류는 탈곡하기 위한 다양한 방법을 생각해냈다. 플리니우스[4]는 서기 77년경 당시 유행하던 세 가지 탈곡법을 소개하는 글을 썼다. '도리깨로 치기' '파쇄용 돌이나 나무판 사용' '바닥에 밀을 펼쳐놓고 황소 떼가 밟고 지나가도록 하기'였다.

마침내 황소 떼는 주말 동안 어디 빌려줘서 없었고, 런던의 가학피학성 변태 성욕 클럽에서 영국의회 의원의 엉덩이를 때리는 데 쓸 것처럼 생긴 도리깨(무거운 막대기 두 개가 짧은 체인으로 연결되어 있다)도 없어 임시방편을 마련해야 했다. 나는 혹시 필요할 때를 대비해 놔뒀던 짚으로 만든 빗자루를 꺼냈다. 나는 캔버스 천으로 된 방수포 위에 밀 한 단을 펼쳐놓고 빗자루로 내려치기 시작했다.

정신없는 도리깨질의 결과는 고작 상처 난 밀 한 움큼뿐이었다. 한 알도 떨려 나오지 않았다.

"더 세게 쳐!" 앤은 라인배커[5]를 응원하는 고등학교 치어리더처럼 나를 격려했다. 치어리더의 응원에 힘입어 나는 더 세게 쳤다. 빗자루의 짚 몇 가닥이 날아갔다. 방수천 위에서 밀이 위아래로 튀었다. 나는 계속해서 세게, 더 세게 쳤고, 결국 숨이 턱까지 차올라 천 위에 올라앉아 숨을 돌려야 했다. 잔해 사이로 밀알 몇 개가 외롭게 여기저기 널려 있었다. 밀알을 떨어내려면 빗자루보다 더 튼튼한 게 필요했다.

227

---

4 고대 로마의 정치가, 군인, 학자, 저술가. 세계 최초의 백과사전으로 알려진 《박물지Naturalis Historia》를 썼다.
5 미식축구에서 상대팀 선수들에게 태클을 걸며 방어하는 수비수.

"삽 뒷면은 어떨까?" 앤이 제안했다.

폭력적으로 들리기는 했지만 더 나은 아이디어가 떠오르지 않아 그다음 몇 분간은 삽으로 도리깨질을 했다. 과연 방수포 위로 곧 팝콘 크기의 밀알이 흩어졌다. 그러나 자세히 살펴보니 껍질이 벗겨진 건 반 정도밖에 되지 않았다. 도리깨질 한 밀알을 손바닥에 놓고 문지르거나 엄지와 검지로 비비면 나머지 낟알도 떨어낼 수 있다는 사실을 발견했지만, 몇 분 지나지 않아 거친 겉껍질 때문에 손이 까져 쓰리기 시작했다. 우리는 원예용 장갑을 껴야 했다.

한심할 정도로 느린 속도로 얼마간 이 일을 반복하다 나는 마침내 말을 꺼냈다. "이건 말이 안 돼. 어차피 겉껍질을 이렇게 손으로 다 벗겨내야 하는데 도리깨질을 하는 이유가 뭐지?" 나는 작업실로 내려가 목공예 할 때 쓰는 나무망치를 가지고 올라왔다. 왼손으로 밀알을 방수포 위에 모아놓고 오른손에 든 나무망치로 내리쳤다. 이거야! 여전히 그대로 남아 있는 밀알도 있었지만 그리 많지 않았고 대부분의 낟알이 깨끗하게 떨어졌다.

그러나 30분 넘게 방수포로 덮인 잔디밭을 나무망치로 치다 보니 땅이 꺼지기 시작했고, 이 방법도 효과가 점점 떨어졌다. 나는 계속해서 단단한 곳으로 옮겨 다녔으나 커다란 방수포에도 남은 공간이 거의 없어서 힘이 빠지기 시작했다.

"당신이 좀 하고 있어 봐." 앤에게 나무망치를 건네며 말했다. 나는 장작더미를 쌓아둔 곳으로 가서 장작을 쪼갤 때 도마처럼 쓰는 작은 나무 그루터기를 들고 왔다.

딱딱한 표면에 내리치니 단단하게 붙어 있던 겉껍질도 몇 번

만에 금방 벗겨져 속이 드러났다. 따로 껍질을 벗겨낼 필요도 없었다. 점점 요령도 생겼다. 밀 이삭을 다발로 놓으니 훨씬 일이 수월해져서(밀을 벤 후 다발로 묶어놓는 이유가 여기 있는 것 같았다), 한 사람이 망치질하는 동안 다른 한 사람은 이삭을 다발로 모았고, 방수포 위에는 점점 낟알, 겉껍질, 끊어진 밀짚 조각들이 쌓여갔다.

우리는 중간중간 멈춰서 낟알과 겉껍질을 삽으로 퍼서 퇴비를 거르기 위해 내가 직접 만들었던 체를 받쳐둔 큰 양동이로 옮겼다. 거름망 위에 놓인 낟알과 겉껍질을 손으로 훑으면 양동이로 밀알이 떨어지는 소리가 음악처럼 들렸다. 겉껍질도 거의 양동이 안으로 같이 들어가기는 했지만, 적어도 체가 큰 밀짚 조각과 탈곡이 채 덜 된 이삭을 걸러주었다.

여섯 시간 후, 지치고 온몸이 쑤시고 햇볕에 탄 채 우리는 수확한 밀의 탈곡을 마쳤다. 라틴어로 탈곡판인 '트리불룸tribulum'이 왜 고난tribulation과 어원이 같은지 알 것 같았다. 이건 내가 한 번도 겪어본 적 없는 고난이었다. 밭에서 바로 밀을 베고 탈곡하며 겉껍질을 털어내는 콤바인이 있어 정말 다행이다.

밀 낟알과 겉껍질이 담긴 양동이는 (적어도 부피로는) 반 이상이 겉껍질이었고, 여전히 '낟알을 겉껍질에서 분리해내는' 사래질이 남아 있었다. 하지만 오늘 할 일은 아니다. 어느새 저녁이었고, 따뜻한 물로 샤워하고 시원한 음료를 마실 생각이 간절했다. 앤이 장갑을 벗고 잔디밭에 지쳐 쓰러지며 내게 부탁했다.

"내년 여름에 목화 심지 않겠다고 나랑 약속해."

33주 차

강철 롤러 제분기

"젊은이, 자네는 큰 세력과 싸우고 있네.
사람이 아니라 밀과 철도 얘기라면 말이야……
그 모든 일에서 사람이 할 수 있는 건 거의 없어."

프랭크 노리스,《문어》(1901)

정말 특이하고도 우스운 광경이다. 이게 최첨단 상업용 롤러 제분기라고? 디즈니 만화영화에서 튀어나온 물건 같아 보였다. 마이크 둘리Mike Dooley와 나는 폭스바겐 비틀보다 약간 작은 정도인 수십 대의 큰 사각 기계들이 줄지어 서 있는 거대한 공장 작업장에서 유일한 인간이었다. 이 어색하고 기묘한 강철 기계들은 그들 귀에만 음악이 들리는 듯 움직이며 춤을 췄다.(정말 춤추고 있었다.)

로봇 같아 보이는 다리로 선 기계의 무릎은 고무 재질이라 위아래로 눌려 있었고, 금속으로 된 엉덩이를 생기 있게 위아래로 튕기며 도발적으로 흔드는 기계의 모습은 기본적으로 바보 같고 이상할 만큼 동물적으로 보였다. 밤늦게 어둡고 텅 빈[6] 제분소에서 기계들이 불을 켜고 은밀한 댄스파티를 열어 춤을 추다가 (아래로 축 처진 수염을 기른) 야간 당직 경비원이 나타나기 직

---

6 사실 제분소는 텅 비거나 어두워지는 일이 절대 없다.—저자

230

전 허둥지둥 제자리로 돌아가는 장면을 상상했다.

"뭐 하고 있는 거예요?" 나는 마이크에게 크게 소리쳤다.

"안을 보세요." 밀기울, 밀가루, 낟알 등이 철망 위에서 흔들리며 작은 조각들만 통과해 밑으로 떨어졌다. 밀가루 체는 회전하며 효과적으로 제 역할을 하고 있었다.

나는 베이 스테이트 제분 회사Bay State Milling Company가 소유한 여러 제분소 중 하나인 이곳 뉴저지 주 클리프턴의 제분소를 이번에도 곡식 저장고 탑 덕분에 찾아올 수 있었다.(보보링크 데어리를 찾아갈 때가 생각났다.) "클리프턴에서는 이곳이 유일하죠." 마이크가 설명했다. 이 오래된 공업 도시에서 공장과 사무실 건물들 위로 솟은 한 쌍의 곡식 저장고 탑을 목격한 건 예상 밖이었다.

제분소에 대한 나의 지식이 얼마나 적었는지를 보여주기도 했다. 마이크가 언급했던 또 다른 랜드마크는 철로였다. 나는 주차장에 차를 세우며 '곡식 저장고와 철로 근처'라는 말로 이 나라의 거의 모든 밀가루 제분소로 가는 길을 설명할 수 있겠다는 생각이 들었다. 한 세기 넘게 그래 왔듯 밀은 여전히 중서부 지역에서부터 기차로 실어오며, 제분될 때까지는 곡식 저장고에 보관했다가 밀가루 포대로 포장되어 트럭으로 운반된다. 나일강을 따라 내려오든 대륙 횡단 철도를 타고 운반되든, 밀의 역사는 교통수단의 역사와 맥을 같이한다.

뒷마당 밀을 제분하기 직전, 제분 과정을 이해하면 도움이 되겠다는 생각이 들었다. 내가 이 베이 스테이트 제분소에 오게 된 이유 중 하나다. 마침 이곳은 내가 매주 빵을 굽는 데 쓰는 킹 아서 밀가루를 생산하는 공장이기도 하다. 여기 온 이유는 하나 더 있다. 지난 9개월 동안 나는 2차 세계대전 이후 미국에서 판매되어온 모든 밀가루에는 제분 과정에서 손실된 비타민과 미네랄을 대체하기 위해 영양소가 첨가됐다는 사실, 그 비타민 중 니아신이 있는 이유, 그리고 펠라그라 발병 원인을 찾기 위해 평판과 목숨까지 걸었던 용감한 뉴욕 의사에 대한 전설도 알게 되었다. 그러나 한 가지 사실이 계속해서 마음에 걸렸다. 여전히 펠라그라 유행이 옥수수 때문이라는 통설은 받아들일 수가 없었다. 몇 가지 사실, 특히 펠라그라 유행이 절정이던 시기 미국인들의 주식이 옥수수에서 밀로 옮겨가고 있었다는 사실은 앞뒤가 맞지 않았다. 밀에 무슨 일이 일어나는지 롤러 제분기를 직접 보는 일보다 더 정확하게 아는 방법이 있을까?

　　강철 롤러 제분기는 천 년 동안 이어져온 밀가루 제분 방법을 획기적으로 변화시켰다. 처음에는 손으로 직접, 그리고 로마 시대 즈음부터는 회전하는 돌 바퀴로, 빵이 존재하기 이전에도 사람들은 밀을 돌로 찧어 제분했다. 19세기 중반 헝가리의 발명가는 냉각된 강철 롤러를 사용한 제분 방법을 고안해 사람들이 그때까지 본 것 중 가장 흰 밀가루를 얻어냈다. 이 밀가루의 대부분은 오스트리아 빈 궁정으로 갔고 빈에서 발명한 크루아상뿐 아니라 우리가 지금까지 비에누아즈리viennoiserie[7]라고 부르는 섬세한 페이스트리들을 만드는 데 사용되었다. 이 별미를

---

7 '빈에서 온 빵'이라는 뜻. 버터를 듬뿍 넣고 층층이 켜를 낸 페이스트리 반죽으로 만든 빵을 말한다.

1873년 빈 국제박람회에서 처음 맛보게 된 미국인들은 이 달콤한 음식을 가지고 돌아왔고, 유럽 스타일의 흰 밀가루에 대한 수요가 늘어났다.

우연히 미국의 제분소들은 비슷한 시기, 한계에 다다르고 있었다. 부드러운 남부 밀은 북부 평지에서 자라는 더 단단하고 수확량이 높은 경질 봄밀로 대체되고 있었고, 매우 단단했던 밀은 잘 갈리지도 않는 데다 종종 압력으로 부서지기 전 맷돌의 열에 그을리곤 했다. 또 갈리는 과정에서 겨가 잘 떨어지고 쉽게 제거되는 겨울밀과는 달리 경질 봄밀은 겉껍질이 퍼석퍼석해 작은 입자로 부서지고 불가피하게 밀가루로 섞여 들어가는 일이 많았다. '흰 밀가루'는 그저 이름일 뿐이었다. 1878년 미국의 제분 중심지였던 미니애폴리스의 큰 제분소가 '밀가루 폭탄'(공기 중에 떠다니는 폭발성 강한 밀가루 먼지)으로 폭발하며 열여덟 명이 사망하고 해당 제분소뿐 아니라 인접한 두 개의 제분소와 주변 상업 지구까지 완전히 망가뜨린 후, 공장주는 돌절구 제분기를 다시 만드는 대신 헝가리 기술자들을 데려와 미국 최초의 강철 롤러 제분기를 세웠다.

몇 십 년 안에 롤러 제분기는 순조롭게 돌절구 제분기를 대체했다. 베이 스테이트 제분소 작업장에서 보니 그 이유를 쉽게 알 수 있었다. 밀 낟알은 놀라운 속도로 기계를 통과했다. 기계는 사실상 아무 감독 없이도 일주일 내내 하루 24시간 가동되며 돌절구 제분기와는 달리 몇 주에 한 번씩 가동을 멈추고 수리할 필요도 없다.

명성을 생각하면 롤러의 크기는 의외였다. 나는 증기 롤러 이상으로 큰 거대한 롤러를 보게 될 줄 알았지만, 겨우 지름 30센티미터에 길이는 1.2미터 정도밖에 되지 않은 롤러들이 각각 철제와 유리로 된 상자로 싸여 있었다. 수십 개의 롤러는 전부 같은 작업을 하고 있지는 않았다.

마이크는 첫 번째 롤러 세트로 나를 데려갔다. 처리된 밀이 통과되는, 홈이 있는 브레이크 롤러였다. 빛나는 강철 롤러들은 안쪽을 향해 서로 다른 속도로 굴러가며 느린 롤러가 밀알을 잡고 다른 롤러의 톱니가 겉껍질을 벗겨낸다. 롤러는 밀알을 전혀 으스러뜨리지 않고 껍질만 벗긴다. "한번 생각해보세요." 마이크는 설명했다. "구형으로 된 물체를 깎아내서 알맹이만 남겨야 해요. 어떻게 하시겠어요?" 나는 당황했다. "캔털루프 멜론의 껍질을 어떻게 벗길까요?"

순간 알 것 같았다. 일단 알맹이를 쪼갠 다음 밀기울에서부터 배유(알맹이에서 탄수화물이 많은, 흰 밀가루가 되는 부분)를 깎아내는 것이다. 밀기울을 제거해 배유가 드러나기까지는 총 열여덟 단계로 롤러를 통과해야 한다. 이 롤러들은 돌바퀴보다 속도만 빠른 것일까?

더 빠를 뿐 아니라 더 낫다고 마이크는 설명했다. 돌절구는 알맹이를 찧어버려 밀기울과 배아 조각들이 체로 걸러지지 않고 흰 밀가루 안에 섞여 들어가지만, 롤러 제분기는 밀기울에서 배유를 분리할 때 긁어내는 방식을 쓴다. 이 작업을 정말 효과적으로 해내기 때문에 '비타민 파괴 기계'를 만든다고 해도 롤러 제분기처럼 효과적이지는 않을 것이다. 밀에 원래 함유된 비타민의 20~30퍼센트만이 제분된 흰 밀가루에 남는다. 영양소 대부분은 배아나 밀기울 등 체로 걸러낸 조각에서 발견된다. 그리고 가장 중요한 것은 겉껍질 아래의 얇은 층인 호분층으로, 비타민 B(니아신 포함)의 대부분이 함유되어 있다. 왜 우리는 밀가루에서 가장 건강한 영양소를 벗겨내는 것일까? 케이티만 크루아상(흰 빵과 햄버거빵 등도)을 좋아하는 게 아니기 때문이다. 밀기울을 벗겨내는 것이 목표고, 비타민은 부수적 피해다. 제분소 주인들이 자신들 마음대로 할 수 있다면 아마 정제 과정을 조금 일찍 끝내는 것을 선호할지 모른다. 밀을 더 곱게 갈면 갈수록 더 많은 밀가루 먼지가 생기며 공기 중에 떠다니는 이 먼지는 돌절구나 롤러 제분기 어느 쪽을 사용하든 폭발성이 매우 강하기 때문이다.

마이크는 내 관심을 그쪽으로 돌리고 싶지 않아 했지만, 제분소 폭발 사고가 여전히 일어나고 있다는 것을 알고 있었다. 1997년까지(1897년이 아니라 1997년) 10년 동안 제분소와 양곡기에서 총 129건의 폭발 사고가 있었다. 정교한 여과 시스템도 없었던 100년 전에는 그 위험이 얼마나 더 컸을지 상상해보라.

얼마나 소독이 잘돼 있는지는 모르겠지만 이 제분소는 확실히 안전하게 느껴졌다. 그러나 충분히 구경했다는 생각이 들었다. 마지막으로 마이크에게 물어볼 질문 하나만 남았다. "미국에서 롤러 제분기가 언제부터 대중적으로 사용되기 시작했죠?"

그는 잠시 생각했다. "20세기가 시작되고 난 후부터였죠. 지금 가동되는 강철 롤러 제분기들 다수가 1910~1920년 사이에 제작되었어요."

빙고! 펠라그라의 유행과 시기가 정확히 맞아떨어진다. 퍼즐의 마지막 조각처럼 느껴졌다. 오늘 그 가능성을 직접 목격하고 나자, 미국 내 펠라그라의 유행은 옥수수가 아니라 빵에 그 책임이 있다는 확신이 어느 때보다도 더 강하게 들었다. 그러나 곧 회의적인 기득권층과 싸웠을 골드버거의 입장에 공감이 됐다. 집에 돌아와서 나는 골드버거의 전기를 쓴 작가에게 흰 빵과 펠라그라의 관련성에 대한 내 의견을 이메일로 보냈다.

"저 역시 롤러 제분소에서 생산된 흰 밀가루 이론에 대해 들은 적 있습니다." 그가 답변을 보내왔다.

내가 이상한 게 아니었군. (잘 알려지지 않았지만) 타당한 이론이었던 것이다.

"하지만 그 주장을 입증할 만한 증거를 본 적은 없습니다."

아니, 나는 봤어요.

34주 차

8월의 푸른 바다에서
기막힌 운명에 휩쓸리다

그의 목표는 50여 킬로그램의 겉껍질에서 밀알 두 개를 찾는 것과 같다.
찾으려면 종일 걸리지만, 막상 찾고 나면 그만한 가치가 없다.
윌리엄 셰익스피어

타작한 밀과 겉껍질이 68리터짜리 플라스틱 들통의 반을 채웠다. 그중 밀은 얼마나 정도나 될까? 손으로 쓸어봤을 때는 전부 가볍고 폭신한 겉껍질 같았다. 답을 알아낼 새 없이 몇 주가 흘렀고, 나는 성실한 '윗이터' 새의 부름이 아니라 나뭇잎이 바스락거리는 반가운 소리에 눈을 떴다. 한랭전선의 영향으로 공기가 건조해지고 바람이 강해졌다. 사래질하기 딱 좋은 날이다.

앤은 (운 좋게도) 출근했지만, 케이티는 오후까지 시간이 비어 있었다.

"아빠가 거래를 하나 제안할게." 아침나절 계단을 터덜터덜 걸어 내려오는 케이티를 보며 말을 꺼냈다. "이 마을, 혹은 이 도시, 이 주의 어떤 아이도 한 번도 해본 적 없을 거라고 아빠가 장담할 수 있는 일을 시도해볼 기회를 너한테 줄게."

뭔가 이상하다고 바로 느낀 모양이다.

"밀과 관련된 거예요?" 타작하고 난 후 앤과 내가 얼마나 지쳤는지 케이티는 직접 목격했다.

"아빠 말 믿어봐. 재밌을 거야." 이번만큼은 내 말이 확실히 맞았다. 전통적으로 밀 사래질은(콤바인은 이 과정 역시 밭 위에서 밀을 베고 탈곡하는 동시에 해낸다) 쇠스랑으로 밀과 겉껍질을 공중에 던지는 방법을 쓴다. 바람이 가볍게 불기만 해도 겉껍질은 바람에 날려가고 밀도가 높은 알맹이만 바닥에 떨어진다.

마침 바람도 강해져서 일이 수월할 것 같았다. 케이티와 나는 펼친 방수포 중앙에 바람을 등지고 선 후 오므린 손을 들통에 넣고 낟알을 떠서 점프볼을 던지는 심판들처럼 공중에 던졌다.

바로 그 순간 바람의 방향이 180도 바뀌더니 겉껍질을 우리 얼굴로 날려 보냈다. 바람은 변덕스럽게 방향을 바꿨다. 제대로 바람이 불 때 우리는 재빨리 밀 한 움큼을 공중으로 날렸고 겉껍질이 날리는 광경에 감탄했다. 들통 하나를 금방 끝낼 수 있었다. 조금 깨끗하긴 하지만 여전히 반쯤 껍질이 붙은 밀알들이 방수포 위로 떨어졌다. 우리는 점심을 먹기 위해 잠시 쉬기로 했다.

"성공할 것 같지 않아." 나는 샌드위치를 먹으며 말했다.

"끝낼 수 있을 거예요, 아빠." 케이티는 늘 낙천적이다.

"그 얘기가 아니야. 이 들통은 전부 겉껍질밖에 없나 봐. 빵 하나 구울 밀가루라도 나오면 다행이겠어."

케이티는 밀 낟알 몇 개를 머리카락에서 떼어내더니 내게 건넸다. 감동적이었다. 한 알이라도 낭비할 수 없는 상황이니까.

점심을 먹은 후 우리는 사래질을 계속했고 들통을 계속해서 살펴보는 동안 낟알 사이의 겉껍질 비율이 거의 눈에 띄지 않는 수준으로 서서히 줄어들었다. 낮은 황금빛 낟알 언덕이 방수포 위로 솟아오르며 케이티의 맨발을 덮고 발찌 근처까지 닿을 정도였다.

케이티는 킥킥거렸다. "아빠, 우리 지금 밀을 만들고 있어요! 크루아상 열두 개 만들 만큼은 나올 것 같아요!"

케이티가 자전거를 타고 동네 수영장 안전 요원 아르바이트를 하러 떠났을 때쯤에는 거의 깨끗한 밀만 들통에 남아 있었다. 그러나 남은 10퍼센트는 변화무쌍한 바람 덕에 전체 사래질의 90퍼센트를 차지하는 것 같았다. 케이티 없이 남은 일을 하려니 외롭고 지쳤다. 얌전하게 던지면 다시 바닥으로 겉껍질이 너무 많이 떨어졌다. 더 높이 던지면 갑자기 돌풍이 불어와 내 소중한 낟알을 껍질과 같이 날려버렸다. 그러다 갑자기 묘안이 떠올랐다. 겉껍질이 그렇게 가볍다면 물에 뜨겠지, 안 그래? 반대로 밀 알맹이는 가라앉을 것이다. 이 방법을 이용해서 얼른 마지막 정리를 끝내면 되지 않을까? 내가 해야 할 일이라고는 밀이 들어 있는 들통에 물을 담은 다음 겉껍질은 떠내고 남은 낟알을 방수포 위에 펼쳐 말리는 것뿐이다.

혹시나 해서 인터넷에 '밀, 사래질, 물'이라고 쳐서 검색하다 한 학술 저널에 실린 논문 개요를 읽게 됐다. 같은 생각을 떠올린 게 나 하나만은 아닌 것 같았다. 야생 고릴라 역시 두 손바닥 사이에 밀알을 놓고 비벼서 겉껍질을 날리는 모습이 오랫동안 관찰되었다고 한다. 농부인 얼 쿨이 내게 보여줬던 탈곡과 사래질 방법과 정확히 같다. 그러나 이 논문에서 정말 흥미로웠던 것은 저자가 새롭고 훨씬 효과적인 방법을 쓰는 고릴라 가족을 만났다는 이야기였다. 낟알과 겉껍질 한 줌을 쥐고 흐르는 물에 담가 겉껍질을 흘려보냈다고 했다.

세상에. 내 아이디어가 유인원들에 의해 이미 입증됐다니! 여전히 사람이 실제로 이 방법을 썼다는 정보는 찾을 수가 없어, 일을 저지르기 전 먼저 제분소의 마이크 둘리에게 이메일을 보냈다. 몇 분 뒤 수신 알림음이 노트북에서 울렸다.

빌, 저라면 물은 절대 안 쓸 겁니다. 밀을 싹 트게 할 위험이 있어요. 밀에서 싹이 나기 시작하면, 탄수화물을 당과 같이 사용 가능한 에너지로 바꾸는 효소 작용이 시작됩니다. '맥아가 된다'고 하는 과정이죠. 이렇게 되면 빵을 굽는 데는 전혀 쓸모가 없어져요(밀크셰이크에 넣기에는 좋을지도 모르겠습니다)…… 고릴라들이 이 방법을 쓴다니

굉장히 인상적이군요······ 하지만 70년대에 제가 학교에 다닐 당시 제분 과학과 관리Milling Science and Management 첫 학기 수업을 무사히 마친 학생은 거의 없었다고만 말씀드리죠.

그렇군. 마이크는 변덕스럽고 정신없는 바람에서 나를 해방시켜줄 방법으로 선풍기를 권했다. 방수포 위, 선풍기 앞에 서서 몇 시간만 더 일하면 끝나겠구나 싶었다.

그러나 마지막 사래질이 끝나갈 무렵, 깨끗한 밀알같이 보였던 것들이 자세히 보니 얇은 막으로 싸여 있다는 사실을 발견했다. 결국 꼬박 하루를 더 일해야 했다. 이 끈질긴 막을 벗겨내기 위해 한 번에 한 줌씩 오래된 방충망에 밀알을 놓고 문질렀다. 두 손이 다 까져서 며칠 동안 쓰라려서 고생했다. 그러나 결국 나는 밀을 얻었다.

내 소박한 경작에서 9킬로그램의 아름다운 황금빛 밀을 수확했다! 수확한 양에 감동받은 것은 아니었다. 그보다는 덜 가시적인 무언가였다. 마당에서 길러본 어떤 것도(옥수수, 토마토, 리크도) 밀보다 내게 더 큰 성취감을 주지 못했다. 2천, 5천, 심지어 1만 년 전 러시아 초원 지대에서 농업에 종사하던 선조들로부터 내려온 내 유전자에 새겨진 무언가를 건드린 게 아닐까 싶었다.

내가 잊고 살아왔는지도 모르는 관계를 다시 세운 것이다. 눈가가 촉촉해졌다. 내가 아주 중요한 일을 해낸 것 같았지만 그게 뭔지는 정확히 설명할 수 없었다. 나는 갑자기 혹독한 자연과 더 혹독한 통치자 아래서 수 세기 동안 살아남았던 내 선조들(러시아 농민, 광부, 신부였던 내 아버지의 선조들)에 대해 알고 싶어졌다.

내 고조부에게는 어떻게 밀을 재배하고 제분해서 빵을 만드느냐가 삶과 죽음을 가르는 유일한 문제였을 것이다. 심지어 그리 오래되지 않은 고작 4세대 전의 일이었다.

갑작스러운 충동에 따라 나는 마당으로 나가서 괭이로 뭉툭한 밀 밑동을 흙으로 밀어 넣었다. 적절한 장례 절차였다. 조상들의 생존 전략을 모사하며 앞뒤로 움직이는 리듬에 적응해갈 무렵, 다시 내가 왜 빵과 밀에 마음이 끌렸는지를 생각했다. 억압되어 있던 내 원시적인 욕망을 드러내며 생물학적, 혹은 감정적인 필요를 충족하고 있었던 것일까?

그날 밤 꿈속에서 나는 영화 〈2001 스페이스 오디세이〉 같은 경험을 했다. 수 세기에 걸친 시간을 거슬러 올라가 마을, 오두막, 동굴에 사는 선조들이 호밀과 밀을 기르며 씨를 뿌리고, 수확하고, 타작하고, 사래질하는 모습을 봤다. 밀을 재배하고 수확하며 나는 과거의 시간과 이어져 예상 밖의 깨달음을 얻었다. 그리고 아직 밀을 제분해 밀가루로 만들기도 전이었다.

청년을 위한 순결 설교

피로, 권태, 근육 이완, 전신 쇠약과 무기력, 영혼의 침잠, 식욕 감퇴,
소화불량, 현기증과 체증, 대기 변화 시 피부와 폐의 민감증 증가,
혈액순환 장애, 오한, 두통, 우울감, 심기증, 히스테리 발작, 감각 이상,
시력 저하, 실명, 폐 질환, 신경성 기침, 폐결핵, 간·신장 장애, 배뇨 곤란,
생식기 장애, 척추 질환, 뇌 질환, 기억상실, 간질 발작, 정신이상, 뇌졸중.

실베스터 그레이엄,[8] 결혼한 부부 사이의 과도한(한 달에 한 번 넘는) 성교 시 나타나는
위험에 대하여,《청년을 위한 순결 설교A Lecture to Young Men on Chastity》(1834)

---

8 19세기 장로교 목사로 채식주의, 금주, 금욕을 주창했던 그레이엄은 케첩과 머스터드가 불
안감을 유발하여 정신병을 일으키고 자위 행위는 실명, 신체 마비, 노화를 일으키며, 닭고기 파
이는 콜레라, 흰 빵은 성적 문란함에 책임이 있다고 말했다. 그는 건강과 금욕을 장려하기 위해
밀기울이 배유보다 더 곱게 갈린 '그레이엄 밀가루'를 개발했다. 이번 주 심각하게 리비도를
억제해야 했던 장본인으로서 말하자면, 그레이엄 브레드를 구운 것은 효과가 조금 있었다. 자
세한 설명은 하지 않으려 했지만(사실은 아내가 말렸다), 배우자(혹은 십대)의 리비도를 억제
하기 위해 그레이엄 크래커를 사러 나갈 예정이라면 참고해야 할 게 있다. 요즘 나오는 나비스
코Nabisco의 '오리지널' 그레이엄 크래커는 흰 밀가루, 액상과당, 반경화 면실유, 대두 레시틴
등으로 만들어진다. 뭐 재료가 뭔지만 봐도 리비도가 떨어질 것 같다.—저자

36주 차

엄청난 공포

나는 반나절 만에 일반 크기의 오븐을 만들었다.

키코 덴저, 《진흙 오븐 직접 만들기Build Your Own Earth Oven》(2007)

주말 안에 진흙 오븐 만드는 법, 혹은 대실패를 부르는 법

1 한 달 동안 주말은 전부 비워놓는다. 키코 덴저가 뭐라고 썼든 (그리고 메인 주에 와서 뭐라고 설명했든), 그 정도의 시간이 필요할 것이다.

2 새벽에 아들을 침대에서 끌어낸다. 곡괭이와 삽을 이용해 지하동결선[9](이 인근에서는 보통 1미터 깊이면 된다고 한다. 그러나 그만큼 파지 못할 수도 있다)까지 닿는 깊이, 무덤으로 쓸 수 있을 만한 넓이로 땅을 판다. 내가 장담하는데, 이 프로젝트가 끝나고 나면 죽고 싶어질 수 있기 때문이다. 운이 좋으면 진흙을 보게 될 텐데, 오븐에 쓰기 위해 따로 모아둔다. 나중에 오븐 짓는 데 쓰게 될 것이다. 훨씬 나중에.

3 근처 건축 자재 판매 업체에서 돌을 한 무더기 주문하면 파놓은

243

---

9 흙이 동결하는 층과 동결하지 않는 층의 경계선. 이 선 아래까지 파서 기초공사를 해야 구조물이 흙의 동결과 융해에 영향을 받지 않는다.

구멍 근처까지 편하게 배달해주겠지만, 그 대신 덴저의 '포스트 히피'적인 충고와 설명에 따르면[10] 토대 겸 무덤을 마당과 이웃집을 뒤져 찾아낸 돌인 '우르바나이트urbanite'로 채운다. 꽤 번거로운 일이기는 하지만, 오래된 새 모이함, 오래되어 굳은 모르타르 포대, 잔디깎이, 그 외에도 마을에서 환영하지 않을 만한 잡동사니를 마당에서 치우게 된다는 장점은 있다.

4 파놓은 터에 온종일 돌을 나르고 난 후에는 돌을 사러 건축 자재점에 대여섯 번 왔다 갔다 해야 한다. 주워서 날라다 놓은 빌어먹을 돌들도 거대한 구멍의 3분의 1을 채 못 채우는 데다 사온 작은 돌들은 구멍에 붓자마자 말도 안 되게 빠른 속도로 사라져버리기 때문이다.

5 땅바닥에 엎드려서 빵을 굽고 싶지 않다면 다음 날 침대에서 기어 나와 오븐의 아랫단을 만들기 시작한다.

6 아랫단을 만들 때는 제방 쌓을 때 쓰는 조립이 간편한 맞물림 벽돌 대신 옛날식의 붉은 벽돌을 고집한다.(훨씬 미적이기 때문이다.) 이 벽돌로 지름 1.2미터, 높이 1미터의 원기둥을 만든다. 경사진 바닥에서도 정확히 수평을 유지하며 벽돌을 쌓을 수 있게 최대한 노력을 기울여야 한다. 모르타르는 지저분하고 시간이 오래 걸리므로 사용할 생각도 말아야 한다. 게다가 원기둥을 더 메우고(3, 4단계 참고) 그 위에 무거운 오븐을 올리고 나면(참고할 단계는…… 이번 주, 혹은 그다음 주까지도 그 단계까지 가지 않을 테니

---

10 하마터면 위험했을 뻔한 오해가 있었다. 나는 키코가 원래 단어 뜻 말고 새로운 의미를 부여했다는 사실을 깨닫기 전까지, 뉴욕시의 스타벅스에서 뽑은 어퍼웨스트사이드 사람들Upper West Siders로 마당의 구멍을 채울 준비를 하고 있었다.—저자

언급하지 않겠다) 벽돌을 쓸 데도 없을 것이다.

7 벽돌 벽을 세우고 나면 더 많은 돌로 안을 메운다. 그리고 좀 더 메운다. 마당에 있는 것 중 움직이지 않는 모든 것을 긁어모아 몇 시간 동안 속을 메우고 나면 '돌'의 정의를 모호하게 바꾸고 싶어지겠지만, 기존 벽에서 헐거워진 돌을 빼낸다든지, 집의 주춧돌, 이웃집 고양이 등 손쉬운 목표를 구해오고 싶다는 유혹을 이겨내야 한다. 특히나 당신을 예리한 눈초리로 바라보는 아내가 있다면, 내 말을 듣는 게 좋을 것이다.

8 마지막 단까지 벽돌을 쌓고 나면 큰 돌들 사이에 작은 돌들을 채워 넣는 것으로 마무리하라. 손으로 평평하게 표면을 만진 다음 뒤로 물러서서 전체 구조물이 무너져내리며 찢어진 포대 틈으로 밀가루가 쏟아져 나오듯 돌이 뿜어져 나오는 것을 공포에 휩싸인 채 지켜보면 된다.

245

9 맥주 한 캔을 꺼내라. 모르타르를 써서 다음 주에 다시 만들 것이다.

37주 차

인디언 기부자

불법 입국자들은 언제나 미국의 골칫거리였다. 인디언들에게 물어보라.

로버트 오벤(유머 작가이자 제럴드 포드 대통령의 수석 연설문 작성자)

"오늘 당신 유난히 기분 좋아 보이네." 휘파람 불며 팽 오 르 뱅을 오븐에 넣을 준비를 하는데 앤이 말했다.

"유산지 덕분이지." 나는 설명했다. "왜 지금까지 아무도 나한 테 이 얘기를 안 해줬는지 모르겠어. 종교에 귀의한 기분이야."

더 이상 제빵용 나무주걱에 반죽이 들러붙는 일도, 옥수숫가루나 밀가루가 오븐 바닥에서 타는 일도 없다. 나무주걱 위에 유산지를 올린 후 종이와 반죽을 한꺼번에 오븐으로 밀어 넣기만 하면 된다. 얼마나 다행인지! 그러나 빵은 오늘 내가 계획하고 있는 다른 일 때문에 뒷전으로 밀려나 있다. 제분소를 나설 때 마이크 둘리는 내게 북아메리카 원주민의 유물인 숫돌grindstone 을 빌려주었다.

"이게 숫돌인지는 어떻게 아세요?" 나는 의심하며 물었다. 내 눈에는 그냥 돌처럼 보였다.

"얼마나 균형감이 좋은지 보세요." 마이크는 손으로 둘레를 만지며 말했다. "납작한 면은 부드럽고 둥근 면은 거칠죠. 작고 울퉁불퉁한 자국은 돌의 모양을 다듬는 데 쓴 도구 때문에 남은 거예요. 자연적으로는 생기지 않는 자국이죠.”

그러나 북아메리카 원주민은 이런 자국을 만든다는, 아니, 예전에는 만들었다는 얘기군. 나는 얼마나 오래된 것인지 물었다.

“정확하게는 아무도 몰라요. 150년 된 것일 수도, 5,000년 된 것일 수도 있죠. 이 숫돌이 발견된 캔자스 동부의 정착지에서 수천 년 된 화살촉이 나왔다는 사실은 알아요. 모양을 보고 시대를 유추할 수 있죠. 가져가서 이걸로 밀을 빻아보세요.” 그는 내 손에 숫돌을 쥐여주며 말했다.

돌멩이로 밀을 빻으라고? 그러나 내게는 이것 말고는 밀을 빻을 다른 방법이 없었다. 그 작은 사실을 깜빡하고 있었다는 것, 그리고 유물을 사용한다는 호기심도 한몫해서 나는 그 숫돌을 받아왔다.

숫돌은 폭 9센티미터, 길이 16.5센티미터, 높이 7.5센티미터에 무게는 2킬로그램이 채 안 됐고(밀가루 한 포대보다 약간 가볍다) 손에 쥐는 감촉이 좋았다. 이 도구가 석기를 이용해 만들어졌다는 사실에 감탄했다. 하지만 이 숫돌은 맷돌의 반쪽일 뿐이다. 이걸 사용하려면 밀을 사이에 놓고 이 돌을 문지를 다른 돌이 필요했다. 집 안 자립벽에서 빼놨던 약간 오목한 돌이 딱 좋을 것 같았다. 분명 돌을 찾을 때 손쉬운 목표를 노리지 않겠다고(36주 차에서 ‘대실패를 부르는 법’ 일곱 번째 단계 참조) 말하기는 했지만, 이 돌은 너무 완벽했다. 다 쓰고 나면 제자리에 돌려놓겠다고 거듭 다짐했다.[11]

---

11 마지막으로 봤을 때, 이 돌은 여전히 현관 구석에서 굴러다니고 있었다.―저자

간이 테이블을 밖에 펼쳐놓고 돌의 오목한 부분에 밀 한 줌을 부은 다음 두 손으로 북아메리카 원주민의 숫돌을 들고 갈았다. 두 개의 돌은 마치 매끈한 대리석같이 알맹이를 굴릴 뿐이었다. 힘을 더 줘봤지만 결과는 같았다. 나는 체중을 싣고 눈을 질끈 감은 채 "으흠!" 하며 힘차게 앞뒤로 돌을 움직였다.

나는 곧 기적을 목격했다. 돌에는 하얀 하루가 묻어 있었다. 밀가루를 만든 것이다! 생각하지 못했던 일이라 당황했다. 처음에는 밀알이 작은 조각으로 으깨지기만 할 줄 알았고, 그 조각을 더 갈고 더 빻아야(어쨌든 손으로 하고 있으니까) 굵고 거친 밀가루가 될 거라고 생각했다. 그러나 돌은 이미 슈퍼마켓에서 사는 2킬로그램짜리 밀가루와 크게 달라 보이지 않는 고운 밀가루로 덮여 있었다.

내가 밀을 직접 제분한 것이다.

밀가루 위에 으깨진 밀알과 밀기울 조각이 보였다. 용기를 얻어 조금씩 더 갈아봤고, 밀알은 여기저기로 튀었다. 밀가루와 밀기울을 모아 그릇에 담고 밀알 한 줌을 돌 위에 놓기를 반복하며 계속해서 밀을 빻았다. 나는 돌을 앞뒤로 움직이다 서서히 원을 그리며 동작을 즐겼고, 인디언 노래를 흉내 냈다.

두 시간 후 그릇 바닥에는 밀가루 더미가 작게 쌓였다. 앤은 내가 일을 잘하고 있나 확인하러 나왔다 놀란 모양이었다. "밀가루네! 밀기울 조각은 어떻게 갈 거야?"

"안 갈 거야. 미네하하Minnehaha,[12] 당신이 체로 걸러내. 나는

---

12 헨리 워즈워스 롱펠로의 시 〈하이와사의 노래〉에 등장하는 인디언의 아내 이름.

흰 밀가루를 만들고 있거든."

전체 과정 중에서 가장 놀라운 점이 바로 이거였다. 손으로 밀을 빻으면 통밀가루밖에 만들지 못할 거라고 생각했지만, 8개월 동안 책을 읽고 자료 조사하며 배운 것보다 지난 두 시간 동안 더 많은 것을 배우게 되었다. 마이크가 베이 스테이트 제분소의 강철 롤러 제분기가 어떻게 작동하는지 설명해주기는 했지만, 어떤 속성 때문에 밀이 제분에 그렇게 특출나게 적합한지 나는 직접 발견했다. 밀의 세 부분(배유, 밀기울, 배아)은 돌의 압력에 각각 크게 다른 방식으로 반응한다. 밀알의 흰 부분, 탄수화물이 많은 배유는 말 그대로 가루로 부서지지만(이게 밀가루다), 거친 밀기울은 상대적으로 큰 조각으로 부서져 체로 쉽게 걸러진다. 밀의 작은 씨눈, 배아는 기름 함량이 높아 모양이 쉽게 변하기 때문에 납작하게 펴진다. 씨의 각 부분의 역학적 성질 덕분에 제분과 분리가 가능해지며, 덕분에 마당에서 키운, 원주민 유물을 사용해 빻은 흰 밀가루(흰색에 가까운 밀가루)를 얻을 수 있는 것이다.

돌로 제분하는 방앗간에서는 전통적으로 실크 스크린을 이용해(티셔츠에 프린트를 넣는 것과 비슷하지만, 실크 천 사이로 잉크 대신 밀을 통과시킨다) 빻은 밀을 거른다. 이 과정을 '볼팅bolting'이라고 하는데, 앤과 나는 알루미늄 창틀로 된 오래된 방충망을 사용했다. 내가 계속 밀을 빻는 동안 앤은 금속 벤치 스크레이퍼를 들고 밀가루를 앞뒤로 문질렀다. 밀기울과 배아 부스러기가 약간 섞이기는 했지만, 밑으로 떨어지는 건 의심할 여지 없이 흰 밀가루였다.

"이거 요구르트에 넣어 먹어도 돼?" 앤이 망 위에 남은 밀기울을 보며 물었다. 나는 밀기울이 음식으로서 가치가 있는지 의문스러웠지만, 어쨌든 남겨놓기로 했다. 내 밀가루로 구운 빵 위에 밀기울 부스러기를 올려 굽고 싶은 마음도 있었다. 긴 하루는 밀가루 225그램, 1리터짜리 통에 가득 찬 밀기울로 마무리됐다. 수없이 많은 인디언의 손을 거쳐서 전해졌을 이 고대 숫돌로(더이상 진품인지 의심하지 않는다) 밀을 빻았다는 사실이 뿌듯하면서 신났고, 내가 직접 돌로 간 밀가루로 빵을 굽는다는 생각은 짜릿하기까지 했다. 그러나 들통에 가득 든 밀은 양이 조금도 줄지 않은 듯했다. 나머지 밀을 빻을 다른 방법을 찾아야 했다.

그러나 곧이어 마이크에게서 온 이메일은 그 고민 자체를 쓸모없는 것으로 만들어버렸다. 그에게 분석해달라고 밀알을 가져다줬는데, 결과에 놀란 마이크가 이메일을 보내온 것이다. "이 밀은 연질 적동소맥으로 보여요. 맞아요? 그렇다면 좋은 빵을 만들기에는 부적합할 수도 있겠는데요."

좋은 빵을 만들기에는 부적합…… 뭐라고? 나는 마이크에게 전화했다. "확실한가요?" 밀의 단백질 함량이 겨우 9퍼센트로 나왔다고 했다. 거의 13퍼센트인 강력분과의 비교는 고사하고 보통 11~12퍼센트인 중력분에도 한참 못 미친다. 내 밀가루는 팽 드 캉파뉴보다는 말하자면 크루아상에 더 적합한 것이다.

단백질 함량은 빵 만드는 데 필수적인 글루텐의 함량을 보여준다. 겨울밀이든 봄밀이든 연질 밀은 단백질 함량이 훨씬 낮아서, 거친 강력분이나 중력분 대신 페이스트리, 파이 크러스트, 쿠키 등을 만드는 데 쓴다. '케이크용 밀가루'로 판매하는 것은

가장 연질의 밀을 빻은 것으로, 단백질 함량이 5~8퍼센트밖에 되지 않는다.[13]

"이곳 연구소에서 나온 결과를 재확인하려고 미니애폴리스 연구소에 익일 속달로 샘플을 보냈는데, 확실히 연질 적동소맥이 맞는 것 같아요."

어쩐지 너무 잘 갈리더라니.

우거지상을 한 내 얼굴을 보고 앤이 무슨 일이냐고 물었다.

"한 백인이 내게 말하기를, 내가 컵케이크 만들기에나 딱 좋은 밀가루를 얻으려고 몇 달간 밀을 재배한 거라네."

38주 차

돌아온 공포

나는 희망을 품고 산다. 희망의 대안이 뭐지? 체념?
그럴 거면 차라리 오븐에 머리를 박는 편이 낫기 때문이다.

스터즈 터클Studs Terkel

"오븐 밑단을 모르타르로 다시 세울 생각이야." 나는 앤에게

---

13 언급된 단백질 함량은 제분된 흰 밀가루의 경우다. 밀기울에 단백질이 많이 함유되어 있기 때문에 통밀 알갱이의 단백질 함량은 1퍼센트 정도 차이밖에 나지 않는다.—저자

투덜거렸다.

"그러면 안 되는 거야?"

"이 프로젝트 판이 점점 커지고 있어. 이제 영구 구조물을 세우고 있잖아."

"꼭 그렇지는 않아."

그렇게 말할 줄 알았다. 시작하기까지 너무 오래 기다린 덕분에 나 혼자서 끝내야 하게 생겼다.(주말 이틀이면 될 줄 알았다. 와, 정말 왜 그런 바보 같은 생각을 했을까?) 처음 시도할 때 온갖 중노동을 같이 해줬던 자크는 다시 학교로 돌아가야 해서 정기적으로 집에 들러 벽돌과 모르타르를 사용한 내 느리디느린 작업 과정을 확인하는 것 말고는 할 수 없게 되었다. 재료 혼합, 먼지, 난장판, 청소, 무게까지 나는 석조 공사라면 질색이다. 특히나 무게! 모르타르는 아마 지구상에서 가장 밀도가 높은 물질일 것이다. 그냥 벽을 쌓는 게 아니라 벽돌 열아홉 개로 원형의 기둥을 쌓아 올리느라 밑단은 아주 느린 속도로 올라갔다. 열아홉 번째 벽돌이(벽돌을 쪼개야 하니 일부분이라고 해야겠지만) 첫 벽돌과 같은 높이로 맞아야 했다. 일을 대충 하거나 눈대중으로 작업할 수도 없었다. 벽돌 하나하나 조심스럽게 수평계로 측정해가며 쌓아야 했다. 직사각형 벽돌로 세심하게 각도를 재가며 원형을 만들어야 한다는 사실은 말할 것도 없다. 파이 조각처럼 놓인 벽돌 틈에 모르타르를 바르는 것 역시 만만찮게 어려웠다.

유일하게 잘하는 것은 모르타르를 섞는 일이었다. 반죽 섞는 일과 크게 다르지 않았다. 반죽과 마찬가지로 가루부터 부어놓은 다음 물을 섞는 것보다는, 약간 질게 만들어놓고 적당한 농도가 될 때까지 모르타르 가루를 섞는 게 나았다. 한번 무너졌던 벽을 튼튼한 벽돌과 모르타르로 다시 세우고 있자니 아기 돼지 삼 형제 중 하나가 된 듯한 기분이 들었다. 특히나 밀짚, 나무막대기, 진흙, 벽돌 등 흩어져 있는 자재들을 보니 더 그랬다. 분명이 오븐은 무서운 늑대가 와도 무너뜨리지 못할 것이다.(마당에 '영구 구조물'을 세워버렸으니 무서운 건축물 준공 조사관은 오븐을 무너뜨릴지도 모른다.) 시작한 지 열 시간째인 오후 6시에 드디어 밑단 작업이 끝났다.(나도 끝장났다.) 키코의 '주말 동안 오븐 만들기'는 순화해서 말하자면 '다소' 낙관적인 계획인 것 같다. 두 번의 주말을 할애했지만, 아직 실제 오븐은 시작도 못 했다.

공구를 치운 뒤 비틀거리며 집으로 들어가는데 몇 년 만에 다시 탈장이 생길 것 같은 기분이 들었다. 처방받은 소염진통제를 차가운 맥주와 삼키고는(안내문에 '음식과 함께 섭취하시오'라고 쓰여 있었다) 피부가 벗겨질 듯이 뜨거운 목욕물에 몸을 담글 생각만 하던 중 옆방에서 케이티와 앤의 대화 소리가 들렸다.

"아빠가 안 좋아 보여요."

앤의 대답을 알아듣지는 못했지만 '빵'이라는 단어만은 확실하게 들렸다.

빵? 오늘이 무슨 요일이지? 일요일이구나. 이번 주에는 빵을 안 구웠어! 일 년 동안 한 주도 빠짐없이 꼭 매주 빵을 굽겠다고 다짐했는데 차가운 맥주를 들고 뜨거운 욕조에 앉아 이렇게 망치고 싶지는 않았다. 내 선택지를 생각해봤다. 시간이 얼마 안 남았고 에너지는 부족했다. 할 수 있는 건 한 가지뿐이었다. 사용 안 한 지 몇 년은 됐지만 여전히 식료품 창고에서 한 자리를 차지하고 먼지를 뒤집어쓰고 있다. 미국 전역에 있는 것 중 4분의 3이 아마 그럴 것이다. 제빵기bread machine를 솔직히 언제 마지막으로 사용했는지 기억나는가?

희한한 것은 제빵기가 밀이 아니라 주로 쌀로 탄수화물을 섭취하는 일본에서 발명되었다는 사실이다. 그러나 자신들이 잘 먹지 않는 음식의 제조까지 자동화하는 게 일본의 특성이다. 1987년 미국에 들여온 제빵기는 10년 만에 연 매출 4억 달러를 달성했다. 앤과 나도 다른 미국인들처럼 매일 집에서 직접 구운 따뜻한 빵을 먹을 수 있다는 생각에 솔깃하여 총 매출에 175달러를 보탰다. 그리고 다른 미국인들처럼 몇 년째 제빵기에는 손도 대지 않았다.

확실히 제빵기로 빵을 만드는 건 쉬웠다. 모든 재료를 계량하여 섞고 나면 그다음은 단순히 '기계를 맞춘 다음 잊고 있으면set it and forget it' 됐다. 보통 내 페전트 브레드는 여덟 시간이 걸리지만, 오늘 밤은 빵이 몇 시간 만에 완성될 것이다. 알맞은 온도와 엄청난 양의 이스트 덕분에 반죽은 더 많이 부풀었지만, 오븐의 강하고 건조한 열에 노출되지 않아 크러스트는 시판용 식빵처럼 부드럽고 아무 맛이 없었다. 밀폐된 플라스틱 용기 안에서 요리된 빵은 구워졌다기보다는 찐 것 같았다. 그리고 폴리시나 르뱅도 들어가지 않아 맛이 단조롭고 풍미도 없었다. 제빵기는 아르티장 브레드가 아니라 셀로판 포장지에 든 시판용 식빵을 만들도록 제작된 것 같았다. 한 가지 크게 다른 점은 있었다. 시판 식빵과 달리 제빵기로 만든 식빵은 반죽 주걱 때문에 한가운데에 엄청나게 큰 구멍이 있다. 내가 가진 모델은 식빵의 반을 차지할 만큼 큰 구멍을 만들어 그릴드 치즈 샌드위치를 충분히 만들 만큼의 양이 나오지도 않았다.

늘 빵에 구멍이 생기기를 그렇게 원했는데 그 소원은 이룬 것 같다.

이 기계에 한 가지 장점은 있었다. 제빵기가 혼자 빵을 만드는 동안 나는 욕조에 편하게 몸을 누일 수 있었다. 욕실 블라인드를 내린 채 불을 끄고 물에 잠겨서 오늘 하루, 이번 주, 지난 몇 달간의 여정을 생각하는 동안, 클로테르 라파이유가 말한 파충류의 뇌가 작동했다. 빌, 도대체 뭐 하는 거야? 1491년 사람처럼 몇 시간씩 '우르바나이트'를 찾아 헤매고, 진흙을 파내고, 밀을 탈곡하고, 밀가루를 빻다니. 그나저나 빵은 어떻게 되고 있어? 뭐라고? 아래층에 있는 기계가 쪄내고 있다고?

여름 해가 서서히 지는 것을 지켜보며 나는 욕조에 뜨거운 물을 더 채웠다. 다시 내 삶과 빵을 정상적으로 다스려야 한다. 어느새 생각은 빵 굽기에 '선 사상'을 시도했던 때로 돌아갔다. 완벽한 빵은 아직 발견하지 못했을 뿐 그곳에 있다. 나 자신을 그 자리로 데려가기만 하면 된다. 비유적으로, 그리고 실제로도 내가 파고 있는 이 도랑에서 빠져나와 빵 아닌 빵을 만드는 사람에 집중해야 한다.

그때 바로 어디서부터 시작해야 할지 결정을 내렸다. 다음 날, 자크는 학교로 돌아갔고 나는 그의 방으로 옮겼다.

39주 차

빵을 위한 각방

빵에 들어가는 재료는 언제나 똑같다. 밀가루, 이스트, 물, 소금.
그러나 이 단순한 재료를 섞는 방법이 만 가지는 되기 때문에
빵 만들기가 어려운 것이다.

줄리아 차일드, 《줄리아의 즐거운 인생》(2006)

"오늘 밤에는 자크 방에서 잘까 해." 나는 우리 침실에서 베개
와 목욕 가운을 들고 나오며 최대한 태연하게 말했다.

앤의 시야에서 벗어날 때까지 기다렸다가 덧붙였다. "어쩌면
내일 밤도 그럴지 몰라. 더 오래갈 수도 있고."

드디어 선언했다.

앤은 아무 말 없이 나를 따라 자크 방으로 왔다가 '우리 방이
었던' 곳으로 내가 다시 물건을 가지러 가자 그림자처럼 나를
다시 따라왔다. 너무 많이 옮기는 건 아직 좋지 않겠다 싶었다.
앤의 섀도복싱은 내게 답을 요구하고 있었다.

"줄리아의 아이디어야." 나는 어색하게 말했다.

"줄리아?"

리키 리카르도는 "루시, 당신 내게 설명해야 할 게 많아"라고
말하곤 했다.[14]

줄리아 얘기를 하자면, 물론 줄리아 차일드를 말하는 것이다.

그의 회고록을 읽다가 《프랑스 요리법 마스터하기Mastering

256

the Art of French Cooking》 2권에 실릴 완벽한 바게트 레시피를 위해 줄리아는 남편과 함께 무려 130킬로그램이나 되는 양의 밀가루를 썼다는 에피소드를 봤다. 나처럼 줄리아도 크러스트 때문에 골치를 앓았다. 역시 나처럼 줄리아도 오븐에 스팀을 만들기 위해 온갖 시도를 다했다. 마침내 그녀가 찾은 방법은 찬물이 담긴 팬에 금속 도끼 머리를 넣는 것이었다!(용접공 헬멧을 쓰고 석면 장갑을 낀 채 빨갛게 달아올라 빛나는 도끼 머리를 집게로 집어 든 줄리아를 상상해보라.) 또한 나처럼 줄리아도 결국 저온에서 천천히 발효시키는 '오토리즈'법, 심지어 레이몽 칼벨도 찾아냈다. 줄리아는 빵을 굽다 난관에 부딪치자 칼벨 교수를 만나러 다시 프랑스로 갔다. 칼벨은 단 반나절 만에 줄리아의 빵 굽는 방식을 근본적으로 바꿔놓았고, 줄리아는 '희열'을 느끼고 완벽한 바게트를 굽겠다는 열정을 더 불태웠다고 한다.

257

왜였을까? 줄리아가 직접 쓴 이유는 이렇다. "나는 빵에 매료되어 직접 굽는 법을 배우고 싶었다. 제대로 하게 될 때까지 하고 또 하는 수밖에는 없었다." 나는 소울메이트를 찾았다. 늘 줄리아 차일드를 정말 좋아했지만(적어도 TV에서 보이는 모습 말이다. 물론 그게 내가 아는 전부였다), 이제는 마침내 내 여정의 동반자를 찾은 기분이었다. 제임스 비어드와 줄리아 차일드의 자비로운 영혼이 나를 내려다보고 있는데 어떻게 실패할 수 있겠는가? 나는 포기하지 않겠다고 단단히 마음먹었다.

---

14 1950년대 미국 인기 TV 시트콤 〈아이 러브 루시I love Lucy〉의 주인공 부부이자 실제 부부인 루시와 리키 리카르도를 말하는 것이다.

그래도 잠은 자야 했다. 내가 팔에 베개를 끼고 있는 이유다. 줄리아는 또한 내가 한동안 생각했던 일을 실행할 수 있는 용기도 주었다. 내 방을 갖는 것이었다. 나는 잠귀가 밝고 잠자리가 까다로운 데다 아침형 인간이다. 반면 앤은 종종 밤늦게까지 환자 차트를 작성하다 내가 잠든 후 밤늦게 침실로 들어오는데, 얼마나 조심해서 살금살금 들어오든 상관없이 나는 그 기척에 잠이 깬다. 게다가 앤이 나와 같은 방에서 잘 수 있다는 것이 내게는 미스터리였다. 나이가 들며 내가 매우 시끄럽게 코를 골기 시작했기 때문이다.

자크도 학교로 돌아갔으니 내 서재로 쓸 수 있는 책상 있는 침실이 생겼다. 옮기지 않을 이유가 없지 않은가? 나는 전에도 이 이야기를 꺼낸 적이 있었지만(우리 집에는 조그만 손님용 방도 하나 있다) 앤은 '친밀감'과 '결혼'같이 어리숙한 단어를 언급하며 그 자리에서 거부했다. 그러나 이번에는 "왼쪽에는 내 침실…… 그리고 폴의 침실은 오른쪽에 있다.(그는 불면증으로 잠을 못 이룰 때가 종종 있고 나는 코를 곤다. 우리는 따로 자는 게 좋겠다는 결정을 내렸다.)"라고 줄리아 차일드가 프랑스 집에 대해 언급한 부분을 앤에게 보여줬다. 앤 역시 나만큼이나 줄리아 차일드의 팬인데, 이번에는 그녀도 밤에 푹 자고 싶다는 생각이 들었던 모양이다.

침실 배정은 이제 끝났고, 다음 문제를 해결할 차례였다. 내 빵을 업그레이드하는 것이었다.(그 빵을 굽는 사람 마찬가지다.)

40주 차

거름이 필요해

"애야, 밀은 삶이야.
어떤 바보 같은 자식이 아니라고 하면 가만두지 마라."

크리스토퍼 케터리지·스파이크 메이스,
《번컴에서 5마일Five Miles from Bunkum》(1972)

"실질적인 교육을 받아야 할 것 같아. 더 나은 제빵사가 되어
야 해." 그저 그런 페전트 브레드를 또 하나 굽고 난 후 앤에게
고백했다.

"반죽 콘퍼런스에서 배운 게 아무것도 없어?"

오, 있지. 최고의 빵 굽는 법을 배우고 싶다면 최고의 빵이 있
는 곳으로 가야 한다는 것을 배웠다. 프로와 아마추어를 불문하
고 메인 주에서 만난 제빵사 중 반은 빵을 굽거나, 먹거나, 혹은
둘 다를 하러 프랑스에 갔다 온 사람들이었다. 줄리아 차일드,
스티븐 캐플런 '교수님', 찰리 밴 오버는 말할 것도 없다. 빵에
관심 있는 사람은 누구든 프랑스에 갔다 왔다. 그리고 나는 이
곳 뉴욕에서 프랑스 이름으로 불리는 빵을 구우려고 애쓰는 중
이다. 그러니 나도 제빵 과정을 들을 생각이라면 파리로 가는 게
좋지 않을까?

나는 앤에게 이야기를 꺼냈다. 앤은 1,000분의 1초쯤 생각하
더니 자기도 파리에 같이 가서 내가 제빵을 공부하는 일주일 동

안 함께하겠노라고 했다. 이렇게 해서 앤에게 '팽 드 캉파뉴'라는 말을 꺼내기도 전에 나는 에콜 리츠 에스코피에École Ritz Escoffier, 그러니까 리츠 호텔 요리학교 제빵 과정에 등록했다.

그러나 그 전에 먼저 뒷마당에 처리해야 할 일이 있었다. 지금 진흙 '오븐'은 점토질의 흙더미, 돌, 벽돌, 플라스틱 들통, 빗물이 가득 찬 외바퀴 손수레로 둘러싸인 원통형의 벽돌 토대일 뿐이었다. 지난 주 목욕을 마치고 나오며 오븐 만들기를 포기하겠다고 마음먹었지만, 하느님이 아담을 흙으로 빚으셨듯 나 또한 내가 키운 밀로 마당의 흙으로 빚어낸 오븐에서 빵을 만든다는 생각은 여전히 강렬한 유혹이었다. 게다가 작업도 꽤 진행되어 이제 키코가 말하는 진짜 '주말'만 남은 상황이었다.

다음 단계는 진흙과 왕모래를 섞은 것에 내화 벽돌firebrick을 끼워 넣어 오븐 바닥을 만드는 것이다. 마침 이전에 작업했을 때 썼던 모래가 남아 있었다. 나는 들통과 삽을 들고 모래를 놔둔 언덕 아래의 퇴비 더미를 찾았다. 모래를 찾으러 이렇게 뒤지는 걸 알면 키코가 자랑스러워할 것이다. 모래를 덮어놓았던 잡초를 걷어내고 나는 들통을 채워 들어 올렸고, 삽으로 진흙을 퍼서 자갈과 돌멩이를 걸러내기 위해 집에서 만든 체로(밀을 탈곡할 때 쓰던 것과 비슷하다) 걸렀다. 오늘같이 완벽한 늦여름 아침에 하기 알맞은 작업이었다. 먼 곳에서도 캐츠킬 산맥이 선명하게 보였고, 일도 수월해서 속도도 잘 났다. 이보다 더 하루를 잘 보내는 방법은 없을 듯이 느껴졌다. 햇볕이 아침 공기를 따뜻하게 데워 티셔츠만 남긴 채 껴입은 옷들을 벗었다. 순식간에 2주가 지나갈 테고 나는 리츠 호텔에서 빵을 굽고 있을 것이다.

뉴욕의 델리보다 더 많은 빵집이 있는 도시 파리. 눈을 가리키는 단어가 수십 가지는 된다는 에스키모처럼 빵을 지칭하는 단어만 스무 개가 되는 나라 프랑스에서의 가을이라니. 세계에서 가장 유명한 주방에서 빵을 공부하게 될 뿐 아니라 훌륭한 빵들에 둘러싸여 생활한다니! 상상만 해도 숨이 멎는 것 같았다.

그러나 그다음 일어난 일은 더 숨이 멎을 것 같았다. 모래가 약간 모자랄 것 같아(진흙과 섞다가 중간에 모래를 더 가지러 가는 일은 피해야 했다) 들통 하나만큼을 더 가지러 다시 언덕을 내려갔다. 허리를 굽혀 부드러운 모래 더미에 삽을 찔러넣었다. 동시에 다른 삽의 끝이 내 허리 아래쪽을 깊게 찔렀다.

적어도 허리에 느껴지는 느낌은 그랬다. 나는 엄청난 고통에 숨을 몰아쉬며 허리 숙인 자세를 유지했다. 천장관절에서부터 등을 타고 고통이 퍼져서 허리를 곧게 펴기가 두려웠다. "별거 아니야." 나는 크게 중얼거렸다. "단지 접질린 것뿐이야." 잠깐 기다리면 괜찮아질 거라고 생각했다.

그렇지 않았다. 집으로 돌아가야 할 거 같았다. 걸을 수는 있겠지. 어쨌든 지금 서 있을 수 있으니까.

그러나 걸을 수도 없었다. 의식을 잃지는 않았지만, 정신을 차릴 수도 없었다. 나는 뒤로 무너지듯 부드러운 퇴비 더미 위로 넘어졌다. 썩고 있는 복숭아와 잡초, 동물 배설물 등 마당에서 나온 쓰레기들과 하나가 됐다. 퇴비 더미는 의외로 따뜻하고 편안했다. 나는 긴장을 풀고 눈을 감은 채 몸을 맡겼다.

41주 차

당신이? 수도원에 간다고?

"내가 그 녀석을 아는 사람의 아는 사람을 아는데⋯⋯"
영화 〈섹시 비스트〉(2000)에서 벤 킹즐리의 대사

나는 밤사이 온 이메일을 살펴봤다.

"Nous acceptons votre proposition"이라고 되어 있었다. 세상에, 내 제안을 수락한단다.

무슨 제안? 그리고 Nous(우리)는 누구지? 이름이나 이메일 주소 모두 낯설었고 이 답장에는 내 원본 메시지도 포함되어 있지 않았다. 혹시 내가 보낸 팩스에 대한 답장인가?

전혀 알 수가 없었다. 지난 몇 주 동안 형편없는 프랑스어로 쓴 요청을 담은 이메일과 팩스를 여기저기 수십 통은 보냈기 때문이다. 《보니페이스 수사의 베이킹》책 표지에 있는 사진이 마음에 뿌린 씨는 표지 사진에 있는 휘어진 고목처럼 내 안에서 열심히 자랐고, 아주 오래된 수도원에서 빵을 굽는다는 생각은 곱씹으면 곱씹을수록 나를 사로잡았다. 나는 정말 오래된 곳(겨우 100년밖에 안 된, 사실상 어제 생긴 것이나 다름없는 리츠에서 말고), 제대로 된 제빵 전통을 접할 수 있는 곳에서 빵을 굽고 싶었다.

나는 처음에 수도원을 목표로 삼았다. 오래되었고 전통이 스며들어 있는 곳이기 때문이다. 그다음으로 미국보다 유럽의 수도원에 초점을 맞췄고, 프랑스에 가기로 결정한 후에는 프랑스 수도원으로 범위를 더 좁혔다.

"당신이? 수도원에 간다고?" 내 목표를 듣더니 앤은 웃었다.

수도원은커녕 교회에 발을 들인지도 한참 됐으니 우스워 보이는 것도 무리는 아니다. 그래도 비웃는 듯한 웃음은 조금 상처가 됐다. 아마도 나 자신도 약간 불안했기 때문일 것이다. "종교적인 방문이 아니야." 나는 지나치게 방어적으로 말했다. "그냥 괜찮은 아이디어라고 생각했어. 그리고 모든 수도원에서는 영적 안식을 원하는 일반인들도 받아."

앤은 내가 '영적'이라는 말을 입 밖으로 냈다는 사실에 더 놀란 것 같았다.

"나도 나름 영적인 사람이라고." 어떻게 영적인지는 사실 나도 설명할 수 없었다.

내가 계속해서 불편해하는 기색에 앤은 더 이상 이야기를 이어가지 않았다. 사실 나는 프랑스 수도원에 머문다는 것이 꽤 분위기 있고 심지어 어느 정도는 로맨틱하다고까지 생각했다.(더 나은 단어가 생각나지 않는다.) 그리고 빵을 굽고, 탈곡하고, 오븐을 만들며 점점 더 정신없어진 일 년의 4분의 3이 지난 시점에서 내게 필요한 게 있다면 안식이었다. 그게 영적이든 아니든.

그러나 빵과 수도원으로 유명한 나라에서도 그런 장소를 찾는 일은 생각했던 것보다 훨씬 힘들었다. 물론 그 둘이 만나는 곳도 어딘가에는 있을 것이다. 그러나 찰리 밴 오버의 말이 맞았다. 요즘 빵 굽는 수도사는 보기 힘든 것 같았다. 내가 계속해서 실패한 원인이 되기도 한 세 번째 필요조건 때문에 이 어려움은 더 악화했다. 단지 돈 내고 묵는 식당의 손님이 아니라, 나를 일원으로 받아들이고 주방에 들어갈 수 있게 해줄 수도원을 원했기 때문이다. 나는 찰리의 제안대로 유명한 제빵 책 저자이자 강사인 피터 라인하르트에게 연락했고(피터는 관심을 보이긴 했지만 아무 도움도 주지 못했다), PBS 방송에서 몇 시즌 동안 빵 만들기 프로그램을 이끌었던 개래몬 수사Brother Garramone도 비슷한 반응이었지만 성과가 없었다. 마지막 희망은《유럽 수도원과 수녀원의 게스트하우스》를 쓴 케빈 라이트였다. 그는 프랑스에 있는 거의 모든 수도원을 다녀왔음에도 그중 어느 곳이 직접 빵을 굽는지는 모르고 있었다. 대신 내게 도움을 줄 수 있을지도 모르는 프랑스의 미국인 수사의 이메일 주소는 알려주었다.

'이메일'과 '수사'라는 단어를 한 문장에서 보다니! 불법처럼 보일 정도였다. 하지만 합법적으로 생각해보면 이메일은 (만약 당신이 수사라면) 잘라서 파는 식빵 이래 가장 좋은 발명품이다. 요즘은 침묵 서약을 지키는 수도원이 많지 않지만, 여전히 불필요한 대화는 눈살을 찌푸릴 만한 일이다. 그러나 이메일에 대한 규율이 있는 곳은 없다. 웹사이트도 마찬가지다. 많은 수도원이 웹사이트를 가지고 있었다.

라이트가 연락처를 가르쳐준 수사는 내게 답장을 보내 자신이 있는 수도원에서는 빵을 굽지 않지만, 노르망디의 중세 수도원에서 빵을 굽는 수사의 이름을 안다고 했다. 나는 바로 그 수도원에 연락해보았다. 아, 그러나 그들은 해당 제빵사가 2년 전 수도원을 떠나 자신들의 수도원에서는 더 이상 빵을 굽지 않는다고 했다. 대신 프로방스에 빵을 굽는 수도사가 있다고 했다.

나는 프로방스 수도원에 연락했다. 사실이 아니었다. 하지만 대신 빵을 굽는 다른 수사를 안다고…….

어느새 나는 다섯 다리 건너의 수사들과 연락하고 있었다! 몇 주 동안 아무런 성과도 보지 못한 채 라이트의 책을 뒤적이며 이메일이 있는 수도원에는 이메일을, 이메일이 없는 곳에는 팩스를 보내며 온종일 이 일에만 시간을 쏟았다. 프랑스로 떠날 날은 점점 가까워지고 있었다. 가능성은 점점 희박하고 여행 날짜는 점점 가까워지면서 나는 무모하게 노르망디에 있는 베네딕턴Benedictine 수도원에 별 기대 없이 연락을 시도했는데(완전히 까먹고 있었다), 접객 수도사는 수도원에서 빵 굽는 이가 떠난 후 신선한 빵을 먹어본 적이 없다며 애석해했다.

"제안이 있습니다." 단 열 줄을 쓰는데도 나는 몇 시간 동안 프랑스-영어 사전을 뒤져가며 프랑스어로 이메일을 썼다. "수도원에는 맛있는 빵이 필요합니다. 저는 영적인 안식처가 필요할 뿐 아니라 오래된 수도원에서 빵을 굽고 싶습니다. 가서 며칠 머무르면서 수도사들께 빵을 구워드리고 싶습니다."

누가 이 제안을 거절할 수 있을까? 나는 내 빵이 얼마 전 뉴욕 대회에서 2위를 차지했다는 이야기를 덧붙이고 주방의 백열등 불빛을 받으며 따뜻하게 빛나는, 그나마 가장 예쁘게 만들어진 내 빵 사진도 첨부했다.

별 소용이 있을까 싶어서 기대하지 않았기 때문에(어쨌든 7세기에 지어진 수도원에서 가톨릭 신자도 아닌 속세의 미국인을 초청해 빵을 만들게 할 것이라는 생각은 터무니없었다) 내 경솔함으로 생겼을 만한 두 가지 오해에 대해서도 깊이 생각해보지 않았다. 하나는

내가 진짜 제빵사라는 것(내가 '뉴욕' 대회에서 우승할 뻔했다는 언급
은 아마도 내가 시러큐스의 주부들이 아닌 '설리번 스트리트 베이커리'나
'에이미스 브레드'[15] 같은 유수의 베이커리를 제쳤을 거라는 오해를 불러
일으켰을 것이다), 또 하나는 내가 실제로 사람을 만났을 때도 프
랑스어로 대화할 수 있을 거라는 것이다.

수도원의 접객 수도사가 말도 안 되는 내 이메일에 답장도 보
내지 않은 것도 당연했다. 내가 이상한 사람이라는 것을 만천하
에 알렸을 것이다. 그래서 몇 주 후 받은 편지함에 장 샤를 부원
장이 보낸 아래의 이메일이 도착했을 때 나는 서로 다른 번역
프로그램 두 개를 쓴 것도 모자라, 확실하게 이해하기 위해 세
번이나 읽어봤다.

Nous acceptons très volontiers votre proposition de venir
passer quelques jours à l'Abbaye et de faire un peu de pain
pour la communauté. Nous achèterons un peu de farine. Peut-
être serait-il aussi envisageable que vous puissiez montrer à
un frère comment on fait le pain……
며칠 동안 수도원에 방문해 저희에게 빵을 구워주시겠다는 귀하의
제안을 기꺼이 받아들입니다. 밀가루 비용은 저희가 대겠습니다. 혹
시 저희 수도사에게 빵 만드는 법을 가르쳐주실 수도 있을는지……

---

15 뉴욕 제과업계의 전설 에이미 셰르베르Amy Scherber가 뉴욕 첼시 마켓에서 운영하는 베
이커리.

수도원에서 며칠 머무르며 '수도사들에게 빵을 구워주겠다'라는 내 제안을 받아들인 것이다. 부원장은 답장이 늦어진 이유가 (전례 없는 데다) 예외적인 이 일을 승인해주어야 할 수도원장이 부재중이었기 때문이라는 설명도 덧붙였다. 그런데 잠깐, '혹시'로 시작하는 마지막 문장은 뭐지? '혹시 저희 수도사에게 빵 만드는 법을 가르쳐주시는 것도 가능할까요?'

세상에나! 내 제안을 받아들인 이유가 그거였구나! 새로운 제빵사를 훈련해야 한다니! 제빵사를 가르친다고? 나도 배우는 처지다. 이 상황이 너무 황당무계하고 무서웠다. 프랑스에서 머무는 처음 한 주 동안은 수업을 들으며 빵 만드는 법을 배우고, 그다음 주에는 초보자를 가르쳐야 하는 것이다. 이 이야기는 꼭 적어야겠다. 의대에서는 '보고, 하면, 가르칠 수 있다See one, do one, teach one'는 말이 있다며 앤은 전혀 동요하지도 않았다. 하지만 나는 정신이 하나도 없었다. 내가 수석 제빵사가 되어 수도원 전체가 먹을 빵을 굽게 되는 것 같았다. 사실상 작은 빵집을 운영하는 수준이다! 평생 한 번에 가장 많은 빵을 구웠던 게 두 덩어리였다. 어떻게 그렇게 무모한 제안을 했을까? 이어서 온 이메일에는 수도원의 제빵용 오븐이 몇 년째 방치되어 있지만, 아직 쓸 수 있다면 좋겠다는 이야기가 쓰여 있었다. 제빵용 오븐? 증기 분사기도 달린 건가? 나는 상업용 제빵 오븐에서는 어떻게 빵을 구워야 하는지도 몰랐다.

기독교 역사의 3분의 2를 차지하는 1,300년 된 수도원을 상대로 사기를 이어갈 수는 없었다. 나는 고통스럽게 답장을 작성했다. 내 기만을 인정하는 동시에 내 자격을 과장했으며 사실은 초등학교 1학년 수준의 프랑스어밖에 구사하지 못한다는 것도 고백했고, 폐를 끼쳐 죄송하다는 말도 덧붙였다. 만약 지옥이 있다면 그 안에서 영원을 보내게 될 것 같지만, 그러고 싶지 않다는 말은 차마 적지 못했다.

나는 오랫동안 컴퓨터 모니터를 바라보며 부원장의 이메일을 읽고 또 읽다가 그의 요청을 새로운 견해로 보기 시작했다. 나는 단지 그냥 수도사를 가르치라거나 빵을 만들라고 부탁받은 게 아니다. 중단된 1,300년 된 제빵 전통을 다시 살리고, 이 수도원에 신선한 빵 냄새가 다시 나게 하고, 비극적으로 꺼져버린 전통의 불씨를 다시 살리도록 부탁받은 것이다. 이 수도원을 비롯해 유럽의 모든 수도원이 우리를 위해 암흑기에도 지식을 지켜준 것에 대한 빚을 갚을 기회였다.

그 대신 수도원도 내게 무언가를 제공해주었다. 회개할 기회였다. 지난 아홉 달 동안 나는 다른 사람들의 베이커리와 집에 난입하고, 수없이 많은 부탁과 수백만 번의 질문을 하며 짐이 되어왔다. 그리고 갑작스럽고 예상하지 못했던 기회지만 이제 무언가를 보답할 수 있게 되었다.

649년에 세워진 생 방드리유 드 퐁트넬 대수도원. 1,300년 동안 이어진 빵 굽기 전통이 사라진 이 수도원은 전통의 재건을 뉴욕 출신의 비신자에게 맡겼다.

하느님 맙소사!

저녁 기도

Vespers

저녁 기도는 하루의 끝을 기념하는 기도다.
하루가 거의 저물어가면 우리의 일도 끝난다.
통찰력이 넘치는 때이며 하루 동안의 고생, 성공, 실패 등을 뒤로한 채
감사함과 겸손함 속에서 휴식을 취하는 때다.

TSA를 축복하소서

비행기 여행에 대해 조언하자면…… 오후 비행기를 예약하세요.
공항 보안요원들이 이미 다른 승객들에게 손을 댄 후니까요.
제이 레노

몸무게: 91킬로그램

빵 서가의 무게: 27킬로그램

이야기를 잠시 중단하고 늘 욕먹기 일쑤인 집단, 미국 비행기
의 안전을 책임지는 TSA 직원들을 칭찬하고 싶다. 사실 그들이
규칙을 만든 것도 아닌데, 심지어 불만 많은 우리 같은 승객들보
다 그들이 거듭되는 변화에 더 시달려야 한다. 정부에 있는 '천
재'들이 끊임없이 만들어내는, 종종 바보 같기까지 한 규제들 때
문이다. 족집게 금지, 라이터 허용. 이번 주에는 액체가 금지되
었다가 그다음 주에는 지퍼백 한 개에 들어갈 수 있는 양이면
(100밀리리터 이하의 용기에 든) 모든 액체가 반입 가능해진다. 신
발을 벗으랬다가 신어도 된다고 했다가 다시 벗으라고 하기도
한다.

이렇게 존중도 못 받고 늘 애매한 처지에 있는 직원들이 고생
해서 얻는 건? 나 같은 승객이다.

271

굳이 변명하자면, 나는 신에게서 부여받은 사명을 띠고 있었다.

내 소중한 화물을 들고 엑스레이 검색대에 다가가며 솔직하게 말하는 게 최선이라고 생각했다. 노트북 컴퓨터와 세면도구 가방을 꺼낸 후, 뚜껑 닫힌 2리터짜리 플라스틱 용기를 내보이며 풍선껌을 신고하기라도 하듯 최대한 아무렇지 않게 말했다.

"사워도예요."

어쩌면 "총이에요!" 하고 말했는지도 모른다.

혹시 모를 상황에 대비해서 르뱅 11킬로그램도 작은 운동 가방에 넣어 내 여행용 가방과 함께 수하물로 부쳤지만, '사워도'라고 굵은 대문자로 적어놨음에도('르뱅'이라고 적으면 별 소용이 없을 것 같았다) 반반의 확률로 가방 검사 시에 던져질 가능성이 있었다. 게다가 무사히 이동한다고 해도 12킬로미터 상공의 화물칸에서 무려 여덟 시간 동안 스타터가 어떻게 될지도 알 수 없었다. 따라서 내 희망은 전부 내가 들고 탈 이 르뱅에 달려 있었다. 내 빵에 없어서는 안 될 존재가 되었기 때문만이 아니라, 이 12년 된 찰리의 르뱅이(이제 내 르뱅이다) 1,300년 전통의 수도원에 한몫하게 될지도 모르기 때문이다.

터미널의 모든 TSA 직원이 토론에 하나둘씩 참여하는 동안 내 뒤로 줄이 길어졌다. 사워도에 관련한 선례가 없는 모양이었다. 드디어 나는 보안 검색대를 지나 반대편으로 갈 수 있었다. 앤은 나를 보더니 안심했다.

"무슨 일이야?"

"나도 몰라. 당신 혼자 가야 할지도 모르겠다. 여기 좀 오래 있게 될 것 같아. 당신 주소 가지고 있지?" 가방이 연이어 컨베이어 벨트에 실려 엑스레이 검색대를 통과해 나오고 있었지만, 내 가방은 없었다. 무슨 일인지 알 길도 없었다. 우리는 몇 분을 더 기다렸다.

남성의 큰 목소리가 엑스레이 검색대 모니터 앞에서 들려왔다. "이게 뭐야, 반죽? 누가 반죽을 가져왔어?" 맙소사, 이 사람은 지금까지 어디 있었던 거지?

"제 겁니다." 나는 대답하고 검색대 쪽으로 다시 걸어갔다. 다른 승객들은 내 쪽으로 밀려 나오고 있어 내 탓에 더 어수선해졌다.

"거기 가만히 계세요!" 그가 고함을 쳤다. 나는 그 자리에 얼어붙었다가 소심하게 다시 앤에게 돌아갔다. 이 소란이 결국 담당자의 시선을 끌었는지, 그가 고맙게도 상황을 넘겨받았다. "이게 뭐죠?" 그는 예의 바르지만 지친 듯한 목소리로 물었다.

"사워도예요. 프랑스의 중세 수도원에 가져가야 합니다." 나는 그의 표정을 읽어보려 했지만, 훈련된 무표정에는 전혀 변화가 없었다. 담당자는 플라스틱 폭발물처럼 굳어버린 르뱅이 담긴 통을 보안 검색봉으로 훑었다. 나는 그에게 그 수도원은 중세 암흑기 중 가장 어두웠던 시절에도 문명의 불꽃을 유지해온 곳이지만, 이후 13세기가 지나면서 빵 만드는 법을 잊어버렸다는 것, 그리고 이 르뱅이 중단된 전통을 이을 연결고리라는 설명도 했다.

여전히 반응이 없었다. 압박감과 유머 사이를 왔다 갔다 하다 나는 덧붙였다. "서구 문명의 미래가 선생님께 달려 있어요."

바로 그때 놀랍게도 앤이 내가 미처 말릴 새도 없이 입을 열

있다. 마지막으로 그녀가 공항에서 이렇게 입을 열었던 건 세관에서였다. 앤은 자발적으로, 너무나도 불필요하게, 우리가 산 모든 물건, 누구를 위해 산 것인지를 일일이 다 이야기했는데, 어찌나 부자연스럽고 긴장했는지 곧 알몸 수색을 당할 것 같다는 생각이 들 정도였다.

"빌이 만든 빵은 뉴욕 주 박람회에서 2위를 차지했어요!"

여전히 무표정한 채로 담당자는 통을 내려놓았다. 내가 생각지도 못했던 가방에 있던 다른 물건이 그의 눈길을 끌었다.

"이건 뭔가요?"

그는 내 소형 주방용 디지털 저울을 들었다. 지금 같은 상황에서는 플라스틱 폭발물에 딸린 타이머와 점화 장치처럼 보인다고 해도 할 말이 없을 듯한 물건이었다. 그래도 전선은 갖고 있지 않아 다행이다. 면도칼도.

"저울이에요. 제빵용이죠."

"빵 구울 때 저울이 필요해요? 어머니는 한 번도 안 쓰시던데."

"부피 기준으로 계량하는 것보다 훨씬 정확하거든요." JFK 국제공항의 TSA 직원과 이런 대화를 하고 있자니 황당했다.

"흠." 담당자는 저울 윗부분을 빼더니(나는 지금까지 그게 빠지는 줄도 몰랐다) 보안 검색봉으로 훑고는 다시 제자리에 끼웠다.

"상 하나 드려야겠네요." 그의 얼굴에 순식간에 미소가 번졌다. "'최고로 이상한 휴대 수하물' 상입니다. 즐거운 여행 되십시오."

나는 짐을 들고 나와 의자가 보이자마자 털썩 주저앉았다. 온

몸이 식은땀으로 축축했고 진이 다 빠진 듯했다.

"큰일 날 뻔했어!" 앤이 한숨을 쉬었다.

"꼭 그렇지만도 않아." 나는 '샴푸' '린스' '로션' 등의 라벨을 붙인 알록달록한 작은 용기가 가득 든 지퍼백을 꺼냈다.

"왜 내가 프랑스에 린스를 이렇게 많이 가져가는 줄 알아? 그것도 기내 휴대품으로?" 나는 앤에게 물었다.

앤의 입이 떡 벌어졌다. 자기가 모르는 사실이 있다는 데 약간 상처받은 것 같았다.

"모르는 게 더 나은 것들도 있어." 나는 덧붙였다.

앤은 더 이상 무표정을 유지하는 게 어렵겠다는 사실을 깨닫고 동의했다. "어쨌든 무사해서 다행이야."

"꼭 그런 것도 아니야. 프랑스 세관도 통과해야 하잖아. 얼른 게이트로 가자. 이제 파리로 가는 거야!"

일어나려는데 등에서 찌릿한 통증이 느껴졌다. 이코노미석에서 여덟 시간 동안 무릎이 가슴에 닿을 만큼 찌그러져 있을 텐데 허리 통증쯤이야 아무것도 아니다.

43주 차

리츠 호텔 빵 수업

기분이 우울하고 뭘 해야 할지 모르겠다면
멋지게 차려입고 리츠로 가는 거야.

어빙 벌린

리츠 호텔의 직원용 출입구에 아무도 없을 거라고는 예상도
못했지만, 방탄복으로 무장한 프랑스 CRS 폭동 진압 경찰 정예
부대 200명을 포함한 500명의 대테러 경찰과 마주칠 거라고는
더더욱 예상하지 못했다.

"내가 온다는 이야기를 들은 모양이야." 캉봉 거리쪽 입구에
서 있던 보안 요원에게 리츠 호텔 제빵 과정 참석 확인 서류를
보여주며 앤에게 말했다. "여기서 잠깐만 기다려봐. 오늘 수업
이 언제 끝나는지 확인해볼게." 앤은 긴장한 듯 주위에 서 있는
소총 든 경찰들을 바라봤다. "당신 안전하니까 걱정하지 마." 나
는 앤을 안심시켰다.

5분 후 돌아왔을 때 앤은 흔적도 없이 사라진 상태였다. 본능
적으로 그녀에게 전화하려고 했으나 유럽의 무선 통신망과 맞
지 않아서 휴대전화를 두고 나왔다는 게 생각났다. 나는 담배 피
우고 있던 리츠 호텔 직원들에게 그녀를 봤는지 물어봤지만, 영
어로도 설명하기 쉽지 않은 그녀의 인상착의를 내 기초 프랑스

276

어로 설명하기란 어려웠다. 말도 없이 사라져버리는 건 그녀답지 않았지만, 날 기다리기를 포기하고 돌아다니고 있을 거라고 믿으며 나는 호텔로 다시 들어가 약간 불안한 마음으로 내 제빵 코스 첫째 날 수업을 시작했다. 왜 이렇게 경비가 삼엄하지? 호텔은 (크래커 다음으로) 초호화, 고급 식당, 높은 가격 등과 동의어이며 수백 년 동안 왕, 공주, 작가, 배우들이 파리에 있는 집처럼 묵어온 그 유명한 '리츠'라기보다는 군대 주둔지처럼 보였다.

어니스트 헤밍웨이가 1944년 개인적으로 리츠를 해방시켰다고 주장하지만, 호텔의 헤밍웨이 바는 헤밍웨이의 외상 장부를 기념한 것이었을 가능성이 더 크다. F. 스콧 피츠제럴드(《리츠 호텔만 한 다이아몬드The Diamond as Big as the Ritz》라는 소설도 썼다), 마르셀 프루스트, 에드워드 7세 왕, 루돌프 발렌티노, 찰리 채플린, 그레타 가르보, 30년 동안 호텔에서 살았던 코코 샤넬 등 여러 명사가 머무르며 호텔은 더 전설적인 곳이 되었다. 호텔의 명성이 예전만 못하다고 말하는 사람들도 있지만, 〈악마는 프라다를 입는다〉 등의 영화에 계속해서 카메오로 출연하면서 리츠는 실제보다 더 큰 유명세를 근근이 이어가고 있다.

그러나 이번 주는 리츠가 죽음을 상기시켰다. 수업에서는 빌 클린턴이 머무르고 있다는 등 아랍의 저명한 국가 원수가 방문 중이라는 등 삼엄한 보안에 대한 소문이 돌았다. 그러나 사실은 리츠 호텔이 마지막으로 뉴스에 나왔던 충격적이고도 반갑지 않은 사건이 이유였다.

1997년 8월 31일, 도디 알파예드와 다이애나 비는 이 호텔에 머무르고 있었다. 첫째, 내가 앞서 말했듯 공주들은 리츠에 묵어야 하는데 그녀는 왕세자빈이었고, 둘째, 알파예드의 아버지가 호텔의 소유주였기 때문이다. 반 왕족인 이 커플은 어디에나 따라다니던 파파라치를 피하려고 내가 앤과 헤어졌던 캉봉 거리의 직원용 출입구를 통해 리츠에서 막 나선 참이었다. 그러나 파파라치를 속일 수는 없었고, 맹렬한 속도로 이어지던 추격전은 터널에서의 끔찍하고 치명적인 사고로 끝났다. 10여 년이 지난 지금 영국 배심원들이 진행 중인 사인 규명을 위한 조사는 영국 해협을 건너 이곳까지 와 다이애나를 죽음에 이르게 한 사건을 재현하는 중이었다. 자신들의 땅에서 이런 비극이 있었다는 게 수치였던 프랑스 경찰은 더 이상의 문제를 막기 위해 호텔에 있었던 것이다. 그리고 그 '문제'에는 내 아내도 있었다. 앤은 경찰에게 추궁받고는 결국 쫓겨났다고 나중에 말해주었다. 그녀가 이번에도 남편이 빵 경연대회에서 2위를 했다고 항의했는지 아닌지는 모르겠다.

그 침울한 분위기 가운데 리츠의 지하 베이커리에서 수업을 시작했다. 몇 가지 형식적인 절차가 끝나고, 셰프 보조와 통역사라는 이중(인 데다 양립 불가능해 보이는) 임무를 맡은 젊은 베트남 여성과 함께 우리 여덟 명은 엘리베이터를 타고 더 깊은 지하로 내려갔다. 우리는 세탁실에 도착해 머리끝부터 발끝까지 갖춰진 유니폼을 받았다. 내 키를 2미터 넘게 만들어주는 높이 솟은 종이 토크toque(둥근 모양의 챙 없는 요리사 모자), 투 드 쿠tour de cou(목에 매는 흰색 천 냅킨), 베스트 드 퀴진veste de cuisine(깔끔해 보이는 흰색 더블 단추 재킷), 그 위에는 타블리에tablier라고 하는 앞치마를 입고, 허리춤에는 토르숑torchon(행주)을 밀어 넣는다. 마지막으로는 푸른빛을 띤 회색 판탈롱pantalon(바지)이다. 유니폼의 마지막 품목이 내 동기 중 한 명의 자신감을 떨어뜨리는 모양이었다. 캐나다에서 온 그를(미국인이 아니어서 다행이다) '네비시Nebbish[1]'라고 부르겠다. 우리 모두 네비시 같은 사람을 만난 적이 있다. 당신이 남자라면 늘 체육복을 빼먹고 학교에 오고, 국부 보호대를 차기 싫어하며 라커 비밀번호는 항상 까먹는 데다 정기적으로 안경을 깨뜨리는 고등학교 동창일 것이다. 다른 친구들 귀에 대고 "쟤 진짜 짜증 나!" 하고 몰래 속삭일 법한 그런 사람 말이다.

몇 십 년이 지난 후 네비시는 내 가정 수업 시간에 다시 나타났고 당연히 뻔한 질문을 했다. "바지를 꼭 입어야 하나요?"

남편이 파리로 발령 받았다는 캘리포니아 출신의 수의사, 손에서 비디오카메라를 놓지 않던 웃음 많은 두 일본인 여성, 중국 혈통의 젊은 브라질 여성, 직무 연수 목적으로 이 수업을 듣는다는 이 호텔의 아주 멋진 호주 셰프, 그리고 네비시의 80세 아버지까지, 모두가 그를 쳐다봤다.

그렇다, 네비시는 아버지와 함께 수업을 들으러 왔다.

"바지를 꼭 입어야 하냐니 그게 무슨 말이냐? 도대체 왜 그러는 거니?" 네비시의 아버지가 으르렁거리듯 말했다.

"당연히 바지를 입으셔야죠." 셰프 보조가 말했다.

"입을 수 없어요."

"입으셔야 해요. 바지까지 유니폼이니까요."

---

1 '하찮은, 시원찮은 사람'이라는 뜻.

"못해요."

"못 입으시겠다는 말씀이세요?"

"네, 못 입겠어요."

"왜죠?"

의미심장한 침묵이 잠깐 이어졌다.

"속옷을 안 입고 왔어요. 바지를 벗게 될 줄 몰랐단 말입니다."

　루니 툰 만화를 보고 자란 사람이라면 다 알겠지만, 프랑스 셰프는 몸집이 두 종류다. 작고 뚱뚱하거나 키가 크고 말랐거나. 강사이자 리츠의 제빵사인 디디에 셰프는 후자였다. 늘 환한 웃음을 자랑하는 데다 '심술궂은 셰프'라는 고정관념과도 거리가 먼, 꽤 호감 가는 사람이었다. 그는 심지어 우리더러 자신을 그냥 '디디에'라고만 부르라고 했지만, TV에서 리얼리티 요리 경연대회를 보며 세뇌되었는지 나는 종종 나도 모르게 "네, 셰프!"라며 군인같이 짧게 대답하곤 했다. 그는 크게 신경 쓰지 않는 것 같았다.

　프랑스에서 프로 제빵사가 되는 것은, 글쎄, 미국에서 핵물리학자가 되기보다 아주 약간 덜 어렵고 시간이 조금 덜 걸리는 정도다. 미국에서는 제빵사가 되고 싶다면 몇 가지 방법이 있다. 일하면서 훈련받을 수 있는 베이커리에 취직하거나, 정식으로 교육을 받고 싶다면 샌프란시스코 제빵학교 같은 전문학교에 다니는 방법도 있다. 그리고 이 경우에도 18주 만에 제빵사 자격을 취득할 수 있다.

프랑스에선 제빵사가 되려면 중세시대부터 이어져온 정부가 관리하는 견습 제도를 거쳐야 한다. 디디에는 고등학교 졸업 후 리츠 불랑주리에 오기 전까지 4년 동안 견습 기간을 보내며 빵뿐만 아니라 제과, 초콜릿, 아이스크림까지 마스터해야 했다.

디디에는 고등학교를 졸업한 후에야 견습 기간을 시작할 수 있었지만, 미래의 제빵사들은 대수학을 배우며 시간을 낭비하지 않아도 된다. 제빵사 공급 부족에 대처하기 위해 프랑스 정부는 2007년 견습 기간 시작 최소 연령을 중세시대와 같은 열네 살로 내렸다.

리츠의 제빵 과정은 독특하게도 견습 프로그램의 축소판 같았다. 가정에서 아르티장 브레드를 만드는 법 등을 예상했으나, 주안점은 레스토랑에 공급할 빵 만들기를 배우는 데 있었다. 대표적인 메뉴의 기준 공식과 레시피를 배우고 많은 양의 빵을 굽게 된다는 얘기다. 어마어마한 양의 빵이었다. 바게트, 올리브 빵, 베이컨과 건토마토를 넣은 빵, 사워도 빵, 호밀빵, 통밀빵, 커런트와 향신료를 넣은 통밀빵, 건포도빵, 살구빵, 마늘 한 쪽이 들어간 호밀빵, 샌드위치용 흰 빵, 팽 드 르뱅, 팽 드 캉파뉴, 그리고 또 바게트. 우리 일곱 명은(네비시의 아버지는 첫날이 지나고 그만두었다) 일주일 동안 수백 개의 빵을 구웠다. 이 빵들을 굽는 데 지칠 때쯤 장식용 빵과(반죽으로 장미 모양을 만들 줄도 알게 됐지만, 지금까지 써먹을 데는 없었다) 롤 등을 만드는 법을 배우기도 했다.

한 회분 구울 양을 만드는 일은 늘 같은 작업으로 시작했다. 상업용 반죽기에 밀가루 9킬로그램을 넣고 반죽한 다음 발효시키고 반죽을 나누는 일이었다. 내 파트너였던 일본 여자들은 빵 만드는 것보다는 비디오를 찍느라 너무 바빠 나는 반죽을 나누고 무게를 재는 일을 거의 혼자 했다. 일주일이 다 끝나갈 무렵에는 실력이 꽤 늘어 있었다.

"이렇게 해서 40분 동안 반죽할 수도 있고요." 헉헉거리며 손으로 반죽하는 과정을 과장해서 보여주는 디디에는 영화 〈신혼여행자〉에서 옛날 방식으로 '사과 속을 도려내는 법'을 보여주는 남자 주인공 같았다. "아니면 이렇게 8분 동안 하면 됩니다." 그는 섞은 재료를 작동 중인 커다란 믹서에 넣고 미소 지었다. 오토리즈는? 잊어라.

우리가 만든 반죽 대부분은 성형하고 나면 보통은 '결혼 세이버marriage saver'로 더 잘 알려진 '발효 지연 캐비닛retarder proofer cabinet'이라는 거대한 냉장 기계로 들어간다. '결혼 세이버'라는 이름이 붙은 계기는 이해하기 어렵지 않았다. 집에서 빵을 만들 때 보통 시작부터 끝까지 7~10시간이 걸린다. 내 빵은 보통 오후 4시나 되어야 오븐에서 나온다. 만약 내가 상업용 빵집을 운영하고, 아침 7시에 막 구운 빵을 진열해야 한다면…… 계산이 나올 것이다.(당신이 제빵 견습생이 되기 위해 중학교를 중퇴하지만 않았다면 말이다.) 상당히 최근까지도 제빵사의 하루는 자정쯤 시작해 아침에 끝났다. 제빵 보조가 정오쯤 따뜻한 오븐 위에서 잠들어 있는 광경도 드물지 않았다.

'결혼 세이버'는 온도와 습도를 조절해서 밤새 반죽을 냉장 상태로(리츠에서는 약 1.5도로 맞춘다) 촉촉하게 유지했다가 타이머를 사용해 마지막 몇 시간 동안은 다시 실온까지(24도) 온도를 높여 빵이 발효되어 오븐에 들어갈 수 있도록 해준다. 전부 제빵사가 자기 집 침대에 아내와 함께 누워 있는 동안 이뤄지는 일이다.

(내가 하면 늘 엉망진창이었던 바게트와 바타르[2] 성형을 제외하고) 수업의 최대 과제는 리츠 불랑주리에 방해가 되지 않도록 노력하는 일이었다. 수업용 주방이 아니라 실제 영업장 주방이었던 탓에 제빵사들은 끊임없이 빵이 담긴 트레이를 들고 뛰어다니며 "조심하세요!" "비켜주세요!" 등을 외치곤 했다. 네비시는 이 기회를 이용해 젊은 여자 제빵사의 관심을 끌어보고자 리츠 레스토랑에서 매일 먹는 빵을 지적하는 참신한 방법을 사용했다. 자멸적인 데다 가망 없는 작업 방식처럼 보였지만, 처음에는 입술을 깨물며 참던 제빵사가 그 주가 끝나갈 무렵에는 네비시와 농담까지 주고받을 정도로 친해져서 우리의(솔직하게는 나의) 말문을 막히게 했다.

인정하기는 싫지만 네비시의 말이 아주 틀린 건 아니었다. 리츠의 빵은 그렇게 맛있지 않았고, 수업도 그렇게 좋지 않았으며, 일주일 내내 우리가 구웠던 빵도 딱히 괜찮지 않았다. 완벽하게 굽고 싶었던 빵이라 기대가 컸던 리츠 버전의 팽 드 캉파뉴도 예외는 아니었다. 그래서 리츠의 수업이 없을 때마다 나는 파리 곳곳을 돌며 최고의 빵집을 찾아다녔다. 여전히 기억 속에 또렷한 크럼, 크러스트, 질감, 맛이 분명 존재했으며 내가 유령을 쫓고 있는 것이 아니라는 것을 확신하기 위해서라도 완벽한 팽 드 캉파뉴를 찾고 싶었다.

---

2 바게트보다는 좀 짧은 모양으로 만드는 빵.

수업은 정오부터 초저녁까지라 아침 시간은 자유로웠다. 앤과 나는 성지인 불랑주리 푸알란Poilâne에서부터 시작했다. 장작 오븐에서 구운 2킬로그램에 육박하는 그 유명한 아르티장 미슈가 있는 곳이다. 나는 이야기를 잘해서 아래층에 있는 빵 굽는 주방으로 내려가볼 수 있었고("저는 미국 제빵사입니다」e suis un boulanger américain."), 제빵사들이 큰 빵 덩어리들을 꺼내는 동안 장작불이 맹렬히 타오르는 오래된 벽돌 오븐의 온기를 느낄 수 있었다. 많은 사람이 세계 최고의 러스틱 브레드로 꼽는 빵을(미국 사람들은 미슈 한 개를 집으로 배송받으려고 53달러씩 쓴다고 한다) 만들 때 쓰는 방법이 고작 끓는 물이 든 심하게 낡은 금속 그릇이라는 것을 보고 나자, 오븐에 스팀을 주입하느라 혼자 꽤 오랜 시간 고군분투했던 게 민망했다.

세계에서 가장 유명한 제빵사라고 할 수 있는 리오넬 푸알란 Lionel Poilâne이 1992년 헬리콥터 사고로 사망한 후, 백만 유로 규모의 푸알란 가업을 그의 딸 아폴로니아가 맡고 있다. 최근 하버드 대학교를 졸업한 그녀는 이 일에 적임자인 것 같다. 최근 그녀는 프랑스 빵의 상징(혹은 프랑스의 상징) 바게트가 사실은 프랑스 빵이 아니라는 이야기를 해서 큰 논란을 불러일으켰다.(푸알란 무료 홍보 효과도 있었다.) 부대원들이 길고 가느다란 빵을 다리에 묶고 다닐 수 있도록 나폴레옹이 바게트를 발명했다는 전설을 뒤집고, 아폴로니아는 바게트가 사실 현대에 들어와 오스트리아에서 수입된 것이라며(깜짝이야! 가장 마지막으로 오스트리아에서 온 건 마리 앙투아네트였다. 프랑스 사람들이 그녀를 어떻게 했는지 기억해보라) 애국심 넘치는 프랑스 사람들은 수입해온 흰 빵에 대한 사랑을 접고 전통적인 프랑스 빵으로 돌아가야 한다고 주장했다.

그 전통 프랑스 빵이 어떻게 생겼느냐고? 르뱅, 바다 소금, 돌로 간 밀가루로 만든 푸알란의 2킬로그램짜리 러스틱 미슈처럼 생겼단다. 당연하게도.

리오넬 푸알란은 당시 몇몇 다른 젊은 제빵사들과 마찬가지로 2차 세계대전이 끝나고 얼마 지나지 않아서부터 시작된 프랑스 빵의 쇠퇴를 역전시키기 위한 움직임을 선도해왔다. 낮은 가격에 많은 양을 제공해야 한다는 압박 때문에 프랑스 제빵사들은 손쉬운 방법을 택했다. 재료에 글루텐, 아스코르브산, 효소, 누에콩가루까지 추가해 빠르게 발효되고 거친 기계 반죽과 성형에도 잘 견딜 수 있는 반죽을 만들어낸 것이다.[3] 그렇게 나온 빵은 솜사탕 같은 식감과 솜을 씹는 맛이 났다. 그리고 슬프지만, 일반적인 동네 빵집에서 지금도 흔하게 볼 수 있는 빵의 맛과 비슷하다.

제빵업계의 젊은 두 이단아 에릭 케제르Eric Kayser와 도미니크 새브롱Dominique Saibron은 프랑스 빵을 다시 예전처럼 돌려놓겠다는 결심을 하고, 빵집으로 넘쳐나 골목 하나는 심지어 '제빵사들의 거리rue des Boulangers'라고 불리기도 하는, 파리 라탱 지구의 몽주 거리 양쪽 끝에 가게를 열었다. 다른 유명 빵집들은 파리 외곽에 있었다. 앤과 나는 그 빵집들도 전부 방문했다.

---

3 프랑스만 그랬던 것은 아니었다. 이탈리아도 비슷한 시기를 지나 현재 아르티장 브레드의 부활을 위해 유사한 과정을 거치고 있다.—저자

빵집 투어가 끝나면 숙소로 급히 돌아와 빵으로 점심을 먹은 다음 나는 수십 개의 그저 그런 빵을 더 구우러 사라지곤 했다. 그동안 앤은 파리를 돌아다니며 에펠탑에 올라가고, 박물관에 가거나 튈르리 정원을 거니는 등 신나게 보냈다. 주 중반쯤 되었을 때는 앤 혼자 재미있게 지내는 것을 구경만 하는 게 속상해서 과정을 포기하고 같이 놀러 다닐까 싶기도 했지만, 무언가 중요한 것을 배울지도 모른다는 실낱같은 희망 때문에 수업의 끝은 봐야겠다는 생각이 들었다.

아침 여행에서 앤과 내가 모아온 빵은 하나도 특별한 게 없었고 각각의 덩어리를 써는 일이 그나마 즐겁고 드라마틱했다. 푸알란에서 돌아온 앤과 나는 손에 빵칼을 들고 희귀한 유물을 살피는 고고학자들처럼 미슈 위로 몸을 숙였다. 내가 빵의 중간을 자르자 풍부한 이스트 향이 났고 갈색빛의 크럼이 모습을 드러냈다. 내 '불만족스러운' 크럼과 거의 똑같은, 촉촉하고 밀도가 높으며 공기구멍이나 조직감은 거의 보이지 않는 크럼이었다. 고비율로 도정된 돌로 빻은 밀가루는(전부는 아니지만, 밀알 대부분이 그대로 갈려 밀가루로 만들어졌다는 뜻이다)[4] 밀도나 맛이 통밀과 흰 밀의 중간쯤 되는 것 같았다. 나쁘지 않군. 사워도 고유의 맛이 좋다. 하지만 빵 한 개에 50달러나 한다고?

"당신 빵이 더 맛있는 것 같아." 앤이 말했다. 그렇게 말해주다니 감동이었다.

---

4 통밀은 도정 비율이 100퍼센트, 흰 밀은 70~75퍼센트 정도이며 고비율로 도정된 밀은 보통 85퍼센트 정도다.

하지만 내가 그렇게 따라 하려 애쓰던 빵이 사실은 존재하지도 않는 것 같아서 조금은 위안이 되었다. 우리는 팽 드 캉파뉴나 바게트를 불문하고 정말 훌륭한 빵들도 먹었지만, 내가 찾던 빵은 확실히 없었다. 그러다 한 주가 끝나갈 무렵, 나는 에릭 케제르의 빵을 맛보았다. 어디서도 그가 원하는 조건의 기계를 찾지 못하자 그가 직접 만든 기계에 보관해온 액체 르뱅을 써서 만든 것이었다.

"이거야!" 나는 소리 질렀다.

밀의 풍부한 맛, 건조하며 큰 구멍이 있는 앨비올라 같은 크럼을 가진 팽 드 캉파뉴. 정말 가능한 거였구나! 그 후 바로 수업으로 향하며 디디에 셰프와 그의 동료들은 과연 몽주 거리를 비롯한 다른 곳에서 무슨 일이 일어나는지 알고는 있는 건지 궁금했다. 다른 제빵사들이 액체 르뱅과 발효종을 사용하는 동안 리츠는 대표 메뉴만 고집하고 있었다.

사실 그렇게 놀랄 일도 아니었다. 장소가 오래되고 전통이 깊을수록 변화는 느리기 마련이다. 현재까지도 이어지고 있는 주방 스태프의 지휘 체계를 만든 사람이자 100년 전에 5,000가지의 고전 프랑스 요리 레시피를 싣고 출판된 이래 지금까지도 전 세계 요리학교 교재로 사용되고 있는 요리책의 저자인 전설적인 오귀스트 에스코피에August Escoffier[5]가 설립하고 운영하기도 한 이 호텔의 주방은 풍부한 전통 그 자체였다.

이 과정에 쏟은 돈과 시간을 후회하기 시작하던 그때, 이번 한

---

5 현대 프랑스 요리 및 현대식 레스토랑 시스템을 창시해 '근대 요리의 아버지'로 불린다.

주를 갑자기 보람 있게 만들어준 일이 일어났다. 그러나 주방이 아니라 매일 수업 전 모여 커피와 차를 마시며 디디에에게 간단한 강의를 듣는 교실에서였다. 디디에 셰프는 프랑스의 밀가루 종류를 설명하고 있었다. 밀가루를 프랑스어에서 영어로 번역하기는 어렵다. 프랑스 밀가루와 정확히 같은 종류의 밀가루가 미국에는 없기 때문이다. 우리는 오로지 단백질 함량에 따라 박력분, 중력분, 강력분으로 나누지만, 프랑스 밀가루는 종류도 훨씬 더 많고(단백질 함량뿐 아니라 무기질 함량으로도 구분한다) 미국 밀가루와 일치하는 것은 하나도 없다. 프랑스 밀가루는 타입 type으로 표시한다. 타입55는 기본적으로 중력분이라고 보면 되지만, 리츠는 밀기울의 비율이 약간 더 높고 단백질 함량이 높은 타입65 밀가루를 사용한다.

나는 일주일 내내 파리 곳곳의 빵집과 리츠 사이를 뛰어다니느라 졸려서 제대로 집중을 못했고, 디디에는 그 사이 효소가 이스트와 반응하도록 도우려면 밀가루에 맥아를 첨가해야 한다는 이야기를 했다.

나는 갑자기 귀가 번쩍 뜨여 손을 들었다. "밀가루에 맥아가 없다는 이야기인가요? 미국에서는 제분소에서 맥아를 첨가하거든요."

디디에는 깜짝 놀란 것 같았다. 프랑스에서는 제빵사가 직접 밀가루에 맥아를 첨가해야 한다고 했다.

이런. 나는 재빠르게 머리를 굴렸다. 일주일 후면 수도원에서 빵을 굽게 된다. 나는 수도원에 타입65 밀가루, 통밀과 호밀 각각 조금씩 준비해달라고 부탁해놓았다. 그러나 맥아는 아니었다. 맥아가 없으면 내 빵은 전부 도어스톱으로나 써야 할 텐데! 맥아가 든 밀가루를 어디서 사지?

수의사이자 채식주의자인 내 동기가 파리에 있는 건강식료품점 이름 몇 개를 적어주며 어쩌면 이곳에서 찾을 수 있을지도 모른다고 말해주었다. 다음 날 아침, 여느 때처럼 수업 전 아르티장 브레드를 찾으러 다니는 대신, 앤과 나는 맥아 찾기에 나섰다. 건강식료품점의 직원은 맥아가 무엇인지도 몰랐다. 우리는 혹시 수도원에서 준비해놓지 못했을 경우를 대비해 호밀과 통밀 가루도 찾아다녔다. 파리의 슈퍼마켓에는 600여 가지가 넘는 다양한 종류의 치즈가 있었지만, 밀가루는 거의 보이지 않았다.

"통밀가루 있나요Avez-vous la farine complète?" 하고 물어봤지만, 빤히 쳐다보는 눈빛과 마주해야 했다. 통밀가루가 뭔지도 모른다고? 건강식료품점에서? 믿을 수 없었다. 혹시 단어 선택이 잘못된 걸까? 나는 그날 수업 시간에 디디에에게 물어봤다.

그는 놀라지도 않았다. "시골에 가면 통밀가루가 있을 거예요." 디디에는 통역을 통해 말했다. "하지만 파리 사람들은 건강에 크게 신경 쓰지 않거든요. 맛있는 음식만 원하지, 건강에 좋은 음식을 원하지는 않아요."

전적으로 동의했다. 나는 파테,[6] 치즈, 푸아그라, 와인 등으로 이뤄진 파리식 식사를 매우 흡족하게 즐기며 지내고 있었다. 그리고 푸알란의 노력에도 불구하고, 이곳은 아직도 바게트가 지

---

6 페이스트리 반죽으로 만든 파이에 고기, 생선, 채소 등을 갈아 만든 소를 채운 후 오븐에 구운 요리.

배하는 흰 빵의 나라였다. 게다가 길모퉁이마다 빵집이 있는 이곳 파리 사람들에게 제빵 재료를 팔기란 아마 에스키모에게 눈을 파는 것과 같을 것이다.

나는 디디에게 수도원에서 빵을 굽는 일이 걱정된다는 얘기와 함께, 맥아를 찾지 못해 걱정이라는 이야기도 했다. 혹시 디디에가 내게 조금 줄 수 있지 않을까? 빵 한 개를 굽는 데 어차피 아주 적은 양만 필요하니 작은 샌드위치 봉투 하나 정도의 맥아 밀가루면 일주일 동안 충분할 텐데 싶었다.

디디에는 망설였지만 이내 허락했다. 몇 분간 사라졌던 그는 커다란 단지를 들고 나타나 거기서 까맣고 끈적거리는 물질을 4분의 1컵만큼 부어주었다. 모양이나 냄새가 당밀 같았다.

"밀가루를 주실 줄 알았는데요." 내가 말했다.

290

디디에는 어깨를 한 번 으쓱했다.

20시간 수업 동안 만든 약 20종의 빵 중 마지막은 팽 쉬프리즈pain surprise였다. 높고 둥근 빵 뚜껑을 들어내면 (서프라이즈sur-prise!) 속을 다 파낸 빵 안에 대신 (잘 붙으라고) 두껍게 버터를 바른 작은 삼각형 모양의 훈제 연어 햄 샌드위치가 들어 있다. 거트루드 스타인[7]이 리츠에서 식사하던 시절 최신 유행의 연회 음식이었는데, 지금까지도 제빵 과정의 마지막을 장식하곤 한다.

드디어 과정이 끝났다. 사람들과 악수를 주고받고 사진 찍기를 끝도 없이 반복한 후 우리는 빵 한 조각도 남겨서는 안 된다고 주의를 들었다. 이 무시무시한 팽 쉬프리즈는 어떻게 하지?

---

7 미국의 시인이자 소설가. 1903년 파리로 건너가 1946년 사망할 때까지 프랑스에서 살았다.

수의사도 같은 고민을 하고 있었다. "지하철에서 매일 마주치는 홈리스에게 줄까 해요." 수의사는 말했다. 진지하게 한 말인지 알 수 없었다. 수업에서 먼저 나왔을 때, 아니나 다를까 지하철 역 입구에 애처로워 보이는 여인이 앉아 있었다. 더러운 숄을 몸에 감은 채 아이들 먹일 음식 살 돈을 달라고 쓴 판지를 들고 있었다. 나는 그곳을 매일 지나갔지만, 그저 파리의 수많은 홈리스 중 한 명이었던 그녀를 한 번도 신경 써본 적 없었다.

나는 빵을 건네려 그녀 쪽으로 몸을 숙였다. 뚜껑을 들어 작은 삼각형의 훈제 연어 햄 샌드위치가 들어 있는 것도 보여줬다.

"팽 쉬프리즈예요. 리츠에서 가져왔어요Pain surprise, madame. Du Ritz."

어떤 사기꾼도 그녀의 얼굴에 스쳐 지나간 놀람 섞인 기쁨의 표정을 연기할 수는 없었을 것이다. 그녀는 내게 감사를 표하고 신의 축복을 빌어주었다. 그날 밤 그녀와 아이들은 리츠의 주방에서 온 음식으로 저녁을 먹었을 것이다. 그녀의 얼굴을 보자 마음이 따뜻해졌는데, 수의사가 지나갈 때 이 모습을 봤으면 정말 좋을 뻔했다.

리츠에서 보낸 일주일은 뒷맛이 개운하지 않았다.(빵 때문만은 아니었다.) 내 빵을 걸인에게 주는 것으로 수업을 끝낸 건 적절했을 뿐 아니라 상징적으로 느껴졌다. 완벽한 팽 드 캉파뉴를 만들겠다는 내 여정은 본질로부터는 점점 멀어지고 있었다. 나는 다시 돌아가야 했다. 생 방드리유에 가기까지는 닷새가 남았다. 나는 빵이 단지 부자들의 장난감이 아닌 곳, 여전히 매우 중요하고, 여전히 주식인 곳으로 가야 했다. 마지막으로 농민들이 빵 가격 때문에 폭동을 일으킨 것이 200년 전이 아닌 2주 전인 곳으로 가고 싶었다.

다음 날 아침 앤과 나는 서로 다른 비행기에 올랐다. 그녀의 오후 비행기는 해를 따라 뉴욕의 집으로 갔다. 나는 옷가지 몇 개와 내 르뱅을 파리에 사는 친구에게 맡겨놓고 남쪽에 있는 대륙, 6,000년 전 세계에서 처음으로 발효된 빵이 구워진 곳 아프리카로 향했다.

44주 차

모로코를 가다

희망을 가득 품고, 에드몽은 빵 몇 입과 물 몇 모금을 삼켰다.
그의 체력 덕분에 그는 기운을 거의 되찾았음을 느낄 수 있었다.

알렉상드르 뒤마, 《몬테크리스토 백작》(1844)

"시간 있으세요? 마을에 있는 빵집을 전부 구경시켜줄게요."
가게 주인이 벌써 셔터를 내리면서 제안했다.

나는 폴 볼스의 소설 《마지막 사랑The Sheltering Sky》을 읽고 아실라[8] 방문을 준비했다. 이 소설은 전후 모로코의 암울하고 쓸

---

8 모로코 북서부 연안에 있는 작은 관광 도시.

쓸한 모습을 묘사하고 있는데, 작품 초반에 모로코에서 오래 생활하며 실질적 지식과 경험을 쌓은 주인공 미국 남자가 낯선 사람에게 미행당하고, 매춘부에게 사기당하고, 거의 죽을 뻔하는 등의 사건을 겪는다.

그걸 생각해서라도 조심했어야 했다. 모로코에서의 나의 초반부를 말하자면, 나는 카메라를 도둑맞았고, 매춘부가 공개적으로 여유롭게 세 명의 십대 소년들과 흥정하는 모습을 봤으며, 식당 웨이터가 코카인을 흡입하는 모습을 본 데다(서투른 그의 서비스를 설명해주는 이유였는지도 모르겠다. 혹은 그게 평소보다 좋은 서비스였을까?) 점심 먹는 동안 마리화나를 간접흡연하고 취하는 혜택을 받기도 했다. 내 가이드는 택시 기사와 짜고 내게 바가지를 씌웠고(그런 택시 기사를 내가 믿었다니!), 양탄자를 사지 않고 그냥 가게를 나서는 타락한 죄를 지었다며 가게 주인에게서 폭행당할 뻔하기도 했다. 그런데도(그런데도!) 메디나medina(성벽으로 둘러싸인 구시가지)의 도자기 가게 주인이 토요일 오후의 절반을 가게 문을 닫고 개인적으로 마을 최고의 빵집들을 안내하겠다고 했을 때, 나는 '그럴까?' 하고 생각했다.(이것도 '생각'이라고 할 수 있다면 말이다.)

어쨌든 나는 빵 때문에 이곳에 왔다. 아주 오래전, 아프리카와 유럽에서는 모두 집에서 각자 반죽한 빵을 공용 화덕에서 구웠기 때문이다. 이 규모의 경제는 예전이나 지금이나 매우 논리적이지만, 특히 연료가 귀했던 예전에는 더 그랬을 것이다. 그러나 사라져가고 있는 이 공용 화덕 전통을 오늘날 찾아볼 수 있는 곳은 거의 없다. 멸종 위기에 직면한 것이다. 소위 '종말 여행자

doomsday tourist'라는 사람들이 북극곰이 사라지기 전에 봐야 한다며 북극으로 몰려가는 것과 비슷하게, 아직 시간이 있을 때 공용 화덕을 경험해보고 싶었다. 메디나 깊숙이 아직 전통 공용 화덕이 남아 있다는 모로코 북부의 이 작은 도시에 꼭 와야만 했던 이유다.

이 북아프리카 나라에 온 이유는 한 가지 더 있었다. 내가 200여 년 전 프랑스혁명의 도화선이 된 빵 폭동의 환영을 쫓고 있는 동안, 실제 사건(작은 빵 폭동)이 모로코, 사실상 내 눈앞에서 최근 일어났다! 다양한 요인 때문에(내가 방문했던 랄망의 이스트 공장 천장까지 쌓여 있던, 옥수수를 식량으로 사용하는 대신 연료로 바꾸는 데 쓰는 이스트 포대와도 무관하지 않다), 내가 제빵을 시작한 이래 전 세계 밀 가격은 두 배가 올랐다. 대부분의 미국 가정에서는 만약 차이를 눈치챘다 해도[9] 약간 거슬릴 정도에 불과하지만, 밀가루가 여전히 기본 식료품인 나라에서는(분노가 폭발했던 파키스탄, 이집트, 이라크 포함) 밀 가격 상승이 사회정치적 안정을 위협한다.

모로코에서 빵은 완벽한 모양으로 구워지지 않았다는 이유로 쓰레기통에 버려지는 사치품이 아닌, 싸울 만한 가치가 있는 음식이었다. 그러나 나는 빵이 일상에서 큰 부분을 차지하며 어디에나 있다는 사실이 여전히 신기했다. 빵은 정말 어디든 있었다. 멈추기만 하면 사람들이 몰려드는 이동 손수레에서 팔고, 공중

---

9 일반적인 시판용 빵 한 개의 가격에서 밀가루 가격은 20센트도 되지 않는다. 나머지는 생산, 포장, 운송, 마케팅 등의 비용이다.—저자

전화 부스 크기의 구멍가게와(작은 노점이 가정집 열 개 건너 하나씩 있는 것 같았다) 크지 않은 이 마을 곳곳에 흩어져 있는 열 개는 족히 되는 빵집에서 빵을 팔았다. 그리고 마지막으로, 공용 화덕인 파르한에서도 빵을 볼 수 있었다.

파르한 덕분에 나는 메디나 깊숙이 있던 도자기 가게의 상인 알리를 만나게 되었다. 나는 오븐은커녕 빵집 비슷한 것도 보지 못한 채 미로 같은 골목을 정신없이 헤매다 마침내 발견하게 된 가게의 주인에게 길을 묻기로 마음먹었고, 그게 바로 알리였다. 그는 내게 영어로 라마단이 어제 끝나고 엿새 동안의 축제를 준비하기 위한 빵 굽기도 다 끝났다면서 빵을 구우러 오기에는 좋지 않은 시기라고 말해주었다. 파르한은 며칠 동안 문을 닫는데, 언제 다시 열릴지는 자기도 확실히 모르겠다며 월요일 아니면 화요일일 것 같다고 했다. 나는 화요일에 떠날 예정이었다. 파르한에서 빵을 굽기 위해 이곳까지 찾아왔는데 빈손으로 떠나고 싶지 않았다.

마을의 빵집을 보여주겠다는 알리의 제안을 생각해봤다. 작은 키에(메디나에서는 '작은 알리'로 알려져 있다고 했다) 60대 정도 되어 보이는 그는 고생한 얼굴이었지만 표정은 따뜻했다. 야구 모자를 쓴 젊고 건방진 양탄자 상인과는 전혀 달랐다. 이 양탄자 상인과는 악수, 자기소개로 시작해(그는 자기 이름이 '에디'라고 소개했다. 1970년대 유명했던 전자제품 판매점 '크레이지 에디Crazy Eddie' 가 떠올랐다) 평생 우정을 나눌 것 같은 분위기로 이어졌다가, 새로운 절친이 말 그대로 가게를 나가는 뒷모습에 대고 소리를 지르는 것으로 끝났다. 그는 가게 밖까지 따라 나오며 "우리는 친구고 악수도 해서 내가 당신에게 잘해줬는데 나한테 이렇게 하면 안 되지!" 하고 소리쳤다.

'이렇게' 했다는 건 내가 양탄자를 살지 말지 아내가 낮잠에서 깨면 상의해보겠다고(이렇게 거짓말했다) 한 일을 말한다. 뉴욕에 있는 아내가 낮잠을 자고 있는지 아닌지는 알 길이 없었지만, 에디는 축제 때문에 내일은 가게 문을 닫는다며 지금 당장 결정해야 한다고 내 거짓말을 받았다. 축제라. 에디는 어머니의 장례식이 있어도 가게 문을 닫을 것 같지 않았다. "내가 경고하는데, 모로코에서 다시는 이렇게 하지 마, 친구!" 허겁지겁 돌아 나오는 내게 그는 이렇게 소리 질렀다.

나는 '경고'라는 말에 담긴 위협에 움찔했지만, 다시 그를 보게 될 일은 없을 것이다. 아실라는 큰 도시였다.

여행으로 하루가 길었던 데다 당황하기도 했던 터라 맥주 생각이 간절하던 참에(이슬람 국가에서 맥주 찾기란 쉽지 않다) 암스텔 Amstel[10] 간판을 발견하자 가슴이 마구 뛰고 입에 침이 고였다. 길가 자리에 주저앉아 시원한 맥주 한 잔을 시켰다.

"죄송합니다. 맥주는 없어요."

나는 머리 바로 위에 달린 간판을 가리켰다.

그는 어깨를 으쓱했다.

나는 결국 아랍 남성들에게 인기 음료인 듯한 민트차로 만족해야 했다. 긴 유리잔에 민트 잎이 가득 들어 있는 차는 아름다웠다. 지금 마시면 딱 좋을 것 같은 모히토에서 얼음만 뺀 듯했

---

10 네덜란드 맥주 브랜드.

다. 럼도 빼고. 두리번거리며 설탕을 찾았지만 보이지 않아 웨이터가 다시 돌아오기를 기다리며 한 모금을 마셨다. 웩! 찻잎보다 설탕이 더 많이 들어간 차였다. 이곳 노인들의 이가 왜 그렇게 많이 썩었는지 알 것 같았다.

찻물을 완전히 끓였을지 궁금해하는 동안, 크레이지 에디가 지나갔다! 그는 나를 노려보았다. 나는 그를 모르는 척하려고 애썼지만, 솔직히 말해 아실라에서 키 195센티미터에 금발 머리인 사람은 나뿐이었을 것이다.

에디가 지나가고 나는 자리에 남아 눈앞의 퍼레이드를 감상했다. 모두가 축제의 첫날 밤을 맞아 나왔다. 여자들은 가장 화려한 가운을 입었고, 남자들은 서양식 수트나 갈색, 흰색, (가장 멋있던) 연노란색 등의 모자가 달린 모로코 전통 의상 젤라바djellaba를 입었다. 젤라바를 입은 사람들은 수도사 같아 보였다. 특히나 많은 사람이 허리를 굽히고 뒷짐을 지고 성직자들처럼 걷는 것을 보자, 일부러 떠올리지 않았는데도 내 다음 목적지가 수도원이라는 생각이 났다. 아이들은 또래끼리 다니다 보니 가족이 같이 걷는 경우는 거의 없었다. 미국의 어느 도시에서든 노천카페에 앉아 있으면 3, 40대 이상의 커플들을 자주 볼 수 있다. 이곳 아실라에서는 행인의 평균 연령이 열일곱 살쯤 되는 것 같았다.

나도 축제 분위기에 물들어 행인들에 뒤섞여 교통이 통제된 대로를 따라 걸어 내려갔다. 지금까지 쓰인 형편없는 여행책들에서는 곳곳에서 '이 나라에는 대조적인 매력이 가득하다'라는 식의 상투적인 문구를 볼 수 있다. 그러나 내 눈앞의 광경을 보니 정확하게 모로코를 설명하는 말이었다. 전통 의상을 입은 젊은 여성이 청바지와 티셔츠를 입은 다른 젊은 여성과 팔짱을 끼고 걸어 다닌다. 캘빈 클라인 청바지 위에 전통 실크 블라우스를 입고 머리에 스카프를 써서 신구의 조화를 이루기도 한다. 가장 큰 대비는 모스크 바로 옆에 있는 영화관이었다. 나는 모스크에 기도하러 가는 남자가 영화관 앞을 지나갈 때 제대로 옷도 입지 않은 여자가 유혹의 눈길을 보내는 영화 포스터를 보면 어떤 생각을 할지가 궁금했다.[11] 모스크의 스피커에서 기도 시간을 알리는 소리가 나자, 나는 곧 행진이 중단되겠다는 생각에 잠시 멈췄다. 그러나 누구도 신경 쓰지 않는 것 같았다. 행진은 계속되었고 기도 알림은 대부분 무시되었다. 나는 잠자리에 들었다.

다음 날 아침 아실라는 여전히 길었던 밤에서 깨어나지 못하고 있었고, 나는 근처 노천카페에서 에스프레소를 여러 잔 마시며 잠을 쫓으려 애썼다. 자리를 뜨기 위해 계산하러 안으로 들어갔지만, 수중에는 ATM에서 뽑은 200디르함(약 25달러 정도) 지폐밖에는 없었다. 웨이터는 큰돈을 거슬러줄 잔돈이 없자 이웃 상인을 찾아 나섰다. 그러나 문밖을 나설 필요도 없었다. 크레이지 에디가 나보다 안목이 떨어지는 관광객에게서 났을 것이 분명한 돈뭉치를 들고 바로 밖에 서 있었다. 이 끔찍한 인간에게서 벗어날 방법은 없었다.

에디에게서 멀리 떨어지고 싶은 마음에 나는 급히 카페를 빠

---

11 나만 이런 생각을 한 게 아니었다. 몇몇 중동 전문가들은 이슬람 원리주의자들의 다음 전장은 모로코가 될 거라고 예상하고 있다.—저자

져나왔지만, 조금도 못가 부주의하게도 카메라를 테이블에 두고 왔다는 것을 깨달았다. 이런 멍청이! 급히 달려가봤지만 있을 리가 없었다. 여기는 노르웨이가 아니었다. 노르웨이에서는 배낭, 여권 등 짐을 전부 벤치 위에 두고 갔지만 45분이 훨씬 지난 후에도 아무도 손대지 않은 채 모든 물건이 남아 있었다. 나는 크레이지 에디가 양탄자를 팔기는 했는지 궁금했다. 결국 나는 그에게 돈을 쓰고 빈손으로 나온 기분이었다.

모로코에서의 불쾌한 첫 경험에도 불구하고 알리가(메디나에서 만난 상인 말이다) 비논리적으로 그의 가게 문을 닫고 나를 빵집들로 데려가주겠다는 터무니없는 제안을 했을 때, 나는 이유를 설명할 수는 없지만 한 가지 질문밖에 하지 않았다. "운전해서 가야 하나요?" 순진할지는 모르지만 모로코에서 낯선 사람과 한 차에 탈 만큼 무모하지는 않다고 생각했다.

"아니요, 전부 근처에 있어요. 걸어가요."

우리는 안전한 관광지 메디나를 떠나 묘하게 종말 이후의 모습처럼 보이는 곳으로 들어섰다. 복잡하게 얽힌 텅 빈 거리에 돌아다니는 길 잃은 개와 곳곳에 방치되어 타고 있는 쓰레기 연기를 보니 이상한 냄새가 마을 곳곳에 스며들어 있는 것도 이해가 됐다. 악취는 소금 냄새가 진한 바닷바람까지 덮어버리는 듯했다. 메디나에서 점점 멀어져가면서 나는 그날 아침 새로 산 카메라로 교차로를 지날 때마다 사진을 찍었다. 나중에 필요할 일이 생기면 내 흔적을 되짚어줄 자료가 될 것이다.

거리에 보이는 사람은 점점 줄어들었고, 거기서도 더 줄어들

299

더니, 어느새 알리와 나만 남았다. 보이는 곳 어디에도 사람은 없었다. 떠돌이 개들도 사라졌다. 그러나 두려움이나 나약한 모습을 보이고 싶지는 않았고, 혼자서 다시 돌아갈 자신도 없었기 때문에 개의치 않고 계속 길을 걸었다. 지금 이 상황이 《마지막 사랑》의 시작 부분과 묘하게도 비슷하다는 생각을 했다. 참고로 책에서 주인공은 마지막에 죽는다. 심지어 섬뜩할 만큼 더 비슷한 이야기, 《헨젤과 그레텔》도 떠올렸다. 숲속에서 길을 잃은 아이들이 (그렇다) 빵으로 만든 집[12]의 유혹에 빠지는 이야기! 심지어 커다란 오븐이 있는 집이다. 나는 이야기 속에서는 결국 실패로 끝나는 빵 부스러기로 흔적 남기기를 떠올리며 카메라로 디지털 흔적을 남기고 있었다.

머릿속에 이런저런 생각을 떠올리며 궁리하는 동안 알리는 셔터가 내려진 한 가게 앞에 멈춰섰다. "아주 좋은 빵집이에요." 알리가 말했다. 나는 아랍어로 쓰인 간판을 올려다봤다. '접착제 공장'이라고 쓰여 있다고 해도 나는 알 길이 없었다.

"라마단 때문에 문을 닫았어요. 하지만 나중에 혼자 찾아오세요."

내 목숨이 걸려 있다고 해도 다시 이곳을 찾아오지는 못할 것 같았다. 그러나 내 목숨이 달린 일이 있다면, 그건 여기서 다시 길을 되짚어 돌아가는 일일 것이다.

"오세요. 다른 가게로 가요."

나는 고분고분하게 그를 따라 다른 빵집이 있는 곳으로 더 깊

---

12 이후 버전에서는 집이 사탕으로 만들어졌다고 쓰여 있기도 하다.—저자

숙이 들어갔다. 역시 문이 닫혀 있었다. 사실 이 마을의 모든 빵집은 라마단 때문에 문을 닫은 상태였다. 장난도 이만하면 충분한데. 도대체 이 사람은 무슨 꿍꿍이지? 나는 다시 메디나로 돌아가자고 했다. 어차피 나는 파르한에만 관심이 있었으니까. 알리는 아마 나를 다시 그의 가게로 데려가겠지. 양탄자 가게에서처럼, 가이드비라며 터무니없이 비싼 도자기 몇 점을 사라고 강요받게 될 게 뻔하다. 그러나 놀랍게도 우리는 메디나 입구에서 악수하고 헤어졌다. 그러나 나중에라도 값을 치르게 될 것이 분명했다. 계획이 길면 길수록 대가도 커지는 법이다.

알리에게 감사 인사를 한 후 점심을 먹으러 발걸음을 떼자 그도 가게로 다시 돌아갔다. 맥주를 마시고(관광객들을 상대로 영업하며 술도 파는 레스토랑을 발견했다) 생선 튀김을 먹었는데, 토마토는 먹고 싶은 걸 참고 옆으로 밀어놓았다. 나는 식사에 특히 주의를 기울이고 있었다. 생과일과 생채소는 절대 입에 대지 않았고, 심지어 이를 닦을 때도 병에 든 생수를 썼다. 그래서인지 적어도 '여행자의 설사병'은 걸리지 않았다. 물론 불운이 전혀 없었던 것은 아니고, 여전히 카메라를 분실한 일에 화가 나지만, 이보다 더 나쁜 일이 생길 수도 있었으니까.

그리고 곧, 더 나쁜 일이 생겼다. 내 장이 제대로 반란을 일으키고 있었다. 나는 호텔로 허겁지겁 돌아가 이후 네 시간 동안을 거의 화장실에서 보냈다. 불씨 하나라도 튀면 건물 전체가 불길에 휩싸이지 않을까 걱정될 만큼 지나치게 심한 하수구 가스 악취가 배수관에서 올라왔다. 화장실 안에서 숨 쉬는 것만으로도 구역질이 나서 화장실 갈 때마다 두 배로 힘들었다.

301

약을 먹어야 했다, 그것도 당장. 하지만 어디서 구하지? 약국 가는 길을 설명하는 호텔 직원의 안내는 알아들을 수 없어서(스페인어였다), 화장실에 한 번 더 갔다 오자마자 나는 급히 메디나로 향했다. 알리가 가게에 있었다. 내가 설명을 채 끝내기도 전에, 알리는 가게 문을 사다리로 막더니 나를 데리고 메디나를 빠져나와 다시 내가 머무는 호텔로 향했다. 약국은 호텔 근처에 바로 있었다. 지사제 그리고 위장약 펩토 비즈몰과 가장 비슷한 약을 사 들고 알리에게 끝도 없이 고맙다는 이야기를 한 후 방으로 뛰어 올라왔다. 약을 먹고 나니 장은 조금 잠잠해졌고, 덕분에 잠도 잘 수 있었다.

새벽 5시쯤 멀리서 화재경보음처럼 들려오는 낮은 웅웅거림에 천천히 깼다. 이어서 또 다른 소리가 더 가까이서 들렸다. 한 음으로 노래하는 소리 같았다. 처음 듣는 사람에게 특히나 동트기 전 듣는 이슬람교의 아침 기도 알림은 무섭기도 하고 당황스럽기도 하다. 기도문 낭독 소리는 기쁘게 들리거나 찬양하는 것 같다기보다는 오히려 어떤 예언을 전달하는 것 같았다. 부드럽게 시작해 불길하고 위협적인 말투로 점점 커지는 소리는 기도나 다른 무언가를 하러 모이라는 경고처럼 들리기도 했다.

오늘 아침에는 이 알림으로 일어나는 게 고마웠다. 내게는 기도가 아니라 빵을 구우라고 부르는 소리였기 때문이다. 알리가 파르한이 다시 열릴지도 모르겠다고 했던 날이 오늘이다. 나는 불을 켜고 지사제를 더 먹은 다음 챙겨온 프랑스 밀가루로 폴리시를 만들기 시작했다. 만약 파르한이 정말 오늘부터 열린다면 혹시 축제 때문에 일찍 닫을지도 모르니 가능한 한 빨리 빵을 가져가 굽고 싶었다. 만약 파르한을 열지 않는다면, 내일 필요한 사워도를 미리 만드는 셈 치면 됐다. 여기까지 왔으니 그 정도 즉흥 계획쯤은 아무것도 아니었다.

풀리시를 만든 후 나는 다시 잠들어 9시까지 잤다. 파르한으로 서둘러 가보니 문은 열려 있었지만, 입구는 작은 테이블로 가려져 있었다. 안에 있던 제빵사는 10시에 문을 열 거라고 프랑스어로 말해주었다. 나는 호텔 방으로 급히 돌아와 빵을 만들기 시작했다. 풀리시는 네 시간째 발효 중이다. 아…… 냄새를 맡으니 집 생각이 났다. 벽에 달린 선반 중 높이가 적당해 보이는 것을 골라 치우고 유산지를 깐 후 반죽을 시작했다. 선반 위에 놓은 반죽을 손바닥으로 내리치면서 힘있게 눌렀다. 있는 힘껏. 방바닥까지.

선반, 반죽, 유산지가 요란한 소리를 내며 바닥으로 떨어졌다. 시작이 좋군. 다행히도 반죽은 유산지를 아래로 해서 떨어졌으니 완전히 망한 것은 아니었다. 호텔 청소부가 바로 밖에서 방마다 돌고 있는 중이었다. 나는 재빨리 방문을 잠그고 커튼을 친다음 이 작업을 낮은 테이블로 옮겼다. 처음부터 이 테이블에서 반죽했으면 좋았을걸. 하지만 여기는 모로코였고 내 머리는 아라비안 나이트의 마법에 걸려 있었다. 허리 통증, 잃어버린 카메라, 부글거리는 배 속에도 불구하고 기운이 다시 돌아오는 걸 느끼며 테이블 위에서 반죽을 계속했다. 빵을 만드는 일에는 정말 기운을 북돋아주는 효과가 있었다. 두 시간 동안 발효하고 90분 동안 부풀도록 놔둔 후 반죽이 든 통과 외날 면도칼을 들고 메디나로 향했다. 당연하게도 나는 또 길을 잃었다. 다행히도 나는

303

밀가루를 묻힌 천을 덮은 큰 도마를 머리에 이고 가는 여자를 발견했다. 나는 그녀의 뒤를 따라 파르한으로 갔다.

제빵사에게 이 파르한에서 빵을 구우러 미국에서 왔다고 설명하자, 그는 따뜻하게 나를 환영하고 위층으로 데려갔다. 위에서는 두 명의 여인이 빵을 준비하고 있었다. 한 명은 한 번에 80킬로그램씩 반죽하는 거대한 믹서에서 반죽을 꺼내 옛날식 접시저울로 무게를 재서 나누고 있었고, 다른 한 명은 첫 번째 여인이 무게를 재는 속도만큼이나 빠르고 숙련된 솜씨로 반죽 덩어리를 작고 둥근 모양으로 만들고 있었다. 천장이 너무 낮아 허리를 펼 수도 없었다는 것 빼고는 그 모습이 예상외로 너무 익숙해 편안한 기분이 들었다.

지금까지는 마을에서 한 번도 둥근 공 모양의 빵을 본 적 없어서 놀랐지만, 비밀은 아래층 오븐으로 내려가면서 곧 풀렸다. 반죽을 화덕에 넣기 직전 제빵사는 반죽을 일일이 눌러서 납작하게 만든 후 구멍 세 개를 뚫고 윗면에 옥수숫가루를 뿌린 후 내가 태어나 본 것 중 가장 큰 오븐에 반죽을 집어넣었다.

나는 내 반죽에 네 개의 칼집을 넣었고, 제빵사는 반죽을 쟁반에 담아서 아래층으로 내려갔다. 그는 손짓으로 빵을 모로코식으로 납작하게 만들 건지 내게 물었다.

"아니요." 나는 납작한 모로코식 스미다smida가 아니라 둥근 공 모양의 빵을 만들 거라고 설명했다.

"이렇게요Comme ci?"

네, 그대로 구울 겁니다.

제빵사는 내 반죽을 한쪽 눈이 먼 보조에게 건네주었고, 보조는 살짝 휘어진 나뭇가지로 만든, 내가 본 것 중 가장 길고 멋진 제빵용 주걱 위로 반죽을 옮겼다. 그러나 내 불길한 예감대로 그가 주걱을 뒤집자 반죽이 위로 뜨더니 '픽' 하는 소리를 내며 뒤집혀 주걱 위로 다시 떨어졌다. 보조는 주걱을 다시 뒤집어 이제 공기가 다 빠진 반죽을 제자리로 돌려놓고 옥수숫가루를 뿌린 후 품위 있는 손짓으로 주걱을 받으라고 나를 불렀다.

오븐 문은 거의 지면에 있어서 한쪽 무릎을 꿇어야 했다.(제빵사는 온종일 쭈그리고 앉아 있어야 했다.) 눈높이에서 보니 오븐은 끝도 없이 이어지는 것처럼 커 보였다. 여기에 비하면 리츠의 제빵용 오븐은 완구용처럼 보일 정도였다. 나는 나뭇가지 제빵 주걱을 받아 내 반죽을 오븐에 집어넣었다.

내 빵이 구워지는 동안 나는 수석 제빵사와 이야기를 나눴다. 나를 돕겠다고 가게 문을 또 닫고 온 알리가 통역을 해주었다.

남부의 빵 폭동에 대해 제빵사도 알고 있대요?

알고 있대요.

더 규모가 컸던 1980년대 초의 전국적인 폭동에 대해서는요? 5,000여 명의 사람들의 목숨을 앗아갔다고 하기도 하던데요?

그때는 너무 어렸대요. 알리가 말했다.

밀가루 가격 상승에 대해 걱정하고 있나요?

그는 가격 상승에 당황하지 않았다고 했다. 지난달에는 가격이 높았으나 시위 이후에는 가격이 다시 내려갔다고 한다. 빵은 너무 비싸요! 아니요, 그렇게 비싸지는 않아요. 터무니없이 비싸다고요!

제빵사가 정신분열을 겪고 있나? "잠깐만요!" 나는 알리에게 말했다. "방금 그거 전부 제빵사가 한 말이었나요?"

"아니요, 너무 비싸다는 말은 내가 했어요. 지난달에는 1.5디르함(18센트)밖에 하지 않았는데 지금은 2.5디르함이나 한다고요!" 30센트 정도다.

12센트 가격 상승은 폭동을 일으킬 정도는 아닌 것 같겠지만, 모로코의 인당 연간 소득이 1,570달러에 불과하다는 것을 알고 나면 그렇지 않다. 끼니마다 먹는 빵 가격은 67퍼센트나 상승한 것이다.

파르한에서 빵 한 개를 구우려면 6센트 정도를 내야 한다. 아마 내가 집에서 오븐을 예열하는 데에만 그것보다는 돈이 더 들 것이다. 전 세계적으로 연료 가격이 상승하는 이때야말로 공용화덕에 관해 이야기하기 딱 적절한 때인 것 같았다. 그러나 안타깝게도 사실상 이야기할 시기는 지나가고 있었다. 모로코 사람들도 서구화되어가며 빵을 직접 구워 먹는 사람들도 점점 줄어들고 있었다.

내 페전트 브레드가 다 구워졌다. "무겁네요." 알리가 내 빵을 집어 들더니 제빵사의 빵과 비교했다. 그는 한 손에 하나씩 빵을 들고 양손을 접시저울인 양 움직이며 내 빵이 얼마나 더 무거운지 묘사했다. 두께가 2.5센티미터 정도밖에 안 되는 스미다는 가볍고 부드러웠다. 하얗디하얀 밀가루로 만들어 별 풍미는 없었다.

장이 다시 꾸르륵거리기 시작해서 나는 빵을 집어 들고 내 방으로 돌아왔다. 24시간 전 증상이 시작되고부터 음식이라고는 입도 대지 않았으니 뭔가 먹어야 할 것 같았다. 하지만 뭘 먹지? 먹어도 배 속이 다시 난리 나지 않을 만한 음식이 뭐가 있을까?

클로테르 라파이유 박사가 《몬테크리스토 백작》에 관해 했던 이야기가 생각났다. "제대로 된 물과 제대로 된 빵, 옛날 빵 말이에요. 이것만 있으면 살 수 있어요."

테이블 위에 놓인 팽 드 캉파뉴를 봤다. 병에 담긴 생수와 프랑스에서 가져온 밀가루로 만든 빵이었다. 이 마을에서 내가 신뢰할 수 있는 재료로 만든 유일한 음식이었고, 심지어 영양가 높은 통밀과 호밀도 들어 있었다. 그래서 나도 몬테크리스토 백작이 되어 이틀 동안 말 그대로 물과 빵, 그것도 내 손으로 직접 만든 빵을 먹으며 건강을 회복했다.

아실라에서의 마지막 밤, 나는 마지막으로 알리를 보러 메디나로 향했다. 그는 여전히 한 번도 내게 물건을 팔려는 시도도 하지 않았다. 나는 작별 인사와 감사 인사도 하고 그의 가게에서 물건을 사주고 싶었다.

그는 의자를 꺼내 앉으라고 권했다. "뭐 마실래요?" 알리가 물었다.

"아니에요, 괜찮아요."

"왜 안 마셔요?" 그는 상처받은 것 같았다.

맞다, 왜 안 마시지? 내게 계속 도움을 주고 친절하게 대해준 사람이다. 적어도 그의 접대를 거절해서 무안하게 만들지는 말아야겠다고 생각했다.

알리는 내게 콜라를 가져다주고(병에 든 것으로 달라고 특별히 요청했다) 자신은 커피를 한잔 따랐다. 나는 그에게 그 자신이나 아내가 집에서 빵을 굽는지 물었다.

"저 결혼 안 했어요." 그는 말하더니 이유를 설명해주었다.

"수년 전, 제가 어렸을 때 사랑하던 여자가 있었는데 부모님이 다른 사람을 배우자감으로 점찍으셨어요. 그녀를 너무 사랑했고 그녀도 저를 사랑했죠." 그는 가슴을 움켜쥐며 따뜻한 갈색 눈으로 나를 쳐다봤다. 제멋대로 길어 이마를 덮는 그의 머리카락 덕분에 아직도 그 안에 있는 사랑에 애태우는 십대 소년이 보이는 것 같았다. "하지만 부모님이 결혼을 허락하지 않았어요. 뭘 해야 할지 몰랐죠. 부모님이 정해준 여자와 결혼하고 싶지는 않았지만, 부모님의 허락 없이 사랑하는 여자와 결혼해 부모님을 욕보이고 싶지도 않았어요. 사랑하던 그녀를 매일 보는 것도 고역이었죠. 너무 고통스러웠어요."

그는 지난 시간과 기억, 슬픔에 젖어드는지 조용해졌다.

"그래서 어떻게 했어요?"

"고향을 떠났죠."

20분 동안 알리는 몇 십 년이 지난 지금까지도 잊지 못하는 사랑에 상심한 채 가족과 떨어져 모로코 여기저기를 떠돌고 잡다한 일을 하며 살아온 이야기를 했다. 그의 아픈 삶이 펼쳐지고 램프에서 슬픈 요정이 빠져나오듯 갇혀 있던 기억들이 쏟아져 나오는 동안 콜라는 김이 빠졌고 그의 커피도 차갑게 식었다. 이야기는 흐르고 흘러 이곳 바닷가 마을 아실라에 마침내 닿았다.

"가슴이 찢어졌어요. 잘 수도 먹을 수도 없었죠. 몸무게가 40킬로까지 빠졌어요."

나는 놀라 침을 꿀꺽 삼켰다. 40킬로라니.

"모두가 제게 '왜 그렇게 늘 화가 나 있느냐' '당신은 메디나

에서 가장 무서운 사람이다'라고 하더군요. 그들 말이 맞았어
요. 어느 날 이렇게 화가 난 채 살아가는 것은 미친 짓이라는 생
각이 들더라고요. 그래서 그때부터 화내기를 그만뒀어요." 그는
웃어 보였다. 나도 그에게 미소 지었다. "하지만 결혼은 못할 것
같아요."

긴 침묵이 이어졌다. 나는 그제야 알리가 가게 문까지 닫고 나
를 빵집으로, 약국으로, 파르한으로 데려다준 진짜 이유를 알게
되었다. 외로움 때문이었다. 나는 알리가 내 돈을 원한다고 생각
해 일주일 내내 그와 적당한 거리를 유지했다. 그러나 그가 내게
원한 건 동료애와 우정이었다. 나는 부끄러워졌다.

"포기하지 말아요." 나는 마침내 입을 뗐다. "당신은 좋은 남
편이 될 거예요."

"저기 장신구 가게에 있는 여자 봤어요?" 알리는 근처 가게를
가리켰다. 사실 이미 본 적 있었다. 그녀는 젊고 아름다웠다. "작
년에 그녀에게 청혼했었어요. 생각해보겠다고 하더니 다음 날
와서는 '어제 말씀하셨던 것 있죠? 못하겠어요. 그리고 제발 다
시는 그런 말씀 하지 마세요'라고 하더군요. 내 나이가 너무 많
대요. 제가 1953년 3월생이거든요."

나는 숨이 멎을 뻔했다. "몇 년도요?" 질문이 의도했던 것보
다 더 퉁명스럽게 튀어나왔다.

그는 내 어조에 약간 놀란 것 같았다. "3월 11일이에요."

내가 육십대일 거라고 생각했던 이 '나이 든 남자', 삶에 배신
당하고 관광객들에게 싸구려 도자기를 팔며 남은 생을 흘려보
내고 있는 이 남자가 나보다 정확히 2주 전에 태어났다니! 내 심

장박동이 빨라지는 게 느껴졌다. 나는 떠나야 했다.

이미 사고 싶은 그릇 하나를 봐두었지만, 내가 자리에서 일어나자 뭐라 말을 꺼내기도 전에 알리가 "선물을 하나 주고 싶어요. 가게에서 마음에 드는 도자기 골라서 가져가세요" 하고 말했다.

돈을 내겠다고 거듭 말했지만 소용없었다. 그래서 나는 그릇을 하나 더 고르고 그 값을 냈다. 나는 그에게 혹시 모로코에서 구할 수 없는 물건 중 내가 미국에서 보내줬으면 하는 게 있는지 물었다.

"영어를 더 잘하고 싶어요." 알리는 말했다. "더 이상 이곳에 오는 미국이나 영국 사람이 없어서 영어 실력이 너무 나빠졌어요. 혹시 도움이 될 만한 책을 보내줄 수 있을까요?" 곧 그는 다시 생각하는 듯했다. "하지만 보내려면 돈이 많이 들겠죠. 그럴 필요 없어요."

나는 알리의 주소를 받아 적고 책을 꼭 보내주겠다고 약속했다. 물론 내가 진짜 그에게 보내주고 싶은 것, 그에게 진짜 필요한 것은, 우편으로 보내줄 수 없는 것이었다.

수도원에 가기 위한 시련

이제 너는 대장부처럼 허리를 묶고 일어나
내가 네게 묻는 말에 대답할지니라.

〈욥기〉 38장 3절

　　기차역의 광경은 독일군의 파리 점령 전날 밤, 공포에 질린 파
리지앵들이 나치가 파리에 입성하기 전 먼저 빠져나가려고 기
차역과 거리를 가득 메웠다는 이야기를 떠오르게 했다. 오늘 밤
생 라자르 역을 꽉 채운 우리는 그저 교통 노조가 파업을 시작
하기 전 이곳을 빠져나가고 싶을 뿐이었다.

　　나는 모로코에서부터 이동하며 길었던 하루 끝의 그날 밤을
생각하면, 마치 흑백 사진처럼 기억이 떠오른다. 롱스커트에 스
타킹, 하이힐 차림으로 세련된 여행 가방을 끌며 시간이 점점 파
업 시작에 가까워질수록 거대한 증기기관차를 향해 총총걸음을
걷는 여인들이 보인다. 중절모와 가는 세로줄 무늬 정장 차림을
하고 언제 다시 보게 될지 모르는 아내에게 굿바이 키스를 하는
남자들도 생각난다. 그리고 나는(그나마 유일하게 조금이라도 사실
에 가까운 부분이다) 플랫폼에 앉아 벽에 구부정하게 몸을 기댄 채
빵을 조금씩 뜯어 먹으며 광경을 관찰하는, 진이 다 빠진 병든
미국인이 르뱅, 나머지 옷가지와 기차를 기다리는 모습도 본다.

나는 심지어 다음 날 아침까지는 이 역에 올 계획이 없었다. 그러나 모로코를 떠나기 직전 마침내 이메일을 확인할 수 있었고, 눈을 의심할 수밖에 없는 소식을 보게 되었다. 내가 르뱅을 맡겨놓은 친구 캐런은 내게 프랑스 교통 노조가 목요일부터 파업에 들어가기로 선언했다는 소식을 전했다. 목요일은 바로 내가 파리에서 기차를 타고 노르망디로 가려고 했던 날이다. 캐런은 파리에서 하룻밤을 보내기로 한 계획을 취소하고 수요일 저녁 기차를 타라고 제안했다. 캐런은 내 르뱅과 나머지 옷가지를 챙겨 기차역으로 나오기로 했다.

만약(그럴 리는 없겠지만) 기차가 여전히 운행 중이라고 해도, 우리가 역에서 만날 때까지는 알 길이 없을 것이다. 진짜 프랑스답게도 목요일에 시작되는 파업이 사실은 수요일, 그것도 저녁 7시부터 시작된다는 소문이 있었다. 모로코에서 탄 비행기는 6시 30분에 파리에 도착하고 노르망디로 가는 기차는 9시 20분에 출발할 예정이었으므로 나는 오도 가도 못하고 발이 묶일 가능성이 컸다. 그것도 파리 시내가 아닌 공항에서, 같은 처지의 다른 수백 명의 승객과 택시를 놓고 싸우면서 말이다. 이렇게 일이 꼬인다니 믿을 수 없을 지경이었다. 나는 모로코처럼 꾸며놓은 사운드 스테이지에서 슬픈 목소리로 내레이션을 하는 험프리 보가트가 된 기분이었다.

설령 내가 수요일 늦게 노르망디로 가는 기차를 탈 수 있었다고 해도, 자정에 수도원의 문을 두드릴 용기는 나지 않을 것 같았다. 그래서 나는 모로코를 떠나기 직전 미친 듯이 알아본 끝에 터무니없는 가격에 다행히도 방을 잡았다. 수도원에서 가장 가까운 기차역인 이베토Yvetot 전체에서 아마 딱 하나 남은 방이었을 것이다. 그러나 늦은 시간에는 체크인이 어려워서 역에 도착한 다음 도심에 있는 계열 호텔로 가 거기서 키를 받아 예약한 호텔로 가야 했다. 이런, 역으로 나와서 제게 키를 전달해주실 수는 없을까요?

"안 됩니다Non, monsieur." 프랑스 여인이 쾌활하게 대답했다.

그러면 택시를 예약해 보내주실 수는 없나요?

"안 됩니다Non, monsieur." 여전히 어울리지 않게 명랑한, 노래하는 듯한 목소리로 그녀가 대답했다. 대답은 '노'라는데 목소리는 '예스'라고 말하는 듯했다.[13] 직원은 호텔이 기차역에서 쉽게 걸어올 만한 거리라고 거듭 강조했다. 그리고 내가 묵을 호텔은 거기서부터 걸어서 쉽게 갈 수 있는 거리에 있다고 했다. 나는 직원에게 신용카드 번호를 불러주고 그저 행운을 빌어볼 수밖에 없었다.

모로코 탕헤르에서 출발한 비행기는 다행히도 제시간에 파리에 도착했다. 수하물을 찾아 나오며 시계를 봤다. 6시 45분이었다. 소문상의 실제 파업 시작 시간 15분 전이었다. 나는 통근 열차 타는 곳으로 뛰어갔다. 다행히 아직 운행 중이었다. 마침내 나는 생 라자르 역에 도착할 수 있었다. 나는 30개의 선로를 마주하고 찬 바닥에 앉았다. 마지막 기차들이 떠나자 정신없던 역

---

13 프랑스에서 흔히 볼 수 있는 현상이다. 전화상으로는 싹싹하고 기꺼이 도우려는 듯하지만, 사실은 고집 세고 비협조적일 때 쓰는 이 기술을 나중에 나는 직접 목격하기도 했다. 방법은 수화기를 드는 순간부터 내려놓는 순간까지 미소를 잃지 않는 것이다. 그러면 실제 대화 내용이 어떻든 간에 목소리는 언제나 쾌활하고 친절하게 들린다.─저자

은 <u>으스스</u>할 만큼 조용해졌다. 사실 마지막 기차는 아니었다. 플랫폼을 따라 각 게이트의 출발 시각은 바뀌었다. 운행 취소…… 운행 취소…… 운행 취소…… 나는 29번 플랫폼의 전광판을 응시했다. 9:20에서 바뀌지 않기를 간절히 원했다.

시험에 든 게 아닐까 하는 생각을 하지 않을 수 없었다. 신성한 수도원에 발을 들이기 전 내가 얼마나 자격이 있는지, 이 임무에 얼마나 헌신할 수 있는지를 증명해야 하는 것 같았다. 부상, 병, 강도, 파업까지. 나는 '욥의 시험' 여행 버전을 직접 경험하고 있었다.[14]

사실 약간 미묘한 문제다. 나는 하느님을 비롯해 어떤 신도 믿지 않지만, 특히나 그저 이 땅에 사는 한 인간에 지나지 않는 우리를 온갖 옹졸한 고난으로 괴롭히는 신이라면 말할 것도 없었다. 그런데도 나는 내가 시험 받고 있다는 생각과 '신은 존재하지 않는다', 그리고 '하느님이 나를 시험하고 있다'라는 두 개의 상충하는 믿음이 이상하게 위안이 되었다. 내게 일어난 모든 일에 들어맞는 이론이었다.

내 시련이 신의 중재였는지 그저 운이 나빴던 건지는 모르겠지만, 나는 이 상황에 웃음이 터졌다. 평소 같으면 무슨 수를 써서라도 피했을 악몽 같은 일을(여행 가방을 끌고 자정에 낯선 외국 도시를 헤매고, 하나도 아닌 두 개의 호텔을 찾아가야 하는 상황) 지금 이렇게도 간절하고 지독하게 원하고 있다니. 그러나 그것이 지

314

---

14 선하며 믿음이 좋은 욥에게 하느님이 온갖 불운을 안기며 시험에 들게 했다는 구약성서 〈욥기〉의 내용을 말한다.

금 내게 가능한 최고의 시나리오였다.

하지만 그렇게 되려면 사실 마지막 기차를 타고 파리를 벗어나고 있어야 했다. 역은 이제 거의 텅 빈 상태였다. 다른 전광판, 또 다른 전광판에 계속 '운행 취소'가 떴다. 나는 르뱅을 꼭 붙들고 29번 플랫폼으로 돌아가 간절한 마음으로 전광판을 바라보았다. 내 희망의 불빛은 믿을 수 없게도 여전히 '9:20'을 표시하며 빛나고 있었다.

침묵을 위한 시간

호기심과 불안감을 느끼며
나는 생 방드리유 대수도원으로 가는 언덕길을 걸어 올라갔다.
계획을 포기하는 게 낫지 않을까 하는 생각을 떨칠 수가 없었다.

패트릭 리 퍼머, 《침묵을 위한 시간》(1957)

첫째 날: 수도사 아이돌

동이 트기 세 시간 전, 생 방드리유 드 퐁트넬 대수도원의 수도사들이 하루 일곱 번의 예배 중 첫 번째인 심야 기도Vigils를 하는 동안 나 역시 르뱅 한 통을 들고 쌀쌀하고 별이 빛나는 노르망디의 하늘 아래 드넓은 안뜰을 지나 나름의 예배실(즉 빵 굽는 곳)로 향하고 있었다. 발밑에서 밟히는 자갈의 촉감이 적나라하게 느껴졌다. 위에 있는 무언가가 눈길을 사로잡아서 발걸음을 멈추고 하늘을 쳐다봤다.

온 세상이 나와 함께 멈췄다.

완전하고 순수한 정적이었다. 사람 목소리, 수도원 담장 너머 마을의 자동차 소리 등 어디서도 소리 하나 들리지 않았다. 이른 아침 새 소리, 멀리서 개 짖는 소리, 심지어 내 숨소리조차도 들리지 않았다. 잠시 숨 쉬는 것을 잊게 할 만큼 경이로운 광경을 눈앞에서 마주했기 때문이었다. 대수도원 성당 바로 위 동쪽 하늘에 별이 밝게 빛나고 있었다. 내가 지금껏 하늘에서 본 그 어떤 별보다도 더 밝았다. 베들레헴의 별이 이만큼 밝게 빛나지 않았을까 싶었다. 금성일까? 그럴지도 모르지만 나는 태양에서 두 번째로 먼 이 행성이 이렇게 밝게 빛나는 걸 본 적이 없었다. 다른 이유를 생각해봤다. 어쩌면 초신성[15]같이 내가 모르는 천문학적인 사건이 있었을지도 모른다. 몇 주간 신문을 보지 못했으니 내가 전혀 몰랐을 수도 있다. 아니면 노르망디의 공기가 달라서 그런가?

나는 그 자리에 서서 끝없이 하늘을 구경하고 싶었지만, 대신 세상이 다시 제대로 돌아가도록 안뜰을 가로질러 어둡고 추운 제빵실로 향했다. 르뱅을 피딩할 시간이었다.

길을 잃었을까 두려워하던 차에 기적적으로 찾아낸 이베토의

---

15 별이 진화하는 마지막 단계에서 급격한 폭발을 일으켜 엄청나게 밝아진 뒤 점차 사라지는 현상.

작은 호텔에서 너무나 간절했던 길고 편안한 목욕을 마친 후, 나는 택시를 타고 어제 아침 수도원에 도착했다. 호텔 욕조에 몸을 담그고 누워 모로코의 기억을 씻어내고 아픈 허리를 찜질하면서 '계획을 포기하는 게 낫지 않을까' 하고 생각했다. 며칠 동안 호텔에 머무르며 목욕을 즐기거나 노르망디 음식을 맛보고 푹신한 킹사이즈 침대에 누워 쉬면서 철도 파업이 온 나라를 마비시켰다는 뉴스를 TV에서 보는 것도 나쁘지 않을 것 같았다. 나는 파리를 떠나는 마지막 기차를 탈 수 있었다.

마지막 목적지에 거의 다다르고 보니 이 말도 안 되는 계획 전부가(거의 할 줄도 모르는 외국어로 의사소통하고 전문 제빵사인 척하며 낯설고 두려운 곳, 낯선 오븐에서 낯선 밀가루로 빵을 굽는 일) 그저 최악의 아이디어처럼 느껴지기 시작했다. 떠나오기 직전 케이티와 나눴던 대화가 생각났다.

"아빠, 뭐 하러 프랑스에 가시는 거예요?"

"649년에 지어진 수도원의 초보 제빵사를 가르치러 가."

"아빠가요?" 케이티는 눈을 커다랗게 뜨고 무심결에 물었다. "거기서는 뭘 믿고 아빠한테 맡기는 거예요?"

"내가 실력이 뛰어난 제빵사인 줄 알고 있거든."

"어떻게 그런 착각을 하게 됐대요?"

"내가 뉴욕 빵 대회에서 2위를 했다고 얘기했어."

마지막으로 본 케이티는 배꼽을 잡고 웃고 있었다. 그것도 무리는 아니었다. 그러나 거래는 거래고 약속은 약속이었다. 여기까지 잘 이겨내고 왔으니 끝을 봐야 했다.

긴장해서 속이 뒤집히고 메스꺼웠다. 나는 택시에서 내려 생 방드리유 드 퐁트넬 대수도원 정문으로 들어섰다. 열 걸음도 채 떼지 않았는데 몸에서 긴장이 빠져나갔다. 수도원은 고요하고 차분했다. 햇빛이 안개를 뚫고 한 줄기 빛을 내뿜고 있었다. 종교화나 낭만주의 회화에서 볼 수 있을 법한 광경이었다. 눈앞에는 고대 교회 석조 건축물의 잔해가 맑고 푸른 하늘 아래 황량하면서도 아름답게 서 있었다. 사람은 한 명도 보이지 않았다. '리셉션RECEPTION'이라고 쓰인 문으로 들어가자 나이가 지긋한 신도 한 명이 책상에 앉아 있었다. 프랑스어로 내 소개를 했지만, 그는 하나도 알아듣지 못했다. 아무도 내가 오는 줄 모르고 있는 듯했다. 그는 어딘가로 전화를 걸었지만 별 소용이 없었는지 나를 수도원 담장 밖 바로 길 건너에 있는 게스트하우스로 안내했다. 나는 문 앞에 가방을 내려놓고 벨을 눌렀다.

대답이 없었다. 이와 같은 환대라니. 방금 떠나온 이베토 호텔의 킹사이즈 침대를 생각하고 있는데 둥근 안경을 쓴 대머리에 약간 통통한 수도사가 검정 수도복을 휘날리며 급히 걸어왔다.

"제빵사이신가 보군요." 그는 또렷한 영국식 억양으로 빠르게 말했다.

마침내 안도하며 그렇다고 대답했다. 그는 출입구에 놔둔 내 가방을 쳐다봤다.

"가져오신 가방인가요?" 그는 이어서 빠르게 말했다. "아무튼, 그분 참, 제대로 하시는 게 없다니까. 여기가 아니에요. 선생님은 우리와 같이 수도원 안에서 묵으실 겁니다." 내가 '우리' 중 한 명으로 포함된 건 이때가 처음이었지만, 분명 마지막은 아니었다. 그 후 며칠 동안 나는 같은 이야기를 계속 들었다. "오세요, 오세요. 저를 따라오세요." 프랑스 수도원을 배경으로 한 찰스 디킨스 소설 등장인물 같은 이 수도사는 나를 데리고 가며 말했다.

나는 힘겹게 그를 따라잡으며 수도원 정문을 통과해 내부 게스트하우스로 들어갔다. 숙소 지배인 혹은 접객을 담당하는 수도사가(짧게 깎은 머리 덕분에 큰 귀가 두배는 더 커보이는 그는 무서울 만큼 엄숙한 얼굴을 하고 있었다) 고개를 거의 움직이지 않고 내게 인사했다.

"독실로 안내해드릴게요." 접객 수도사가 영어로 말했다. 뉴욕시에서 '프리워 빌딩prewar building'[16]이라고 부르는 건물처럼 생긴 엘리베이터가 없는 5층 건물 꼭대기층에 있는 방으로 올라가던 중 '독실'이라는 단어가 내 머릿속에 박혔다. 물론 이 건물에서 기준이 되는 전쟁은 프랑스혁명쯤 될 것이다.

좁고 오래된 나선형 계단을 돌고 돌아 올라가면 층계참마다 조명이 켜졌다. 수도원이 존재해온 대부분 시간 동안 이 어두운 계단의 유일한 불빛이었을 희미한 촛불에 비하면 이것은 분명히 발전된 기술이었다. 지배인은 '육시경Sext'이라 부르는 12시 45분 예배(혹은 '성무일도') 후에 점심을 먹는다고 말했다. 예배 중에는 가장 앞줄에 앉아야 하고 끝나고 바로 수사들을 따라 식당으로 가기로 되어 있었으니, 다른 말로 하면 점심을 먹고 싶으면 교회에 가야 한다는 이야기였다. 그레고리안 성가[17]로 유명한

---

16 20세기 초부터 2차 세계대전 전까지 지어진 건물로, 높은 천장, 두꺼운 벽, 석고 장식 등이 특징이다.
17 중세 유럽의 수도원에서 시작된 무반주 전례음악.

수도원에서 음악을 직접 듣고 싶은 마음도 있었지만, 예배에 참여할 거라는 당연한 기대는 내가 호텔이 아닌 수도원에 묵고 있다는 사실을 제대로, 그리고 계획적으로 보여주었다.

그는 내게 열쇠를 건넸다. "수도원에 다른 손님은 없어요." 접객 수도사의 마지막 이 말은 〈베이츠 모텔Bates Motel〉[18]의 대사같이 들리며 내 방이 왜 이렇게 먼 곳에 있는지를 더 의심스럽게 했다.

분명 전망 좋은 객실을 배정받지는 못한 것 같았다. 작은 독실에는 작은 원형 창문 하나뿐이었다. 카리브해를 여행하는 초저가 크루즈 객실 창문 같다고 불평해도 이상하지 않을 만큼 아주 작았고, 너무 높이 달려서 창문으로 하늘 외에는 아무것도 보이지 않았다. 그것 말고는 (알맞게 단단한 매트리스가 나무판 위에 놓인) 1인용 침대, 책상, 세면대 등 지내기 괜찮아 보였다. 그러나 뾰족하게 각진 천장은 지붕의 윤곽과 더불어 젊고 돈 없던 시절 부동산 중개인이 보여주던 다락방들을 떠오르게 했다. 물론 그 다락방들에 손으로 직접 자른 거대한 들보가 질러져 있지는 않았지만. 그 들보들은 분명 방 분위기를 독특하게 만들었으나, 덕분에 방은 더 좁아져서 서랍장에서 옷을 꺼내려면 무릎을 꿇을 수밖에 없었다.

나는 멋진 창문이 달린 방을 기대했다. 집에서 떠나기 직전 절판된 영국 작가 패트릭 리 퍼머의 책을 우연히 발견했다. 2차 세계대전이 끝난 후 글을 쓸 만한 조용하고 엄숙한 공간을 찾

320

---

18 모텔을 배경으로 한 심리 공포 장르의 미국 TV 드라마.

아 생 방드리유 수도원에 왔던 그는 후에 《침묵을 위한 시간》에서 이곳과 다른 두 곳의 수도원에서 보낸 시간에 관해 썼다. 물론 그가 이곳에 온 건 반세기도 더 전의 일이니 내 경험과 얼마나 관련이 있을까 싶지만, 오래 지나지 않아 그 의문은 풀렸다. 퍼머는 정원이 보이는 방에서 묵었다는 것만 빼면, 수도원은 전혀 변한 게 없었다. 칸막이로 나뉜 두 곳의 샤워 공간과 변기가 있는 화장실이 바로 복도 건너에 있어 사실상 내 전용 화장실이나 다름없었다. 전반적으로 좋은 방이었다. 육시경(일출과 함께 시작되어 총 열두 개의 시간으로 나뉜 옛 로마시대 시간으로 하루 중 여섯 번째의 시간이어서 이런 이름이 붙었다) 시작 10분 전, 교회 문을 열고 들어간 나는 어두워서 순간적으로 앞이 보이지 않았다. 나는 귀중한 유물이나 다른 수도사 위로 넘어질까 두려워 한 걸음 더 떼지 못하고 눈이 어둠에 적응할 때까지 그 자리에 서 있었다. 하지만 엄숙하고 텅 빈 교회에 수도사는 한 명도 없었고 귀중한 것이든 아니든 유물도 없었지만, 한 가지 눈에 띄는 예외가 있었다. 중세의 것처럼 보이는, 전면이 유리로 된 검은색과 금색의 상자가 벽에 고정되어 있었다. 나는 안을 들여다보았고 눈이 어둠에 적응하자마자 상자 안에서 누군가가 나를 똑같이 보고 있는 모습에 깜짝 놀랐다. 이 수도원을 세운 생 방드리유의 1,300년 된 유골이었다!

649년 이 유골의 주인인 방드리유라는 수도사가 현재 그의 이름을 딴 이 수도원을 세우러 목가적인 이 산속으로 들어왔을 때, 기독교는 아직 초창기였고 이슬람교의 창시자 마호메트가 사망한 지도 17년밖에 되지 않았다. 콜럼버스가 미 대륙에 발을 디디려면 이때부터 거의 1,000년 가까운 시간이 더 흘러야 한다.

길이 91미터를 자랑하는 대성당이 있는 생 방드리유 드 퐁트넬 수도원은 852년 바이킹 침입자들이 수도원을 약탈하고 불태우기 전까지 번성했다. 수도사들은 살아서 탈출해 나왔고(더 중요한 것은 설립자인 방드리유의 유골을 비롯한 유물들도 가지고 나왔다는 사실이다), 벨기에에 피난처를 마련하기 전까지 수년간 프랑스 북부를 떠돌았다.

960년 수도사들은 다시 돌아와 수도원을 재건했고 전성기를 맞이했다. 수도사는 300명까지 늘었고 1,000년 동안 30명의 성인을 배출했다. 중세 암흑기 중 가장 어두웠던 시절, 유럽 전역에서 수 세기 동안 전해진 지식이 말살되거나 분실될 때 생 방드리유와 다른 수도원은 그것을 지켜냈다. 생 방드리유는 종교뿐 아니라 예술과 과학도 가르치는 학교로도 유명했다. 종교·일반 기록이 보관되어 있던 도서관과 기록실도 중요했다. 이방인들로부터 지켜내고 미래 세대를 위해 공들여 옮겨 적고 채색해보존한 기록들이 있는 곳이었다.

그러나 수도원의 고난은 끝이 없었다. 이후 화재도 여러 번 있었고(사고도 있었지만 방화도 있었다), 약탈, 정치적 간섭, 박해 등이 있었다. 나폴레옹이 1800년경 이 훌륭한 14세기 고딕 성당을 그저 편리한 '땅 위의' 채석장으로 사용하도록 허락한 바람에 오늘날은 폐허로 흔적만 남아 있다. 현재의 교회는 15세기 노르망디의 헛간을 해체해서 돌을 하나하나 가져다가 세웠고 이후 1967년부터 1969년까지 수도사들이 직접 지금의 형태로 손본 것이다.

화려하게 조각된 가구, 그림, 대리석 조각상, 색색의 빛으로 신도들을 압도하는 커다란 스테인드글라스 등으로 장식된 유럽의 다른 큰 교회들과는 비교하면 두꺼운 돌벽에 깊숙이 박힌 작은 창문과 교회 안으로 들어오는 빛을 거의 흡수하는 듯한 향 그을음으로 색이 진해진 벽 등, 생 방드리유 수도원 내부는 황량하게 느껴질 정도다. 이곳은 사실상 거칠고 어둡고 음울한 중세 시대 그 자체였다.

금욕 때문이 아닐까 하는 생각이 들었다. 이 교회는 믿는 사람들을 모으기 위함도, 이교도들을 위축시키거나 반대로 그들의 마음을 끌기 위함도 아닌, 오로지 수도사들을 위한 곳이었다. 이 수도원에 수행을 방해할 만한 건 하나도 없었다. 나는 첫날 나를 수도원으로 안내해준 디킨스 소설 등장인물, 크리스토프 수도사에게 나중에 이 이론에 관해 이야기했다. 그는 동의하면서도 "그래도 좀 밝았으면 좋겠어요. 빌어먹을, 너무 어둡잖아요!"라고 덧붙였다. 그러나 이곳에도 언제나 빛을 뿜어내는 주목할 만한 물건이 하나 있었다. 거의 실물 크기의 금십자가였다. 단독으로 빛을 받는 데다 하루 중 특정 시간에는 매달려 있는 줄이 전혀 눈에 보이지 않아 제단 위 공중에 마치 마법처럼 떠 있는 듯 보였다. 십자가에 매달려 활 모양으로 등이 휜 예수의 자세 때문에 공중에 떠 있는 듯한 효과가 배가되었다. 언제라도 속박에서 풀려나 교회를 따라 올라가 승천할 수 있을 것처럼 보였다.

어둠에 적응한 후 첫째 줄에 앉으라는 접객 수도사의 지시에도 불구하고 나는 둘째 줄에 앉았다. 첫째 줄 뒤가 줄로 막혀 있었기 때문이었다.(가장 첫째 줄을 말한 것이었을까, 아니면 줄 뒤의 첫째 줄이었을까?) 공개 예배였지만 나를 제외하면 나이 든 사람 두 명밖에 없었다. 육시경이 시작되기를 기다리는 동안 어렴풋이 불편한 감각이 느껴졌다. 발이 얼음장 같았다. 아니, 밖은 외투가 필요 없는 날씨였는데도 몸 전체에 한기가 느껴졌다. 나는 '교회에 맞는 옷 입기'를 머릿속으로 되뇌었다. 이 상황에서는 가져온 모든 옷을 껴입어야 한다는 뜻이었다.

거대한 교회 종이 크게 울리자 수도사들이 검은 수도복을 입고 제단 뒤 복도를 통해 줄지어 교회로 들어왔다. 몇 분에 걸쳐 천천히 들어왔기 때문에 사실 줄지어 들어왔다고 할 수도 없었다. 나까지 세 명의 평신도는 존경의 표시로 내내 일어서 있었다. 서른 명쯤 되는 수도사들은 한두 명씩 짝지어 들어와 제단 양쪽에 마주 보고 각각 두 줄로 마련된 성가대석에 자리를 잡았다. 늘 그렇듯이 예배가 시작되고 나서 들어온 신도들도 몇몇 있었다.

여든쯤 되어 보이는 수도원장이 가장 마지막으로 들어왔고 예배가 시작되었다. 《시편》을 노래하는 그레고리안 성가가 15분간 끊기지 않고 계속되었다. 양쪽에 앉은 수도사들이 한 절씩 번갈아가며 마음을 울리는 노래를 불렀다. 특히 독창했던 몇몇 젊은 수도사들의 목소리는 너무 아름다워서, 나는 나중에 수도사가 되려면 오디션을 봐야 하느냐고 농담조로 묻기도 했다. 〈아메리칸 아이돌〉처럼 〈수도사 아이돌〉, 괜찮은 오디션 프로그램 아이디어 같았다.

우리는 거의 앉아 있었지만, 성가대석의 수도사들은 짧은 예배 동안 한 번도 앉지 못했다. 똑같은 검정 수도복 차림으로 성가대석에서 20도 정도 뒤로 기댄 채 서 있는 모습은 마치 원양 여객회사의 기독교 유람선을 타고 술 대신《시편》을 손에 들고 난간에 기댄 것처럼 약간 우습기도 하고 편안해 보이기도 했다. 수도사들이 하는 절도 흥미로웠다. 90도로 허리를 깊게 숙인 경직된 모습은 소풍 갔다가 잔디밭에서 잃어버린 물건을 찾는 사람처럼 보였다. 허리 통증이 걱정되어 따라 해보지는 못했다.

정확히 1시 정각에 짧은 예배는 끝났고 수도사들은 점심을 먹으러 줄지어 식당으로 향했다. 지배인이 초조한 듯 손을 흔들며 내게 따라오라고 손짓했다. 정말 깐깐한 사람이야! 그는 내 옆에서 걸으며 줄이 쳐진 가장 앞줄에 앉았어야 했다고 속삭였다. 젠장, 벌써 일을 망쳤다니! 그러나 어쩐지 나를 혼내려 한다기보다는 내 특권에 관해 설명하는 것처럼 느껴졌다.

"거기 앉을 자격이 있으니까요." 그는 방문객들은 사용 금지인 안뜰의 문을 통하면 첫째 줄에 앉을 수 있다고 덧붙여 말했다. 나는 문득 궁금해졌다.

"제가 갈 수 있는 장소들은 어디죠?" 나 같은 하룻밤 손님은 출입할 수 없는 장소들이 분명히 있을 것이다.

그는 놀란 것 같았다. "그런 곳은 없어요. 당신도 우리 중 한 명이니까요."

우리는 식당에 들어섰다. 10세기에 지어졌다는 30미터 넘는 길이의 중세 식당의 모습에 숨이 멎을 것 같았다. 양쪽으로 길게 뻗은 벽에는 창문이 줄지어 있어 식당 안을 빛으로 가득 채웠다.

암울한 교회에서 이런 풍경을 보니 반가웠다. 벽 하나는 로마네스크 양식의 아치로 장식되어 있었고, 천장이 아치형으로 열린 덕분에 식당 전체는 통풍이 잘됐다. 긴 벽을 따라 한 줄로 길게 붙인 여러 개의 테이블 역시 30미터는 되는 것 같았다. 수도사들은 교회 성가대석에 앉았던 것처럼 벽 쪽으로 등을 향하고 서로 마주 본 채 앉았다. 손님용 식탁은 양쪽 두 줄의 식탁과 수직으로 가운데에 한 줄로 놓여 있어 모든 사람이 손님을 볼 수 있게 되어 있었다.

지배인과 나는 식당에 가장 마지막으로 들어섰다. 나는 수도사와 손님들이 모두 자기 자리에 거의 차렷 자세로 서 있는 것을 보고 놀랐다. 내 바로 앞에는 젊은 수도사가 물이 든 은색 주전자와 같은 색의 그릇을 들고 조용히 서 있었고, 접객 담당 수도사는 내게 손을 뻗으라고 손짓했다. 잠시 후, 생 방드리유 드 퐁트넬 대수도원의 수도원장이 지난 1,358년 동안 다른 수도원장들이 그랬던 것처럼, 절차에 따라 겸손하게 내 손을 씻겨주는 것으로 공식적으로 내 방문을 환영했다.

이후 접객 담당 수도사의 안내에 따라 불편할 만큼 긴 거리를 걸어 식당 끝에 있는 내 자리로(자리에는 내 방 번호인 13(!)이 새겨진 은으로 된 무거운 냅킨 링이 놓여 있었다) 가는 동안, 서 있는 수도사들은 '미국에서 온 제빵사'의 모습을 처음으로 봤다.(모두 호기심으로 내가 이곳에 오기만을 기다리고 있었다는 사실을 나중에야 알았다.) 수도원장이 짧게 기도하는 동안 서 있던 사람들은 기도가 끝나자 한두 자리씩 움직여 빈자리를 채워 앉았고, 마침내 점심 식사가 시작되었다.

수도원 생활이 배고프지 않을까 걱정되어 나는 미리 간식거리를 사놓을 생각이었지만, 파업이 시작되기 전 서두르는 바람에 그럴 시간이 없었다. 그러나 걱정할 필요가 없었다. 먹음직스럽고 양도 많은 점심 식사였다. 뵈프 부르기뇽,[19] 기막히게 맛있는 감자튀김(아마도 오리나 거위 기름으로 튀겼을 진짜 벨기에식 감자튀김이었다. 이 정도로 맛있는 감자튀김을 만드는 방법은 그것뿐이다), 수도원 마당에서 그날 아침 직접 딴 상추에 디저트로는 플랑flan[20]과 진한 커피가 나왔다.

테이블 가운데에 놓인 소박한 빵 도마 위 황금빛 크러스트에 칼집까지 완벽한 아름다운 바게트를 보자 내 가슴이 쿵 내려앉았다. 세상에, 이런 빵을 이겨야 한다는 건가? 머뭇거리며 한입 뜯어 먹어본 후 안심이 되었다. 맛보다는 모양이 더 좋은 빵이었다. 이것보다는 맛있는 빵을 만들 수 있었다. 적어도 뉴욕의 집에서라면 말이다.

수도사들과 손님들은 식사 중에 전혀 말을 하지 않는다. 그러나 서빙 담당 수도사가 음식을 나르는 동안 수도원장은 벽에 붙박이로 만들어진 1미터 남짓 높이의 자리에 서서 식사 시간이 끝날 때까지 크게 책을 읽었다. 그 소리는 기도처럼 들렸지만, 적어도 내가 알아들을 수 있는 단어들로 미루어보아 역사 수업 같았다. 정확히 어떤 내용인지는 알아들을 수 없었지만, '미국' '미국의(미국인)' 같은 단어가 들리는 걸 보니 분명 고대 역

327

---

19 와인을 넣어 만든 소고기 찜 요리.
20 커스터드에 과일, 채소, 고기 등을 갈아 넣어 만든 크림 케이크.

사는 아닌 모양이었다. 또 하나 계속 들렸던 말은 '미슐랭의 역사Histoire de Michelin'였다.

미슐랭이 여행 책자 말고도 프랑스 역사책도 낸 모양이라고 생각했다. 혹은 헤로도투스의 《역사》처럼 미슐랭이 낸 역사책 시리즈가 있는지도 모른다. 나중에 크리스토프 수도사에게 물어볼 기회가 생겼다.

"점심시간에 들었던 역사 강의 있잖아요, 어느 시대 얘기였나요? 프렌치 인디언 전쟁[21]인가요?"

"아니에요, 최근 역사였어요. 미슐랭에 관한 겁니다."

"미슐랭 창업자요?"

"아니요, 타이어 회사 말이에요."

"수도원장님이 타이어 회사 역사를 읽어주신 거예요?"

"굉장히 흥미로운 얘기였어요."

수도사들이 매일 '낭독 시간'을 갖는다는 사실만큼 흥미롭지는 않았다. 그리고 그 단조로운 목소리라니! 내 책 낭독회를 그런 식으로 한다면 아마 서점 폭파 위협보다 더 효과적으로 서점에서 손님들을 순식간에 몰아낼 수 있을 것이다. 물론 수도원장님의 청중은 더 적극적일 수밖에 없겠지만.

나는 이런 방식의 낭독에 대해 나중에 생각해본 후 처음 이수도원에 왔을 때 당황스러웠거나 우습게까지 보였던 다른 많은 것들처럼, 이상한 방식 안에도 다 이유가 있다는 결론을 내렸

328

---

21 유럽에서 칠년전쟁이 일어나던 중 북아메리카 대륙에서 인디언 영토를 둘러싸고 일어난 영국과 프랑스 간의 식민지 쟁탈 전쟁.

다. 단조로운 방식의 말투에는 몇 가지 의도가 있었다. 듣는 사람에게 책을 미리 공부해야 한다는 부담이나 어떤 단어가 중요한지 이해해야 하는 부담을 덜어주며, 누가 읽든 똑같이 들린다는 장점도 있다. 교회가 따분한 이유와 마찬가지로, 단조로운 목소리는 이야기하는 사람 대신 이야기 자체에 집중할 수 있게 해준다. 대신 낭독자가 웅얼거리는 일은 절대로 없었다.

낭독이 시작되기 직전 나는 젊은 수도사들 몇몇이 식당 맞은편에 앉아 서로 장난스러운 표정을 짓다가 그중 한 명이 냅킨으로 귀를 파는 듯한 시늉을 하는 것을 봤다. 예민하고 진지한 표정의 접객 담당 수도사 때문에 주눅 들어 있었던 터라 이 수도원에도 유머가 있음을 목격한 것 자체가 너무 기뻤다. 물론 가장 처음 받았던 지시를 어기고 교회에서 둘째 줄에 앉은 건 내 잘못이었다. 오늘날까지 수도원의 일상을 좌우하는 6세기 베네딕트회 규칙에는 모든 수도원이 기꺼이 손님을 기쁘게 맞이해야 하지만 그들이 수도사의 기도와 명상에 전혀 방해되지 않도록 접객 수도사가 특히 신경 써야 한다고 되어 있다. 그는 신경써야 할 일이 많은 사람이었다. 내가 수도원장의 테이블에 앉거나 크게 트림을 해 역사 강의 시간을 방해한다면 그건 전부 그의 책임이었다.

나는 집에 다시 돌아올 때까지도 규칙에 익숙해지지 못했지만, 규칙서의 세세함은 놀라울 정도였다. 식사 시간의 절차까지도 쓰여 있었다. '아무나 책을 집어 들어서 읽을 수 있는 것은 아니다. 책을 읽는 사람은 반드시 일요일에 시작해야 하며, 한 주동안 읽기를 계속해야 한다'고 규칙서에 나와 있다. 이 정도의 디테일은 필수적이었다. 생 방드리유 수도원이 세워지기 100년 전 이 규칙서를 쓴 성 베네딕트는 타락하고 있는 초기 기독교와 수도원의 질서와 규율을 회복하기 위해 노력했다.

　나는 낯선 사람들과 의무적인 잡담("여기 자주 오세요?")을 나눠야 할 부담이 없어 식사 시간의 강제적 침묵이 대체로 반가웠지만, 가끔은 우스운 일도 생겼다. 첫째 날 점심 손님 테이블에는 여섯 명이 앉아 있었고(낮 동안만 방문한 손님과 새로 도착한 숙박 손님이 섞여 있었다), 우리는 사과주를 권할 때 규칙대로 손짓으로만 이야기했다. 몇몇은 입 모양으로 '메르시Merci'라고 감사 인사를 하기도 했다. 수도원장이 타이어 회사 스틸 벨티드 타이어가 미친 영향에 대해 낮은 목소리로 읽어 내려가는 동안 때때로 서로 속삭이기도 했다.("저, 감자튀김 진짜 맛있던데 더 먹어도 될까요?") 사실 나도 감자튀김이 더 먹고 싶을 때가 있었지만 옆에 앉은 손님(사각 안경을 쓰고 청바지를 입고 방금 프랑스 알프스에서 하산하기라도 한 듯 얼굴까지 지퍼를 올린 빨간색 나일론 재킷을 입은, 우울해 보이는 금발 청년)의 옆구리를 찌르는 것 말고는 그 중요한 정보를 전달할 수 있는 다른 방법이 없었다.

　수도원장의 책 읽기가 계속되는 동안 테이블에 있는 사람들은 나 혼자만 놓친 신호를 읽은 듯 냅킨을 접은 다음 냅킨 링에 다시 끼워 넣었다. 나도 사람들을 따라 하며 저녁에도 똑같은 냅킨을 쓰게 되는지 궁금했다. 정말 그랬다. 다음 날, 그다음 날도 마찬가지였다. 수도사들은 이 검소함에서 한 걸음 더 나아가 물컵을 닦는 데 냅킨을 쓴 후 테이블까지 닦고 나서 은 식기, 유리잔과 함께 작은 나무상자에 보관해 다음 식사에 썼다.

점심이 워낙 든든하게 나온 터라 저녁은 좀 가벼울 거라 생각했다. 그러나 저녁 메뉴는 맛있어 보이는 걸쭉한 푸른 채소 수프, 치킨 코르동 블루[22]와 구운 토마토였고(수도원 마당에서 키운 것이다), 디저트로는 점심때 먹었던 맛없는 바게트로 만든 것이 분명한, 달콤한 프렌치토스트가 나왔다.

이곳의 모든 수도사는 군살 없이 날씬했다. 프렌치 패러독스[23] 때문일까? 그렇지는 않은 것 같다. 이곳의 비밀은 식사 시간이 그리 길지 않다는 데 있다. 음식이 충분하기는 하지만 워낙 빠른 속도로 나왔다가 치워버리기 때문에 배부르게 먹으려면 (두 번 씹고 삼키는 정도로) 아주 빠르게 먹거나 아니면 그냥 배고픈 채로 지내야 한다. 내가 머무는 동안 수프, 메인 요리와 디저트로 이뤄진 세 코스의 일반적인 저녁 식사는 보통 19분 만에 끝났다! 소화제가 필요할 만한 수준이다. 중학교 때 점심시간 이후로 밥을 그렇게 빨리 먹어본 적이 없었다.

어느 날 저녁 식사가 거의 끝나갈 무렵 나는 여느 때처럼 다른 손님들을 따라 냅킨을 접어 냅킨 링에 끼워 넣었다. 그러나 내 맞은편에 앉은 사람은 접어놓은 냅킨 위에 냅킨 링을 올려놓았다. 잠시 후 지배인이 유난히 굳은 표정으로 일어나더니 성큼성큼 걸어와 (아무 말 없이 조용히) 냅킨 링을 집어 들고 식당 반대편으로 빠르게 걸어갔다. 지배인이 서랍에 냅킨 링을 넣는 동안 이 불쌍한 손님은 눈을 내리깐 채 앉아 있었다. 무슨 일이 있었

---

22 얇게 썬 닭고기 안에 치즈와 햄을 넣고 빵가루를 묻혀 튀긴 요리.
23 프랑스인들이 미국인과 영국인 못지않게 고지방 식이를 하고도 심혈관 질환에 덜 걸리는 현상.

나? 쫓겨나는 걸까? 이 사람도 다른 줄에 잘못 앉았나?

  알고 보니 나도 나중에 경험하게 될 또 다른 의식일 뿐이었다.(미리 알게 되어 정말 다행이었다.) 수도원에 도착하면 수도원장이 손을 씻겨주고, 수도원을 떠날 때는 접객 수도사가 냅킨 링을 찬장에 다시 가져다 놓는다. 마지막 식사라는 것을 모두가 알 수 있도록 말이다.

  첫날 점심 식사 후 키 작은 중년의 수도사, 키 큰 젊은 수도사, 중간 키의 수도사 이렇게 안경을 쓴 세 명의 수도사가 밖에서 나를 기다리고 있었다.

  "제빵사이신가요?" 통역하러 온 게 분명한 중간 키의 수도사가 유창한 영어로 물었다. 통역 수도사는 키 큰 수도사 브뤼노가 내 수습생이 될 거라고 소개해주었고, 키 작은 수도사 필리프는 회계를 맡고 있다고 소개해주었다. 겉보기에도 회계 담당처럼 보이는 필리프는 영어도 꽤 하는 편이었는데, 마지막으로 이곳에 있던 제빵사의 조수였기 때문에 푸르닐fournil(제빵실)[24]도 잘 알고 있어 내 방문을 담당하게 된 모양이었다.

  우리 네 명은 오랫동안 방치되어 있던 빵 굽는 곳의 상태를 보러 갔다. 그러나 벌써 2시였고 구시경None(혹은 '아홉 번째 시간')이 2시 15분에 시작하기 때문에 수도사들은 시간이 별로 없었다. 나는 주방 구석에서 빵을 굽게 될 줄 알았지만, 수도원의

332

---

24 500단어 수준이던 내 프랑스어는 이번 여행에서 '빵 굽는 곳'을 뜻하는 fournil이라는 단어를 배우며 501단어로 늘었다. 불랑주리boulangerie는 빵을 파는 곳을 말한다.(물론 빵을 구워서 파는 곳일 수도 있다.)—저자

넓은 안뜰 맞은편 다양한 상점들 끝, 세탁실, 목공예 기념품점 등이 자리한 14~16세기 건물에 제빵 전용 공간이 따로 있었다. 수도원을 지원하는 문헌 디지털화 서비스 센터도 같은 건물에 있었다. 중세 문헌을 옮겨 적던 역사로 유명했던 생 방드리유가 여전히 문헌 보존 사업을 하고 있다는 사실이 재미있었지만, 수도사들 누구도 이 사실을 인지하고 있는 것 같지 않았다. 그들은 문헌 디지털화 사업을 다른 수입원이 생기면 바로 대체해버릴 성가신 것으로 생각했다.

빵 굽는 곳은 여전히 중세시대에 머물러 있는 것처럼 보였다. 그곳에 들어서자마자 처음 눈에 띈 것은 벨트로 구동되는 오래된 상업용 반죽기였다. 1930년대에 산 것이라고 했다. "저건 필요 없을 거예요. 손으로 직접 반죽할 거라서요." 나는 쾌활하게 말했다.

필리프와 브뤼노는 긴장한 듯 서로를 바라봤다. 내가 뭘 잘못 말했나? 필리프는 이어서 거대한 오븐을 소개했다. 50년밖에 안 된 비교적 새 오븐에는 계기판과 함께 'Petit Chauffage'나 'Grand Chauffage'처럼 알 수 없는 이름이 붙은 짧은 막대형의 스위치가 달려 있었다. 가로 2미터, 깊이 3미터 정도 되는 오븐은 제빵실의 자리 대부분을 차지하고 있었다. 그러나 오븐 내부의 높이는 30센티미터가 채 되지 않았다. 저 안에서 내 빵이 부풀어 오르는 것을 지켜봐야 하는군. 나는 안을 들여다봤다. 천장에는 이 거대한 오븐에 전원을 넣으면 빨갛게 달아오르는 잔물결 모양의 와이어가 있어 토스터 내부와 비슷해 보였다. 오븐 바닥이 육중한 내화 벽돌로 되어 있는 데다 스팀 분사 장치까지 있는 걸 보고 나는 가슴이 설렜다. 필리프는 서류 봉투를 열어 낡은 종이 뭉치를 꺼냈다. 오븐 설명서 원본이었다. 확실히 이 수도사들은 기록 보관에 뛰어난 것 같다.

나는 주위를 둘러봤다. 작은 작업대, 그리고 합판으로 만든 투박한 프루핑 캐비닛이 있었다. 기름칠한 검은색 빵틀을 올려놓을 수 있는 선반 열 개가 짜여 있었고, 빵틀은 각각 긴 빵 여섯 개씩 구울 수 있게 되어 있었다. 빵틀을 사용할 일도 없을 것이다.

나는 필리프와 브뤼노 수도사에게 집에서 가져온 르뱅을 보여줬다. 두 사람은 그게 무엇인지, 어떻게 사용되는지도 잘 몰랐다. 나는 인스턴트 드라이 이스트(역시 두 사람 다 들어본 적 없는 것이었다. 필리프는 예전에 생이스트만 써봤다고 했다)나 르뱅, 혹은 둘을 섞어서 빵을 발효시킬 거라고 설명했다. 나는 팽 오 르뱅pain au levain(천연 발효빵) 레시피를 꺼냈다. 적당한 크기의 미슈를 만들려면 르뱅이 500그램 필요한 레시피였다.

"하지만 수도원 전체를 먹이려면 많이 필요할 텐데요." 필리프는 내가 가져온 2리터짜리 통을 보며 말했다. "하루에 18킬로그램을 구워야 하니까요."

18킬로그램? 거의 40파운드나 되잖아.

"왜 그런 계산이 나오죠? 빵 한 개에 500그램이면 되잖아요." 내가 물었다.

"보통 하루에 빵 36개를 구웠어요."

"뭐라고요? 몇 개요?" 얼마를 구웠다고? 분명 36개는 아니었을 것이다.

"36개요." 필리프가 영어로 다시 말했다.

"빵이 작았나 봐요? 이거면 큰 미슈를 만들 수 있어요."

"아니요, 1킬로그램짜리 빵 36개예요." 80파운드의 빵이다.

나는 침을 꼴깍 삼켰다. 이건 말도 안 된다. 수도사는 총 35명 뿐이다. 손님 몇 명 더 있다고 해도 큰 미슈 한 개면 여섯 명이 먹을 수 있으니 하루에 여섯 개를 구우면 될 것이다. 나는 이 계산을 필리프에게 설명했다.

"그래요. 하지만 우리는 하루에 세 번씩 빵을 먹고, 일주일에 세 번만 빵을 구워요. 아침에는 빵만 먹죠. 그리고 주말에는 20명이 넘는 손님이 올 때도 있어요."

손으로 반죽할 거라고 했을 때 두 사람의 표정이 왜 그랬는지 이해가 됐다. 거대한 산업용 오븐의 존재도 설명이 됐다. 수도원에 무려 60명의 수도사가 있던 시절 구매한 것이었다. 이렇게 많은 양의 빵을 구울 준비는 안 되어 있었다. 아니, 되어 있었을까? 문득 리츠 호텔에서 엄청난 양의 반죽을 만들고, 나누고, 무게를 달고, 상업용 오븐으로 빵을 구우며 낭비했다고 생각했던 일주일이 사실은 유용했다는 생각이 들었다. 심지어 그게 원래 계획이었던 것 같았다.

"르뱅은 특별한 경우에만 쓰는 것으로 하죠." 나는 차분하고 자신감 있어 보이려 노력하며 말했지만, 당장 빵을 구우려면 가져온 르뱅의 양을 늘려야 한다는 사실을 곧 깨달았다. 마침 피딩해야 할 시간이기도 했다. "밀가루 있나요?" 나는 물었다.

필리프는 바닥에 놓인 커다란 자루를 가리켰다. "보이세요? 말씀하신 대로 준비해놨어요."

라벨을 읽어봤다. '특별 제빵용-Boulangère Spéciale'이라고 적혀 있었고 재료의 리스트가 길게 쓰여 있었다.

타입55 밀가루
호밀가루
밀가루 글루텐
밀 맥아분 80 g/ql
곰팡이 아밀라아제 15 g/ql
아스코르브산 4 g/ql

다른 말로 하면, 한마디로 프랑스 빵을 망친 밀가루였다. 반죽을 빠르고 크게 부풀게 하려고 아스코르브산, 글루텐, 효소 등의 첨가제가 들어간, 푸알란, 에릭 케제르, 새브롱이 그렇게 반대해온 밀가루 말이다. 전후 프랑스 바게트의 골칫거리가 된 첨가물 중 빠진 것은 누에콩가루뿐이었다. 게다가 이 특별 제빵용 밀가루는 내가 요청했던 타입65가 아닌, 타입55였다. 나는 입술을 깨물었다. 어쩔 수 없지. 적어도 맥아를 찾을 걱정은 안 해도 되니 다행이지만(약간 있던 맥아 시럽도 전부 말라버린 상태였다), 어떻게 이렇게 잘못 준비해둘 수가 있지?

그래도 나를 초대해준 사람들의 기분을 상하게 하고 싶지는 않았다. 필리프는 '미국인 제빵사'가 요청한 그대로 밀가루를 준비해놨다는 사실에 뿌듯한 것 같았다. 하지만 통밀가루는 어디 있지? 이 밀가루로 빵을 구워볼 생각도 했지만, 원더 브레드를 만들고 싶지는 않았다. 통밀가루가 필요했다.

"통밀가루는 어디 있나요Où est la farine complète?" 나는 필리

프에게 물었다.

그는 내 질문이 당황스러운 듯했다. 눈앞에 밀가루가 25킬로그램이나 있으니 말이다.

"아니요." 나는 프랑스어로 말했다. "이건 흰 밀가루지 통밀이 아니에요."

필리프는 '제빵용 통밀Boulangère Complet'이라고 쓰인 밀가루 포대 바닥을 가리켰다. 밀가루는 완벽했다. 맥아와 글루텐까지 추가해 제빵사가 원하는 모든 것이 들어 있었다. 그럴 만도 했다. 나는 통밀가루가 뭔지도 모르는 프랑스 사람이 있다는 사실에 다시 한 번 놀랐다.

나는 이쯤에서 넘어가기로 했다. 내가 부탁했던 호밀가루 한 포대를 구해다 준 건 정말 다행이었다. 우리는 어떤 식으로 작업을 시작할지 의논했고, 나는 내일 일단 두 개만 먼저 구워서 오븐과 밀가루에 먼저 적응해보자고 제안했다. 필리프와 브뤼노 역시 비슷한 생각을 하고 있었고, 우리는 아침 기도Lauds 후 오전 8시 15분부터 시작하기로 했다.

제빵실을 나서기 전 나는 르뱅을 피딩해야 했다. 25킬로그램짜리 밀가루 포대의 입구는 꼼꼼하게 바느질되어 있었다. 실을 뜯지 못해 끙끙거리자 통역 수도사가 수도복 아래를 뒤져 로스앤젤레스 사우스 센트럴[25] 지역에나 어울릴 법한 커다란 접이식 주머니칼을 꺼냈다.

"옴마야, 빌어먹…… (그래도 말하기 전에 멈췄다) 그걸 뭘 하시

---

25 갱, 살인, 마약 등의 범죄 다발 지역으로 유명했다.

려고요?"

"수도사들 전부 가지고 다니게 되어 있어요. 잘 때는 제외하고요. 다칠까 봐 겁나거든요." 그는 표정 변화 없이 대답했다.

나는 포대를 뜯은 후 칼을 돌려줬다. 수도사에 대한 내 생각을 다시 검토해봐야 할 것 같다. 친구들이 구시경을 하러 바쁘게 사라진 후 나는 이 오래된 베이커리(앞으로 며칠 동안은 내 베이커리다!)에 자리를 잡기 시작했다. 나무주걱의 먼지를 털고, 반죽 성형할 때 쓸 쿠슈를 찾아놓고, 라디에이터 온도를 높이기 위해 별 소용 없는 노력도 해보며(너무 추워 얼어 죽을 것 같았다) 다음 날 계획을 세웠다. 아침 8시에 팽 드 캉파뉴를 만들려면 새벽 5시 30분까지는 르뱅을 피딩해야 할 것이다.

나도 모르는 사이 벌써 저녁이 되어 저녁 기도를 알리는 종이 울렸다. 나는 안뜰에 있는 문을 통해 교회로 들어가 두 명의 새로운 손님들 뒤를 따라갔다. 두 사람은 자리에 앉기 전 무릎을 꿇고 조용히 기도했다. 그리고 정말 오랜만에 처음으로, 나도 똑같이 기도했다. 다음은 내가 한 '믿음을 잃었지만 그래도 도움이 필요한 사람들을 위한 기도'다.

하느님, 당신이 어딘가에 존재하고 이 수도원에 있는 좋은 사람들이 굳게 믿는 것처럼 자비로운 분이라면, 그리고 우리 모두를 다 지켜보며 이야기를 듣고 심지어 가끔 우리 기도도 들어주시는 분이라면, 제가 평소에는 이렇게 부탁드리는 일이 없지만 그래도 고작 1930년대 구입한 반죽기와 엉뚱한 밀가루를 보겠다고 병, 강도, 파업, 사기꾼까지 견뎌내고 자정에 낯선 도시를 헤

맨 끝에 이곳에 왔으니 딱 한 가지만 부탁드리겠습니다. 제발, 하느님 제발, 내일 망치지 않게 해주세요. 빵이 잘 나오게 해주세요.

둘째 날: 디데이

이건 분명 '내 생에 절대로 입 밖으로 꺼낼 일 없는 말들' 목록의 가장 윗자리를 차지하게 될 것이다. "저녁 기도 후에 풀리시를 시작하면 밤새 냉장 보관할 수 있습니다. 그리고 심야 기도 전에 꺼내 온도를 실온으로 맞춘 다음 아침 기도 후에 반죽하고 삼시경Terce 하는 동안 발효되게끔 둔 후 육시경 직전에 반죽을 성형하고 구시경이 끝난 후 구우면 됩니다."

저녁 기도 시간이 되었다. 나는 의기양양하게 연필 끝으로 수첩을 툭 쳤다. 깊은 안도의 한숨을 쉬며 나는 큰 소리로 말했다. "좋은데!"

빵을 굽는 첫날은 일이 잘 안 풀렸다. 오븐의 온도 조절 장치가 섭씨 50도에 멈춰 있었던 바람에 테스트용 빵은 오븐 안에서 타버렸다.(챙겨온 유산지가 순식간에 재로 변할 때 뭔가 잘못됐다는 걸 알아차렸어야 했다.) 특별 제빵용 밀가루로 만든 미슈는 너무 많이 부풀어 올라서 오븐 천장의 가열 코일에 닿는 건 아닌가 걱정될 정도였다. 무엇보다도 가장 걱정됐던 건 해결하기에 훨씬 골치 아픈 다른 문제였다. 빵 만드는 일을 수도사들의 바쁜(그리고 융통성 없는) 일정 사이에 끼워 넣는 일이었다.

나는 다섯 시간을 들여 풀리시를 만들고, 여섯 시간 동안 르뱅을 부풀리는 등 느린 저온 발효를 표방하는 장인의 감성을 가지고 노르망디에 왔다. 하지만 하루에 일곱 번씩 예배를 드리러 교회에 달려가야 하는 데다 다양한 공부 모임과 (일요일에 오르간을 연주하는 일을 포함한) 다른 임무들로도 바쁜 제빵 수도사에게는 장인 감성이 반가울 리 없었다. 나는 수도원의 삶이 이토록 시간에 매여 있다는 사실에 놀랐다. 13세기에도 그랬듯 지금도 여전히 각 예배 15분과 5분 전에 종이 울리니 수도사에게는 사실 시계가 필요 없다. 그러나 내가 본 모든 수도사는 시계를 차고 있었다. 브뤼노의 시계는 멋진 디지털 모델이었다.

시간별 예배는 동트기 전 새벽 5시 25분 심야 기도로 시작해서(1시간 10분 동안 계속된다) 밤 9시 끝기도로 끝난다. 그 사이에는 다섯 번의 다른 성무와 두 번의 식사가 있어서 다른 일을 할 시간이 충분히 나지 않는다. 다음은 우리의 일정이다.

예배	시간	평균 소요 시간
심야 기도	새벽 5시 25분	1시간 10분
아침 기도	오전 7시 30분	40분
삼시경/미사	오전 9시 45분	1시간
육시경	오후 12시 45분	15분
점심 식사	오후 1시	45분
구시경	오후 2시 15분	15분
저녁 기도	오후 5시 30분	30분
저녁 식사	저녁 7시 30분	30분
끝기도	저녁 8시 35분	20분

게다가 수도사들은 오후에 한 번 회의실에서 모이고, 다양한 공부 모임에도 참여하며, 개인 기도 시간도 빼놓아야 한다. 모든 수도사에게는 각자 주어진 일이 있다는 건 말할 것도 없다. 빨래하고, 풀 베고, 주방 청소하고, 오르간 연습하고, 손님 맞이하고, 회계 업무 보고, 기념품점 운영하고, 넓은 강당 청소하고, 교회에 불 켜고, 1,000년 된 집을 관리해야 한다.(100년밖에 안 된 아기에 불과한 집도 관리해야 한다. 어떤 일을 할지 대충 짐작할 수 있었다.) "명상할 시간은 없나요?" 필리프는 내 질문에 어리둥절한 듯 보였다.

"우리는 아침에 한 시간 반, 저녁에 한 시간 반만 일해요. 시간은 미사 끝난 후에도 있고 구시경이 끝난 후에도 있죠."

필리프의 말이 맞을지도 모른다. 그러나 내가 생 방드리유에 가져온 복잡하고 시간 소모가 큰 빵을 만들기에 결코 충분한 시간은 아니었다. 수도사들은 여유롭게 긴 산책을 즐기고 하루에 몇 시간씩 명상과 기도에만 시간을 할애하는 줄 알았다. 그러나 이곳 수도사들은 항상 뛰어다녔고 예배에 늦기도 하는 등 늘 시간에 쫓겼다. 엄격한 시간표는 거의 군대 규율에 가까워 보였다. 그러나 따지고 보면 수도원 생활을 선택했다면 규율은 당연히 기본으로 따라오는 일인 것 같았다.

"다섯 시간이나 기다려야 한다고요?" 필리프는 기겁하며 거품이 부글거리는 내 풀리시를 쳐다봤다. "그러고 나서 세 시간이 더 필요해요? 그러면 저녁 기도 때까지도 빵 못 구울 텐데요!"

틀린 말은 아니었다. 단순히 미슈를 굽는 일조차도 수월하지 않았다. 예배 시간 중간에 겨우 한 시간을 짜내서 구워야 했을 정도였다. 브뤼노와 필리프는 결국 미슈를 오븐에 놔두고 예배에 참석하러 뛰어가야 했다. 두 사람의 스케줄에 맞고 대량으로 만들어낼 수 있으며(야생효모만 사용해 발효시켰으니 뉴욕 주 박람회에 출품했던 미슈는 탈락이다), 가장 중요한 것은 내가 이틀 뒤 이곳을 떠난 후에도 브뤼노가 혼자 만들 수 있는 방법을 생각해내야 했다. 구시경 때문에 제빵실을 나서는 필리프와 브뤼노가 고개를 절레절레 젓는 모습을 본 것 같았다. 토요일인 내일은 수도원 전체를 위해 처음으로 빵을 굽는 날이었다. 일요일은 안식일이고 월요일 아침이면 그다음 날 집으로 떠나기 전 먼저 노르망디 해변으로 떠나야 했다. 한마디로 내게는 생 방드리유의 제빵 전통을 되살릴 단 한 번의 기회밖에 없다는 뜻이었다.

342

레시피 묶음과 노트를 모아들고 밖으로 나갔다. 교회 종이 을씨년스럽게 울리고 거대한 자석에 쇳가루가 끌려가듯 지독하게 덩치 큰 교회 건물로 검정 수도복을 입은 수도사들이 줄지어 들어갔다. 안뜰에는 순식간에 공허함만 남았다. 나는 주변을 둘러봤다. 드넓은 안뜰의 작은 얼룩 한 점처럼 내가 한없이 작고 하찮게 느껴졌다. 제빵실 밖의 맨바닥에 책상다리를 하고 앉아 남향 벽에 기댄 채 눈을 감고 얼굴 위에서 갈비뼈로 타고 내려오는 햇볕의 에너지를 느꼈다.

나는 곰곰이 문제를 생각해보기 시작했다. 40주 동안 베이킹 망망대해에서 헤매는 동안 찾지 못했던 퍼즐 조각들이 무의식에서부터 시작해 제자리를 찾아가며 놀라운 시너지로 서로 맞취지기 시작했다. 보보링크에서 보냈던 오후, 풀리시와 르뱅을 가지고 했던 시도, 재료의 무게를 다는 방법과 베이커스 퍼센트에 대해 배우고, 리츠 호텔의 상업용 오븐에서 빵을 굽고, 무엇보다도 한눈팔지 않고 팽 드 캉파뉴 레시피를 끝없이 수정해온 것, 내가 지금까지 허상을 쫓아왔든 이스트 세포를 쫓아왔든 그 모든 것이 서로 관련이 있었을 뿐 아니라 전부 중요했다는 걸 갑자기 깨달았다.

나는 예배 일정과 레시피를 펼쳐놓았다. 처음 할 일은 팽 오 르뱅이었다. 충분한 양의 팽 오 르뱅을 만들 만큼 르뱅을 늘릴 가능성은 전혀 없었다. 그러나 르뱅으로 빵을 만드는 것이 워낙 익숙해서 그냥 빵을 굽는다는 생각은 이단처럼 느껴졌다. 게다가 나는 아직도 내 르뱅이 수십, 수백 년, 심지어 수천 년 후까지 (불가능한 일은 아니지 않은가?) 여전히 이 수도원에 남아서 사용될 거라는 환상을 버리지 못했다. 빵 한 덩이마다 조금씩만 사용하면 될지도 모른다. 발효하기 위해서가 아니라 맛을 위해서 말이다. 한 번도 시도해본 적 없는 방법이지만, 안 될 이유도 없다고 생각했다.

그다음 문제는 베이킹 일정을 너무 뒤로 늘어지게 하는 주범, 풀리시를 만드는 일이었다. 스트레이트 도로 몇 시간 안에 끝낼 수도 있겠지만 나름 이 수도원에 아르티장 브레드를 전도하러 왔으니 뭐가 되었든 발효종을 쓰기는 해야 했다. 그렇지 않으면 차라리 맛없는 빵집 빵을 계속 사다 먹는 게 훨씬 나을 것이다. 나는 집에서 몇 번 밤새 냉장고에서 풀리시를 만들어 성공한 적이 있었다. 수도사들의 일정을 봤다. 브뤼노가 오후 5시 25분 심야 기도 가는 길에 냉장고에서 풀리시를 꺼내놓을 수 있다면 아침 기도가 끝날 오전 8시 15분 즈음에는 풀리시의 온도도 적당해지고 사용할 준비가 될 것이다. 그러면 미사 전까지 재료를 섞고, 오토리즈하고 반죽할 충분한 시간이 생긴다. 그 후 두 시간 동안 발효시킨 다음 오전 11시 30분에 돌아와 정오 기도, 점심 식사 전까지 반죽을 나누고 무게를 달고 성형하면 된다. 오후 2시 30분 구시경이 끝나고 나면 돌아와서 본격적으로 빵을 구울 수 있다.

이 시간표대로라면 가능하겠다는 생각이 들었다. 이제 밤샘 발효용 풀리시와 르뱅을 섞은 레시피를 만들기만 하면 된다. 나는 우수리는 떼고 필요할 때마다 쉽게 두 배, 세 배, 네 배로 늘릴 수 있는 1킬로그램짜리 빵 여섯 개를 만드는 공식을 만들었다. 밀가루 3킬로그램에 르뱅 500그램을 첨가하고, 그만큼의 밀가루에는 통밀, 호밀, 물, 소금을 얼마나 넣어야 하는지 계산했다.

6개월 전만 해도 비율과 어림짐작이 난무하는 지루한 과정이었겠지만, 베이커스 퍼센트를(한때는 비웃었던 그 방법이다) 어떻게 쓰는지 알면 그 모든 수고에서 벗어날 수 있다. 나는 통밀 12퍼센트(구할 수 있다는 가정하에)와 호밀 6퍼센트를 원했다. 필요한 소금의 양을 알아내기는 쉬웠다. 항상 전체 밀가루 중량의 2퍼센트면 된다. 퍼센트가 가장 유용하게 쓰일 때는 물의 양을 계산할 때다. 나는 보통 수분을 68퍼센트로 맞추지만, 그 정도로 물기가 많은 반죽을 초보자가 다루기는 어려울 거란 생각에 수분율을 65퍼센트로 맞췄다. 여전히 충분한 수분을 함유하면서도 성형하기에도 수월한 반죽이 될 것이다. 이제 밀가루 양을 전부 더한 다음 0.65만 곱하면 된다.

잠깐만! 다행히 집에서도 여러 번 이걸 망쳤고 여기서도 피로와 부담감 때문에 똑같은 실수를 할 뻔한 걸 막았다. 수분율을 계산할 때는 르뱅에 있는 밀가루와 물의 양도 꼭 계산에 넣어야 한다. 내 르뱅 100그램은 전체 양에 50그램의 밀가루와 50그램의 물을 추가한다는 이야기다. 전부 손으로 계산한 뒤 레시피를 정리하고 세 번이나 다시 확인했다.

이제 이스트만 남았다. 나는 당장 쓸 요량으로 은박 소포장으로 나뉜 인스턴트 이스트를 작은 상자로 하나 가져왔다. 중간에 사프 인스턴트 이스트를(여전히 루이 파스퇴르의 오래된 마을 릴에서 생산된다) 1킬로그램 살 생각이었지만, 프랑스 어디에서도 다량의 이스트를 볼 수가 없었다. 미국에서는 어느 상점에 발을 들이든 프랑스산 사프 이스트 한 통을 쉽게 살 수 있는데 정작 프랑스에서는 찾기 힘들다는 사실에 놀랐다. 프랑스에서는 사람들이 홈베이킹을 거의 하지 않는다는 사실을 다시 한 번 깨달았다.[26]

인스턴트 이스트를 구하지 못했다는 사실은 어쨌든 중요하지 않았다. 필리프가 확실히 인스턴트 이스트를 믿지 못하고 있었다. 그는 예전에 제빵사 보조를 했을 때 생이스트를 썼다고 여러 번 내게 말했다. 이미 내 드라이 이스트를 충분히 못 미더워했기 때문에 생이스트를 쓰기로 마음먹은 상태였다. 랄망에서 직

345

---

26 캐럴 필드는 1985년 《이탈리아 제빵사》에서 이탈리아에는 집에서 빵 만드는 법을 다룬 요리책은 한 권도 없지만 35,000곳의 빵집이 있다는 사실을 언급했다.—저자

접 만져본 적이 있어 다행이었다. 아니었더라면 생이스트가 뭔지도 모를 뻔했다. 그러나 실제로 사용해본 적이 없어 정확한 베이커스 퍼센트를 알 수 없었다. 반죽에 써야 하는 양 말이다.

어떻게 하지? 내일이 최후의 심판일이었다. 수도원에서 빵을 처음으로 구워서 내는 날인데, 이스트의 양조차도 가늠하지 못하고 있다니. 참고할 만한 책도 없고 인터넷 사용도 불가한 상황이라 나는 이도 저도 못하고 있었다. 잠깐, 부원장에게 이메일을 받았었잖아. 분명 어딘가에서는 인터넷을 쓸 수 있다는 얘기였다. 필리프가 교회에서 돌아왔을 때 나는 이메일을 보내기 위해 컴퓨터를 쓸 수 있는지 물었다. 경영학 학위를 가지고 있는 이 수도사는 17인치 모니터, 스마트카드가 필요한 외부 보안장치까지 달린 델 컴퓨터 앞으로 나를 데려갔다. 필리프의 컴퓨터 장비는 IT 책임자인 내가 사무실에서 쓰는 것보다도 훨씬 수준이 높았다.

이메일 계정에 로그인하고 '노르망디에서 SOS를 보냅니다'라는 눈길을 확 끄는 제목을 단 이메일을 찰리 밴 오버와 피터 라인하르트에게 보냈다.(찰리가 자주 이메일을 확인하지 않는다는 걸 알기 때문에 그의 아내 프리실라에게도 보냈다.) 누군가는 내일 아침 전에 답장해주기를 바랄 뿐이었다.

이후 필리프와 브뤼노를 제빵실에서 만났다. 시험용으로 구운 빵 두 개가 맛을 볼 수 있을 만큼 식었다. 부풀기는 했지만 미테랑 전 대통령만큼이나 개성이 강해 보였다. 통밀가루가 필요했다. 게다가 첨가물이 잔뜩 들어간 특별 제빵용 밀가루에 대한 의문도 다시 들었다. 별로 좋은 빵을 만들지 못하는 것 같았다.

더구나 필리프와 브뤼노는 베이킹 스케줄에 대해서도 걱정하고
있었기 때문에, 그 문제도 이야기해야 했다. 머리를 맞대야 할
시간이었다.

　"처음 이곳에 올 때는 빵을 얼마나 많이 만들어야 하는지, 그
리고 얼마나 시간이 부족한지도 전혀 몰랐어요. 제가 가져온 레
시피는 이곳과 안 맞아요. 하지만 훨씬 쉬우면서도 좋을 빵을 만
들 수 있는 새로운 레시피를 정리했어요. 직접 만들어본 적은 없
는 레시피라 내일 다시 한 번 실험하는 날이 될 거예요." 두 사
람은 만족한 듯한 반응이었다. "그리고 생이스트를 선호하시는
것 같아서요. 빵집에서 500그램 정도 구해올 수 있을까요?" 필
리프는 미소 지었다. 매우 만족해하는 얼굴이었다.

　"그리고 통밀가루는 꼭 있어야 해요." 나는 밀가루 포대에 쓰
여 있던 단어를 언급하며 왜 혼선이 있었는지를 설명하고 내 서
툰 프랑스어를 탓했다. 반쯤은 사실이기도 했다. 하지만 밀가루
를 구해다 놓은 필리프의 얼굴을 보니 미안한 마음이 들었다. 그
리고 나는 결정적인 한마디를 향해 말을 이어갔다. "이 밀가루
가 마음에 안 들어요. 이건 상업용 밀가루예요. 기계 반죽기와
짧은 발효에 적합하도록 만들어진 거죠. 하지만 우리는 아르티
장 제빵사예요."

　내 말이 충분히 이해될 수 있게 말을 잠시 쉬었다.

　"상업용 밀가루로 아르티장 브레드를 만들 수는 없어요. 통밀
가루와 이스트를 사러 빵집에 가시면, 첨가물이 하나도 들어가
지 않은 타입65 밀가루가 있는지 확인해주세요. 그리고 내일은
제 새로운 레시피로 빵 여섯 덩이를 구울 겁니다."

브뤼노는 굉장히 흥미로워했다. "저희를 위해 새로운 레시피를 만드셨다고요? 그러면 세계 어느 곳에서도 만들어진 적 없는 빵이라는 뜻인가요?"

"한 번도요, 브뤼노." 물론 없다.

나는 레시피를 적은 메모장을 보여주었다. 브뤼노는 레시피 제목을 소리 내 읽더니 환하게 씩 웃었다. "생 방드리유 수도원 빵Pain de l'Abbaye Saint-Wandrille이라니."

반죽이 말라붙은 그릇과 도구가 싱크대 위에 어지럽게 늘어져 있었고, 보이는 곳마다 밀가루가 뒤덮여 있었다. 빵 두 덩이를 구운 것치고는 너무 많이 어질러놓았지만, 시간도 꽤 지난 데다 치우기에도 너무 피곤했다. 나는 방으로 돌아가 밀가루 범벅이 된 옷을 갈아입었다.

저녁 식사 후 나는 방으로 가서 다시 작업복으로 갈아입었다.(오늘은 세 코스가 14분 만에 전부 나오는 기록을 세웠다. 푸아그라를 얻기 위해 사육하는 거위에게도 이렇게 빨리 음식을 먹이지는 않는다.) 제빵실을 치우고 풀리시를 준비해야 했다.

가을 해가 지고 난 노르망디의 밤은 빠른 속도로 기온이 떨어졌지만, 추운 날씨에도 불구하고 나는 셔츠나 재킷도 입지 않은 채 더러워진 티셔츠에 청바지를 입고 앞치마만 둘렀다. 제빵실을 나서며 우연히 싱크대 위에 있던 거울에 비친 내 모습을 봤다. 충혈된 눈까지 프랑스 제빵사의 전형적인 모습이었다! 골루아즈 담배만 입에 물고 있으면 완벽할 것 같았다.

어두운 안뜰을 가로질러 걸었다. 저녁 8시 30분이었지만 자정처럼 느껴졌다. 나는 지난 16시간 중 14시간을 선 채로 풀리시를 준비하고 르뱅을 만들었으며 빵을 굽고 레시피를 만들고 바닥을 쓸었다. 나는 이곳에 있는 나흘 동안 프랑스 수도사처럼 생활하게 될 거라고 생각했다. 어리석은 생각이었다. 나는 프랑스 제빵사의 삶을 살고 있었다. 제빵실의 불을 켜자마자 금방 기운이 되살아났다. 밀가루 두 포대가(통밀가루 한 포대와 아무것도 첨가되지 않은 타입65 밀가루 한 포대) 테이블 위에 놓여 있었다. 필리프가 구해온 것이다. 이제 남은 질문 하나는 맥아가 첨가되지 않은 이 타입65 밀가루가 과연 제 몫을 해낼 것인가였다. 발효를 촉진하는 데 맥아가 정말 필요할까? 아니었으면 했다. 1킬로그램짜리 빵 한 개마다 100그램이 채 안 되게 들어가는 약간의 르뱅이 비슷한 역할을 해주었으면 하고도 바랐다.

밀가루를 섞어 풀리시를 만들고 냉장고에서 찾아낸 생 이스트를 어림짐작으로 넣었다. 그리고 방으로 돌아가기 전 르뱅도 조금 더 늘려놓았다. 9시가 조금 넘은 시간, 침묵을 지키는 엄격한 규칙이 시행되고 있었다. 사실 그 전이나 지금이나 별 차이는 없었지만.

나는 머리를 베개에 대자마자 바로 깊은 잠에 빠져들었다.

셋째 날: 수도원 빵

새벽 5시 30분이 되자마자 나는 어둠 속을 더듬거리며 지하에 있는 주방 입구로 향했다. 차가운 돌벽을 손으로 짚으며 내려가다 보니 계단이 나오고 불빛이 새어 나오는 게 보였다. 필리프가 약속대로 심야 기도 가는 길에 냉장고에서 꺼내놓은 풀리시는 공기구멍이 보글보글 올라와 있었다. 좋은 징조였다. 대형 냉장고에서 르뱅을 꺼내 안뜰을 가로질러 있는 제빵실로 가져갔다. 중간에 또 한 번 멈춰 서서 동쪽에서 눈부시게 빛나는 아름다운 별을 보며 감탄했다.

아침 기도 후 8시 15분쯤 필리프와 브뤼노가 들르기 전까지 나는 수도원의 아주 오래된 황동 저울로 밀가루 양을 재고, 상업용 반죽기의 구리 통에 쌓인 몇 년 치의 먼지를 닦아냈다. 반죽기 자체도 생 방드리유에 있는 다른 물건들만큼이나 유물처럼 보였다. "좋아요." 나는 최대한 밝은 목소리를 끌어내 말했다. "최고의 생 방드리유 수도원 빵을 만들 시간이에요."

브뤼노는 특유의 전염성 있는 아이 같은 미소를 지었다. "세계 최초죠." 그가 말했다.

"세계 최초예요."

그러나 일단 시작하기 전에 찰리나 피터가 내 SOS에 답을 했는지 이메일부터 확인해야 했다. 두 사람 모두 답변을 해주었지만, 예상대로 서로 달랐다.(찰리가 말해준 양이 정확히 피터의 두 배였다.) 회의 중 프리실라의 연락을 받고 답장한다는 찰리는 생이스트를 써본 지가 오래되어 계산이 정확하지 않을 수 있다고 솔직히 인정했다. 나는 풀리시의 0.1퍼센트(나는 0.075퍼센트를 넣었다. 어림짐작치고는 나쁘지 않다), 마지막 반죽에는 2퍼센트라고 대답한 피터의 계산을 따르기로 했다. 확실하지 않을 때는 언제나 이스트를 적게 넣는 것이 안전하다.

우리는 구리 통에 풀리시, 밀가루, 물을(전부 합해서 6.5킬로그램이 넘었다) 넣고, 생이스트 80그램을 재서 넣은 다음 재빨리 손으로 반죽하고 20분 동안 오토리즈했다. 그동안 필리프는 반죽기의 황동 고리를 조정했다. 지금까지 내가 본 모든 현대식(심지어 그다지 현대적이지 않은 것들도) 반죽기는 고리가 한 개였고, 약간의 차이는 있지만 통 안에서 궤도를 그리며 도는 동안 고리도 같이 회전하는 형식이었다. 집에 있는 키친에이드 스탠드 믹서도 크게 다르지 않았다. 그러나 이 유물에는 거대한 샐러드 포크 숟가락처럼 보이는 두 개의 단단한 황동 고리가 달려 있었다. 두 개의 고리는 서로 반대 방향으로 앞뒤로 움직였고, 숟가락이 포크의 두 갈래 사이로 통과하면서 만나지 않고 지나쳤다. 동시에 통 역시 천천히 회전했다. 넋을 빼놓을 만큼 놀랍고 멋진 광경이었다.

5분 후 우리는 기계를 끄고 반죽을 긁어모아 산처럼 만든 다음 통을 천으로 덮어놓았다. 나는 시간을 확인했다. 오토리즈도 충분히 하고 기계로 반죽도 한참 했지만 겨우 9시 15분이었다. 삼시경 전 여유 시간까지 남기고 끝낸 것이다. 지금까지는 순조롭게 잘되고 있다. 나는 반죽이 발효되는 두 시간 동안 두 사람도 자유 시간을 좀 가질 수 있도록 필리프와 브뤼노에게 제빵실에서 11시 30분에 만나 반죽을 성형하자고 했다.

11시 30분이 되자 반죽은 잘 부풀어 올라 있었다. 너무 잘된 것 아닌가 싶을 정도였다. 결국 맥아는 필요 없었는지도 모른다. 풀리시 안에 들어간 르뱅은 예상했던 것보다 더 발효가 잘됐다. 다음에는 이스트를 반으로 줄여야 할 것 같았다. 내가 가져온 주방용 디지털 저울 위에서 브뤼노가 반죽을 1.1킬로그램짜리 덩어리로 나누는 동안 우리는 빵 모양을 어떻게 만들지 의논했다. 나는 물론 물으나 마나 둥그스름한 빵이었지만 필리프는 그렇지 않은 듯했다.

"긴 모양으로 빵을 만드는 게 훨씬 나아요. 수도사들 모두가 같은 크기로 나눠 먹을 수 있죠. 빵이 둥글면 가운데 부분이 끝 부분보다 훨씬 크니까요."

클로테르 라파이유가 했던 빵을 둘러싼 민주주의 이야기가 생각나 기분이 으스스했다. 물론 이유는 정반대였다. 라파이유 는 누구도 뾰족한 끝부분을 억지로 먹지 않아도 되니 둥근 빵이 훨씬 평등하다고 말했다. 그러나 엄격한 수도원 생활 방식을 중 심으로 생각하는 필리프는 각자에게 돌아갈 빵의 크기가 더 걱 정되는 듯했다.[27] 나는 브뤼노에게 홀쭉한 미식축구공처럼 생긴 바타르 모양을 어떻게 만드는지 보여주고, 직접 만들어보게 시 켰다. 브뤼노의 첫 번째 바타르는 끝이 뭉뚝한 원통처럼 보였고, 나는 끝을 뾰족하게 말아 접는 방법을 시연해 보였다.(리츠 호텔 에서 배웠던 기술이다.) 그러나 필리프가 한마디 했다.

"하지만 끝을 뾰족하게 만들지 않는 게 좋아요!" 그는 주장했 다. "그래야 모두가 같은 크기의 빵을 받을 수 있죠."

필리프가 너무 집착하는 것 같다는 생각이 들었다. "하지만 그러면 더 이상 바타르가 아니잖아요." 나는 미소 지으며 말했 다. "그냥 원통일 뿐이죠. 빵은 맛도 중요하지만 보기에도 좋아 야 해요." 내 입에서 나오는 말을 믿을 수 없었지만, 나도 모르게 튀어나온 말이었다. 디디에 셰프가 내 뇌에 몰래 자리 잡고 리츠

---

27 라파이유나 브뤼노 둘 다 이 문제를 본질적으로 프랑스와 미국의 차이를(그런 게 있기 는 하다면) 분명히 보여주는 예시 중 하나로 여겼다는 사실은 불행히도 조금도 생각나지 않았 다.—저자

에서부터 이곳까지 나를 쫓아온 것 같았다.

브뤼노의 선택에 맡기기로 하고 나는 화제를 바꿔 그에게 두 꺼운 리넨 천에 어떻게 밀가루를 뿌리고 어떤 식으로 접어 반죽 모양을 유지하는지 보여줬다. 브뤼노는 똑똑한 데다 열정이 넘 치는 학생이었고 뭐든 빨리 배웠다. 우리는 빵 여섯 덩이를 만들 고 오래된 오븐의 불을 켰다. 초조한 얼굴로 밀가루를 뒤집어쓴 나와 시계를 번갈아 쳐다보던 필리프는 말했다 "육시경에 참석 할 필요 없어요. 손님들은 의무가 아니니까요."

"하지만 육시경 끝나고 바로 점심을 먹잖아요." 내가 아는 한 육시경에 참석하지 않으면 점심을 먹을 수 없었다.

"네, 하지만 접견실에서도 모여요. 혹시 새로 온 손님이 있을 지 모르니 지배인은 늘 거기부터 먼저 확인하시거든요."

이상하군. 지배인은 그런 선택지도 있다는 걸 전혀 말해주지 않았다. 더 이상했던 건 내가 필리프의 제안을 거절했다는 사실 이었다. 놀랍게도 육시경에 가고 싶었다. 15분 동안 그 춥고 어 두운 교회에 앉아서 위안이 되고 진정과 행복감을 주는 수도사 들의 목소리를 듣고 싶었다. 원했든 아니든 나는 점점 수도원 생 활의 리듬에 익숙해지고 있었다. 이곳에 오기 전, 교회 예배에 참석하면 기독교 교리가 다시 머릿속에 주입되지 않을까 궁금 했다. 그러나 라틴어 기도는 듣기에 아름답기는 해도 전혀 이해 할 수 없었다. 수도사들이 내연기관에 대해 노래하고 있다고 해 도 아마 몰랐을 것이다. 그래도 나는 예배를 즐겼다. 그레고리안 성가를 들으며 어둡고 근엄한 교회에서 보내는 시간이 내 감각 을 예민하게 해주었다는 사실도 발견했다. 예배 종료를 알리는 종은 세 번을 한 세트로 울린다는(성 삼위일체를 상징하는 것이다) 중요한 숫자의 반복이나, 혹은 동트기 전 심야 기도 무렵 꽤 어두웠던 교회가 아침 기도와 미사에 이르며 점점 밝아지다가 하루가 저물어가면 다시 어두워지는 등 교회의 빛이 하루 동안 어떻게 변하는지도 알아챘다. 늘 밝게 빛나는 건 항상 천장에 매달려 있는 십자가, 그리고 거기 매달린 속박에서 언제라도 풀려나 승천할 것 같아 보이는 예수였다.

육시경과 점심 식사로 이어지는 일정에 참여하려 서둘러 가기 직전 나는 얼른 평상복 재킷을 걸쳤지만, 밀가루 범벅이 된 청바지까지 갈아입을 시간은 없었다. 긴 식당을 따라 자기 자리에 서 있는 수도사들을 지나치며 걸어가는데 브뤼노가 나를 머리끝부터 발끝까지 훑어보더니 크게 씩 웃었다. 그에게 윙크하고 지나가며 내가 다리를 털자 바지에서 밀가루가 뿜어져 나왔고, 브뤼노는 거의 웃음을 터뜨릴 뻔했다. 분명히 중대한 규칙 위반이 될 만한 행동이었다.

'당신도 우리 중 한 명이니까요.' 확실히 정말 그렇게 느껴지기 시작했다. 덕분에 점심 식사 후 내가 했던 일도 훨씬 수월할 수 있었다. 나는 접객 수도사에게 갔다. 처음 인상과는 달리 알고 보니 그렇게 엄격한 사람도 아니었고, 오히려 호감 가는 사람이었다. 나는 그에게 하루 더 머무르고 싶다는 이야기를 했다. "브뤼노는 훌륭한 제빵사가 될 겁니다. 하지만 아직 준비가 덜 되었어요."

정확하게 반만 사실이었다.

하루 더 머물겠다는 이야기를 나중에 듣고는 필리프는 기뻐하면서도 미안해했다. "옹플뢰르²⁸에 가고 싶어 했잖아요." 그는 언제나처럼 부드러운 목소리로 말했다. 사실이었다. 나는 프랑스에서의 마지막 밤을 수도원 독실이 아닌 침실의 편한 침대에서 자고 싶었다. 16분보다 훨씬 긴, 느긋한 저녁 식사를 하며 노르망디 굴을 음미하고 칼바도스²⁹에 취하고 싶었다. 하지만 노르망디의 이스트 햄프턴³⁰ 같아 보이는 관광지에서 영국해협을 건너온 당일치기 영국인 여행자와 함께 하루를 보낸다는 생각은 근처 오마하 해변³¹ 나치의 기관총 사수 코앞에 떨어지는 것보다 아주 약간 매력적으로 느껴질 뿐이었다. 나는 수도원에 머무르는 것이 훨씬 좋았다.

브뤼노는 내가 더 머무르기로 했다고 하니 눈에 띄게 안도한 모습이었다. 그리고 한 가지 요청을 했다. 우리가 만드는 팽 드 캉파뉴도 좋았지만, 르뱅이 정말 흥미로웠다면서 마지막 날에는 상업용 이스트는 전혀 쓰지 않고 빵을 만들어보고 싶다고 했다.

나는 이 수도사에게 진심으로 애정을 느끼기 시작했다. "브뤼노, 당신 진짜 제빵사군요. 월요일에 그럼 푸알란 같은 빵을 만들어보죠."

토요일이라 몇몇 주말 손님들이 도착했다. 우울한 알프스 등산객은 여전히 빨간색 재킷을 입고 앉아 있었다.(저 망할 옷을 벗기는 하는 걸까?) 수도원 식사의 진정한 베테랑이 된 나는 새로 온

355

---

28 노르망디 지역의 작은 항구 도시.
29 노르망디의 특산물로 사과즙을 발효시켜 증류한 브랜디.
30 뉴욕 주의 유명 휴양지.
31 2차 세계대전 당시 연합군의 노르망디 상륙 작전 격전지.

사람들(일행인 세 명의 젊은 청년들과 네덜란드에서 온 수도사)에게 줄, 사과주 따르기, 적당한 때에 냅킨을 링 안에 다시 집어넣는 법 등을 시범 보였다. 수도원장님은 미슐랭맨 이야기를 계속해서 읽어주었고 다시 예배 시간이 다가오고 있었다.

만족스러웠던 구시경 예배 후 브뤼노, 필리프와 나는 제빵실에 모였다. 일정이 꼬이는 바람에 반죽은 내가 원했던 것보다 더 오래 발효되고 있었지만, 실내가 쌀쌀한 편이라(18도 안팎이었다) 괜찮을 것 같았다. 과발효는 되지 않아 오븐 스프링도 잘 될 것 같았다. 물건을 사다가, 정원에서, 심지어 침대에 있다가도, 지금까지 장소를 불문하고 주방으로 뛰어들어가야 했던 모든 시간을 생각했다. 10분만 늦어도 빵을 망칠 거라며 꼭 짜인 스케줄의 노예로 살았다. 하지만 이곳에서는 그런 정확한 시간의 족쇄에서 벗어났다는 것을 깨달았다. 내가 유일하게 신경 쓰는 시간은 일곱 번의 성무일도뿐이었다.

브뤼노는 반죽에 칼집을 넣고 스팀이 잘 분사된 오븐에 집어넣었다. 빵은 이 훌륭한 오븐의 벽돌 바닥 위에서 순식간에 부풀어 올랐다. 30분 만에 바타르가 완성되었다. 약간 뚱뚱하게 부풀기는 했지만, 스팀으로 반질거리는 빵은 꽤 그럴듯했다. 이제 아침에 사람들의 평가를 기다리기만 하면 된다. 남은 일은 밀가루로 뒤덮인 제빵실을 청소하는 것뿐이었다. 빗자루에 손을 뻗는 순간 브뤼노가 나를 막아섰다. 괜찮다고 했지만 그는 들으려고도 하지 않았다. "여기서 살다시피 했잖아요. 나가서 산책이라도 하세요."

앞치마를 벽에 걸고 재킷을 걸친 채 나는 처음으로 수도원 안을 제대로 둘러보러 나섰다. 보통 찬비가 오기 마련이라는 10월의 노르망디답지 않게 연이어 따뜻한 햇볕이 쨍쨍했던 닷새 중 셋째 날을 지나고 있었다. 나는 잠시 벤치에 앉아 이 날씨가 지금까지의 내 고생에 대한 보상이며 신의 섭리 같다는 생각을 했다. 그러나 그러려면 먼저 신의 섭리에 대한 믿음, 게다가 다른 수백만 명의 사람들을 위해 날씨를 바꿀 수 있는 존재가 (비를 원하는 농부와 맑은 날씨를 원하는 어부를 전부 놔두고) 빵 한 덩이 때문에 내게만 보답을 해주었다는 믿음이 있어야 했다. "말도 안 돼." 나는 중얼거렸다. "그리고 나는 왜 지금 이렇게 미친 사람처럼 혼잣말하는 거지?"

느긋하게 산책하는 동안 놀라운 일이 일어났다. 나는 빵에 대해 신경 쓰지 않고 있었다. 기꺼이 인정할 수 있을 만한, 작지만 반가운 기적이었다. 이 오래된 장소의 아름다움과 평온함에 압도되어 이곳에 도착한 후 처음으로 빵을 잊을 수 있었다.

가벼운 마음으로 웅장하고 엄숙한 수도원 내부에 흠뻑 젖어 깔끔하게 조성된 관목 수풀, 퐁트넬 강, 사과밭, 남향 벽의 버팀목을 따라 자라는 배나무 등을 지나고 생 방드리유가 직접 세운 조금 떨어진 17세기 예배당 쪽까지 걸어 올라갔다.

배고픔을 느끼며 예배당 근처 과수원을 지나는데 새빨간 사과가 눈에 띄었다. 주위를 둘러봤지만 아무도 없었다. 사과 하나쯤 따 먹어도 아까워하는 사람은 없을 것이다. 손이 닿는 곳에 달린 과일의 유혹은 거부하기 힘들었다. 손을 뻗는 순간 과일을 따 먹는 일이 엄격히 금지되어 있는 건 아닌지 궁금했다. 그리고 '금지'라는 단어가 떠오른 순간 내 팔이 움츠러들었다. 내가 저지를 뻗었던 행위가 뭘 상징하는지에 생각이 미치자 섬찟했다.

하마터면 재난을 자초할 뻔했다. 돌아가야 할 시간이었다. 되돌아가는 길에 길 양옆으로 비석이 두 줄로 늘어서 있는 작은 묘지를 지났다. 세상을 떠난 수도사들의 무덤이었다. 묘비 중 하나가 내 발길을 갑자기 멈추게 했다. '빌리'라는 이름과 내가 태어난 해가 적힌 비석이었다! 상황이 점점 이상해지고 있었다. 금지된 열매, 설명이 불가한 천체 현상도 모자라 이제 내 이름과 태어난 해가 적힌 묘비라니! 이게 전부 꿈인가? 나는 무릎을 꿇고 앉아 자세히 쳐다봤다. 내 묘비는 아니었다. '빌리'로 더 잘 알려진, 내가 태어나던 해 세상을 떠난 장 바티스트라는 사람의 비석이었다. 나는 카메라를 꺼내 사진을 찍었다. 현실로 다시 돌아가는 행동이었다.

몇 분 후 나는 안뜰에 도착했다. 두 시간 돌아다녔지만 한 번도 다른 사람과 마주치지 않았다. 대신 하느님과 만난 게 아닐까 하는 생각을 했다. 물론 예상했던 건 아니지만, 내 인생에서 처음, 그리고 유일하게, 이 다른 세상 같은 오래된 공간에서는 환영, 음성, 신의 출현 같은 경험이 가능할 것 같았다. 나는 신의 존재를 더 가까이 느껴보려고 발끝으로 서 있었지만 보이는 것이라고는 눈부신 노르망디의 햇살과 모든 것을 초월한 완벽한 고독에 젖은 변함없는 옛 교회의 잔해, 반짝거리는 강물, 꽃과 허브, 잘 익은 사과와 배가 달린 과일나무들뿐이었다.

넷째 날: 평결

노르망디는 아침 7시 30분이 되어도 여전히 어둡다. 그러니 심야 기도를 알리는 교회 종이 수도사들과 한 명의 아마추어 제빵사를 부르는 새벽 5시의 풍경을 생각해보라. 나는 게스트하우스 주방(손님들이 각자 아침을 챙겨 먹는 곳이다. 유일하게 수도사들과 함께 먹지 않는 식사다)으로 향했지만, 인스턴트커피용 온수기의 스위치가 꺼져 있었다. 심야 기도 전 몇 분이 남은 김에 안뜰을 가로질러 르뱅을 피딩하러 가다가 그 신기한 별을 보러 중간에 멈췄다. 더 밝아지고 더 가깝게 보이는 것 같았다. 울스웨터와 안감이 덧대어진 모자 달린 가죽 재킷으로 꽁꽁 싸매고 희미하게 불빛이 새어 나오는 교회로 들어갔다. 내 뒤로 수도사들 몇 명만 들어왔을 뿐 수도원장의 모습도 아직 보이지 않았다. "쉬운 일이 아니에요." 예배 출석률이 낮아서 놀랐다고 나중에 브뤼노에게 말했을 때 그는 이렇게 대답했다. 몇몇 수도사들은 졸린 얼굴로 늦게 나타나고, 몇몇은 예배 내내 끊임없이 하품하기도 했으며, 서너 명은 계속 코를 풀거나 기침했다.

수도원의 다른 모든 예배처럼 심야 기도는 노래로 이뤄지지만, 다른 점이 있었다. 심야 기도는 한 개의 음으로 된 노래다. 1시간 10분 내내 수도사들은 한 음으로 《시편》을 노래했고, 나는 예배에 참석하기로 한 결정을 후회했다. 적당히 따뜻하게 껴입었다고 생각했지만 추워서 죽을 것 같았다. 그리고 커피 생각도 간절했다. 예배가 다 끝나면 제대로 감기에 걸릴 것 같은 기분이었다.

유일한 장점은 예배 대부분이 앉은 채 진행되기 때문에, 해도 뜨기 전 빈속으로 '잭인더박스' 같은 동작을(일어나십시오! 앉으십시오! 서 있으세요! 무릎을 꿇으세요! 일어나십시오! 앉으십시오!) 하지 않아도 된다는 사실이었다. 수도사들도 이 예배에서는 기대어 서 있는 대신 앉을 수 있었다. 그러나 여전히 혹독했고 너무 추 웠다. 예배가 끝나자마자 방으로 급히 돌아와 뜨거운 물로 오랫 동안 샤워를 했다. 공중화장실에서나 보던 20초 시간제한 스위 치가 수도원에 걸맞게 샤워 수도꼭지에도 달려 있었기 때문에 샤워 역시 쉬운 일은 아니었다. 나는 여러 실험을 거친 끝에 엉 덩이로 수도꼭지 버튼을 누르며 기대 서 있으면 비교적 편안한 자세에서 물을 계속 쓸 수 있다는 사실을 발견했다. 몸을 녹이고 나자 겨우 게스트하우스 주방에서 뻣뻣한 바게트 몇 조각과 인 스턴트커피를 먹을 여유밖에 남지 않았다.(수도사들은 식당에서 내 수도원 빵을 평가하고 있을 시간이었다.) 곧 아침 기도 5분 전을 알리 는 종이 울렸다.

　　스웨터와 재킷 안에 코듀로이 셔츠까지 더 껴입고 교회로 달 려갔다. 이번에는 후회하지 않았다. 한 시간짜리 심야 기도 끝이 니까 15분 정도로 짧았더라면 좋지 않았을까 생각한 적은 있었 지만, 연속해서 주고받는 성가를 들을 수 있는 아침 기도는 전 예배를 통틀어 가장 아름다운 예배다. 아침 기도는 약 40분 동 안 계속된다. 아침 8시 15분도 채 되지 않았지만 벌써 교회에서 거의 두 시간을 보냈다. 수도사들은 도대체 다른 일을 어떻게 할 까? 나는 궁금했다. 그러나 곧 이게 그들의 일이라는 사실을 떠 올렸다.

　　제빵실에서 몇 분을 일하고 나자 곧 9시 45분 미사에 갈 시간 이었다. 수도사들은 줄을 서서 들어왔다. 개중에는 연한 녹색의 사제복을 입은 사람들도 있었는데, 그들은 추가로 교육받은 후 신부의 지위로 승격된 사제들이었다. 나는 아직 젊은 청년인 브뤼노가 녹색 사제복을 입은 것을 보고 놀랐다. 브뤼노 수도사는 사실상 신부였다. 나는 나중에 그에게 "신부가 되기에는 아직 젊지 않아요?" 하고 물어봤다. 내가 알기로 브뤼노는 서른여섯 살이었다.

"아니에요. 무려 18년 동안 수도사였는걸요." 그는 잠시 생각하더니 덧붙였다. "제 인생의 반이죠." 본인도 놀란 듯한 목소리였다. 한 번도 시간을 계산해본 적 없었던 것 같았다. 있을 수 있는 일이다. 보통 손님들은 수도사와 대화를 나누는 것이 금지되어 있으니 브뤼노가 방문객인 나와 대화를 나누는 것은 평소에는 기회도 없었던 일이었을 것이다. 내게는 수도원 내부에 접근할 수 있는 특별한 권한이 주어졌다. 내가 그 사실을 감사하게 생각하는 것만큼이나 몇몇 수도사들도 내게 고마워하고 있을 거라고 생각하고 싶었다. 어쨌든 세속과 격리되어 살아온 사람들이니까.

나는 내 독특한 상황에 따라오는 다른 장점들 역시 즐기고 있었다. 빵과 물로(인스턴트커피지만 그래도 빵과 물이다) 구성된 아침 식사는 점심시간이 되기도 전 소화가 다 돼 배가 고프기 일쑤였지만, 나는 오전 중반쯤 주방으로 가 경쾌하게 "봉주르, 셰프" 하고 인사한 후 내 르뱅을 챙겨 돌아 나오며 오렌지나 요구르트 등도 함께 집어올 수 있었다.

점심 식사 후 첫날 게스트하우스 문 앞에서 만났던 영국식 억양의 크리스토프 수도사와 함께 수도원 투어를 할 여유가 생겼다. 우리는 한 시간 동안 건물들을 거닐며 산책했다. 놀라울 만큼 수도원의 역사와 건축에 조예가 깊은 크리스토프가 도슨트 역할을 하며 얕은 양각 조각품에 숨어 있는 상징 등을 설명해주었고, 한 세기가 통째로 비어 있는 내 머릿속의 프랑스 역사 지식도 채워주었다. 나는 그에게 《침묵을 위한 시간》에 대해 들어봤는지 물었다. 이 질문은 미국 상원의원에게 게티즈버그 연설을 아는지 묻는 것과 똑같았다는 걸 미리 알았더라면 좋을 뻔했다.

"물론이죠! 그 책 덕분에 이곳으로 온 겁니다." 크리스토프는 재미있다는 듯 대답했다. 그는 《침묵을 위한 시간》을 고향인 캐나다에서(영국식 억양은 그가 역사학 석사학위를 받은 옥스퍼드 대학교에서 익혔다고 했다) 수년 전 접했다고 했다. 그리고 그 책의 영향은 수도원 방문으로만 이어진 것이 아니라, 그를 수도사로 만들었다. "우리 도서관에 서명본도 있어요."

초대 수도원장들의 무덤을 덮은 인도를 따라 중세 수도원을 걷고 있던 그때, 현대적이기 그지없는 삑 하는 신호음이 울렸다. 안 돼, 아무 생각 없이 휴대전화를 가져왔구나! 나는 아무것도 듣지 못한 척하며 주머니를 더듬어봤지만, 아무것도 없었다.

삑 소리는 다시 났다. 가까이에서 들리는 걸 보니 분명 났다. 무슨 소리지? 배터리 부족 경고음인가?

"정말 죄송해요." 나는 휴대전화, 카메라, 혹은 다른 소리가 날 만한 것들을 미친 듯이 찾았다.

"오, 저예요." 그는 무심한 듯 말하더니 수도복 안에서 호출기를 꺼냈다. 나는 입이 떡 벌어져 바로 발밑에 있는 14세기 수도원장의 무덤으로 떨어질 것 같았다. 크리스토프는 양해를 구하고 자리를 뜨더니 전화 통화를 했다. 투어도 거의 끝나가고 수도원을 가로질러 걷는 동안 나는 대화 주제를 자연스럽게 건축에서 종교로 옮겼다. 나는 두꺼운 회의론으로 온몸을 감싸고 단단히 무장한 채 수도원으로 왔다. 세속과 격리된 수도원의 삶이 어떤 의미인지를 토론하고 싶은(어쩌면 이의를 제기하고 싶은) 기분이 들었다. 이 수도사들은 훌륭한 사람들이기는 하지만 마더 테레사는 아니다. 세상으로 나가 굶주린 이들을 먹이거나 가난한 이들을 보호하거나 병원, 학교를 운영하는 것도, 심지어 옛날 수도사들처럼 중세 암흑시대에 기록을 옮겨 적어 보존하는 것도 아니다. 그러면 수도사들의 일은 무엇일까? "현대 사회에서 수도사들의 역할이 뭐라고 생각하시나요?"

빠르게 흐르는 퐁트넬강을 내려다보는 동안 크리스토프는 잠시 생각하더니 입을 뗐다. "기도하는 거죠." 그는 설명을 덧붙이려는 듯 입을 열었다가 다물었다. "기도하는 거예요. 그렇게만 말씀드리는 게 좋겠네요."

"기도하기 위해서라. 그거군요."

"그거예요."

기도하는 일. 우리 모두를 위해서 기도하는 일. 그것이 내가 그토록 기대했던 수도 생활에 관한 토론의 끝이었다. 완벽하게 합리적인 답이었고, 반박할 만한 어떤 말도 찾을 수 없었다. 나흘 전 의심으로 가득했던 나라면 모르겠지만, 오늘 오후의 나는 크리스토프의 대답을 받아들일 수 있었다. 그와 생 방드리유의 모든 수도사가 기꺼이, 망설임 없이, 그리고 무엇보다도 아무런 편견 없이 나를 받아들여준 것처럼 말이다. 아무도 내게 종교적 신념이나 헌신에 관해 묻지 않았고, 이곳에 온 동기가 무엇인지도 묻지 않았다. 그런 그들의 동기에 관해 묻는 것 역시 불가능한 일처럼 느껴졌다.

크리스토프에게 뻔뻔하게도 유도신문을 하기 직전까지, 나는 수도사와 대화를 나누고 있다고 의식하지 못했다. 브뤼노나 필리프와 대화할 때도 마찬가지였다. 이 사람들(그리고 생 방드리유에서 만난 모든 사람)은 지나치게 경건함으로 꽁꽁 싸매고 있지 않았다. 어쩌면 그래서 내가 더 편하게 느꼈는지도 모르겠다. 신부나 목사, 신성함을 훈장처럼 달고 다니는 성직자들 주변에 있으면 보통 불편한 느낌이 드는 건 나뿐만은 아닐 것이다. 사제들은 경찰들처럼 특별한 방식으로 행동하고 말하기 때문에 늘 눈에 띈다. 공공연하게 내세울 필요가 없을 정도다. 동네를 돌아다니다 목사와 마주쳐 "교회에서 못 뵌 지 꽤 오래됐네요"라는 말을 듣는 것보다 더 최악의 일은 없다.

그와 반대로 생 방드리유의 수도사들은 말이 필요 없을 만큼 모든 것을 행동으로 보여주었다. '기도하기 위해서'라는 크리스토프의 단순한 대답은 당연한 결과였다. 설교하지 말고 행동하라. 그의 말대로 더도 덜도 아닌, 딱 그것이었다.

패트릭 리 퍼머는 생 방드리유에 머물던 초반 며칠 동안 폐소공포증과 우울감을 느꼈다고 책에 썼다. 나 역시 공황발작이나 적어도 갇혀 있는 답답함 때문에 고생할 것을 예상하고 발륨을 챙겨왔지만 전혀 필요 없었다. 여전히 따뜻한 가을 햇살의 도움을 받으며 날이 갈수록 수도원의 리듬과 전통은 내 영혼 깊숙이 스며들었다. 이 흥미롭고 똑똑하며 온화한 사람들과 신비롭고 변하지 않는 장소에서 생활한다는 순수한 기쁨은 어떤 고립된 느낌이나 이질감도 느껴지지 않도록 나를 도와주었다. 사실 한 번도 이렇게 편안했던 적이 없었다.

물론 행복한 이유는 하나 더 있었다. 이곳에는 내 전용 프랑스 제빵실도 있었다.

제빵실은 집처럼 편안한 공간이 되었다. 빵을 굽기 시작하고 며칠이 지나자 쌀쌀했던 공간에는 온기가 돌았고, 밀가루, 이스트, 빵 등의 익숙한 냄새가 나기 시작했다. 우리는 오븐을 길들였고 오래된 반죽기 사용법도 마스터했다. 나는 기꺼이 매일 열네 시간씩 제빵실에서 시간을 보냈고, 안뜰에서(그리고 교회에서도) 자주 보이는 존재가 되었다. 티셔츠와 얼룩진 푸른 앞치마 차림으로 주방으로, 게스트하우스로 바쁘게 걸어 다닐 때마다 다른 수사들은 내게 고개를 까딱하거나 미소 지으며 알은체해주었다. 빵을 구우러 미국에서 왔다는 밀가루 범벅의 키 크고 이상한 중년 남자처럼 보였을지는 몰라도, 아무도 뭐라고 하지 않았다.

제빵실에 가는 도중에 내가 안뜰로 들어서자마자 큰 키의 익숙한 사람이 르뱅을 들고 내게 다가왔다. 이 신나고 놀라운 기분을 빵에 대한 안 좋은 평으로 망치고 싶지 않았기 때문에 나는 온종일 브뤼노와 필리프를 피해 다녔다.

그러나 이제 더 이상 평결을 피할 수는 없었다.

내 큰 보폭과 브뤼노의 더 큰 보폭 덕분에 우리 사이의 거리는 빠르게 좁혀졌다. 그리고 이 안뜰만큼이나 크고 환한 브뤼노의 미소가 보였다. 그는 감정을 숨길 줄 몰랐다.

"다들 맛있대요! 다른 수도사들도 전부 빵이 맛있다고 했어요! 전부 다요! 예전에 먹던 빵 대신 이 빵을 계속 먹고 싶대요! 맛있는 빵, 그리고 건강에 좋은 빵을 먹을 수 있어서 다들 너무 행복하다고 했어요!" 제빵실로 같이 걸어 들어가는데 내가 수도원에 온 첫날에 악수조차도 청하지 않았던 이 수줍은 청년이 늘 수도복 안에 맞잡고 있던 손을 꺼내 내 어깨를 (한 번도 아니고 두 번이나) 두드렸다. "전부 형제님 덕분이에요!"

"이제 제빵사가 된 거예요, 브뤼노." 예상치 못한 브뤼노의 행동에 놀라 겨우 말을 꺼냈다. "빵을 굽겠다고 자원하지 않았다면, 나도 여기 오지 않았겠죠."

기쁜 뉴스는 더 있었다. "수도사 중 한 명은 제게 파리에서 먹었던 빵 맛이 난다는 이야기도 했어요."

브뤼노는 우리가 어느 정도 프랑스어로 대화할 수 있도록 초등학교 3학년 수준의 단어만 사용해 내게 천천히 말하는 방법을 터득했지만, 방금 내가 제대로 들은 게 맞는지 의문이 들었다.

"우리 빵에서요Notre pain?" 나는 물었다.

"네, 우리 빵에서요!"

그는 내게 한 가지 사실도 확인하고 싶어 했다. "그리고 이 빵을 어디서도 만든 적 없는 거 맞죠? 수도원을 위해 특별히 만드신 레시피죠?"

나는 확실하게 대답했고, 그는 안도했다. 이 빵 이야기를 이미 여러 번 반복해 이미 수도원 빵의 전설이 퍼지기 시작한 터라 다시 한 번 확인이 필요했던 모양이었다. 브뤼노는 신날 만한 이유가 두 가지나 있었다. 엄청난 호평을 받은 빵을 직접 성형했을 뿐만 아니라, 이 빵의 완벽한 성공 덕분에 그가 원했던 새로운 일, 수도원의 제빵사를 맡을 가능성이 생긴 것이다.

물론 나도 감격스러웠지만(사실 안도했다는 게 더 정확하다) 여전히 약간은 의심스러웠다. 브뤼노는 객관적이라기엔 이미 빵에 애정이 너무 많았다. 그러나 우리가 밀가루의 무게를 재고, 다음 날 빵에 쓸 폴리시를 만드는 동안 다른 평들도 들어오기 시작했다. 노크하는 소리에 문을 열어보니 한 번도 본 적 없는 수사가 서 있었다.

"축하드리고 싶어요." 그는 영어로 말했다. "정말 훌륭한 빵이었습니다."

심지어 우리가 시험용으로 구웠던 빵에 별 감흥이 없었던 필리프의 반응도 달라졌다. 그는 내가 본 이래 가장 흥분한 표정으로 수도원 기념품 가게에서 빵을 판매하자는 제안도 들어왔다고 자랑스럽게 말했다. 그러나 브뤼노는 얼른 현실로 돌아왔다. 아직 한 번도 직접 처음부터 끝까지 빵을 혼자 구워본 적이 없다는 사실을 그는 잘 알고 있었다. 왠지 용기가 생겨 나는 필리프에게 우리 세 명이 축하할 겸 시내로 나가 함께 저녁을 먹을 수 없는지 물었다. 나는 이 좋은 사람들에게 무언가 해주고 싶었고, 잠깐 이곳의 짐을 벗게 해주고 싶었다.

"정말 고마워요." 필리프가 대답했다. "마음 써줘서 고맙지만 그렇게 할 수는 없어요." 예상은 했지만 물어볼 만한 가치는 있었다. 브뤼노는 약간 실망한 듯했다.

필리프는 브뤼노와 내가 작업을 마무리할 수 있도록 자리를 비켜주었고, 우리가 제빵실을 나설 즈음에는 밖이 캄캄했다. 우리는 르뱅과 풀리시를 들고 서로 보폭을 맞춰 안뜰을 지나 주방으로 향했다.

"저기 보세요." 브뤼노는 우리 앞에 펼쳐진 그림 같은 풍경을 머리로 가리키며 말했다. 보름달이 식당 바로 위에 걸려 있었다. 둥그런 달빛은 반투명 창문을 통과하며 직사각형 빛으로 부드럽게 빛났다.

우리는 조용히 그 모습을 바라봤다. 그리고 브뤼노가 입을 열었다. "아름답지 않나요?"

"완벽해요, 브뤼노. 정말 완벽해요."

다섯째 날: 수도사, 제빵사 그리고 무신론자

수도원에서 보내는 내 마지막 하루는 이스트와 성가의 기억으로 가득했다. 나는 새벽 5시 30분 심야 기도부터 저녁 9시 직전 끝나는 끝기도까지 일곱 번의 성무에 모두 참여했다. 그리고 그 중간중간 브뤼노와 함께 일곱 개의 빵을 구웠다. 여느 때처럼 수도원 빵 여섯 개와 브뤼노가 배우고 싶어 했던 팽 오 르뱅 미슈까지 더한 숫자다.

내가 성무일도에 모두 참여하겠다고 했을 때 브뤼노는 놀랐다. "빵 굽는 수도사 브뤼노의 생활이 어떨지 보고 싶거든요." 나는 설명했다. 걱정스러울 만큼 익숙해지고 있는 절반의 거짓말 중 하나였다.

하루 대부분을 제빵실에서 단둘이 보내며 브뤼노와 나는 미래에 관해 이야기했다. 브뤼노는 일주일에 세 번은 빵을 구울 수 있을 것 같다며 이미 보조 제빵사도 줄을 섰다고 했다. 이 정도로 성공할 수 있으리라고는 꿈에도 생각하지 못했다. 그래서인지 조금 자신감이 넘치기도 했고 새로 사귄 가장 친한 친구가 너무 편하게 느껴지기도 했다. 나는 재미있을 거라는 생각에 브뤼노에게 비밀을 하나 이야기해주었다.

"마음에 든다고 했던 그 르뱅 있잖아요, 12년 된 거라고 내가 말했죠?"

"네."

"알래스카에서 온 거라는 얘기도 했나요?"

"네."

"무신론자가 준 거라는 얘기도 했나요?"

브뤼노는 순식간에 얼어붙더니 나를 쳐다봤다. 그의 표정은 두려움으로 변해 있었다.

젠장! 실수했구나 싶었다. 내가 지금 어디에 있다는 걸 잊어버리다니. 제대로 잘못 짚은 농담이었다. 그저 재미있는 아이러니라고 생각했던 게 이 젊은 청년에게는 영적인 위기였던 것이다. 나는 일주일이 물거품처럼 사라지는 것을 느낄 수 있었다. 어쩌면 이렇게 바보 같을 수가 있지! 수도사에게 종교를 두고 농담하는 멍청이가 어디 있냐고!

"하지만 정말 좋은 사람이에요." 나는 필사적으로 이 상황을 구해보려고 재빨리 덧붙였다. "정말 너그럽고, 따뜻하고, 빵에 헌신하는 사람이에요. 자기 르뱅이 멀리 이곳 수도원에까지 와서 빵으로 만들어지고 있는 걸 알면 아마 아주 기뻐할 거예요."

브뤼노는 조금 진정된 것 같았다. "르뱅이 수도원에 있다는 이야기를 그분께 꼭 해주세요." 그는 쓴웃음을 지었다.

"그럼요, 물론이죠."

브뤼노는 자신의 비밀 이야기도 들려주었다. 내 이야기와 마찬가지로 수도원 제빵실의 부활을 위협할 만한 이야기였다. 빵을 받아들이기로 한 결정은 거의 만장일치였지만 완전히는 아니었다. 수도원의 한 사람은 빵이 별로 마음에 들지 않았고, 불행히도 그 사람은 수도원장이었다. 그는 소화에 어려움을 겪고 있어 통밀가루로 만든 밀도 높은 빵을 반기지 않았다. 그는 바게트를 원했다.

"레시피를 주고 갈게요." 나는 하루 더 머물렀다면 좋았겠다고 생각하며 브뤼노에게 말했다. "바게트는 쉬운 데다 빨리 만들 수 있어요. 매주 한 회 분량을 많이 만들어놓고 비닐봉지에 담아 냉동해두세요. 빵 굽는 날이면 저녁에도 오븐의 열기가 남아 있을 것이고, 바게트를 냉동실에서 꺼내 오븐에 넣기만 하면 돼요. 수도원장님은 신선하고 따뜻한 흰 빵을 드시게 되겠죠. 그 빵을 찢으면……." 나는 눈을 감은 채 빵 냄새를 들이마시고 미소 짓는 시늉을 했다. 그게 힘들게 프랑스어로 계속 말하기보다 훨씬 쉬웠다. 브뤼노는 고개를 끄덕이며 웃었다. 그도 이해한 것이다. 우리 둘 다 수도원장이 만족하지 않으면 누구도 행복할 수 없다는 사실을 잘 알고 있었다.

수도원에서의 마지막 식사에는 근사한 홍합찜과 함께 기가 막히게 맛있는 감자튀김이 또 같이 나왔다. 그러나 음식이 나오자마자 문제가 있다는 걸 깨달았다. 최선의 상황에서도 (키슈 같은 파이) 음식이 치워지기 전까지 배부르게 먹는 건 어려운 일이었는데, 꼬르륵거리는 내 배 속을 이 노동집약적인 어린 홍합으로 언제 다 채우지? 포크로 홍합을 하나하나 파낼수록 좌절감이 느껴졌다. 그러다 맞은편 긴 테이블을 본 순간 내가 제대로 잘못하고 있었다는 사실을 깨달았다. 수도사들은 문제 해결 방법을 알고 있었다. 대부분은 홍합 살을 발라내는 데 껍데기 나머지 반쪽을 쓰고 있었다. 포크를 사용하는 것보다 훨씬 효과적으로 보였다. 그리고 또 몇몇은 이런 방법도 전부 그만둔 채 껍데기째 입으로 직접 살을 발라내고 있었다. 그야말로 정말 효과적인 방법이다.

나는 껍데기를 이용해 살을 발라내는 방법을 택했다. 그러나 무엇보다도 내가 원한 건 감자튀김이었다. 거의 입을 덮을 만큼 빨간색 재킷 칼라를 올려 입은 알프스 등산객은 여전히 내 왼쪽에 앉아 있었고, 감자튀김 접시는 그의 바로 왼쪽에 놓여 있었다. 가깝고도 너무나 먼 거리였다. 그는 내 접시가 비어 있다는 것을 눈치채지 못했다.(수도원 식사의 불문율을 어긴 것이다. 아니, 정정하겠다. 정말 베네딕트회 규칙에 분명하게 쓰여 있는 내용이다. '수도사들은 누구도 말로 직접 요청할 필요 없도록 서로에게 필요한 것이 무엇인지 살펴야 한다.') 이제는 집처럼 편하게 느껴지기도 하고, 잃을 게 없다는 생각이 들어서 나는 침을 꿀꺽 삼키고는 몸을 왼쪽으로 기울인 후 수도원장이 타이어 이야기를 읽는 동안 침묵의 규칙을 깨고 알프스 등산객에게 속삭였다. "감자튀김 좀 주실래요Frites, s'il vous plaît." 나는 벼락을 맞지도 이곳에서 끌려나가지도 않았다. 그리고 내 때 묻은 냅킨 위에 냅킨 링을 올려놓을 시간이 오기 전까지 나는 감자튀김을 실컷 즐길 수 있었다. 지배인은 식사가 끝나자 바로 내 냅킨을 집어 들고 식당을 가로질러 걸어가 서랍 안에 쟁그랑하고 떨어뜨렸다.

저녁 식사가 끝난 후 나는 온종일 빵을 굽고 기도하느라 피곤해진 몸을 이끌고 방으로 돌아갔다. 옷을 반쯤 벗다 말고 책상 위에 놓여 있던 수도원 일정을 훑어봤다. 아직도 성무가 하나 더 남아 있었다. 얼른 다시 옷을 주워 입고 끝기도에 참석하기 위해 교회로 향했다. 아직 한 번도 보지 않은 유일한 성무였다. 이제 진정한 수도사처럼 나 역시 예배가 시작한 뒤 교회에 들어섰다. 평소보다도 더 어두워 내 발이 보이지 않을 정도였다. 나는 어둠 속을 더듬어 첫째 줄을 찾아 앉았다. 제단 뒤에서만 희미한 불빛이 빛났다. 눈이 어둠에 적응하면서 성가대 자리에 있는 수도사들이 보였다. 얼굴은 두건 속에 깊이 묻혀 있었다. 끝기도는 수도사들이 수도복과 함께 두건을 쓰는 유일한 성무다. 중세시대로 돌아간 듯한 으스스한 느낌이었다. 그리고 더 으스스한 일이 생겼다. 나는 여느 때처럼 제단 위에 걸린 실물 크기의 금십자가를 올려다봤다.

십자가는 흔들리고 있었다.

주위를 둘러봤지만 바람이 들어올 만한 곳은 없었다. 교회의 모든 문은 닫혀 있었고 선풍기도 보이지 않았다.

그러나, 세상에, 십자가는 분명히 흔들리고 있었다! 아주 미세하게, 그러나 마치 예수가 십자가 아닌 놀이터 그네에 앉은 것처럼, 십자가는 앞뒤로 조금씩 흔들리고 있었다. 아니었을까? 내가 헛것을 본 걸까? 나는 십자가에 눈을 고정하고 그 뒤 벽 어딘가에서 기준점을 찾아봤다. 십자가가 흔들리는 건지 내가 흔들리는 건지 확인하고 싶었지만, 교회 안은 너무 어두웠다. 마음이 불안해져서 뭔가 익숙한 것을 보고 싶었다. 나는 성가대로 시선을 낮춰 다른 수사들 사이에 삐죽 튀어나와 있는 브뤼노를 찾았다. 어둠 속에서 그의 윤곽만 알아볼 수 있었다. 브뤼노의 얼굴은 두건 깊숙이 숨겨져 있었다. 그는 입이 귀에 걸리도록 활짝 웃으며 제빵실을 밝히던 내 친한 친구가 더 이상 아니었다. 낯설고 알 수 없으며 범접할 수도 없는, 내가 모르는 사람이었다. 몸이 떨렸다. 한 세기 전의 차가운 어둠 속에 다시 내던져진 것 같았다.

집으로 돌아갈 시간이었다.

여섯째 날: 놀라운 빵

예상도 못한 좋은 소식으로 잠에서 깼다. 비행기 좌석이 기적적으로 비즈니스 클래스로 업그레이드되어 있었다. 편안하고 수월하게 집으로 돌아갈 수 있을 것 같았다. 그러나 나는 짐을 싸기 전 아침을 먹은 후 아침 기도에 참석하고 싶었다. 이곳에서 첫날 했던 내 이기적인 기도를 생각하면 그 정도는 해야 할 것 같았다. 놀라운 선물이 손님용 주방에서 기다리고 있었다. 누군가가(브뤼노일 것이다) 우리가 전날 만든 팽 오 르뱅 미슈 반 덩어리를 자른 면을 밑으로 해서 놓아두었다. 내가 첫날 가르쳐줬던 대로다. 미소가 지어졌다. 빵을 뒤집자 아름답고 성긴 크럼과 분명한 앨비올라 조직이 보였다. 이게 내 빵이라고? 나는 한 번도 이런 빵을 구워본 적 없었다.

칼로 자르는 순간 신선한 빵 냄새와 이스트 향이 퍼졌다. 한 입 베어 물자 빵은 존재감을 드러내며 저항하다가 다양한 맛과 질감으로 입안, 마음, 영혼을 채웠다. 크럼은 단단하면서도 유연했고 호밀과 통밀, 그리고 딱 적당한 르뱅의 맛이 느껴졌다. 나는 빵을 내 혀 위에서 굴려봤다. 커다란 공기구멍 사이로 혀가 왔다 갔다 하는 느낌이 즐거웠다. 수도원 오븐의 강한 열에서 미친 듯이 대사 작용을 하고 약 51도에서 마지막 숨을 몰아쉰 흔적, 야생효모의 바쁜 혐기성 활동 끝에 삶이 빠져나간 빈자리였다.

짙은 갈색의 크러스트도 베어 물었다. 바삭했지만 지나치게 단단하지는 않았고 놀라울 만큼 자연의 단맛이 풍부했다. 내가 그토록 원했던 마이야르 반응 덕분이었다. 한입을 더 베어 물고, 또 한입, 확실히 하고 싶어 한 번 더 먹어봤다. 내가 먹어본 최고의 빵이었다.

완벽한 빵을 구운 것이다.

이 여정은 끝났다. 그러나 함께 축하할 사람이 없으니 속은 듯한 기분도 들었다. 이게 어떤 의미인지 알아줄 수 있는 사람들은 무려 6,400킬로미터나 떨어져 있었다. 그러나 나는 이내 내가 어디에 있는지 떠올렸다. 지금은 포옹이나 야단스러운 환호, 샴페인이 필요한 게 아니라 사색과 반성이 필요한 순간이었다. 마침 종소리가 울렸다. 물론 나를 위한 것이 아니라 아침 기도를 알리는 종소리였지만. 나는 빵 사진을 찍은 후 마지막 예배에 참석하기 위해 바삐 나섰다.

예배 후 제빵실에서 브뤼노만 만나기로 했는데, 작은 작별 모임이 나를 기다리고 있었다. 브뤼노와 필리프뿐 아니라 장 샤를 부원장도 있었다. 그가 접이식 주머니칼을 꺼내 첫 밀가루 포대를 뜯어준 것이 벌써 오래전 일 같았다. 나는 브뤼노의 USB에 전날 밤 정리한 바게트 레시피를 포함한 모든 레시피를 저장해 돌려주었다. 그 후 장 샤를이 내게 감사한다는 내용의 짧고 품위 있는 연설을 했고, 포장된 선물을 주었다. "눈요깃거리가 될 만한 것, 그리고 들을 만한 것을 챙겼어요." 수도원 사진이 담긴 멋진 사진첩과 생 방드리유에서 직접 녹음된 그레고리안 성가 CD였다.

이어서 나는 제빵실에서 빵을 굽고 환상적인 수도원에 머무르는, 잊을 수 없는 경험을 아마추어 미국인 제빵사에게 허락해준 데 대해 장 샤를 부원장에게 감사 인사를 했다. 장 샤를은 내 과장된 표현에 민망했는지(혹은 내 프랑스어가 민망했을지도 모른다. 내가 정확히 뭐라고 했는지는 기억나지 않는다) 웃음을 터뜨렸다. 축제 기분은 나쁜 소식 덕분에 짧게 끝났다. 파업이 다시 시작되었고, 산발적인 파업 덕분에 파리로 향하는 기차 스케줄이 엉망진창이 되었고, 예정에 없던 기차가 곧 출발한다는 소식이었다. 짐을 쌀 시간은 단 10분이었다.

나는 빠르게 작별 인사를 주고받다가 수줍게 뒤로 물러서 있던 아끼는 수제자 브뤼노를 잊을 뻔했다. "아, 브뤼노!" 그에게 웃으며 다가갔다. 그가 손을 뻗자 나는 그 손을 잡았고 자연스럽게 그를 안고 프랑스식으로 양쪽 볼에 키스 인사를 했다. "행운을 빌어요, 친구Bonne chance, mon ami." 나는 브뤼노의 귀에 속삭였다.

올 때는 택시를 타고 왔지만, 떠날 때는 자가용 승용차로 떠나게 됐다. 필리프는 수도원에 있는 작은 차를 몰고 초원과 목장을 지나 역까지 나를 데려다주었다. 나는 초조하게 계속 시계를 쳐다봤다. 우리는 지난 일주일을 잠시 되돌아보기도 했다.

"빵은 교회에서 중요한 상징이죠?" 내가 물었다.

"빵이 곧 교회죠." 필리프는 기차역에 차를 세우며 말했다. 주차와 거의 동시에, 적어도 밤이 되기 전까지는 파리로 가는 마지막 기차가 도착했다. 내가 이곳에 올 때처럼 극적인 방법으로 나를 파리로 데려다줄 기차였다.

필리프에게 마지막으로 손을 흔들며 가방을 들고 기차로 달려갔다. 기차가 역에서 멀어지고, 노르망디에서, 중세로부터 멀어지는 것을 보며 나는 자리에 풀썩 주저앉았다.

그리고 울었다.

끝기도

Compline

끝기도Compline('완성하다'라는 뜻의 라틴어에서 유래했다)는 하루를
완성하고 밤의 어둠 속으로 우리를 이끈다. 이 어둠은
심야 기도의 어둠과는 다르며, 불가사의한 신의 존재를 보여주는 어둠이다.

브뤼노라면 어떻게 했을까?

수도원에서의 처음 며칠은 깊은 우울과 싸우는 시간이었다.
그러나 수도원을 떠나 세상에 다시 적응하는 과정은
그보다 열 배는 더 힘들었다.

패트릭 리 퍼머,《침묵을 위한 시간》

몸무게: 89킬로그램

빵 서가의 무게: 29킬로그램

그저 이 세상에 돌아오는 일이 쉽지 않았다고만 말하기에는
부족하다. 나는 우주비행사 거스 그리섬[1]처럼 돌아왔다. 몇몇 주
장에 따르면 머큐리 우주선 캡슐이 대서양에 착륙했을 때 아직
물속에 잠겨 있던 우주선의 문을 당황한 그가 너무 빨리 여는
바람에 캡슐이 가라앉았다고 한다. 아무도 다치지 않았지만, 누
구도 결과에 만족하지 못했다.

바깥세상에 다시 적응하는 패트릭 리 퍼머의 어려움에 관해
읽기는 했지만, 그는 수도원에서 몇 주를 보냈고, 나는 고작 닷
새 있었을 뿐이었다. 이런 서글픈 기분과 우울함은 예상하지 못

379

---

1 NASA의 시험비행사로, 1967년 케이프 케네디 기지에서 새턴 IB형 로켓의 정상부에 설치
된 아폴로 우주선 안에 갑자기 화재가 발생하여 사망했다.

했다.

화요일 밤 집에 도착해 수요일에 바로 출근했다. 그게 실수였던 것 같다. 나는 목요일과 금요일 병가를 내고 나흘간의 휴가를 얻었다. 생각할 시간, 내 중심을 다시 찾을 시간, 특별했던 닷새 동안의 일들을 들여다볼 시간이 필요했다.

나는 말도 거의 하지 않았다. 오랜 시간 잠을 잤고 주방에 있을 때는 수도원에서 녹음된 그레고리안 성가 CD를 들었다. 몇몇 목소리는 익숙하게 들리는 것 같았다. 앤이 걱정하기 시작했다는 것을 눈치챌 수 있었다. 내가 먼저 말을 해야 한다는 생각이 들었다. 앤과 단둘이 주방에 앉아 있을 때 나는 헛기침을 하고 마침내 말을 꺼냈다. "다시 적응하는 데 어려움을 겪고 있는 중이야."

앤은 걱정스러운 듯 웃었다. "그런 것 같아."

대화는 그게 끝이었다. 더 이상 덧붙일 말이 없었다.

다음 날 앤은 내가 선물로 받은 생 방드리유의 사진첩을 넘겨보며 이유를 찾으려 했다. "나랑 얘기할 준비가 됐으면 말이야…… 수도원에서 그리운 게 뭐야? 사진으로 보니까 굉장히 평화로운 곳인 것 같아."

"아직 말할 준비가 안 됐어."

우리는 조용히 앉아 있었다. 이야기하고 싶지 않았다기보다는 무슨 말을 해야 할지 알 수 없었다. 나는 생 방드리유에서의 마지막 오후에 벽에 기대앉아 있다가 떠올렸던 이미지를 묘사해보려고 노력했다. 머릿속에서 떨쳐버릴 수 없으면서도 너무 특이해서 지금까지도 말하기 망설여지는 이미지였다.

접시에 담긴 디저트. 하고많은 것 중에 셰프가 튜브에서 짜낸 다크 초콜릿을 화이트 초콜릿 소스로 덮은 디저트였다. 요리 프로그램을 보는 사람이라면 아마 다음 단계를 예상할 수 있을 것이다. 단독으로 화면에 잡힌 칼을 든 손이 초콜릿을 자르면, 밖으로 펼쳐지면서 칼을 떼기도 전에 완벽한 원형이 무너지는 장면 말이다. 조용히 그 이미지를 머릿속에 떠올리면서 나는 눈물을 참았다. 나는 얼른 일어나 자리를 떴다. 혼자 있고 싶었다.

그 후 며칠 동안 나는 생 방드리유에 있는 동안 예민해졌던 감각이 여전히 내게 남아 있다는 것을 새삼 느꼈다. 나는 허리 때문에 물리치료를 받는 동안(수도원에 있는 동안은 통증이 없다가 다시 아프기 시작했다) 처음으로 천장 환풍기의 웅웅거리는 소리를 들었다. 라디오 진행자가 끝인사를 일반적인 "좋은 하루 보내세요Have a good day" 대신 "좋은 하루 만드세요Make it a good day"로 한다는 것도 알아차렸다. 이전에도 수천 번 반복됐을 텐데도 한 번도 들은 적 없는 인사말이었다. 굉장히 흥미롭다는 생각이 들었다. 아이티 이민자인 목재 저장소의 일꾼이 2달러 팁을 받은 후 "고맙습니다Thank you" 대신 "신의 축복이 함께하시길God bless you" 하고 인사했던 그 목소리는 며칠 동안 머릿속에서 울렸다.

내 마음은 이전에 한 번도 간 적 없는 곳들을 헤맸다. 돌아온 첫 주, 안과에서 앤을 기다리는 동안 사람의 안구를 삽화로 그려 놓은 포스터를 봤다. 동공이 확대된 채 진료실에서 나온 앤에게 나는 "눈이 없다면 생물이 어떻게 진화했을지 궁금했던 적 없어? 본다는 건 단지 환영일 뿐이잖아. 사물에서 반사된 빛의 결과일 뿐인데 우리의 눈과 두뇌가 의미를 찾아내는 거지. 따지고 보면 지적 생명체의 필수 조건은 아닌 것 같아."

"민달팽이를 봐." 앤은 나를 이해시키려는 듯 말했다.

"그래, 그리고 심해어와 미생물 같은 하등동물도 있지. 하지만 그건 시력을 갖게 된 동물들이 그렇지 않은 동물들을 몰아냈기 때문인 것 같아. 모든 생물이 시력을 갖지 못했다면 여전히 음악과 시 같은 예술을 만들어내는 고등동물이 생겨났을까? 시력이 아예 없는 삶은 어떤 형태일까?"

앤은 신문을 펼쳤다. 아마도 이런 상태가 얼마나 지속될지, 그리고 내가 언제 전과 같은 모습으로 되돌아갈지 궁금해하고 있을 터였다. 그러나 문제는 내가 이 새로운 내 모습에 익숙해졌다는 사실이었다.

"본다는 건 환영일 뿐이야." 나는 다시 한 번 말했다.

나를 내 예전 삶과 분리한 내 크러스트의 첫 번째 균열은 어느 날 아침 일찍 찾아왔다. 나는 침대에 누워 반쯤 깬 상태로 라디오를 들으며 출근할까 말까 고민 중이었다. 집에 돌아온 후 엿새 동안 매일 그랬던 것처럼, 또 수도원 꿈을 꾸고 일어난 상태였다.(꿈은 이상하게도 혹은 매우 적절하게도 일곱 번째 되는 날 밤 멈췄다.) 오늘 아침 라디오의 천문학 특집 주제는 하늘에서 일어나는 규칙적이면서도 주목할 만한 현상에 관한 것이었다. 금성은 해가 뜨기 전 네 시간 동안 동쪽 하늘에 떠오르며, 그 유리한 조건 덕분에 유난히 밝게 빛난다고 진행자는 설명했다.

눈이 갑자기 크게 번쩍 뜨이며 정신이 맑아졌다. 물론 그 샛별(수도원에서 봤던 아름다운 별)에 분명 무슨 천문학적 이유가 있을 거라고는 생각했지만, 나를 위한 별인지도 모른다는 일말의 기대도 했던 것 같다. 매일 반복되는 현상이었다는 사실이 인상적이었던 그 별의 의미를 퇴색시키는 동시에 수도원에서의 일주일도 사실은 영적인 경험이 아니라 무언가 삶의 의미가 필요했던 내 무의식이 만들어낸 환영은 아니었을지 궁금해졌다.

그다음 균열은 내 크러스트를 부스러기로 만들었다. 필리프 수사에게서 받은 이메일을 읽고 나서였다. 필리프는 내게 다시 한 번 감사 인사를 하며 무사히 집에 도착했는지 물었다. 그리고 다음과 같이 덧붙였다. '수도원장님께서 월요일 저녁 전체 수도원을 대상으로 자체적으로 빵을 계속 구울 것인지를 투표에 부친다고 하십니다.'

뭐라고? 나는 다 끝난 이야기인 줄 알았다. 빵은 대성공이었고, 장 샤를 부원장도 찬성이었는데. 그리고 브뤼노가 계속 맛있는 바게트를 구워내기만 한다면 수도원장님도 만족스러워하실 터였다. 갑작스러운 불확실성 때문에 마음이 초조해졌고, 그 충격에 나는 예전의 나로 돌아갔다.

"이게 말이 돼?" 나는 앤에게 씩씩거렸다. "투표에 부치겠다고? 그 빵을 위해서 내가 무려 1만 2,800킬로미터나 날아갔는데, 그 덩치만 큰 소년 성가대원들은 회의를 소집해서 투표한다고? 책임지는 사람이 있기는 한 거야?"

나는 곧바로 '덩치만 큰 소년 성가대원들'이라고 말한 것을 후회했다. '소년 성가대원' 중 한 명인 필리프가 '형제님을 위해 기도하겠습니다'라고 덧붙였기 때문이다. 수도원에서 느꼈던 감정을 놓치고 싶지 않았지만, 동시에 그게 얼마나 어려운 일인지를 깨달아가고 있었다. 내가 떠나온 지 일주일도 되지 않아 수도원에서 있었던 일은 수도원 안에서 끝난 것처럼 보였다. 슬프기도 하고 감정이 이렇게 폭발한 게 부끄럽기도 해서, 나는 수도사들이 화를 다스리는 방법을 시도해보기로 했다. 교통체증에 이를 악물게 되거나 타버린 빵 앞에서 욕이 튀어나오기 전에 자신에게 묻는 것이다. "브뤼노라면 어떻게 했을까?"

다음 날 우리와 2주 동안 함께 지내게 된 한 명을 포함한 프랑스에서 온 교환학생들 몇몇이 그들의 미국인 호스트 가정에 모이게 되었다. 워낙 예의가 발라 아무 말도 하지는 않았지만, 나는 우리 집에 머무는 학생이 미국 음식을 그렇게 즐겨 먹지 않는다는 사실을 눈치챘고 아마 다른 학생들도 (집은 말할 것도 없고) 프랑스 음식이 그리울 것 같았다. 나는 전혀 평소의 나답지 않은 일, 한 달 전만 해도 생각도 못할 일을 했다. 학생들을 저녁 식사에 초대한 것이다.

정원에 남아 있던 리크를 파내서 리크 감자 수프를 만들고, 바게트를 여섯 개 굽고, 우리 과수원에서 딴 사과로 사과 타르트도 구워냈다. 빵 만드는 냄새, 머리카락에 내려앉은 밀가루, 손톱 밑에 남은 밀가루 반죽, 브뤼노에게 줘버리고 온 탓에 저울도 없이 빵을 구우며 나는 이전의 내 생활로 돌아왔다.

일곱 명의 학생은 수프를 정신없이 먹었다. 다들 먹기 바빠 거의 말도 하지 않았다. 테이블 위의 빵은 순식간에 사라졌다. 앤이 조금 더 썰어서 냈으나 그것도 금세 없어졌다. 학생들 중 한 명은 토끼 눈을 하더니 앤을 올려다보며 말했다. "정말 빵을 잘 만드세요." 사랑스러운 프랑스 억양이었다.

앤은 나를 가리켰다.

"아저씨가요?" 깜짝 놀란 듯했다.

나는 미소 지었다.

학생은 빵 한쪽을 더 먹었다. "정말 실력이 좋으세요. 진짜 맛있어요."

나는 살짝 허리를 굽혀 인사했다. "메르시 보쿠, 마드무아젤 Merci beaucoup, mademoiselle."

우리가 데리고 있는 학생에게 아침으로 주려고 나는 남은 빵두 개를 챙겨놓았다. 그녀는 우리가 아침마다 준 잉글리시 머핀보다 바게트를 훨씬 좋아했다.

앤은 나중에 말했다. "당신 정말 잘한 일이었어. 학생들이 다고마워할 거야."

사실 사려 깊었다기보다는 이기적인 행동에 가까웠다. 몇 분이었지만 나는 '예수와 같이 모든 손님을 맞이하라'라던 수도원에서의 기분을 다시 느낄 수 있었다. 그리고 무엇보다도 일주일내내 부서질 것만 같았던 마음을 주말 동안 다시 다잡을 수 있었다.

그날 밤 앤과 나는 수도원에서 돌아온 이후 처음으로 사랑을나눴다. 따뜻하고 안전한, 좋은 느낌이었다.

덜 구워진 빵

고치든지 팔아버리든지, 아니면 포기하라.
어느 다국적 대기업의 전임 CEO

삐-삐-삐-삐.

"무슨 소리야?" 앤이 주방에 들어서며 물었다. "빵 굽고 있어?"

"지금은 아니야."

오븐이 멈춰버렸다. 덜 구워진 채 오븐 안에 남겨진 1킬로그램짜리 미슈는 스팀을 더 쐐야 했고, 오븐 밖에 남겨진 90킬로그램짜리 제빵사는 우울했다.

알 수 없는 'F2' 표시만 조작판에서 반짝였다. '꺼짐' 버튼을 누르자 지긋지긋하던 소리는 멈췄고, 나는 설명서에서 해당 코드를 찾아봤다.

"고온 경고래." 나는 앤에게 말했다.

"온도가 얼마나 됐었는데?"

"케이티 숙제를 도와줘야겠어."

"온도가 얼마나 높았느냐고?"

수도원에서 돌아온 후부터 나는 생 방드리유 오븐에서의 완벽한 오븐 스프링을 재현해보고 싶어서 오븐을 최대 온도인

288도에 맞춰 예열한 후 스팀을 빼곤 했다. 결과도 꽤 좋은 편이었다. 수도원에서의 마지막 날 같은 완벽한 빵을 다시 만들어내지는 못했지만, 프랑스에 가기 전과 거의 똑같은 레시피를 사용하고 있었음에도 빵은 집에서 구운 것 중 최고였다. 미스터리는 하나 더 있었다. 수도원 오븐에서 순식간에 타버리는 것을 본 후부터는 유산지도 사용하지 않았는데, 꼭 반죽이 나를 존경하기 시작하기라도 한 듯(그렇게 생각하고 싶었다) 신기하게 쌀가루를 뿌린 내 나무주걱[2]에 전혀 들러붙지 않았다.

그러나 오븐은 나를 전혀 존경하지 않는 것 같다.

삐-삐-삐-삐. 반항을 멈추지 않았다.

"제발 꺼줘." 앤이 애원했다.

"껐단 말이야! 닥쳐!"

"빌리, 말조심해!"

"당신 말고, 오븐 말이야!" 나는 다시 오프 버튼을 눌렀다. 그러나 공갈꼭지를 물려놓은 갓난아이처럼, 잠시 조용해졌다 다시 시작했다.

삐-삐-삐-삐.

"제발 좀!" 나는 중얼거렸다. "너를 고쳐놓겠어!"

나는 밖으로 나갔다.

"어떻게 할 건데?"

"'HAL'의 전원을 끊어놓을 거야." 나는 지하실로 내려가 차단기를 내려버렸다. 오븐은 어두워지더니 이내 조용해졌다. 영

---

2 옥수숫가루에서 바꼈다. 쌀가루는 옥수숫가루보다 오븐을 덜 더럽혔다.—저자

원히.

　이틀 뒤 오븐 수리기사가 와서 부품을 교체하고 200달러를 받아내더니 그 후 오븐의 사망을 선고했다. 계기판이 과열됐다고 그는 말했다.(288도의 스팀이 그 이유는 아닌지 차마 물을 수가 없었다.) 그리고 제조사가 해당 부품을 더 이상 생산하지 않는다고 했다. 확실히 말해두지만, 이건 무명의 북유럽 회사 제품이 아닌 미국 거대 기업(오븐 이름인 'HAL'과 구분하기 위해 이 회사는 'FD'라고 부르자)의 제품이었다. 유명인이기도 한 전임 CEO의 모토('고치든지 팔아버리든지, 아니면 포기하라')는 단명하는 가전제품에 한해 '갖다 버려라'로 바꿔야 한다. 고장 나면 고쳐 쓸 방법도 없다니.

　"더 이상 생산을 안 한다니 무슨 말씀이세요?" 나는 수리기사에게 물었다. "얼마 안 된 새 오븐이에요."

　"보통 고객들은 12년 된 모델을 새 오븐이라고 하지는 않으시죠……."

　"제 어머니는 1950년대에 생산된 오븐을 쓰시는데 아직도 부품을 구하신단 말이에요." 사실이었다. 물론 옛날 모델들은 고장 날 부품이 그리 많지 않았다. 타이머도 없고 다양한 선택 옵션도 없으며 심지어 회로 기판 자체도 없지만 완벽하게 작동했다. 사실 생각해보면 오븐은 가전제품 중 가장 단순한 기계여야 한다. 전열선, 간단한 온도 조절 장치, 온도가 올라가면 구부러지는 금속 조각만 있으면 끝이다. 100년은 거뜬히 쓸 수 있어야 하는 기계가 오븐이지만, FD 같은 회사에게는 별로 달가운 일이 아닐 것이다. 그래서 그들은 전혀 필요도 없는 디지털 조작판 같은 것을 만들고 계획적으로 구식이 되도록 한 뒤 10년마다 새 제품을 팔아치우는 것이다. 이 시스템과 싸워볼 생각으로 나는 수리기사에게 내가 직접 이베이에서 부품을 구하겠노라고 말했다.

"고객님," 내가 바보 같은 짓을 할까 봐 수리기사는 나를 설득하기 시작했다. "부품을 찾으신다고 해도 오븐을 고치느라 드는 비용과 노력을 생각하면 새 오븐을 구매하시는 게 더 나아요. 오븐 문도 스프링을 교체해야 하고요. 내부 열기의 반은 아마 주방으로 새고 있을 거예요." 사실 이미 아무 소용도 없이 200달러를 써버렸던 터라 나는 오븐을 포기하기로 했다. 다행히도 집에는 FD의 오븐이 하나 더 있었다. 역시 12년 된 컨벡션 오븐으로, 새 오븐을 구하는 동안 사용할 수 있을 것이다. 이 오븐으로 빵을 딱 한 번 구워봤는데, 결과가 그다지 만족스럽지 않았다. 감정적으로도 고장 난 오븐을 떠나보내기는 쉽지 않았다. 모든 특성과 미묘한 차이에도 완벽하게 익숙해졌을 뿐 아니라 지난 48주간 내 충직한 친구가 되어준 오븐이었다. 하지만 가끔은 보내줘야 할 때도 있는 법이다.

나만의 르뱅

빵 만드는 과정에 있어서 당신에게 딱 하나만 설득시킬 수 있다면,
사워도를 만드는 게 얼마나 쉬운지 말해주고 싶다.
대니얼 리더,《로컬 브레드Local Breads》(2007)

　찰리 밴 오버의 르뱅은 지금까지 맛있는 빵을 만들어주었지만, 이제는 나만의 개인적인, 현지 르뱅을 만들 때가 된 것 같았다. 밀도 직접 기른 것이고 물도 당연히 이 지역 물이니까 이곳 이스트로 르뱅을 만들 수만 있다면 말 그대로, 어느 정도는 이곳 환경을 먹고 자라는 것이다.

　또한 전통을 만든다는 건 거부하기 힘든 유혹이었다. 하지만 현지 야생효모를 어디서 구하지? 우리가 숨 쉬는 공기, 우리가 사는 밀가루에까지, 사실 이스트는 어디에나 있다. 사실 물과 밀가루를 섞은 배터를 마당에 놓고 어떤 현지 생명체가 자라는지 볼까도 싶었지만, 거미, 곰팡이, 꽃가루 등이 섞여들 생각에 포기했다. 그러다 프랑스로 떠나기 직전 포도 껍질의 먼지 같은 흰 물질이 사실 야생효모라는 글을 어디선가 읽었다.

　포도를 키우지는 않지만 그 흰 물질과 눈에 띄게 비슷한 것을 본 적이 있다. 뒤뜰에서 키우는 사과를 하나하나 행주로 닦게 만들어 우리 집에서는 '그 빌어먹을 먼지'로 통하는 물질이었다.

나는 몇 년 동안 그 물질이 뭔지 궁금했다. 도대체 이게 뭐지? 꽃가루인가? 미세 먼지인가? 사과의 부산물인가? 차 안쪽 유리에 쌓이는 먼지를 생각나게도 했다.(내부 장식에 쓰인 플라스틱에서 나오는 가스 때문에 생기는 것이다.)

이스트 공급처는 알아냈지만, 문제는 르뱅을 처음부터 만드는 법에 관해 쓴 책마다 지시사항이 너무 복잡하고 부담스러웠다는 점이다. 열두 시간마다 피딩, 여섯 시간마다 젓기, 반을 버린 후 냉장고에 집어넣기, 냉장고에서 꺼내기, 호밀로 시작하기, 통밀로 바꾸기, 뚜껑 열어놓기, 꽁꽁 싸매기, 거품이 생기는지보기, 섞어놓은 재료가 두 배가 되는지 확인하려면 병에 표시해놓기 등등. 단어도 혼란을 가중하기는 마찬가지였다. 셰프chef, 시드seed, 밤barm 등이 각각 르뱅의 다양한 단계를 묘사하는 데쓰이고 있었다.

그러나 리츠 호텔의 디디에 셰프는 큰 수고를 하지 않고도 르뱅을 만들었다. 잘게 자른 사과를 물이 담긴 병에 넣고 사흘간 놔둔 뒤 밀가루와 섞는 방법이었다. 복잡하지도 않고 실패할 염려도 없어 보였다. 나는 뒤뜰에서 딴 '먼지' 사과를 잘게 자르고, 추가로 두 번째 사과의 껍질도 넣은 다음 허드슨 밸리의 수돗물(염소를 제거하기 위해 하루 전 받아놓았던 물이다)에 담갔다. 사흘 후 나는 사과물과 인디언 숫돌로 간 유기농 밀[3]의 무게를 재서 같

---

3 37주 차에 갈아놓았던 소중하고 아주 적은 양의 밀가루를 쓴 것이다. 나는 오래된 숫돌로 수확한 밀을 모두 빻는 것보다 인디언이 맨해튼을 점령하는 게 더 빠를 거라는 결론에 도달했고, 남은 밀의 반은 베이 스테이트 제분소로 가져가 제분하고 나머지 반은 농장 페스티벌에 갔을 때 가스로 작동하는 휴대용 돌절구로 갈았다.—저자

은 양으로 만든 다음, 유리병을 랩으로 밀봉하고 기다렸다.

24시간이 채 지나지 않아 작은 거품이 생기기 시작했다. 나는 르뱅에 밀가루와 물을 더 넣었고, 다음 날 아침이 되자 거품은 더욱 격렬해졌다. 랩을 벗겼을 때 발효될 때 나는 근사한 톡 쏘는 향이 났다. 해냈구나! 정말 쉬운 방법이었다. 나는 다시 피딩한 후 출근했다

그런데 내가 한 일이 무엇일까? 생명을 만들었다고 생각했지만 따지고 보면 아니다. 나는 원래 존재했던 생명의 번식 속도를 조금 빠르게 해준 것뿐이었다. 내 르뱅에는 다양한 야생효모(모든 야생효모는 'Saccharomyces exiguous' 종에 속하는데, 상업용 이스트와는 다른 종이다), 밀가루, 알코올, 이산화탄소, 다양한 유기산 등의 발효 부산물이 섞여 있다. 생명을 시작하지는 않았을지 모른다. 그러나 분명 나보다 더 오래 살아남을(차이가 너무 나지는 않았으면 좋겠지만) 전통을 시작한 것은 분명했다.

전통이 될 만한 전통은 따로 있는 건지, 이건 짧게 살다 갈 운명이었던 모양이다. 그날 밤 퇴근해서 돌아왔을 때, 내 '르뱅 드 라 메종 알렉산더levain de la maison Alexander'는 양이 두 배로 늘어 있기는 했지만 거품은 전혀 없었다. 나중에야 왜 그랬던 건지 정확히 알게 되었지만. 랩을 벗기고 이스트 향을 맡기 위해 코를 들이댔지만, 악취 나고 역겨운 냄새에 기절할 뻔했다. 나는 확인차 앤을 불렀다.

"우웩! 갖다 버려!" 앤은 내게 애원했다. 이틀 동안 얼마나 애착이 생겼는지는 별로 신경 쓰지 않는 듯했다. 나는 대신 3분의 2만 갖다 버리고(앤은 얼른 쓰레기봉투를 집 밖으로 내놨다. 우리 둘을

거의 잡아먹는 줄 알았던 '우정 빵'의 악몽이 되살아나는 모양이었다) 새롭게 밀가루와 물을 추가했다.

무슨 일이 일어난 걸까? 어떻게 여덟 시간 만에 완벽한 르뱅에서 쓰레기로 변할 수 있을까? 다음 날 아침 샤워하다가(몇몇 좋은 생각이 떠오르는 시간이다) 나는 아주 놀라운 사실을 깨달았다. 비고 씨의 문제였다. 루이 파스퇴르가 이스트의 화학적 성질을 발견하게 된 바로 그 문제 말이다! 르뱅에는 야생효모만 있는 게 아니다. 야생효모와 함께 사워도 빵 특유의 신맛을 내는 박테리아도 함께 들어 있는데, 지난 몇 시간 동안 그 박테리아가 활발하게 번식하며 이스트의 숨통을 끊는 바람에 거품도 생기지 않고 이상한 냄새까지 났던 것이다.

내 생각은 파스퇴르에서부터 100년쯤을 순식간에 지나 몬트리올의 랄망 이스트 공장과 거기서 배운 교훈에 이르렀다. 상업용 이스트를 만드는 비결은 박테리아보다 이스트에 더 좋은 환경을 만들어주는 데 있다. 충분한 산소를 공급하는 일 말이다. 나는 르뱅을 꽁꽁 싸매놨다. 초파리가 근처에 날아다니는 걸 보고 신경이 쓰였던 것도 이유 중 하나였다. 이스트는 혐기성 발효를 하니까 괜찮을 거라고 생각했다.

하지만 랄망에서 배운 중요한 교훈 한 가지를 잊고 있었다. 이스트는 산소가 없는 상태에서도 발효한다. 빵을 만들 때는 이상적인 특성이다. 그러나 활발하게 자라도록 하려면(증식하도록 만드는 것이다. 르뱅을 만들 수 있는 이유이기도 하다) 충분한 산소가 필요하다. 이스트 공장에서 들었던 귀가 먹먹해질 정도로 엄청나게 컸던 공기 펌프 소음을 어떻게 잊고 있었던 걸까? 꽁꽁 싸매놓았던 내 유리병은 산소가 부족해 이스트의 증식을 돕지 못하고 비고 씨의 경우처럼 박테리아의 번식을 도운 것이었다.

나는 목욕 가운을 입고 주방으로 내려갔다. 시큼한 냄새가 나는 르뱅을 버리고 새로운 밀가루를 추가한 다음, 공기가 주입될 수 있게 미친 듯이 저었다. 그리고 역시 공기가 들어갈 수 있도록 랩 대신 망으로 입구를 덮었다. 초파리가 몇 마리 들어간다면, 그것도 삶이니 어쩔 수 없다. 아직 포기할 때가 아니었다. 레이우엔훅과 파스퇴르를 생각해서라도 이걸 성공해야 했다. 그후 더 젓고, 버리고, 새로 더하기를 반복하면서 괜히 밀가루만 낭비하는 건 아닐까 수없이 자문하며 며칠을 더 보낸 끝에, 병을 열어 냄새를 맡았다. 에틸알코올 냄새였다. 환자는 살아났다. 그리고 내게도 나만의 르뱅이 생겼다.

394

50주 차

오븐은 망가지고

지금 나는 기억상실과 기시감을 동시에 경험하고 있다.

스티븐 라이트(축구선수)

삐-삐-삐-삐.

이건 아니야. 나는 믿을 수가 없었다. 데자뷔인가?

삐-삐-삐-삐.

오븐 조작판에 온도 센서가 깜빡거렸다. 나는 오븐을 껐다. 그러나 여전히 소리는 멈추지 않았다.

앤이 주방에 들어오더니 나를 노려봤다.

"287도야." 물어보기 전에 먼저 소심하게 대답했다.

적어도 두 번째 오븐은 온도가 내려가면 소리가 멈추고 다시 사용할 수 있었다.(246도만 넘지 않도록 주의하면 말이다.) 이 오븐밖에 남지 않기도 했지만, 내가 망가뜨린 오븐보다 남은 이 오븐이 훨씬 괜찮은 빵을 만들어주고 있었기 때문에 다행스러운 일이었다. 적어도 이 오븐은 오래 쓸 수 있기를 바랐다.

며칠 전 앤이 미트로프를 만들던 중 오븐 문 유리에서 이상한 점을 발견했다. "이거 언제부터 이렇게 금이 가 있었어?" 유리 한쪽 끝부터 다른 쪽 끝에 걸쳐서 길게 갈라진 게 보였다. 뜨거운 유리에 분무기로 찬물을 뿌렸기 때문일 것이다. 다시는 분무기를 쓰지 않겠다고 다짐하고, 달궈진 무쇠 프라이팬에 물을 부어 오븐용 돌판 아래에 놓는 방법을 대신 쓰고 있었다. 효과도 훨씬 더 좋았다. 그래도 여전히 망가진 건 망가진 거였다.

앤은 12년 된 이 오븐의 유리가 교체 가능할지 궁금해했다.

"못할걸." 나는 회사 로고 'FD'⁴를 손으로 가리켰다.

세금 신고 때문에 다음 날 아침 앤의 회계사가 와 있을 때도 똑같은 일이 일어났다. 빵을 만드느라 오븐을 두 개나 망가뜨렸

---

4 FD가 혹 억울하지 않도록 이 이야기는 해야겠다. 우리는 합리적인 금액으로 유리를 교체했다.—저자

다는 사실이 후회되기 시작했을 즈음이었다. 오븐을 287도까지 예열했다는 이야기를 듣더니 회계사의 입이 떡 벌어졌다.

"하지만 온도조절계가 287도까지 올라가게 되어 있다고요!" 나는 항의해봤다. "오븐을 망가뜨리는 온도라면 거기까지 설정해놓았겠어요?"

"제 아내의 사브 자동차 속도계는 시속 240킬로미터까지 표시가 되어 있어요. 그렇다고 해서 그 속도까지 운전해도 괜찮다는 얘기는 아니죠!" 그가 반격했다.

설득력 있는 이야기였다.

오븐 대학살 사건과 빠르게 추워지는 날씨 덕분에 하나 생각난 게 있었다. 마당에는 아직 만들다 만 진흙 오븐이 있었다. 간혹 20도 가까이 기온이 오르기도 하는 늦가을인 지금이 아니면 기회가 없을 것 같았다. 아직 다 낫지 않은 허리 통증 때문에 위험할 수도 있겠다는 생각이 들었지만, 조심조심 움직이고 자주 쉬면 될 것이다. 그리고 다음 날 물리치료를 잡으면 된다.

이 다음 단계는 메인 주의 워크숍에서도 해봤지만, 전혀 복잡하지 않아 보였다. 꾹꾹 누른 젖은 모래로 돔 모양을 만들고 진흙과 모래를 섞어 그 위로 10센티미터 두께(오븐 벽이 된다)를 쌓으면 된다. 밤새 말린 다음 속을 파내고 문을 낸 뒤 불을 붙이면 된다. 키코 덴저의 책에 따르면 "반나절이면 끝나는 과정"이라고 되어 있었다.

내 책으로는 그렇지 않았다. 나는 220킬로그램의 모래를 사놓고(이제 어리석은 짓은 하지 않는다) 9시 30분에 작업을 시작했다. 필요한 양보다는 훨씬 많은 듯했지만 한참 작업을 하다 모래가 떨어지는 일은 겪고 싶지 않았다. 자크와 내가 파놓은 약 180킬로그램의 진흙도 있었다. 내화 벽돌로 바닥을 쌓은 후 나는 30킬로그램짜리 모래를 쏟아놓고 돔을 만들기 시작했다. 오래지 않아 두 번째, 세 번째 모래를 쏟아붓고 네 번째 자루까지 열어 모래 반을 썼다. 90분 동안 총 130킬로그램의 모래를 쓴 끝에 겨우 가운데에 꽂아놓은 40센티미터 높이 막대기에 닿을 수 있었다.

뒤로 물러서서 내 작품을 감상했다. 엉망진창이었다. 심하게 비뚤어진 반구 형태를 보니 초등학교 시절 미술 시간의 안 좋은 기억들이 물밀 듯 몰려왔다. 가로 5센티미터, 세로 10센티미터 정도 되는 조각을 들어 이곳저곳을 단단하게 만들고, 튀어나온 부분을 다지고 꺼진 부분에 모래를 채워 넣기를 20분, 드디어 대충 반구 비슷한 무언가를 만들어낼 수 있었다.

진흙을 섞을 차례였다. 진흙 오븐 만들기 세미나 때는 발을 더럽히기 싫어 거절했지만, 11월치고는 날씨가 따뜻했고 허리에 무리가 가는 괭이질보다는 발로 진흙을 섞는 게 꽤 괜찮은 대안 같다는 생각이 들었다. 나는 반바지로 갈아입고 신발과 양말을 벗은 다음 진흙으로 들어갔다. 중간중간 방수천의 모서리를 잡고 진흙, 모래, 물을 섞어주며 작업하니 꽤 효과적이었다. 아무도 신경 쓰지 않으니 예상했던 것처럼 조금은 재미있기도 했다. 본격적으로 오븐을 만드는 작업은 재미가 덜했다. 모래를 둥글게 말고 2.5센티미터 높이, 10센티미터 두께의 진흙 덩어리를 만들어 이글루 모양으로 쌓아가는 일은 들통 하나만큼의 양을 작업하는 데도 엄청나게 시간이 많이 걸렸다.

마지막 진흙을 제자리에 다져 넣고 보니 해는 벌써 산 너머로 지고 있었다. 나는 잔디밭에 누워 눈을 감았다. 어쩌다가 이런 바보 같은 작업을 시작했을까 생각했다. 키코의 탓으로 돌리고 싶었지만, 그의 책이나 보보링크의 벽돌 오븐에 혹했던 것도 사실이었다. 나는 더 강력한 힘, 위협적인 동시에 너그러운 힘, 내가 경험한 어떤 것보다도 강하고 오래 지속되는 힘과 마주하고 있었다.

물론 빵 이야기다.

51주 차

수도원에서 온 편지

중대한 문제를 다뤄야 할 때는 수도원장이
수도원의 모든 사람을 소집해 논의해야 할 문제를 알려야 한다.
《성 베네딕트 규칙서The Rule of Saint Benedict》(530년경)

수도원에서는 아직도 소식이 없었다. 오래된 수도원은 원래 천천히 움직인다고 나 자신에게 상기시키며 가능한 한 오래 현실을 부정하려 애썼지만, 투표하기로 한 날부터 몇 주가 흐르자 현실을 마주해야만 했다. 제빵실을 열지 않기로 결정한 것이다. 아마 초반의 흥분이 가라앉고 나서 냉정하게 따져보니 초보 제빵사에게 30명이 훨씬 넘는 수도사들이 매일 먹는 빵을 맡긴다는 것은 어렵겠다고 생각했을 것이다. 쉬운 결정은 아니었을 것이다. 나는 최대한 객관적으로 바라보려 애썼다. 어쨌든 나는 최선을 다했고, 내가 할 수 있는 일은 거기까지였다.

그리고 이 이메일이 나를 깨웠다.

윌리엄 님께

어제 저녁 기도 후 회의실에서 들은 소식입니다. 수도원의 다수가 직접 구운 빵을 선호했다는 결과를 수도원장님께서 발표하셨어요. 그래서 이제 수도원에서 직접 빵을 굽게 되었습니다. 일단은 아침 한 번으로 시작해서 점차 늘려갈 생각입니다. 공식 제빵사로 지명된 브뤼노를 수도원장님이 특별히 신경 써주고 계세요!

윌리엄의 임무는 성공한 겁니다. 정말 감사해요!!! 아마 이 소식을 듣게 될 당신에게도 기쁜 하루가 되겠지요!

저는 여전히 당신과 당신의 가족을 위해 기도하고 있습니다.

필리프 드림

내용을 이해하기까지 시간이 걸렸다. 수도사들이 투표한 결과 내 빵이 동네 빵집 빵보다 낫다는 결론을 내린 것이다.

나는 곧 브뤼노에게서도 메일을 받았다.

"수도원장님이 마침내 수도원에서 다시 빵을 만들 수 있도록 허락하셨어요. 저는 매우 행복합니다." 그는 프랑스어로 썼다. 격앙된 목소리로 '마침내'를 강조하는 그의 목소리가 들리는 것 같았다.

"수도원은 한 편의 소설이에요." 그는 수도원의 담장 너머의
일들에 대해 암시하는 듯 이렇게 덧붙였다. 나는 더 자세한 이야
기를 듣고 싶었다. 그는 나를 위해 늘 기도하고 있다고 말하며
메일을 끝맺었다.

"매일 나를 위해 기도해주는 수도사가 두 명이나 있어. 더 이
상 바랄 게 없어!" 나는 앤에게 농담했다.

브뤼노는 내게 부탁도 한 가지 했다. "브리오슈와 크루아상의
레시피도 가지고 있나요?" 또 크루아상이야? 도대체 다들 왜 크
루아상에 집착하지?

"아빠, 제가 말했잖아요!" 브뤼노의 메일을 보여주자 케이티
가 소리쳤다.

"케이티, 크루아상 만들기가 얼마나 어려운지 아니? 종잇장처
럼 얇은 반죽 사이로 층층이 버터가 들어가야 해. 제대로 배우려
면 몇 년이 걸린다고. 아빠는 평생 맛있는 크루아상을 딱 세 번
먹어봤는데, 두 번은 파리에서였어."

크루아상은 꽤 어려운 빵이지만 브리오슈 레시피는 주말에
정리해 보내주겠다고 브뤼노에게 답장했다. 브뤼노의 넘치는
열정은 인정해줄 수밖에 없었다.

버터와 달걀로 만들어진 진한 맛의 (그러나 달지는 않은) 브리
오슈 레시피를 부탁한 브뤼노의 요청에 나는 적잖이 당황했다.
나는 사람들이 왜 이 달걀 맛 빵에 끌리는지 늘 이해가 되지 않
았다. 물론 브리오슈는 전통적인 프랑스 빵이다. 마리 앙투아네
트가 빵을 달라고 요청하는 굶주린 대중에게 냉정하게 말했다
는 "브리오슈를 먹으라고 하세요" 때문에 유명해진 빵이기도

하다.

잠깐만, 원래 "케이크를 먹으라고 하세요" 아니었나? 미국에서 오래전 브리오슈가 '케이크'로 오역되는 바람에 생긴 일이다. 두 세기 전 미국에 브리오슈를 아는 사람이 없었기 때문일 것이다. 요즘도 미국에서는 흔한 빵은 아니다. 마리 앙투아네트가 케이크와 빵을 구분 못하지는 않았을 테니 '케이크'를 말하고 싶었다면 '브리오슈'라고 말하지는 않았을 것이다. 사실 마리 앙투아네트가 이 말을 했는지도 확실하지 않다. 비슷한 말("크러스트를 먹으라고 하세요")이 그녀가 태어나기 몇 십 년 전 덜 유명했던 다른 왕족에게서 나왔다는 기록도 있다.

어쨌든 다른 훌륭한 빵도 많은데 왜 브뤼노는 브리오슈를 만들고 싶은지 궁금했다. 앤은 내가 브리오슈를 먹고 자라지 않았기 때문에 모른다고, 브뤼노나 다른 수도사들이 브리오슈에 어떤 기억이 있는지 모르는 일 아니냐며 한마디 했다. 일요일에만 먹던 특별한 빵이었을까? 아니면 어머니나 아버지를 떠오르게 하는 빵일까? 빵을 구우며 배운 것이 있다면, 빵은 늘 강렬한 자극이 된다는 것이었다. 무의식 깊은 곳으로 들어가거나 심지어 유전자에 새겨져 있는 기억을 꺼내기도 한다.

고작 열여덟 살의 나이로 집을 떠나 수도사로서 격리된 삶을 선택한 브뤼노에 대해 생각했다. 그 전까지 그가 집에서 어떻게 자랐을지 궁금해졌다. 집…… 크리스마스…… 문득 크리스마스가 다가온다는 사실이 떠올랐다. 브뤼노는 어쩌면 크리스마스를 기념하기 위해 브리오슈를 만들고 싶은지도 모른다!

더 늦어지기 전에 나는 브리오슈 레시피 두 개를 골랐다. 하나는 밀가루와 버터를 동량으로 쓰는 레시피였고, 또 하나는 버터의 양이 반인 레시피였다. 버터가 흔치 않아 일요일에만 빵과 함께 나오는 수도원을 고려한 것이었다. 둘 다 괜찮은 레시피여서 나는 컴퓨터 앞에 앉아 인터넷으로 프랑스어-영어 사전을 보며 최선을 다해 공들여 레시피를 번역했다. 이제 남은 건 가장 어려운 일, 이메일을 쓰는 것이다. 영어로 된 미국 키보드로 한 단어 건너 하나씩 나오는 악센트를 쓰는 일은 시간도 오래 걸리고 어려웠지만, 그보다도 더 어려운 문제가 있었다. 브뤼노를 지칭할 대명사로 '당신Vous'을 써야 할까, 아니면 '너Tu'를 써야 할까?[5] 정중한 게 나을까, 친밀한 게 나을까?

수도원에 있는 내내 나는 브뤼노에게 'Vous'를 사용했다. 수도사에 대한 존경의 표시도 있었지만, 더 많이 연습한 단어인 탓에 활용이 조금 쉽기 때문이기도 했다. 낯선 사람들에 섞여 외국을 여행하는 동안 친밀한 관계에서 쓰는 인칭대명사를 사용할 일은 많지 않다. 하지만 나는 그의 볼에 키스했다. 동성의 뺨에 키스한 후에는 'Tu'를 쓸 수 있다는 규칙 같은 게 있을지도 모른다. 그러나 브뤼노는 메일에서 나에게 'Vous'를 사용했다. 물론 내가 집에 도착하자마자 보냈던 이메일에서 내가 먼저 정중한 호칭을 썼기 때문에 그도 그렇게 했을지도 모른다. 으악! 무려 30분 동안 'Vous'를 쓸지 'Tu'를 쓸지 고민하며 프랑스 사람들은 이 문제로 고민도 하지 않고 자연스럽게 말할 수 있다는 사

---

5 프랑스어에는 2인칭 대명사가 두 개다. Tu와 Vous. Tu는 친한 사이에서 쓸 수 있고, Vous는 예의를 지켜야 하는 사이에서 쓴다.

실에 놀라웠다.(좌절감도 느꼈다.)

'Vous'가 당연히 안전한 선택이겠지만, 왠지 어색했다. 나는 이 기회에 이 젊은 수도사에게 친근하게 'Tu'를 사용해보기로 했다. 내가 실수하는 건지 아닌지는 브뤼노의 답장을 보면 알 수 있을 것이다.

그리고 마침내 나는 더 일찍 했어야 하는 일을 했다. 모로코의 내 친구 '작은 알리'에게 삽화가 풍부하게 들어간 영어사전을 보내주면서도 미처 생각을 못했다. 나는 브뤼노를 위해 프랑스어로 된 제빵 책을 주문했다. 몽주 거리의 에릭 케제르가 쓴 책이었다. 그리고 메리 크리스마스 카드도 썼다.

52주 차

현재 속에서 완전한 미래를 보다

완벽은 좋은 것의 적이다.
볼테르

불을 붙이러 밖에 나갔을 때 영하 5도에 눈이 내리고 있었다. 온기를 좀 느낄 수 있을까 하고 접이식 의자를 당겨 앉았지만, 진흙 오븐은 인색하게도 안에서 타오르는 불이 만들어내는 에너지를 1킬로칼로리도 밖으로 내보내지 않았다. 불만은 없었다.

장작불의 에너지를 진흙과 벽돌로 만들어진 거대한 덩어리 안으로 전달하는 게 목표이기 때문이다. 이 열은 다시 반죽으로 전해져 불씨가 꺼지고 한참 뒤까지 빵을 구워낸다.

한겨울에, 더구나 눈 내리는 날씨에 밖에서 빵을 구울 계획은 없었지만, 52주간의 빵 굽기도 갑자기, 그리고 너무 일찍, 벌써 마지막 주가 되었다. 시험 삼아 한 일이 일상이 되었고 이내 이렇게 끝나게 됐다. 그러나 1년이 끝나기 전 마지막으로 해야 할 일이 있었다.

눈 속에 앉아 불을 지키던 중 나는 몇 달 동안 듣지 못했던 익숙한 새의 울음소리를 들었다. "윗이터, 윗이터, 윗이터, 윗!" 다시 돌아왔구나. 그것도 한겨울에! 워낙 성실한 친구라 조금 일찍 돌아온 걸까? 나는 드디어 밀이 빵으로 바뀌는 것을 보러 나뭇가지 위에 앉은 이 새를 반갑게 맞았다.

철제문을 꼭 닫아놔야 하지만, 두 시간째 활활 타고 있는 불을 봐야 했다. 주황과 노랑이 섞인 불꽃이 서로 구불구불 엮이며 매력적인 춤을 추었다. 타오르고 있는 불 그 자체만큼이나 대단한 기적을 일으키는 중이었다. 식물의 씨앗, 야생의 미생물, 그리고 물이 빵으로 변해가고 있었다. 이건 절대 저절로 일어날 수 있는 일이 아니었다. 아미노산으로 이루어진 원시의 늪에 벼락이 떨어져도 제리 루이스[6]가 되지는 않듯, 밀의 씨앗이 저절로 빵으로 변하지도 않는다. 빵은 인간의 개입을 통해서만 만들어진다.

나는 식물의 씨앗을 심고 수확하고 깨끗이 씻은 후 으스러뜨

려 밀가루를 만들었다. 빵을 부풀리기 위해서 다른 곳으로 가려다 내 사과나무에 내려앉은 야생의 미생물을 길렀고, 길게 얽힌 분자를 풀어내기 위해 밀가루와 반죽을 두 손으로 열심히 빚었다. 그리고 마지막으로 분노와 고통의 근원이 되었던 이 오븐이 밀이라고 알려진 식물의 씨앗에 열을 가해 빵을 만드는 마지막 단계를 수행할 차례였다.

불, 진흙, 식물. 나는 원시시대로 돌아간 것 같았다. 느낌이 좋았다. 그리고 좋지 않기도 했다. 지독하게 추운 날에 밖에 앉아 있자니 오븐을 만들다 다친 허리의 통증이 심해졌다. 지난 1년 간의 고생을 상기시켜주는 듯했다. 게다가 탈장이 다시 생겼고, 오븐을 하나도 아닌 두 개나 망가뜨렸으며, 부부 침실에서 짐을 옮겨 나왔고, 모로코에서 걸린 식중독은 최근에서야 말끔히 나았다. 완벽한 한 덩이의 빵을 찾기 위해서, 그리고 빵의 기적을 이해하기 위해서, 나는 수백 킬로미터를 운전해 이스트 공장과 밀가루 제분소를 찾아다녔고, 수천 킬로미터를 날아 파리에서 제빵을 공부하고 아프리카에서 빵을 구웠다. 그러나 첫 주보다는 많이 발전했고 맛있다고 할 만큼이 되었어도 여전히 수도원에서의 신비로웠던 그 한 번을 제외하고는 내 빵은 내가 원했던 그 완벽함에는 미치지 못했다.

너새니얼 호손이 1843년 발표한 단편소설 〈모반〉에는 주인공 에일머가 완벽한 아내의 얼굴에 있는 작은 결함(손 모양의 모반)에 지나치게 집착한 나머지 결국 아내 얼굴의 흠을 지울 독하고 위험한 물약을 만들어낸다는 이야기가 나온다. 아내 조지아나는 괴로워하는 남편을 기쁘게 하려고 물약을 마시고, 효과가 있어 그녀의 모반이 점점 희미해지지만, 마지막 흔적까지 지워진 찰나의 순간 그녀는 완벽의 절정에 이르렀다가 곧 죽고 만다.(그러나 불만 많은 남편을 꾸짖는 것은 잊지 않았다.) 호손은 이야기를 이렇게 끝맺는다. "그는 시간의 그늘진 부분 너머를 보지 못하고 오직 영원 속에서 살면서 현재 속에서 완전한 미래를 보는 일에 실패했다."

소설가들은 관습적으로 이제 이렇게 독자에게 직접 말을 걸어 배워야 할 교훈을 말해주는 일을 하지 않는다.[7] 물론 전기 작가들은 또 다른 것 같다. 어쨌든 얼마나 멋진 구절인지. 나는 어쩌면 그게 생 방드리유의 수도사들이 하는 노력인지도 모르겠다는 생각이 들었다. 그늘진 현재의 시간 속에서 완벽한 미래를 보는 일 말이다.

수도원에서 돌아온 후 나는 레시피 수정을 그만뒀다. 노르망디에서 만들었던 최고의 빵을 재현하는 것이 소용없다는 것을 느꼈기 때문이기도 하지만, 더 중요한 것, 완벽하지 않아도 상관없다는 사실을 깨달았기 때문이었다. 대신 목표는 과정으로 대체되었다. 완벽함의 속박에서 벗어난 후 나는 지난 몇 주간 주방에서 어쩌면 처음으로 정말 즐겁게 빵을 구웠다. 피자와 바게트도 구웠다. 어느 날 아침으로는 속을 채운 둥근 모양의 덴마크식 전통 도넛 에이블스키버도 구웠다. 물론 여전히 가장 자주 굽는 것은 팽 드 캉파뉴지만, 집에서 아침으로 먹거나 친구 집에 가져

7　안타까운 일이다. 소설가들이 계속 그렇게 소설을 썼더라면 리포트 쓰는 일이 훨씬 수월했을 텐데.—저자

가거나 혹은 이제 우리 집 식사의 일부분이 되어 없으면 허전하기 때문에 굽는 경우가 대부분이다. 둥근 모양의 빵을 막대기 모양인 바타르로 바꿔 굽기도 한다. 맞다, 둥근 모양만이 팽 드 캉파뉴라는 선입견 역시 생 방드리유에 두고 온 것 중 하나다. 바타르에도 공기구멍이 생기기도 하고 더 풍부한 맛이 나기도 했다. 아마도 크러스트와 빵 속의 거리가 가까워 크러스트와 크럼 사이의 마이야르 화합물보다 더 큰 반응을 일으키기 때문인 것 같았다. 또한 바타르는 잘라놓으면 크기가 전부 같다는 점 역시 마음에 들기 시작했다.(필리프의 말이 맞았다. 이 자리를 빌려 그에게 사과한다.)

정오가 되자 눈이 더 많이 오기 시작했다. 반죽과 오븐 모두 준비되었고 가족들은 오븐 주위에 둘러앉았다. 나는 손으로 직접 빻은 밀, 과수원의 이스트로 만든 르뱅, 허드슨 밸리의 물로 만든 바타르를 사과나무 가지로 불을 붙인 오븐에 밀어 넣었다.

이제 이집트인들처럼 빵을 굽는다고 말할 수도 있을 것 같다.

물론 이집트인들은 분명 불을 다루는 데 더 탁월한 기술이 있었을 것이다. 눈 속에서 충분히 온도가 올라가지 않을까 걱정되어 지나치게 온도를 높인 것 같았다. 오븐 안에서 금속 합금 덩어리를 녹일 수도 있을 것 같았다. 베이킹보다는 유리 공예에 더 어울리는 온도였다. 반죽은 너무 빨리 익어 바깥이 숯덩이처럼 탔다. 하지만 상관없었다. 나는 빵을 꺼내 찬 공기 속에서 크러스트가 갈라지고 터지는 소리를 들었다. 수도원에서 돌아온 후 들어본 적 없는 소리였다.

"들어봐, 빵이 노래하잖아!" 나는 기뻐서 보보링크 데어리의 린제이가 했던 말을 따라 하며 소리쳤다.

"좋은 거예요?" 케이티가 물었다.

"물론이지, 아주 좋은 현상이야."

'아주 좋은 현상'은 하나 더 있었다. 또 하나 놀라운 일이었다. 글루텐 함량이 지나치게 낮아 베이 스테이트의 연구원들이 연질 밀인 것 같다고 했던, 마당에서 수확한 내 밀이 좋은 빵을 만들어냈다. 특히 숫돌을 가지고 손으로 직접 간 밀은 진흙 오븐에서든 전기 오븐에서든 똑같이 좋았다. 기억력이 나보다 더 안 좋아지고 있는 게 분명한 앤이 내게 올해도 밀을 재배할 계획이냐고 물었을 정도였다!

"크리스마스 선물로 콤바인을 사주면 생각해볼게." 나는 대답했다.

빵이 식고 난 후 나는 프랑스 와인 한 병을 따서 건배를 제안했다. 말하다 보니 생각했던 것보다 더 축복 기도 같은 느낌이나는 건배사였다. "우리의 선조, 그들의 선조, 또 그들의 선조, 우리가 지금 먹게 될 이 빵으로 6,000년 넘게 살아온 그분들을 위하여."

빵을 자르며 나는 대서양 건너 생 방드리유의 수도사들을 생각했다. 지금쯤이면 역시 그들도 저녁 식사를 위해 모여 앉아 빵을 나누고 있을 것이다. 일요일이니 버터도 식탁에 올라와 있겠지. 나는 속으로 브뤼노에게도 건배했다. 문명만큼이나 오래된 의식임이 분명한, 빵과 와인을 나눠 먹고 마시던 중 앤이 내게 물었다. "지난 1년 동안 뭘 배운 것 같아?"

어디 보자…….

건강한 식사와 함께 빵을 먹으면 살이 찌지 않는다.

와인과 함께 너무 많은 빵을 먹으면 살이 찐다.

믿음이 흔들리는 것보다 더 불안한 건, 믿음의 부족이 흔들리는 일이다.

르뱅을 쓰자.

'주말 안에' 모든 게 끝난다고 약속하는 프로젝트는 시작도 하지 말자.

모로코에서는 물을 마시면 안 된다. 차나 커피도. 사실 모로코는 아예 가지 않는 것이 좋다. 대신 이맘때쯤 바베이도스가 괜찮다고 들었다.

낯선 사람들을 믿어도 된다. 물론 믿을 수 있는 낯선 사람들만.

좋아하는 일 한 가지를 골라 잘하려고 노력해보라. 성공하든 못하든 노력만으로도 가치가 있다.

빵은 삶이다.

위의 리스트에 '수도사들도 이메일을 쓴다'도 넣었어야 했다. 크리스마스 직전 나는 브뤼노에게 이메일을 받았다.

친절함에 어떻게 감사드려야 될지 모르겠어요! 수도원에 들어온 후 크리스마스 선물을 받아본 적이 없습니다. 어렸을 때 느꼈던 즐거운 기분을 다시 느낄 수 있어 좋았어요! 어떻게 감사의 말씀을 드려야 할지 모르겠습니다. 제가 드릴 수 있는 거라곤 제 우정과 기도뿐입니다.

수도원에 들어간 후 첫 크리스마스 선물이라니…… 나는 그 부분을 읽고 또 읽었다. 불쌍한 영혼. 축복받고 운 좋지만 불쌍한 영혼. 그리고 그는 이메일에서 나를 'Tu'라고 불렀다.

케이티의 질문은 대답하기 더 어려웠다. "아빠, 다음 주에도 빵 구우실 거예요?"

다음 주에는 뭘 할 생각이었지? 그리고 그다음 주, 그그다음 주에는? 천천히 시작했던 지난 1년은 순식간에 지나갔다. 아직 많은 의문이 풀리지 않았고 많은 일이 덜 해결된 것 같았다. 나는 고작 빵 크러스트에 칼집을 냈을 뿐이다. 빵과 제빵사의 가능성을 이제 겨우 이해하기 시작했을 뿐이다. 무엇도 끝인 것처럼 느껴지지 않았다. 중간이거나, 심지어 막 시작한 것처럼 느껴졌다.

또 한편으로는 자유로운 주말이 기대되기도 했다. 이제 더 이상 토요일이나 일요일에 다섯 시간짜리 발효나 두 시간짜리 반죽 부풀리기, 한 시간짜리 베이킹을 위해 계획을 세우지 않아도 된다. 정원에서 일할 필요도, 시장에 갈 필요도, 단세포 미생물의 혐기성 호흡을 피해 섹스할 필요도 없어졌다.

"아빠?"

"아빠도 모르겠어, 케이티." 나는 마침내 대답했다. "기분이 어떤지 보고 결정하려고."

케이티와 앤 둘 다 실망감을 감추려 애썼지만, 내 대답이 초반의 내 빵처럼 무겁고 뻑뻑하고 생기 없게 주방에 내려앉았다는 것을 알 수 있었다.

"한 가지 궁금하기는 하네." 나는 말을 이어갔다. "크루아상은 어떨 것 같아?"

빵 레 시 피

주의할 점

다음 레시피는 그램 단위로 표시되어 있다. 왜냐고 묻는다면 분명 14주 차('나를 미치게 하는 미터법')를 빼먹고 읽은 게 분명하니 내가 기다리는 동안 그 부분을 확인하고 오면 된다. 관습에 따라 임페리얼 법을 같이 쓸까도 생각했지만, 장담하는데 25달러짜리 주방용 저울을 하나 사는 것이 훨씬 나을 것이다. 나간 김에 피자 구울 때 쓰는 돌판도 하나 사시길. 먹어본 것 중 가장 맛있는 빵을 구울 준비는 이제 다 됐다. 본아페티Bon appétit!

❖ 르뱅(스타터) 만들기 ❖

대니얼 리더의 말을 다른 말로 바꾸면 이렇다. '당신에게 딱 하나만 설득시킬 수 있다면, 르뱅으로 빵을 굽는 일이다.' 그뿐만 아니라 지금부터 나올 레시피를 사용해 빵을 구울 생각이라면 선택의 여지가 없다. 아래는 내가 르뱅을 만든 방법이다. '제빵사의 서가' 목록에 있는 다른 제빵 책에서도 다양한 방법을 찾아볼 수 있다.

사과 2개

물 1리터

중력분이나 강력분 350그램

통밀가루 50그램

사과물 준비하기

1. 수돗물 1리터를 미리 받아놓고 밤새 염소를 제거한다.

2. 흰 분이 묻은 사과를 구한다. 농장에서 직접 살 수 있으면 가장 좋다.(분은 야생효모다.) 사과를 2.5센티미터 크기로 자르고 두 번째 사과 껍질과 함께 물 한 컵이 들어 있는 용기에 넣는다.(남은 물은 덮어서 놔둔다.)

3. 사과와 물이 든 용기를 덮은 후 실온에 3일 동안 놔두고 매일 저어준다. 거품이 조금씩 생겨나기 시작하며 3일째 되면 사과주 비슷한 냄새가 날 것이다.

르뱅 만들기

첫째 날

4. 통밀가루 50그램과 무표백 중력분이나 강력분 350그램을 섞는다.(강력분일 경우 밀가루의 단백질 함량이 도움이 될 수 있다.)

5. 고운 망에 사과물 150그램을 거르고 섞어놓은 밀가루 150그램을 섞는다.(나머지 밀가루는 나중에 사용할 것이다.) 거품기로 힘차게 휘젓는다. 용기 옆면을 깨끗하게 정리한 다음 망이나(프라이팬 기름 튐 방지망이 가장 좋다) 거즈로 덮어놓는다.

6. 르뱅을 실온에 놔둔다. 공기를 집어넣기 위해 몇 시간에 한 번씩 저어준다. 처음 며칠간은 탄산을 유지해주는 것이 중요하다.

둘째 날

놔뒀던 물 75그램과 섞어놓은 밀가루 75그램을 더한 다음 젓고 똑같이 용기를 덮은 다음 24시간 동안 실온에 놔둔다. 중간중간 계속 저어준다. 거품이 생기는 동시에 섞어놓은 밀가루 양이 늘어나는 것을 볼 수 있을 것이다.

셋째 날

7. 르뱅을 2리터짜리 깨끗한 용기에 옮긴다. 원래 담겨 있던 용기 벽에 붙은 마른 찌꺼기가 같이 옮겨지지 않도록 주의한다.

8. 남겨뒀던 밀가루와 수돗물을 75그램씩 더하고 저은 다음 똑같이 덮어놓는다.

9. 혹시 르뱅에서 이상한 냄새가 나기 시작했다면 반을 버리고 같은 양(같은 무게)의 밀가루와 물을 새로 넣은 후 더 자주 저어준다. 만약 르뱅의 양이 늘어나거나 거품도 나지 않고 색이 맑다면 피딩을 더 자주 해준다.

넷째 날

10. 르뱅에 나머지 100그램의 밀가루와 100그램의 물을 더한다. 두세 시간 정도 실온에 놔두면 이제 르뱅을 사용할 수 있지

만, 이후 몇 주간은 계속해서 풍미가 더 좋아질 것이다. 르뱅을 돌보고 피딩하는 방법은 아래를 참고하면 된다.

르뱅 돌보고 피딩하기

11. 뚜껑을 덮은 용기에 담긴 르뱅을 냉장고에 보관한다.

12. 처음 몇 주간은 일주일에 두 번씩 다음 단계에 설명된 대로 피딩한다. 그 후부터는 일주일에 한 번이면 충분하다.

13. 골고루 잘 저은 다음 250그램 정도를 버린다. 125그램의 물과(염소 처리가 많이 되지 않은 물이면 바로 써도 무방하다) 125그램의 밀가루(무표백 강력분이나 중력분)를 섞어서 더하고 잘 젓는다. (가스가 빠져나가가도록) 뚜껑은 살짝 열어 실온에 두 시간에서 네 시간 정도 놔둔 다음 다시 뚜껑을 꼭 닫아 냉장고에 집어넣는다.

14. 규칙적으로 빵을 굽는다면 피딩은 빵을 만들기 위한 르뱅을 준비하는 과정의 하나라고 생각하면 된다. 빵을 굽기 전날 밤이나 혹은 몇 시간 전 항상 르뱅을 피딩해야 하며, 레시피에서 요구하는 르뱅의 양을 항상 보충해놓는다. 큰 노력을 하지 않고도 언제나 신선한 르뱅을 유지할 수 있을 것이다.

15. 가끔 용기를 뜨거운 물로 씻어서(비누나 세제는 절대 쓰면 안된다) 가장자리에 생기는 찌꺼기를 청소해준다.

16. 더 강력한 르뱅을 만들고 싶다면 드물게 한 번씩 밤새 실온에 꺼내놓고 피딩은 평소보다 적은 양으로 하면 된다.

17. 윗부분에 웅덩이처럼 액체가 고이는 것을 보게 될 수도 있다. 발효되어 생기는 것이다. 보통은 저으면 없어지지만, 너

무 많이 쌓이는 것 같으면 버리는 것도 괜찮다. 버리기 전 르뱅의 무게를 재고 버린 액체만큼의 양을 물과 밀가루로 채워 넣는다.(물과 밀가루의 비율은 3:1 정도로 한다.) 이후 평소처럼 피딩한다.

❖ 팽 드 캉파뉴(페전트 브레드) ❖

르뱅

중력분 130그램

물 130그램

반죽 재료

르뱅 260그램

무표백 중력분이나 강력분 400그램

통밀가루 60그램

호밀가루 30그램

소금 13그램

인스턴트 이스트(브레드 머신, 패스트 액팅, 래피드 라이즈 이스트라고도 한다) 1/8 티스푼

물(실온) 292그램

1. 시작하기 최소 두 시간 전(전날 준비해도 좋다) 다음과 같이 르뱅을 피딩한다. 냉장고에서 꺼내 같은 양의 밀가루와 실

온의 물을 더한다.(이 레시피에서 사용하는 양만큼 채워 넣으려면 130그램씩 더하면 된다.) 공기가 들어갈 수 있도록 잘 저어주고 뚜껑을 살짝 열어둔 채로 조리대에 놔둔다. 빵을 만들기 시작할 때쯤 되면 거품이 부글거릴 것이다.

2. 큰 믹싱볼을 꺼내 주방용 저울에 올려놓고 재료를 순서대로 넣는다. 재료를 더하기 전 항상 저울을 '0'으로 만든다. 반죽이 균일해질 때까지 젖은 손으로 골고루 섞어준다. 반죽을 덮어 오토리즈 되도록 25분간 놔둔다.

3. 밀가루를 뿌리지 않은 조리대에 반죽을 놓고 탄력 있고 부드러워질 때까지 손으로 7~9분간 반죽한다.(원한다면 반죽 고리가 달린 반죽기로 2~3분 반죽해도 된다.) 처음 반죽을 시작하고 1분여 동안은 반죽이 조리대에 들러붙을 수 있어 금속 벤치 스크레이퍼가 유용하게 쓰일 것이다.

417

4. 그릇을 씻고(비누나 세제는 금물) 오일 스프레이를 뿌린 다음 반죽을 다시 놓고 기름칠한 랩으로 윗면을 싼다. 실온에서 (20~22도가 가장 좋다) 4~5시간 정도 발효시킨다.

5. 반쯤 부풀어 오른 반죽을 꺼내 밀가루를 살짝 뿌린 조리대로 옮긴다. 두께 2.5센티미터 정도의 원반 모양으로 반죽을 펼친다. 가장자리를 가운데로 모아 둥근 모양으로 성형하며 표면 탄력을 만든다. 밀가루를 골고루 뿌린 리넨 천이 덮인 체 위에 접은 면을 위로해서 놓는다. 랩으로 반죽 위를 감싸고 발효되도록 둔다. 피자용 돌판을 오븐의 3분의 1 위치보다 아래쪽에 놓고 무쇠 냄비나 프라이팬을 바닥에 놓는다. 최소 260도 이상으로 오븐을 예열한다.

6. 1시간 30분~2시간 후 쌀가루나 옥수숫가루를 뿌린 제빵용 주걱 위로 빵을 옮긴다. 빵의 윗면에 호밀가루나 쌀가루를 뿌려(흰 밀가루는 갈색으로 변하므로 피한다) 투박한 듯한 느낌을 준다.

7. 칼이나 외날 면도칼로 대칭적인 칼집을 낸다.

8. 빵을 돌판 위에 바로 올려놓고 냄비에 물 한 컵을 추가한다.(오븐용 장갑을 꼭 사용한다.) 오븐 문이 열려 있는 시간은 최소한으로 한다. 오븐 온도는 248도까지 내린다.

9. 20~25분 후, 혹은 빵이 짙은 갈색으로 변하면 오븐 온도를 218도로 내린다.

10. 온도계로 쟀을 때 빵 내부 온도가 약 100도가 될 때까지, 혹은 빵 바닥을 두드렸을 때 빈 북을 치는 듯한 소리가 날 때까지 굽는다.(대략 50~60분 정도 두면 된다.) 오븐 전원을 끈 상태에서 빵을 오븐에 다시 집어넣고 15분 정도 둔다. 먹기 전 최소 2시간 동안 빵을 식혀둔다.

418

❖ 팽 오 르뱅 미슈(크고 둥근 천연 발효빵) ❖

야생효모 르뱅으로만 발효된 큰 (약 1.5킬로그램) 미슈다. 풍부한 맛과 이스트의 향, 씹는 맛을 충분히 느낄 수 있다.

르뱅 500그램

중력분 500그램

통밀가루 75그램

호밀가루 25그램

물 345그램

팽 드 캉파뉴 레시피를 따르되 다음에 유의한다.

1. 제빵용 주걱 위에서 납작하게 퍼지는 (수분 함량 70퍼센트의) 반죽은 염려하지 않아도 된다. 일반적인 미슈의 모양이다.

2. 상대적으로 만드는 방법이 자유롭다. 나는 보통 1차 발효 는 4시간, 최종 발효는 2시간 정도 두지만, 일정에 따라 1차 발효 2시간에 최종 발효 4시간(혹은 1차 발효 3시간, 최종 발효 3시간)을 하기도 하는데, 어느 쪽이든 결과는 좋다.

3. 팽 드 캉파뉴 레시피의 5~10번 단계를 그대로 따른다. 대신 빵의 온도가 100도 정도 될 때까지 60분 이상 굽는다.

❖ 앙시엔 바게트 ❖

프랑스에서 이 빵은 아르티장 바게트라고 불리기도 하며, 르뱅 이나 지연 발효법을 사용해 만들기도 한다. 양심적이지 않은 제빵 사들은(여전히 이런 사람들이 있다) 보통 바게트 위에 밀가루만 약간 뿌려 앙시엔 바게트라고 팔기도 한다. 밤새 냉장고에서 반죽을 발 효해야 하는 레시피지만, 발효를 4시간 만에 끝내고 구워본 적도 있는데 맛이 크게 다르지 않았다.

미니 바게트 4개 분량

르뱅 250그램

중력분 375그램

소금 10그램

인스턴트 이스트 1/4 티스푼

물 215그램

1. 하루 전, 혹은 적어도 2시간 전 르뱅을 피딩한다.

2. 큰 믹싱볼을 꺼내 주방용 저울에 올려놓고 재료를 순서대로 넣는다. 재료를 더하기 전 항상 저울을 '0'으로 만든다. 반죽이 균일해질 때까지 젖은 손으로 골고루 치대준다. 반죽을 덮어 오토리즈 되도록 25분간 놔둔다.

3. 밀가루를 뿌리지 않은 조리대에 반죽을 놓고 탄력 있고 부드러워질 때까지 손으로 7~9분간 반죽한다.

4. 그릇을 씻고(비누나 세제는 금물) 오일 스프레이를 뿌린 다음 반죽을 다시 놓고 기름칠한 랩으로 윗면을 싼다. 밤샘 발효를 할 예정이라면 반죽을 바로 냉장고에 다시 집어넣는다. 바로 구울 예정이라면 1~2시간 정도 실온에서 발효하고 이후 4시간 동안 냉장고에 넣어 발효한다.

5. 냉장고에서 반죽을 꺼내 약 2시간 동안 반죽이 실온과 비슷해지도록 둔다.

6. 오래된 무쇠 냄비를 오븐 가장 아래에 두고 피자용 돌판은 중간 선반에 둔다.

7. 오븐을 260도로 예열한다.

8. 밀가루를 뿌린 조리대 위에 반죽을 각각 212그램 정도 되도록 같은 크기로 4등분 하고(정확하게 같은 크기가 아니어도 된다), 공 모양으로 성형한 다음 반죽을 덮어 약 15분간 휴지시킨다.(시간이 없을 때는 이 단계를 생략하기도 하지만, 다음 단계로 가기 전 반죽을 쉬도록 도와주는 단계다.)

9. 반죽을 약 8×2센티미터의 직사각형 모양으로 만들고 짧은 쪽을 앞으로 오도록 둔다. 끝에서부터 3분의 1을 몸 쪽으로 오도록 접고 가장자리를 누른다. 반죽을 180도 돌려 위아래를 뒤집고 또 3분의 1을 몸 쪽으로 오도록 접은 후 가장자리를 꼭 누른다. 편지봉투를 접는 법과 크게 다르지 않다.

10. 같은 방향으로 이번에는 반으로 한 번 더 접으며 다음과 같이 모양을 만든다. 반죽의 한쪽 끝에서 시작해 손바닥 날로 중앙에 도끼질하듯 자국을 내는 동시에 가장자리를 잡아당겨 서로 모아서 표면에 탄력을 만든다. 반죽을 아래로 끌어당기며 같은 방법으로 반을 접고 반죽의 가로 길이를 따라 일직선으로 선을 만든다. 빈틈이 없도록 이음새를 잘 마무리한다.

11. 두 손을 가운데로 모으고 반죽을 앞뒤로 굴린다. 손은 몸 안쪽에서 바깥쪽으로 움직이며 모양을 잡는다. 모양을 만드는 동안 반죽의 가스가 물집 같은 모양이나 공기구멍을 만드는데, 그대로 놔두면 된다.

12. 밀가루를 뿌린 리넨 천이나 유산지를 접어 그 안에 반죽을 놓고 45~60분 동안 발효시킨다.

13. 네 개의 바게트를 오븐에 넣어야 하므로 나무주걱보다는 베

421

이킹 팬을 사용하는 게 더 쉽다. 팬에 옥수숫가루나 쌀가루를 뿌린다.(유산지를 깔아도 좋다.) 바게트를 팬으로 옮긴 후(나는 6밀리미터 두께의 합판을 사용하지만, 손으로 직접 옮겨도 된다) 칼이나 외날 면도칼로 대각선의 칼집을 낸다.

14. 바게트를 돌판 위로 깔끔한 동작으로 재빨리 옮긴다. 무쇠 냄비에 물을 한 컵 넣고 오븐 온도를 248도까지 내린다.

15. 크러스트가 갈색이 되거나 빵의 중앙 온도가 100도가 될 때까지 20~25분 동안 굽는다.

16. 먹기 전 최소 1시간 동안 빵을 식혀둔다.

❖ 생 방드리유 수도원 빵 ❖

422

수도원에 있는 동안 수도사들이 기도, 명상, 공부 시간 사이에 빵을 구울 수 있도록 고안해낸 레시피다. 수도원에서 돌아온 지 2년 후 레시피를 쓰고 있는 지금, 수도원의 제빵실에서는 일주일에 세 번씩 수도원 빵을 굽고 있다.

바타르 6개 분량

타입65 밀가루(혹은 중력분) 3킬로그램

통밀가루 500그램

호밀가루 250그램

르뱅 500그램

소금 80그램

생이스트 70그램(혹은 인스턴트 이스트 23그램)

물 2,330그램

빵 굽기 전날 밤 풀리시를 준비한다.

1. 밀가루를 전부 섞은 후 다음과 같이 풀리시를 만든다.

   밀가루 전부 섞은 것 1킬로그램

   물 1,300그램

   생이스트 30그램(혹은 인스턴트 이스트 10그램)

2. 재료를 잘 섞어 덮어둔 뒤 밤새 냉장 보관한다.

3. 르뱅을 잘 피딩한다. 빵 만드는 데 500그램이 필요하다.

다음 날 아래와 같이 빵을 굽는다.

4. 시작하기 2~3시간 전 냉장고에서 풀리시와 르뱅을 꺼낸다.

5. 밀가루를 전부 섞은 것과 함께 풀리시, 르뱅, 물 1,030그램, 생이스트 40그램(혹은 인스턴트 이스트 13그램), 소금을 섞는다.

6. 25분간 오토리즈 한 후 반죽에 탄력이 생기고 끈기 있을 때까지 반죽한 후 덮어놓고 2~3시간 발효한다.

7. 각각 약 1,100그램이 되도록 반죽을 여섯 개로 나누고 앙시엔 바게트에서 설명한 방법으로(8~11단계) 바타르를 만든다. 길이는 약 30센티미터 정도가 되도록 만든다. 오븐을 260도로 예열한다.

8. 밀가루를 뿌린 리넨 천에서 1~2시간 발효한 후 바게트 만드는 방법(13~16단계)을 따른다. 248도에서 빵이 황금빛 갈색이 되고 중앙 온도가 100도가 될 때까지 35분 동안 굽는다.

Beard, James. Beard on Bread. New York: Knopf, 1973.

———. Delights and Prejudices. New York: Smithmark, 1964.

Bertinet, Richard. Crust: Bread to Get Your Teeth Into. London: Kyle Books, 2007. Calvel, Raymond. The Taste of Bread. With James J. MacGuire.

Translated by Ronald Wirtz. New York: Springer, 2001.

Child, Julia. My Life in France. With Alex Prud'homme. New York: Knopf, 2006. (한국어판-줄리아 차일드·알렉스 프루돔,《줄리아의 즐거운 인생》, 허지은 옮김, 이룸, 2009)

Child, Julia, and Simone Beck. Mastering the Art of French Cooking. Vol. 2. New York: Knopf, 1970.

Curry, Brother Rick, SJ. The Secrets of Jesuit Breadmaking. New York: Harper-Collins, 1995.

David, Elizabeth. English Bread and Yeast Cookery. Newton, MA: Biscuit Books, 1977.

Denzer, Kiko. Build Your Own Earth Oven, 3rd ed. With Hannah Field. Blodgett, OR: Hand Print Press, 2007.

Duff, Gail. A Loaf of Bread: Bread in History, in the Kitchen, and on the Table. Edison, NJ: Chartwell Books, 1998.

Dupaigne, Bernard. The History of Bread. New York: Abrams, 1999.

Fermor, Patrick Leigh. A Time to Keep Silence. New York: New York

Review Books, 2007. (한국어판 - 패트릭 리 퍼머,《침묵을 위한 시간》, 신해경 옮김, 봄날의책, 2014)

Glezer, Maggie. Artisan Baking. New York: Artisan, 2000.

Hamelman, Jeffrey. Bread: A Baker's Book of Techniques and Recipes. Hoboken, NJ: Wiley, 2004. (한국어판 - 제프리 해멀먼,《제프리 해멀먼의 BREAD》, 오승해 옮김, 그린쿡, 2015)

Hertzberg, Jeff, and Zoë François. Artisan Bread in Five Minutes a Day. New York: St. Martin's, 2007.

Jacob, H. E. Six Thousand Years of Bread: Its Holy and Unholy History. Garden City, NY: Doubleday, Doran, 1944. (한국어판 - 하인리히 에두아르트 야콥,《빵의 역사》, 곽명단·임지원 옮김, 우물이있는집, 2005)

Kaplan, Steven Laurence. Good Bread Is Back: A Contemporary History of French Bread, the Way It Is Made, and the People Who Make It. Durham, NC: Duke University Press, 2006.

Leader, Daniel. Local Breads: Sourdough and Whole-Grain Recipes from Europe's Best Artisan Bakers. With Lauren Chattman. New York: Norton, 2007.

Leader, Daniel, and Judith Blahnik. Bread Alone: Bold Fresh Loaves from Your Own Hands. New York: William Morrow, 1993.

Mayle, Peter, and Gerard Auzet. Confessions of a French Baker: Breadmaking Secrets, Tips, and Recipes. New York: Knopf, 2005.

McGee, Harold. On Food and Cooking: The Science and Lore of the Kitchen. New York: Scribner, 1984. (한국어판 - 해럴드 맥기,《음식과 요리》, 이희건 옮김, 이데아, 2017)

Norris, Frank. The Octopus: A Story of California. Garden City, NY: Doubleday, Page, 1901.

Pyler, E. J. Baking Science and Technology, 3rd ed. Kansas City: Sosland, 1988.

Rapaille, Clotaire. The Culture Code. New York: Broadway Books, 2006. (한국어판 – 클로테르 라파이유, 《컬처 코드》, 김상철·김정수 옮김, 리더스북, 2007)

Reinhart, Peter. American Pie: My Search for the Perfect Pizza. Berkeley: Ten Speed Press, 2003.

————. The Bread Baker's Apprentice: Mastering the Art of Extraordinary Bread. Berkeley: Ten Speed Press, 2001. (한국어판 – 피터 라인하트, 《브레드 베이커스 어프렌티스》, 문수민 옮김, 한즈미디어, 2017)

————. Brother Juniper's Bread Book: Slow Rise as Method and Metaphor. Reading, MA: Addison-Wesley, 1991.

Robertson, Laurel. The Laurel's Kitchen Bread Book. New York: Random House Trade Paperbacks, 2003.

Schnitzbauer, Boniface, and Francis Kline. Baking with Brother Boniface. Charleston, SC: Wyrick, 1997.

Van Over, Charles. The Best Bread Ever. New York: Broadway Books, 1997.

Wing, Daniel, and Alan Scott. The Bread Builders: Hearth Loaves and Masonry Ovens. White River Junction, VT: Chelsea Green, 1999.

Wright, Kevin J. Europe's Monastery and Convent Guesthouses: A Pilgrim's Travel Guide. Liguori, MS: Liguori, 2000.

Bamforth, Charles W. Food, Fermentation, and Micro-organisms. Oxford: Blackwell, 2005.

Campbell, Judy, Mechtild Hauser, and Stuart Hill. "Nutritional Characteristics of Organic, Freshly Stone-Ground, Sourdough and Conventional Breads." McGill University Ecological Agriculture Products Publication 35 (1991).

Carpenter, Kenneth J. "Effects of Different Methods of Processing

Maize on Its Pellagragenic Activity." Federal Proceedings 40, no. 5 (1981): 1531 –35.

Chapman, A. "The Yeast Cell: What Did Leeuwenhoeck See?" Journal of the Institute of Brewing 37 (1931): 433 –36.

Colwell, James. "From Stone to Steel: American Contributions to the Revolution in Flour Milling." The Rocky Mountain Social Science Journal 6, no. 2 (1969): 20 –31.

Dobell, Clifford. Antony van Leeuwenhoek and His "Little Animals." London: Stapes Press, 1932.

Evans, Oliver. The Young Mill-Wright and Miller's Guide. Philadelphia: Blanchard and Lea, 1860.

Fenster, Julie M. Mavericks, Miracles, and Medicine. New York: Carrol and Graf, 2003.

Ford, Brian J. Single Lens: The Story of the Microscope. New York: Harper and Row, 1985.

Fred, Edwin Broun. "Antony van Leeuwenhoek on the Three-Hundredth Anniversary of His Birth." Journal of Bacteriology 25, no. 1 (1933): 1 –18.

Gieson, Gerald. The Private Science of Louis Pasteur. Princeton: Princeton University Press, 1995.

Goldberger, Joseph. "Pellagra: Its Nature and Prevention." Public Health Reports 33, no. 14 (1918): 481 –88.

———. "A Study of the Treatment and Prevention of Pellagra." Public Health Reports 39, no. 3 (1924): 87 –107.

Goldberger, Joseph, G. A. Wheeler, and E. Sydenstricker. "A Study of the Diet of Non-Pellagrous and Pellagrous Households." Journal of the American Medical Association 71 (1918): 944 –49.

———. "A Study of the Relation of Diet to Pellagra Incidence in Seven Textile-Mill Communities of South Carolina in 1916." Public Health Reports 35, no. 12 (1920): 648–713.

Graham, Sylvester. A Treatise on Bread and Bread Making. Boston: Light and Stearns, 1837.

Hall, Ross Hume. Food for Naught: The Decline in Nutrition. New York: Harper and Row, 1974.

Kraut, Alan M. Goldberger's War: The Life and Work of a Public Health Crusader. New York: Hill and Wang, 2003.

Kruif, Paul de. Microbe Hunters. 1926. Reprint, New York: Harcourt Brace, 1996.

McGrain, John W. "Good Bye Old Burr: The Roller Mill Revolution in Maryland, 1882." Maryland Historical Magazine 77 (1982): 154–71.

Park, Y. K., C. T. Sempos, C. N. Barton, J. E. Vanderveen, and E. A. Yetley. "Effectiveness of Food Fortification in the United States: The Case of Pellagra." American Journal of Public Health 90, no. 5 (2000): 727–38.

Parsons, Robert A. Trail to Light: A Biography of Joseph Goldberger. Cornwall, NY: Cornwall Press, 1943.

Pedersen, Birthe, and Bjørn Eggum. "The Influence of Milling on the Nutritive Value of Flour from Cereal Grains." Plant Foods for Human Nutrition 33 (1983): 51–61.

Reustow, Edward. The Microscope in the Dutch Republic: The Shaping of Discovery. Cambridge: Cambridge University Press, 1996.

Roe, Daphne A. A Plague of Corn: The Social History of Pellagra. Ithaca: Cornell University Press, 1973.

Schierbeek, Abraham. Measuring the Invisible World: The Life and Works of Antoni van Leeuwenhoek. London: Abelard-Schuman,

1959.

Stiebeling, H. K., and M. E. Munsell. "Food Supply and Pellegra Incidence in 73 South Carolina Farm Families." U.S. Dept of Agriculture Technical Bulletin 333 (1932).

Swazey, Judith P., and Karen Reeds. "Today's Medicine, Tomorrow's Science: Essays on Paths of Discovery in the Biomedical Sciences." U.S. Department of Health, Education, and Welfare Publication No. (NIH) 78-244 (1978).

Terris, Milton, ed. Goldberger on Pellagra. Baton Rouge: Louisiana State University Press, 1964.

Watts, Alison. "The Technology That Launched a City: Scientific and Technological Innovations in Flour Milling during the 1870s in Minneapolis." Minnesota History 57, no. 2 (2000): 87–97.

Wilder, Russell M., and Robert R. Williams. Enrichment of Flour and Bread: A History of the Movement. Washington, DC: National Research Council (1944).

429

■ 추가 레시피, 기술, 정보, 재료, 빵 만드는 1년 동안의 사진과 비디오, 생 방드리유 수도원의 사진 투어 등이 궁금한 독자는 내 홈페이지(williamalexander.com)에서 더 자세한 정보를 찾을 수 있다.

감사의 말

　사람이 빵으로만 살 수 없다면, 빵을 혼자 만들 수도 없다고 생각한다. 1년 동안 빵을 만들면서 많은 사람의 도움이 필요했고, 어느 언어로든 '빵'이라는 단어를 입 밖으로 꺼내는 것만으로도 다들 기꺼이 그들의 문과 마음을 열어주어 놀랍고도 감사했다. 지금부터 언급할 모든 이들과 그들의 소중한 도움, 조언, 지원에 감사드린다.

430 　로리 앱키미에, '작은' 알리 아디모, 롭 알렉산더, 미셸 보젤 수도사, 베이 스테이트의 마이크 둘리, 제시카 두건, 랄망의 게리 에드워즈, 잭 푸치, 도미니크 개래몬 수도사, 스티브 캐플런, 앨런 크라우트, 돈 루이스, 스튜어트 모스, 존 펠렐라, 클로테르 라파이유, 피터 라인하르트, 척과 캐런 로잘스키, 에드 시어스, 찰리 밴 오버와 프리실라 마텔, 보보링크 데어리의 니나 화이트, 케빈 라이트, 그리고 존스 팜의 얼 쥘. 이름을 알았더라면 좋았겠지만, 내 르뱅을 파리행 비행기에 싣게 해준 TSA 직원에게도 감사드린다. 그리고 이 프로젝트는 내 가족의 변함없는 지지 없이는 불가능했을 것이다. 매주 빵과 빵 굽는 사람을 불평 한마디 없이 견뎌준 앤, 케이티, 자크에게 고맙다고 전하고 싶다.
　뛰어난 능력의 내 에디터 에이미 개시에게도 감사드린다. 이 책을 다듬는 데 그녀의 도움은 필수적이었다. 출판사 앨곤퀸의 모든 크리에이티브, 제작, 홍보팀에게 감사하고, 내 대리인 리즈 다한소프에게도 감사드린다.

마지막으로, 브뤼노 뤼츠 수도사, 피에르 쇼팽, 그리고 장 샤를 놀트와 생 방드리유 수도원의 모든 분들께 특별히 감사드린다. 신의 은총이 늘 함께하기를.

옮긴이 김지혜

미국 버클리음악대학에서 프로페셔널 뮤직을 전공했다. 이후 한국외국어대학교 영어통번역학과를 졸업하고, 이화여자대학교 외국어교육특수대학원에서 TESOL을 전공했다. 영상번역가로 활동하며 수백 편의 TV, 영화, 다큐멘터리 등을 번역했고, 현재는 바른번역 소속 전문 번역가로 활동 중이다. 번역한 책으로는《인사이드아웃 다이어리》《내 생에 한 번은 피아노 연주하기》《스무 살 때는 있었고 지금은 없는 것》《나는 어지르고 살기로 했다》등이 있다.

빵은 인생과 같다고들 하지

초판 1쇄 발행   2019년 11월 25일

지은이   윌리엄 알렉산더
옮긴이   김지혜
책임편집   나희영
디자인   주수현 정진혁

펴낸곳   (주)바다출판사
발행인   김인호
주소   서울시 마포구 어울마당로5길 17 5층
전화   322-3885(편집), 322-3575(마케팅)
팩스   322-3858
E-mail   badabooks@daum.net
홈페이지   www.badabooks.co.kr

ISBN   979-11-89932-38-1 03840